陈霁 著

风吹白羽毛

四川文艺出版社

图书在版编目（ＣＩＰ）数据

风吹白羽毛 / 陈霁著. —— 成都：四川文艺出版社，
2023.9
ISBN 978-7-5411-6750-8

Ⅰ.①风… Ⅱ.①陈… Ⅲ.①长篇小说—中国—当代
Ⅳ.①I247.5

中国国家版本馆CIP数据核字(2023)第159843号

FENGCHUI BAIYUMAO

风吹白羽毛

陈　霁　著

出 品 人	谭清洁
责任编辑	周　轶
封面设计	张　军
责任校对	段　敏
内文设计	史小燕
责任印制	崔　娜

出版发行　四川文艺出版社（成都市锦江区三色路238号）
网　　址　www.scwys.com
电　　话　028-86361802（发行部）　028-86361781（编辑部）

排　　版　四川胜翔数码印务设计有限公司
印　　刷　成都东江印务有限公司
成品尺寸　145mm×210mm　　　　开　本　32开
印　　张　13.5　　　　　　　　　字　数　280千
版　　次　2023年9月第一版　　印　次　2023年9月第一次印刷
书　　号　ISBN 978-7-5411-6750-8
定　　价　72.00元

目录

引子

白雄被人从会场里悄悄喊出来时，正在听县长古英勇作关于"新三反"运动的总结报告。

看到外面等着的托珠塔，他大吃一惊。年轻的白该（巫师）一身汗味儿，袍子下摆和裹腿上锥满刺果。毡帽上插的那根白鸡毛也不见了，应该是在钻老林子时被树枝挂掉了。

"你怎么来了？"白雄打量着托珠塔。

"艾玛，还有阿爸。是他们喊我来的。"

"啥事啊？这么急？"白雄心里咯噔了一下。

"公安局，"托珠塔躲闪着白雄的目光，结结巴巴地说，"抄你家了！地窖头，一篓子烟，四杆枪，都搜走了！"

白雄蒙了。愣怔了好一阵，才嗫嚅着问："拉姆，艾玛，她们呢？"

"还好，就挂牵你。"托珠塔放松了，放下背篼，从里面拿起瘪瘪的牛尿泡水囊，仰头，将最后几滴水挤进嘴巴。

"哦，公安局，"白雄目光迷离，"隔那么远，他们咋个晓得？"

"听说是罗癞子……"托珠塔小声地说。

"罗癞子？"白雄摇头。

"迪布亲口说的，他帮他们写信，向政府告你。"

"狗杂种，"白雄牙咬得嘎嘣响，"我真是瞎了眼，还把他安到身边！"

"收拾他狗日的？"托珠塔重新背起背篼。

白雄沉默片刻，缓缓抬头，看着天空："算尿了，山神叶西纳玛，迟早会收拾他。"

一个小伙子从外面匆匆走来。白雄认得他是古县长的通信员小赵，就叫住他，说自己有急事，请他帮忙请个假。

看着小赵进了会场，白雄才从袍子里摸出一个袁大头，塞到托珠塔手上："累了，王老爷衙门住一宿再回吧。莫忘了，在西门铺子头买几个锅盔带上！"

"不了，我是民兵队长，事多。"托珠塔说完，转身就走。

"莫急！"白雄把托珠塔叫住，"给拉姆和艾玛带句话，宰只羊，好好敬一回山神。"

"哦，还有，给艾玛说，好生带解放！"他追着托珠塔又补了一句。

其实，白雄心里还有很多话要托珠塔捎回去。但是，他想想，叹一口气，还是让托珠塔走了。

目送托珠塔消失在街道拐角，白雄才挪动脚步，走出县政府。他脑壳里像堵了团乱麻，很胀，嗡嗡地响。他不晓得该去哪里，也不晓得接下来该做啥，只管低头乱走。太阳白晃晃的，他像是被老长老长的影子拖着在走。

"散会了，区长？"耳边响起一个熟悉的声音。

白雄抬头，旁边小屋窗口里探出张笑脸，是门房老马。这时，他才发现自己已经走回了区公所。

这里紧挨西门，出去就是一片河坝，自古就是处决犯人的杀场。这两年镇反，清匪反霸，土改，他亲眼看见十几个土匪头子、袍哥大爷在河坝里被敲了砂罐。这些人大部分他都认识，有的还好得称兄道弟。只一声枪响，他们身子一歪就瘫倒在地，被子弹击穿的脑壳红的白的溅得满地都是，有的甚至屎尿拉了一裤裆。现在，瞟一眼门口"龙安县民族自治区人民政府"的牌子，他陡然清醒了，觉得自己已经把一团乱麻理清：私藏枪支，私藏鸦片，有这两条就够严重了，但这还不是问题的全部。当了二十年番官，巧取豪夺是有的，欺男霸女是有的，命债也是有的，这回肯定难逃一死。押到群众大会上公审，拉到西门河坝头敲砂罐，然后把脑壳割下来挂在那棵皂角树上，都有可能。山神叶西纳玛啊，我白雄打打杀杀几十年，曾经想象过可能死于疾病、打仗、暗算甚至打猎，就是没有想到被公审后割头示众这种死法。一切都来得太突然，现在唯一来得及做的，就是赶快自行了断，多少给自己留一点白马汉子的面子。

院里静悄悄的。除了老马，人们应该都还在会场。但白雄开门时手还是抖得厉害，一把老式铜锁，长长的铜钥匙老捅不进去。门终于打开，关严，房间马上陷入黑暗，坐了片刻，他才逐渐适应。一缕阳光从窗缝里挤进来，投射到桌子上，照亮了一只搪瓷缸子。缸子颜色是浅浅的米黄，印着红色的北京天安门图案和"和平万岁"四个黑体大字——那是他去年去北京参加国庆观礼时带回的纪念品。看着缸子发一阵呆,他将里面的残茶咕噜咕噜喝得一滴不剩。他用袍袖在嘴上抹了一把,定定神,拉开抽屉,从最里面摸出一支手枪,压上子弹。

此时是一九五三年九月一日,农历癸巳年七月二十三,上午。

不远处,龙安县国民小学正举行开学典礼,孩子们在唱新版的《中国少年先锋队队歌》,不太整齐的合唱响彻小城。还有敲锣打鼓的声音,像是在更远的南街,也可能是报恩寺附近,大约是什么店铺的开张庆典。但是,尘世的一切热闹和繁华再也不能让白雄留恋,就是一百头犏牛也休想把他拉回来。

游移的目光停在茶缸旁边一份红头文件上。他不识字,但他晓得上面有艾玛的名字——她刚刚被增补为四川省青联委员。女儿美丽的面孔一闪,他的心抖了一下。唯一的女儿,至今还在阿爸面前撒娇的女儿。还有外孙,已经可以喊"阿尼"(白马语,爷爷或者外公)的可爱的解放。当然,还有跟了自己将近二十年的婆娘拉姆。

山神叶西纳玛啊,假如您要让我像阿爸那样活不过四十五,为啥不让我也像他那样战死?

阿爸阿妈啊,我两岁那年你们不救活我,让我那时就死了多好!

白雄迟疑地举起手枪,抵在自己的太阳穴。

白熊

第一章

1. 叶西纳玛

两岁那年，他的名字还叫其汝。

春天，最致命的小儿流行病"扎巴"开始在部落的各个寨子蔓延。最大的寨子厄里，第一个染病的就是其汝。他阿爸格庄慌了，急忙请名震岷山南北的老白该才介做一场盛大的法事，祈求山神叶西纳玛救儿子一命。

法事是从昨天傍晚开始的。现在，一天一夜将满，法事已近尾声。乱石垒砌的祭坛中央，才介盘腿坐在一张盘羊皮上，一边念经，一边轻敲吊在树上的牛皮鼓。偶尔，他还会猛敲一记同样吊在树上的大锣，锣声惊乍乍地在河谷里久久回荡，让这里显得庄严，增加了气场。按规矩，法事期间除了主人格庄和白该才介，其余的乡亲都来去自由。即使这样，还是有两百上下的男女老少黑压压地站在祭坪上，包括部落番官杰瓦。他们头戴白色圆盘毡帽，帽子上插着白羽毛。格庄抬头，一眼瞥见的是密匝匝的白羽毛在风中飘摇，像是一大片白色的神秘之火在燃烧。

格庄对叶西纳玛的敬畏始于八岁那年。秋天，他和阿爸玛鲁去铁楼的阳嘎山吃喜酒回来，两爷子半路上就开始拉稀。到叶西纳玛神山脚下，阿爸又憋不住了，慌忙跑向河边的林子。他酣畅淋漓地放空了肚皮，回来却不见格庄。压着嗓子喊了两声，格庄才提着袍子从祭坪边的灌丛里站起来，一片擦屁股的树叶还在手里捏着。阿爸陡然变脸，两眼冒火，就像要射出愤怒的铁砂子。他二话不说，老鹰叼小鸡一样把格庄拎到祭坛跟前，按着跪下，然后自己也跪了下去。

"山神叶西纳玛啊，"阿爸的声音打着战，"玛鲁无能，没有管好儿子，我们都晓得错了啊，叶西纳玛！我明天就给您敬一头牛！您就饶了玛鲁一家吧，叶西纳玛！"

那以后，格庄才晓得他惹的祸有多大。因为叶西纳玛神山的一根草都是不能动的，面对它高声说话也被严禁。至于进神山打猎，拉屎拉尿，那更是不可饶恕的冒犯，弄不好连小命都要搭上。木珠的爷爷因为撵一只受伤的鹿误入神山，他家的房子当年就被泥石流埋了，一家人死的死伤的伤，从此沦为部落里最穷的人家。玛鲁为了消灾，请老白该才介做法事、杀牛敬山神不说，还把格庄按在板凳上扒了裤子，用牛皮鞭子把他屁股打得稀烂。虽然屁股上的伤半个多月就好了，但格庄只要想起叶西纳玛，就会想起屁股上那钻心入骨的疼痛，以及阿爸那比黑洞洞的枪口还可怕的眼神。

念经结束，才介要跳曹盖舞了。"曹盖"就是脸壳子，一般都是木雕的老熊、老虎。才介的脸壳子却是白熊（大熊猫）头皮绷的。那上面眼珠子、鼻子、嘴巴和牙齿都还在，皮肉干缩之后，它龇牙咧嘴的模样就显得特别狰狞。才介个子瘦小，须发蓬乱，皱巴巴一张黑脸活像一团乱麻包了个山核桃。但脸壳子一戴，他蹦跶得比年轻人还有阵仗，把一柄寒光闪闪的胡鲁刀挥舞得旋风一般，活像山神附体。儿子瓦美敲锣配合着他，有节奏的锣声让他的舞蹈显得更加神秘和肃杀。

在喤喤的锣声和才介粗重的喘息声里，阳光暗了下来。篝火渐渐熄灭。巨大的树苑还没有烧透。隔着青烟看过去，神山在颤动，像是有呼吸的生命。山上那些被灌丛半遮半掩的嶙峋山石似乎也被才介唤醒，蠢蠢欲动，随时可能化身为老虎、豹子、老熊和白熊供山神驱使，可以轻易把躲在暗处作祟的鬼类赶尽杀绝。

风来了。大风将灰烬卷到空中，又雪花般飘落。烟不浓，却熏人得很，人群中响起一阵咳嗽声。格庄不觉得烟熏，只闻到一股股血腥味。它当然来自献给山神的那头公牛。牛是他从自家牛群里挑的，五岁，高大威猛，一季青草把它喂得油光水滑。他亲自杀了它，牛血都用木盆接了，被才介泼洒在祭坛周边的乱石墙上。心和肝是山神最喜欢的食物，也用木盘盛着，摆在祭坛上首。牛肉都在旁边那口巨大的毛边锅里炖了，让大家用树棍叉起来随便吃，现在只剩下几根白煞煞的骨头在汤水里翻滚。

随着法事的进展，格庄觉得自己该做的都做了，希望和信心涓流一样注入内心，渐渐涨满。

离开神山，格庄打着哈欠，跟在番官杰瓦和才介后面走在回家路上。刚上夺补河边的大路，不经意抬头，一眼就看见了他最怕看见的东西——一段原木样的东西，正从上游漂来。

这并非普通原木，而是一个原木凿空而成的蜂槽。蜂槽被麻绳捆扎，装在里面的不再是蜂巢和蜜蜂，而是一具幼儿尸体。这是古老的传统。白马人相信，让夭折的孩子乘蜂槽从夺补河顺流而下，漂流到海，就会顺利升入天堂。

小棺材里这个可怜的孩子，应该与其汝差不多大吧？

想到儿子，格庄心子猛然缩紧，像是被魔鬼的爪子一把捏住。

格庄已经在夺补河里送走了两个儿子。

头生子叫戈仁纳，白马语意为健康。孩子生下来的确健康，长得虎头虎脑，活脱脱又一个格庄出世。谁知刚满两岁就害了"托伊俄勒"，发烧，呕吐，抽搐，头痛得在地上打滚。虽然两口子请才介驱鬼，杀羊敬山神，在家念经一天一夜，还画符烧纸加草灰兑水给孩子灌，折腾了几天几夜，一次昏迷之后他再也没有醒来，两口子只能流着泪把他装进蜂槽，放进夺补河。

老二也是个儿子，取名拜纳才里。拜纳是白马最常见的一种常绿阔叶乔木，木质坚硬，耐寒，也耐旱，汉人叫它老久树。才里，白马语为长寿之意。但是，这个孩子并没有拜纳树或者老久树那样顽强的生命力，反而比老大更早夭折。他一岁半时死于"康扎"——身上烧得像火炭，呼哧呼哧的呼吸像拉风箱，小脸憋得通红，继而青紫，最终没有了呼吸。他依然穿着一身小小的新衣裳，乘着蜂槽去夺补河里追赶他哥哥了。

第三个儿子出生后，格庄格外谨慎，像多数人家那样给他取了一个贱名：其汝，狗崽子的意思。

这是个多么让人疼爱的孩子啊。其汝生下来就会笑，半岁就叫开了"阿爸""阿妈"，扶墙走路。每当格庄从外面归家，他那一声稚嫩的"阿爸"，让格庄立马醉了，舒坦得就像喝下了一坛蜂蜜酒。

去年冬天，格庄和老婆波兰早抱着儿子到番官杰瓦家做客。那天是杰瓦儿子尼玛塔的周岁生日。饭前，才介从腰间取下猎刀，从怀里摸出一个铜钱，还从炖锅里夹起一小块腊排，三样东西摆在桌上让未来的番官挑选。尼玛塔对猎刀、铜钱看也不看，直接抓过腊排就往嘴巴里送。

格庄说："尼玛塔将来有福啊，有的是肉吃。"

才介看了两眼尼玛塔，收起猎刀和铜钱，面无表情地说："贪吃是人的天性，只要不过分就好。"

大家觉得有趣，又让其汝挑选。其汝对摆在桌上的东西视而不见，东看西看之后，目光竟停留在墙上挂着的牛角号上，小手指着那物件哇哇叫嚷，非要不可。

怪了，牛角号是番官发号施令的东西，他怎么会感兴趣？杰瓦忠厚，当即取下来，示范着呜呜一吹，逗其汝笑笑，才递给他。格庄赶忙一把夺过，挂回墙上。其汝生气了，一手一块腊排也没有止住他的哇哇大哭。

才介看了看其汝，没有吭声。

格庄当场尴尬，事后却暗自高兴——莫非儿子心怀大志，是块干大事的料？

现在看来，格庄高兴得太早了。贱名其汝，也做不了儿子的护身符——染上"扎巴"的孩子，发烧，上吐下泻，通宵哭闹，已经两天了。

扎巴是父母们最害怕的病。一旦染上，十之八九难逃一死。这个从上游某个寨子漂来的小棺材，毫无疑问，里面装的是今天才断气的孩子。

看着越漂越远的蜂槽，联想到病中的儿子，格庄刚才满满的信心瞬间泄漏一空。

"下一个漂在河里的蜂槽，装的将是其汝吗？"格庄不敢多想，一把拉住才介："说实话，娃儿到底还有没有救？"

"放心，"才介眯眼望着满天暗红的火烧云说，"娃儿得救是肯定的。不过啊，你要亲自去打一头白熊。"

"白熊？做啥？"

"把它的皮烧成灰，兑水，继续给娃儿喝。"

沉吟片刻，才介又加了一句："最要紧的，他要改名字！"

"改啥名字？"

"当然是多嘎。听清楚哈，从现在起，你的娃儿不叫其汝，叫多嘎。"

哦，多嘎，多嘎多嘎。这当然是白马语，也就是白熊。

格庄恍然大悟，才介主持的法事，目的其实就是换命——拿一头白熊的死亡来换取其汝的新生。

2. 白熊

第二天，天才麻麻亮，格庄已经出门了。他给四条猎狗解了绳子，依次拍拍它们的脑壳。它们马上晓得接下来要干啥了，飞快地摇着尾巴，跳起来用嘴在他身上蹭蹭，转身就朝前面跑了。

白马人把打猎称为"打鹿"，把猎人称为"打鹿匠"。不管是天上飞的还是地上跑的，他们见野物就打。但白熊却是例外。不是因为它们憨憨的有些可爱，不糟蹋庄稼，不攻击人，而是因为它们的肉柴，还有些酸；毛粗，麦芒样扎人，皮肉都不可取，让人有些嫌弃。

　　在白马部落，打鹿匠们一般都是集体出猎。明显的好处是，人多狗多，围猎变得容易一些，也更安全。但白马最顶级的打鹿匠格庄，偏偏喜欢独往独来。他的独行是嫌人多碍事。假如谁忍不住咳嗽一声，或者不小心踩断一根枯枝，都可能惊动猎物，白忙活一场。更主要的是，他格庄不需要别人配合。因为他有自己家族基因里带来的打鹿天赋，还早就有了带扳机的啄啄枪，猎物只要被他看见，在他的射程里，就可以指哪打哪。而其他打鹿匠，使用的还是火绳枪——必须二人配合，一人扛枪瞄准，一人在旁边点燃火绳。这种老掉牙的猎枪，落后的狩猎方式，格庄不屑。当然，狗也是一个原因。部落里的撵山狗，都是一代代磨炼、筛选、进化而来，每个打鹿匠至少都养了两三条好狗。而格庄的狗更胜一筹。他除了优选本地品种，还亲自从青川瓢儿岭买来种狗繁衍他的狗群。他今天带出来的几条狗都体魄强壮、肌肉发达、胸深腰细、四肢修长、极其健美。它们速度快、耐力好、嗅觉灵、极其凶猛好斗，其中任何一只，与成年公狼单打独斗也都有胜算。

　　下弦月还在天边。月光如水，夺补河一样在乱石路上哗哗流淌。独木桥边，格庄用火镰子引燃一小堆树叶，焚香，分别敬了山神和猎神，才快步过桥。到了对岸，一旦拐进高家磨坊边的那条深沟，关于白熊的强烈期盼和渴望，立刻铡刀一样将身后的鸡叫、狗咬和婆娘哭、娃儿闹一刀两断。现在正是白熊发情交配的季节。这次法事前一天，格庄上山找他的牛群，经过孔雀山曾亲眼看见四头白熊在山谷对面的草地上追逐争斗，它们像绵羊一样"咩咩"的叫声，格庄走了老远还能听见。这期间的白熊注意力都在异性身上，反应特别迟钝，要猎杀它们也相对容易。格庄非常自信，他绝对可以找到一头白熊，打死它，带着它的皮子回家。

爬上高山，穿过老林

我把最好听的猎歌献给各方大神

厄里寨的山神阿里泰岱老爷啊

珠戈寨的山神俄若恰戈老爷啊

雅日块的山神阿尼约汝老爷啊

卡氏寨的山神桑纳日珠老爷啊

托洛加的山神格绕老爷啊

稿史璐的山神色日老爷啊

帕西加的山神阿岱色汝老爷啊

色汝加的山神热阿达嘎老爷啊

色纳怒的山神玛格德嘎老爷啊

肖珠璐的山神阿尼俄西老爷啊

刀切加的山神乌鲁戈汝老爷啊

厄补部落的山神阿尼兹贝老爷啊

慷慨大度的猎神拉伊老爷啊

至高无上的叶西纳玛老爷啊

把所有的白熊都朝我这里撵吧

给格庄一头救命的白熊吧

出门唱猎歌，自古以来，上山的打鹿匠都这样。白马猎歌有十几首，调子各不相同，他都可以随心所欲，即兴填词。他唱得并不大声，最后只是在心里哼唱，但从来没有像今天这样用劲，情真意切。他这是在苦苦哀求，用强烈的意念把他所知道的所有神灵都请出来，给他力量，给他运气，帮他狩猎。

顺着正大沟一直上行，到孔雀山脚，再爬上一个山头，格庄终于站到了阳光下。

天空瓦蓝，举目一望只有大山，一座高过一座，层层叠叠地将他包围。格庄清楚地记得，今天是三月二十四，离立夏还有三天。山下桃花刚谢，李花正当花期，满眼已是一片嫩绿。而山上，野樱花才开不久，近处的水青、连香、红桦和领春等阔叶林刚刚绽出新芽；远处是云杉、水杉、红松和红豆杉等针叶林，已经过渡为朦胧的一抹灰蓝；而远山则完全是寸草不生的砾岩了，顶部白雪皑皑，被刚刚跃出的红日照耀，金山银山一般炫得让他睁不开眼睛。有风带着雪山的寒意迎面吹来，这让格庄更加清醒，铆着蛮劲与死神赛跑。路是没有的。他只能在林下的灌木、竹丛、蒿草和荆棘中穿行。他一边在心中呼唤山神和猎神，一边不断挥动手上的胡鲁刀，咔嚓咔嚓咔嚓，为自己开辟道路，努力跟上前面的猎狗。

肩上的猎枪在他屁股上轻轻拍打。这支来自汉区的啄啄枪，两年多时间里已经打死两头老熊、五头野猪、六只青羊和两只獐子，野鸡野兔不计其数。心爱的猎枪给了他底气，身上积存的所有精气神，都被躲在密林深处的那只白熊调动出来。背上的背箅——里面有两块煮熟的腊肉、五双柳皮草鞋、十几个火烧馍和两个灌满哑酒的牛尿泡,让他完全感觉不到重量,像是长在自己身上的肢体或者器官。

前方猛然爆发出一片狗的狂吠。他内心一激灵——发现猎物了。

被猎狗围住的是金丝猴,一对母子。因为被疯狂追撵,它们在奔逃中慌不择路,犯了致命错误,不幸落单,困在了林子尽头一棵枫香树上。这是绝路。母猴在树顶徒劳地攀爬跳跃,小猴子似乎也感觉到了危险,仰面搂紧妈妈肚腹,紧张地看着格庄。

金丝猴是打鹿匠们喜欢的猎物。它的皮毛可以做褂子,可以镶嵌在袖口和衣领。它金黄的色泽放在哪里都熠熠生辉,是有钱人的标志。虽说它的肉口感较差,有一点松油味,但风干后再煮了吃,依然是美味。骨头是中药,很值钱。猴肚也是好东西——用整只猴肚泡哑酒,虽然散发着粪便的恶臭,却是白马人坚信不疑疗治胃病的秘方。现在,两只猴子都难逃一死。格庄举枪,瞄准,只需枪响,它们就会掉下来,就像一坨银子从天而降。但格庄还是迟疑了,因为他顺着枪筒看过去,母猴的乳房膨大,怀里的小猴恐怕出生还不足一月,它看格庄的眼神楚楚可怜,透露出明显的惊恐和绝望。格庄内心被撞了一下,想起了病中的多嘎。他犹豫了,食指在扳机上扣紧,松开,扣紧,再松开。最终,他叹一口气,收起枪,将拇指和中指捏住,含进嘴里打了一个尖锐的呼哨,带着狗径直离开了。

他告诫自己:现在,只能一门心思寻找白熊,白熊,白熊!

整个白天,他遇到了两只野鸡,一只青羊,还远远地看见山下长长的一队马帮，就是没有找到白熊。

天黑之前，格庄找到一处崖腔过夜。他砍了些箭竹铺在地上，上面再铺些干草就是卧榻。搬来几根枯树枝，架起来，用猎刀削些刨花状的薄片放在下面，再剥下一些干透的青苔引火，火镰子一打，篝火很快就升起来了。他给每条狗各扔了一块火烧馍，咕噜咕噜喝了半罐咂酒。一个火烧馍还没有啃完，睡意已经排山倒海般袭来，他头往崖壁一靠就呼呼大睡了。他实在太累啦，浑然不觉中，两条蚂蟥叮在他手臂上，吸饱了血，膨胀得像两枚浑圆透亮的宝石。

发现白熊是在第二天中午。

他先是发现了一堆白熊屎。鸡蛋大小的七八坨，随意地拉在箭竹林边的枯叶上。粪便还很湿润，尚未消化的竹节、竹叶像是拒不服从一只笨拙之手的揉搓，屎蛋只能算勉强成型。白熊也是领地意识很强的动物，喜欢在路上留下标记。最常用的是尿。它频繁喝水，喝得多，尿得多，走到哪里就尿到哪里。它还经常用屁股在树上摩擦，留下一些分泌物。猎狗就是从这些白熊屎找到这些标记从而发现它的踪迹。一路追踪，最终在一条叫"猪大肠"的深涧里把它找到。它当时正在溪边喝水。这是一头四岁大小的白熊，雄性。它离开母亲两年左右，但还不到交配年龄，所以在这个季节还形单影只。猎狗一发现它，立刻展开围攻。它拼命逃窜，猎狗紧撵，他跟在后面撵。白熊笨拙，刚才又喝了不少水，把自己喝成了一个水囊，让它更加笨拙。跑到一个山梁，它累得跑不动了，停下来喘气。几条狗围着它狂吠，骚扰它，瞅空子攻击它，消耗它，让它疲于招架。看见猎人近了，它不得不再跑，到下一个山梁时，又跑不动了，又停下，又被迫和狗缠斗。看见人靠近，又跑，如是反复。当第三次停下时，它已经完全跑不动了。格庄赶到时，它在崖脚一棵青冈树上一动不动地趴着，大口喘气，口吐白沫，一副认命的样子。猎狗们围堵在下面，朝它狂吠，又蹦又跳。

这时悬念全无。格庄仰视，瞄准白熊心腹部位，砰的一枪它就掉了下来，比拿竿子捅下一枚熟透的果子还要简单。

猎物到手，格庄鼻子一酸，眼泪立刻汹涌而出。他跪下来，大喊一声"叶西纳玛"，一下子瘫软在地。

多嘎生病以来，他和波兰早已经折腾了好几个不眠之夜。刚才追踪白熊，耗尽了他全部的气力。他觉得自己真的快要累死了。但还是记得要奖励猎狗。他打起精神，将剩下的几个馍一一掰开，给自己留下大半个，其余全部扔给了它们。

一股鲜血正从白熊胸部汩汩流出。他眼睛亮了，野兽一样扑上去，嘴巴对准伤口疯狂地吮吸起来。呷干了，他吐出嘴边的几根白熊毛，拔出猎刀，飞快地剖开白熊肚腹，摘下心子。他捧起这个热气腾腾的血液容器，仰头，先是吸，再是挤，将里面最后一滴血都挤进了自己的嘴巴。挤瘪的心子扔进狗群，立刻引起一阵疯狂的争抢。他索性将肺、肝、脾、肠、肚和腰子一一掏出来，全部扔给了它们。

看着猎狗抢食，格庄不由自主地伸出舌头，满足地舔了舔唇边残留的血。白熊的热血微腥，似乎还带了一点点咸，一点点甜，吞下后迅速在五脏六腑和经络间游走，让格庄舒畅得如饮美酒。他感到周身通泰，轻松，轻松得似乎轻轻一纵就可以飞起来。他没有吃过鸦片，但听说吃了鸦片会舒服得无法形容。格庄相信，他现在肯定比吃了鸦片还舒服。

吸饱血，格庄醉了。他身不由己，往树干上一靠就酣睡过去。一个白衣白袍扎红腰带的老头儿突然出现在他面前。他矮胖，飘着尺把长的白胡须，满脸皱褶却肤色红润，眼睛眯缝但很有神采。他笑眯眯地说，送你一颗仙丹，你儿子吃了很快就会病好，变得更加聪明，将来比你还有出息。说着，他掰开格庄的手，将什么东西塞到他的掌心。

从来没有见过这么个老头儿，但格庄没来由地晓得，他面对的就是山神叶西纳玛。他站在山神面前，四肢僵硬，不敢直视，紧张得说不出话。等他好不容易缓过神来，决定要跪拜时，哪里还有山神！他只感觉到一阵风掠过，吹得树叶纷纷飘落。

格庄彻底醒了。风还在脸上微微吹拂，但周遭寂静无声。狗们吃饱了，也像他一样挤在草地上睡大觉。

他想起了刚才的梦境，山神的仙丹。下意识地将手摊开，手心握住的，却是一小块暗红黑亮的凝血。

3. 洋人

格庄背着白熊皮走进自家院子时，早已过了夜饭时间。

还在楼下，他就听见一个声音从楼上飘来。一听那调调，就晓得是才介又在唱《阿尼格萨》了。阿尼格萨本是一只青蛙，青蛙皮一脱就变成一个英俊的小伙子，像孙悟空一样神通广大，也像孙悟空一样为老百姓降妖除魔。《阿尼格萨》故事版本很多，情节复杂，长得一个月也唱不完。格庄从独木梯上楼，走过转角走廊，一阵掌声响起，大约是才介刚刚唱完一折故事。嘈杂声里，叽里呱啦叽里呱啦，格庄隐约听见了一种奇怪的说话声。屋里灯火通明。白马人的照明，自古以来就是竹灯——一块小石片，中间钻孔，将点燃的箭竹秆插进去，往墙上一挂就是了。今晚，比平时多点了几根箭竹，照亮了堂屋的各个旮旯。满屋的人，他的目光越过番官杰瓦和老白该才介，一眼就看见了坐在火塘左上方的那几个洋人。他们是三男一女，人高马大，身上手上长满金丝猴一样的黄毛，坐在火塘边就像混进山羊群的绵羊那么打眼，让他惊得合不拢嘴巴。

格庄是见过世面的人。他虽然没有见过洋人，但无数次听人说起。所以，他吃惊的不是洋人的长相，而是他们的突然到来，居然还坐在他家里！这时，他才猛然想起，昨天看见的那一队马帮，其实就是洋人的队伍。我的天老爷嘞，雕翎崖、猫耳山、杜鹃山这些大山把白马部落围得铁桶样，那些背着盐巴、糖果和针头线脑进来换皮子、药材的汉人小贩，偶尔进来一趟，都累得要死不活，鬼晓得这几个洋人是怎么摸进来的！他们来，想干啥子？

归家的格庄，也让洋人们惊讶。他们看到的是一个满脸血污的汉子，带着一身汗味和血腥气闯了进来。他肤黑，眼深，鼻挺，嘴大，唇薄，透出过人的精明。他穿着兽皮，打着绑腿，魁梧壮实得像一个斯巴达武士。他左耳坠了个硕大的银质耳环，脖子上吊了个老虎的犬齿，粗大的辫子盘在头顶，样子很像美洲的印第安部落酋长。尤其是他从肩上卸下的那个背篓，最上面那一张沾着血迹的新鲜兽皮，黑白相间，一看就知道是从来没有见过的大型猛兽。难道是Giant panda（猫熊）？不约而同，四个洋人的目光，最后都死死盯在了那张皮子上。

洋人是杨兴安带来的。杨兴安原来的名字叫沃西塔，早先也是本寨的白马人，二十几年前才随父母迁居到猫耳山背面的灭氏坝。那里直属黄羊关土司衙门，临近汉区，居民大都汉化，是汉人眼里的"熟番"。因为匪患和瘟疫，白马部落不断有人搬去那边。为了生存，他们都迫不及待地脱下袍子，拔下毡帽上的白羽毛，穿汉服，改汉名，变得比汉人还像汉人。格庄和杨兴安很熟，晓得他经常在土司衙门当差。杨兴安带来了土司王老爷的口信。王老爷说，这四个洋人是专门研究植物和动物的探险家，带着成都军政府胡景伊都督签发的谕帖，请杰瓦番官和格庄头人务必热情接待，给予协助和方便。

一个姓潘的翻译介绍，领头的洋人叫戴维·沃克，英国人，是植物学家；女洋人是他婆娘，叫珍妮·布莱恩，是画家，博物学家；大胡子洋人叫约翰·埃尔文，他和戴眼镜的小伙子乔治·罗斯都是成都的大学老师。他们的排场很大，十几匹骡马，十几个背脚子，还有两个厨子，八个全副武装的卫兵。各种箱子、麻袋和包裹，山一样堆码在墙角。

洋人的来头和气势震慑了格庄。他不懂啥成都军政府，更不晓得什么都督，他只认土司王老爷。洋人是王老爷介绍来的，他说的事就是天大的事，必须照办。按说，头人上面还有番官杰瓦管着，但杨兴安直接就把洋人带到格庄家来了。不晓得从啥时候开始，这类事情王老爷总是直接找到格庄这里来。是格庄富裕，房子好？或者，他内心更喜欢慷慨的格庄而非吝啬的杰瓦？但是不管怎样，格庄感觉王老爷很看得起他，给他面子，这就够了。听了杨兴安和潘翻译的介绍，还来不及擦一把脸，格庄就大声吩咐波兰早切肉、烤馍、温咂酒，他要拿出白马人接待贵客的热情，和洋人一醉方休。

隔了一阵，格庄才猛然想起多嘎。波兰早悄悄说，儿子吃了洋人喂的丹药和淡盐水，已经退烧，肚子也不拉了，正睡瞇睡呢。

格庄心里怦然一动。这些洋人，难道就是山神叶西纳玛派来送丹药的？

洋人来了的消息，跑得比风还快。早饭刚过，他们还来不及出门，看稀奇的已经挤满格庄家的堂屋。沃克见状，索性搬了个木凳，下了独木梯，在院坝中间坐下，让大家看个仔细。

沃克的灵感来自儿时记忆。那时他在爱丁堡的舅舅家度假，和两个表姐偶然路过圣十字宫，正撞见大清的什么高官从王宫出来，他们的东方面孔，奇特的官服，尤其是长长的辫子，让维多利亚女王治下的臣民们稀奇得不得了。人山人海的围观让交通瘫痪，大清使臣们寸步难行，甚至感到生命受到威胁。他们慌不择路，用随身雨伞左冲右突才闯进路边店铺，躲进老板的阁楼，直到等来警察解围。

现在，被围观的轮到他了。当然，他也不是干坐着，他要利用这机会和这些部族人交流。通过比画，在笔记本上画图，沃克努力介绍自己和他遥远的祖国，讲即将给世界带来巨变的汽车、火车、轮船、飞机和电报，以及正在普及的电灯。即使有老潘和杨兴安过来，用汉话和白马语解释，大家也云里雾里，感觉洋人说的都不是人间的事情，更坚信洋人来自神界，具有魔法。

一个身材瘦小的老人慢慢走进来。沃克认得他是昨晚唱《阿尼格萨》的老巫师，就主动招呼，向他请教，打听他感兴趣的一切。才介看沃克一边听他说话，一边飞快地用笔划拉，本子上尽是神秘的圈圈道道，以为画的是什么神符，心中忐忑。给杨兴安和老潘一说，沃克就将本子上记的照读了一遍。这样一来，老巫师更加大惊失色——他明白了，洋人居然把他先前说的话一字不漏地写进了那个本本。

沃克身边的人越聚越多。临近中午，厄里之外，周边几个寨子的人也闻讯来了不少。有些人还盛装而来，如同出门做客，或者参加庆典。小伙子穿的都是白色长袍，扎绛红色腰带，左耳吊坠的银耳环闪闪发光，显得英武彪悍。随着大清皇帝退位，中国人已经剪了辫子。但这些部族人脑后那根辫子，与他印象中中国人的辫子并不一样，似乎并非前朝遗物，让他们显得更加神秘。漂亮的还是姑娘们。她们头戴飘着三根白羽毛的白色圆盘毡帽，穿着色彩绚丽的衣裙，胸前挂着鱼骨排，腰间花腰带外面缠绕了几匝铜钱串。最有意思的是，有些姑娘把长发结成几十根小辫子，最终又在脑后束成一根独辫，上面抹了动物油，缀满珠贝、海螺和兽骨，走起路来，辫子在腿间摆荡，油光闪闪，叮叮当当，显得袅袅婷婷，风姿绰约。

布莱恩从楼上下来，抓住机会画起了速写。她立刻抢了沃克的风头。才三十岁出头的洋女人，皮肤雪白，身材高挑，金发结成的辫子金链子一样盘在头顶，身上即使只是一身花呢格子衬衫和卡其长裤，也掩不住她迷人的气质。尤其是那一双灰蓝眼睛，海子一样深不可测，白马的小伙子们哪见过这么漂亮的女人，一个个似乎都魂不守舍。她动作飞快，寥寥几笔就是一个人物，或者一个场景，让挤在身边的人们发出一阵阵惊叹。

罗斯挎着相机下来了。他手上拿的那张照片就是昨天拍的巫师特写，成像清晰，连眉毛胡须也一根根历历可数。老白该本来已经打卦，证明了这些洋人对白马人并无危险。但是一见照片，已经得出的结论又动摇了——山神啊，自己的模样被印到了一张可疑的片片上，自己的魂魄很可能就要被他们带走了！他还没有来得及做出反应，罗斯端着他的折叠照相机又开拍了。一个姑娘看见洋人端着个扁铁盒子，上面一对亮闪闪的镜头像老大的一对眼睛瞪着她，吓得尖叫一声躲开。他又将镜头对准另一个姑娘，她也捂着脸逃到一边。接下来，罗斯的镜头对准哪里，那个方向的人就一哄而散。

场面混乱，老巫师终于忍无可忍，怒吼一声一把抓住罗斯，要砸了他的魔盒。罗斯猝不及防，慌忙将照相机夹在腋下，抵挡着才介的拉拽。

"千万别碰它，"听到吵嚷，格庄急忙赶了过来，把才介拉开，"那东西贵得很啰，抵得上好多条牛呢。"

"我不管，"白该愤愤地说，"这是个魔盒，人关进去魂魄就出不来了！"

"现在最有钱的汉人才耍这个，"格庄笑着说，"别担心，王老爷家墙上就挂了好些这种画片。"

说着，格庄拉着罗斯，要他给自己拍照。正面，侧面，甚至背影也让罗斯拍了。似乎还不过瘾，又叫波兰早抱了病已经好了大半的多嘎下来，让罗斯照了一张全家福。

因为格庄示范，大家不再躲闪罗斯。但是，镜头里的白马人，无一不表情羞涩，僵硬，紧张，不敢直视镜头。有的甚至面带几分惊恐。

只有才介，还有番官杰瓦，他们始终拒绝拍照。

因为有洋人的疗治，多嘎虽然还显得虚弱，但看来已无大碍。沃克趁机把白熊皮要了去，抹上盐和药水，用针线缝合再用燕麦草填充之后，挂到了墙上。这时，它像是一头白熊重新复活，张牙舞爪地在檐下凌空舞蹈。

4. 最新式的英国步枪

早晨，洋人们准备上山，采集标本，顺便找到那头剥了皮的白熊遗骸。

一些神奇的洋玩意儿从箱子里取出来。格庄当然认不得什么罗盘、经纬仪、六分仪、望远镜和护目镜之类，但枪他是认得的。洋人随身都带有手枪，连布莱恩都带着，这一点格庄早就发现了。但是，当大胡子埃尔文将一个暗绿色的铁箱子打开，将几支崭新的步枪拿出来的时候，格庄几乎要叫出声来了。枪托棕红锃亮，枪管的烤蓝在初升的阳光下闪烁着炫目的光泽。当罗斯咔嚓咔嚓将两夹金灿灿的子弹压进弹仓的时候，格庄更是看得两眼发直，比此前洋人乍一看到白熊皮时的目光更显得痴迷和贪婪。

这是格庄第一次和传说中的快枪零距离接触。

"最新式的李·恩菲尔德步枪，"老潘神秘地说，"这是英国鬼子才造出来的枪啊。我敢说，这么好的步枪，全中国都只有这几个洋人才有！"

格庄更加按捺不住了，凑过去，像第一次摸波兰早的手一样，小心地在枪身上摸了一把。

突然，正在旁边调试望远镜的沃克"啊"的一声惊呼。他将望远镜迅速朝脖子上一挂，表情夸张地做了个嘘声，一把抓过罗斯手上的枪，上了弹夹，蹑手蹑脚地朝河边跑去。

沃克跑到河边，悄悄在一个石包上趴下，又拿望远镜张望一番，伸出枪去，慢慢移动。对岸是一片茂密的水柳，稍远的斜坡上是番官家的土地，种着青稞和洋芋。格庄紧跟着来到沃克身边，什么也没有发现时，沃克的枪已经响了，紧接着他又开了一枪。Bear！Bear！沃克兴奋地大叫着，使劲在格庄肩膀上拍了一巴掌，拔腿就跑。

二人一前一后从独木桥上过了河，跑过那片青稞地和洋芋地，上面是格若才里家的蜂场，几十个蜂槽密密麻麻地摆在老林下的崖脚。现在，好几个蜂槽被掀翻，密集的蜜蜂在空中嘤嘤嗡嗡乱飞。格庄明白了，沃克打的是偷吃蜂蜜的老熊。他们在地上发现了一摊鲜血，循迹来到一片灌木林跟前。正紧张地搜索，只听灌木深处咯嘣咯嘣传来几声枯枝折断的脆响，格庄用手一指，沃克看见十米开外的地方，一头黑熊摇摇晃晃地站了起来，嘴角流血，凶神恶煞地朝他们咆哮。沃克急忙再开了一枪，黑熊栽倒下去。他们小心翼翼地走过去，熊还在地上打着滚，沃克又抵近补了一枪，它很快就断了气。

这是一头成年公熊，重量应该有两百多斤。

布莱恩、埃尔文、罗斯、老潘和杨兴安，他们都跑来了。看到地上的黑熊，大家异常兴奋，都夸沃克的好枪法。布莱恩更是高兴得抱住沃克亲了又亲。

白马的神枪手格庄，在现场目击了沃克隔着夺补河将对岸的老熊打倒，洋枪的杀伤力让他震惊不已。

太阳偏西的时候，白熊的遗骸被顺利找到。肉已经被食肉动物们吃得干干净净，白森森的骨架被洋人们编号，拆解，在溪水里清洗干净，捆扎起来搬回了寨子。

接下来的日子，格庄每天都带着他们在山上转，发现和采集到的珍稀植物标本或者种子，多得超乎沃克的想象。光乔木就有珙桐、红豆杉、麦吊云杉、冷杉、红松、刺楸、油杉、枫香、岷江柏、红桦、矮桦、紫椴、青窄槭、毛果槭、柳杉，等等，总共18科，27属，119种。灌木差不多也有同等数量，光杜鹃就有十几个品种。正遇上百花盛开的季节，他们采集到的各种花卉标本就有67科，94属，311种。其中，有3个品种的兰花是第一次发现。

最令人兴奋的是，他们在牧羊场发现了绿绒蒿。这种罂粟科植物，两年前威尔逊曾经在康定海螺沟的雅家梗发现。它硕大的红色花瓣光滑细腻，摸起来似乎有丝绸的质感，它们含苞带露地吊坠在花茎上，纯洁，高贵，浪漫，美丽得像童话中仙女的裙裾。绿绒蒿带回英国马上就引起轰动，被包括王室在内的上流社会疯狂追捧，称为"离天堂最近的花"。而现在这个季节，绿绒蒿才刚刚结束休眠。但根据它们生长的海拔高度和植株形态，加上格庄的经验，大体可以判断，他们这次发现的绿绒蒿，品种和数量都要多得多。

他们也猎获了不少动物标本。金丝猴、小熊猫、蓝马鸡、绿尾虹雉、珍珠鸡，等等，好几十种。格庄隔几天就要准备一根新的杆子，让洋人在上面满满地挂上动物标本。虽然格庄的啄啄枪也上场，但绝大多数猎物还是快枪打下来的。快枪射程远，威力大，射速快，常常让啄啄枪干瞪眼。

骄傲的神枪手格庄，因为快枪，他第一次感到了没面子。洋人每次射击之后，他都要在地上找到子弹壳，在袖子上擦擦，凑近鼻孔嗅嗅硝烟的气息，金属的气息，再把它们宝贝一样揣进怀里，自己玩够了，再交给多嘎玩。

几天后，沃克看格庄对枪痴迷，就把自己的枪递给他，让他过一把瘾。那时他们刚刚找到了一处岩鹰的巢穴。岩鹰是这一带最大的猛禽，体型远远超过秃鹫，可以叼起豺狗和小牛犊。鹰巢建在一个向内凹陷的悬崖上，距地面大约五百英尺。格庄接过枪，子弹上膛，等到鹰从巢里飞起时，他举枪瞄准，扣动了扳机。清脆的枪响瞬间，那鹰在空中扑腾了几下，急速坠落在山坡上，很快被猎狗拖了下来。格庄动作娴熟，就像是一个用惯了李氏步枪的老枪手，更加让洋人们刮目相看。

而格庄，真正地用了一回快枪，就像当年刚刚结婚，与波兰早有了第一次"班班扎"（白马语，做爱）之后贪恋床笫之欢那样，他时刻被快枪所撩拨，渴望着再次握住它，甚至拥有它。

一个雨后的夜晚，格庄在家里盛宴招待洋人。波兰早从早饭过后就开始忙碌，洗野味，煮腊肉，蒸馍，擀荞根子。天黑时，火塘上大吊锅里煮得热气腾腾，旁边的铁锅里，波兰早的锅铲炒得铿锵响亮。腊排、熊肉、盘羊肉、火烧馍、各种野菜，还有波兰早按汉人做法炒的肉丝，用大大小小的木盘盛着，先后堆叠在粗木条桌上。酒桶的泥封打开，客人面前的酒碗斟满，各种香味冲击着客人们的嗅觉。

这是白马人家罕有的隆重，沃克一行也是第一次吃到如此名目繁多的野味佳肴。

酒歌唱了一轮又一轮，咂酒喝干了一桶又一桶。酒酣耳热，沃克和布莱恩高兴，也唱起了故乡苏格兰的民谣。这时，格庄乘着酒兴再次走到沃克面前，用白马人最隆重的礼节——单膝跪下，将酒碗举过头顶。他唱道：

> 太阳和月亮是天空的主人
> 岩鹰和岩羊是悬崖的主人
> 水獭和翠鸟是海子的主人
> 狼和豺狗是草地的主人
> 老虎、豹子和猴子是森林的主人
> 远方来的贵客啊
> 牛羊、银子和友情可以换一支快枪吗
> 格庄想做一支快枪的主人

格庄唱完，沃克左右看看，耸耸肩，摊开双手，一脸茫然。

格庄依然跪着，再唱。尴尬的坚持中，杨兴安拉着老潘对沃克耳语了几句。沃克过来，一把拉起格庄，拥抱了他，还在他背上轻轻拍了几下。

老潘悄悄对格庄说："沃克说了，他不会亏待你的。放心吧，洋人有钱，很大方呢。"

格庄眼泪都快要流出来了。他一把抓住老潘的肩膀："洋人对多嘎有救命之恩，还向人家要快枪，你说，我该怎么报答？"

"活捉一头白熊。"老潘笑笑，"白熊，他们都想疯了。"

正式提出活捉白熊，是在第二天早饭期间。

老潘转述沃克的意思时，沃克手里掰着火烧馍，笑吟吟地看着格庄。

这怎么可能？在格庄的记忆里，从来没有人干过。白熊繁殖能力差，数量少，是独往独来的大型猛兽，怎么可以活捉？何况马上就要进入夏天，植物枝叶一天比一天繁茂，活捉野兽如同大海捞针。所以，他犹豫了一阵，还是坚决地摇了摇头。

沃克和老潘咬了咬耳朵，伸出右手，竖起三根手指头。

"沃克说了，事成之后，送你三杆枪。"老潘说。

"不得行，"他还是摇头，"你们这事啊，恐怕只有山神老爷才办得到。"

沃克一下子竖起五根手指头。

格庄眼睛亮了一下，但那火星马上暗淡下来。他继续摇头。

最后，沃克和老潘咬了一阵耳朵后，慢慢伸出双手，十个手指头一张一合，紧盯着格庄。

"格庄头人啊，沃克说，他愿意拿十杆枪换一头活的白熊！老潘打着手势，表情夸张，"听清楚哈，是十杆枪，十杆枪啊！有了十杆枪，你都可以称霸一方啦！沃克说，你是足智多谋的白马英雄，只要你肯下决心，没有你办不到的事情！机会难得呀，我的头人，干吧！"

"尿日的！"格庄沉默了一阵，终于经不起"十杆枪"的诱惑，将大巴掌往桌子上"啪"的一拍，"干就干！得行不得行，我们都要干一下！"

各种办法格庄都想到了：陷阱、木笼和下套。结果费时费力，只抓到一只豺狗和一头半大的野猪。

格庄毛了。他索性使出最笨的办法：围捕。

这是白马史上最壮观的一次狩猎。全寨所有成年男人加上部分强健的女人全部出动。连洋女人布莱恩也打起绑腿、戴着遮阳帽，跟男人们上了山。他们带足了干粮，提着火枪。家里没有打鹿匠没有猎枪的，也拿着木棒、锄头或者钉耙。从北边最高处的杜鹃山开始，一百来号人加上两百多条狗排成一字阵型，从高到低往下搜索，就像女人们用篦子梳刮藏在头发根里的虱子。格庄想，莽莽大山，林子里白熊有的是，老子独自上山都打到白熊了，这么多人，再怎么活捉一头该有把握吧？

气温越来越高，万物复苏，漫山遍野都绿了。人在山林和箭竹间穿行格外困难。人们脸上、手上被荆棘和树枝划满血痕，不少人还挂烂了袍子。此外，还要随时提防猛兽、毒蛇和蚂蟥。不过人们都接受了格庄头人讲的道理，憧憬有了快枪之后寨子里不再担惊受怕的太平日子，兴奋的情绪像火苗一样在心里缭绕，于是人人奋勇，个个争先。狗吠声此起彼伏，吆喝声像风暴一样在山间呼啸。巨大的阵仗惊得野鸡乱飞，各种野兽慌不择路，到处逃窜。

花了两天半时间，巨大的口袋阵也的确围住了一头白熊。令人想不到的是，最后关头，那头白熊像是有山神指引和接应，居然连滚带爬逃进了叶西纳玛神山，径直爬上了那棵千年神树！

进了神山的白熊，等于直接投进了叶西纳玛的怀抱，成为神兽，再没有人敢打它的主意。大伙站在神山外干瞪眼，但洋人们却高兴得哇哇大叫，直接冲进了神山。他们在神树下架起干柴，准备燃起篝火，通宵守候，直到将白熊捉住。

山神叶西纳玛啊，这些外国来的家伙太无法无天了！自己的快枪梦做不成也就罢了，冒犯了山神，这可是捅破天的祸事啊。

他急忙叫来瓦美："赶快把部落里的白该全部喊来，拿上家伙，把那些洋人给我撵出来！"

洋人闯进神山，险些和白马人酿成流血冲突。但后来，沃克还是够意思，离开白马时真的给了格庄一支枪。他们在格庄家住了半个多月，吃喝拉撒，一笔一笔都折算成了银子。枪的确是白送。

咱白马人，怎么能够让客人吃亏？格庄想也没想，就将墙上的兽皮悉数卷起来奉送。觉得分量还不够，想想，记起沃克曾不止一次地称赞他家门楣上挂的那一对曹盖，说是造型和雕刻的刀工如何如何地好，就赶忙取下来，亲自擦去积灰，不由分说地让沃克收下，他内心才恢复平衡。

有了枪的格庄就不再是原来的格庄。他天天枪不离身，在家里总是擦枪。枪本来就崭新锃亮，还擦。不擦枪的时候，就装子弹。两个弹夹，卡进去，退出来，再卡进去。咔嚓咔嚓咔嚓，他喜欢听那清脆的声音，也喜欢看子弹那黄金般的光泽。每晚睡觉，枪都放在床头顺手处。

"枪是你的小婆娘。"波兰早假装生气。

"就是。"格庄坏笑，夸张地抚摸枪身，就像真的在抚摸一个美女。

5. 植物猎人

植物猎人沃克，他是别无选择地走上了自己的职业之路。

1879年深秋，五岁的沃克被父亲罗伯特·沃克男爵兴冲冲地从小城雷丁的家里带到伦敦，直奔特丁顿码头，在漫天大雾中等待一艘来自大西洋彼岸拉瓜伊拉的商船。父亲神秘地告诉他，船上有世界上最美丽、最昂贵的花朵。但是，船到码头，男爵急不可耐地登船，找到属于他的那些植物收集袋时，采集于安第斯山原始森林的珍稀兰花——甚至还有一个准备以沃克的名字命名的品种，早就在船上烂掉了。有的是搬运和养护不当，有的是被人在营养袋里故意撒了尿。这是一次疯狂的赌博。"狂兰症"患者罗伯特·沃克押上的赌注是全部的祖产，最后还搭上了自己的性命。

父亲破产自杀，沃克一家命运逆转，他十三岁就不得不到伦敦被称为"邱园"的英国皇家植物园当学徒。

英伦三岛被大海隔绝，植物无法登陆，总共一千五百多个品种的本土植物，还不及四川的一条山沟的物种丰富。但英国气候温润凉爽，特别适合亚洲温带植物的生长，而整个上流社会又以园艺为时尚，为了某种珍稀植物，富豪们可以一掷千金。因此，英国植物猎人之多，超乎想象。沃克十七岁就参加探险队，先后到过印度、南非、刚果和墨西哥。威尔逊四次以四川为主要目的地的中国之行，震动全球植物学界。雇主维奇赚得盆满钵满，他自己也名利双收。大西洋彼岸的美国，哈佛大学阿诺德植物园园长萨金特看得眼热，亲自出马，以高薪和终身聘用为条件把他挖了过去。威尔逊举家移居去了波士顿，但是他打开的那个中国西部花园四川，却让维奇欲罢不能。在维奇公司一年一度的"切尔西花展"上，他偶然见到沃克，说起接替威尔逊再去中国的建议，二人一拍即合。

几乎一切都是现成的——维奇公司与威尔逊的合同，熟练的采集工和苦力领班，沃克差不多是把威尔逊的团队照单全收。只不过，在成都临时拉上了华西协合大学的教师埃尔文和罗斯。

沃克在日记里写道：

> 白马部落是个美丽的意外。
>
> 我们本来准备去松潘厅，然后和威尔逊路线适度拉开距离，经南坪、舟曲去迭部。但是，在龙安城里听说松潘方向发生了骚乱。踟蹰不前的时候，我偶然地邂逅了赵旭初先生——他是一位优雅的绅士，曾经留学日本，会日语，也勉强可以用英语对话。他慷慨地招待了我们，并请来白马土司王少沂先生作陪。因为他们的建议，我们临时决定去了白马部落，然后取道那里再去文县、舟曲和迭部。我们于5月27日离开龙安前往白马部落，直线距离不会超过60英里，我们却在连绵大山里整整走了5天。
>
> 白马是一个与世隔绝的地方，和汉人区域隔着宽广的无人区。我仿佛觉得，无论从哪个方向来，这里都像是世界的尽头。不过，当我们从海拔12000英尺的猫耳山艰难地下行，抵达番官所在的寨子厄里时，一个童话般的世界就呈现在我们眼前了。这里有世界上最美丽的蓝天和类似阿尔卑斯的雪山。一条清澈见底的夺补河曲折地从寨子旁边流过，两

岸的山上活动着蓝马鸡、雪雉、黑熊和金丝猴。甚至著名的猫熊，偶尔也可以目睹。寨子由180户人家组成，家家户户都是三层的土墙板屋，错落有致地布满山岗。铁器时代似乎还没有到来，房子的梁、柱、檩全部还是用藤蔓捆绑。寨子及其周边有很多枫杨、领春、椴和高原柳，盛开着醉鱼草、藿香和喇叭花，让寨子显得生动、芬芳和迷人。厄里只是白马部落18个寨子之一，我去过其中的肖珠瑙、稿史瑙、雅日块和托洛加。他们以家族血缘为纽带聚居，共同使用山林和牧场，互相帮助。以欧洲人标准看，他们贫穷而原始，但他们知足常乐，随时在自己的歌舞中自得其乐，似乎还停留在人类的童年。这里属于王少沂土司的领地，当地有番官、头人代表他进行日常管理。这里的部族人似乎与中国任何地方的部族人都迥然有别，最大的特征是戴一种插了白色羽毛的圆盘毡帽，公鸡、老虎、黑熊和猫熊都是他们的图腾。他们把一座叫叶西纳玛的山头尊为至高无上的神。他们不知道中国皇帝已经被推翻，他们对此似乎也没有兴趣。他们的活动范围仅局限于本部落，最多抵达文县的铁楼和南坪的勿角，通婚也是如此。

在这里，历史之轮似乎被卡住了，不再滚动向前。

（戴维·沃克《打开的中国西部花园》第52—53页）

沃克追随着威尔逊的脚步来到中国，但是他并没有威尔逊那样的幸运。虽然他也是满载而归，给维奇公司续写了传奇，接替岳父小胡克当上邱园主管的威廉·透纳对沃克更加器重。然而，他的影响完全不能和威尔逊同日而语。回到英国的第二年，麦克米伦公司出版了他的《打开的中国西部花园》一书，以翔实而生动的文字记录了他的中国之旅，书里还附有布莱恩的精美插画。但是不知什么原因，这本书居然影响平平。更令人唏嘘的是，他深爱的妻子布莱恩长期被失眠所困扰，一次服下过量安眠药，竟让她长眠不醒。从此，沃克心灰意冷，在邱园的苗圃和标本库里默默地度过余生。

据说，詹姆斯·希尔顿的《消失的地平线》，最初的灵感即来自《打开的中国西部花园》。如果属实，也算是沃克值得一提的又一贡献。

第二章

1. 皂角

多嘎的儿时记忆是从洗头开始的：满脑壳的白泡泡，浓浓的皂角气息，还伴随着巨大的恐惧。后来他懂事了，阿妈不止一次笑他："小时候给你洗头呀，你又哭又闹，害怕得像一只拉出来宰杀的羊，没办法，我只好把你朝木盆里使劲地按！"

是的，用皂角洗头，还用皂角洗澡、洗衣裳，在白马部落，只有多嘎一家。因为白马所有的寨子，包括厄里，都没有皂角。

多嘎家的皂角，来自阿妈波兰早白熊部落娘家。

十二岁那年的春夏之交，波兰早一个人在夺补河边洗衣裳。

不知啥时候的一次泥石流，将两坨房子大的巨石留在河心，河水流速减缓，水位上升，形成镜面一样的水潭。对岸崖上野花开得姹紫嫣红，风中吹送着浓郁的花香。水中映着蓝天白云，像一床巨大的毯子浸泡在水里，正等待她棒槌的捶打。细看，水里还有自己的影子。再细看，红扑扑的圆脸上，一对黑亮的眼睛，正与自己对视。她从木桶里抓出几件衣裳，提着领子在水里几浸几泡，涟漪荡起，镜面碎了，衣物与蓝天白云混为一团。浸了水的衣裳丢进木桶，再在大青石上将皂角砸碎，捣蓉，捣出大量的泡沫，和湿衣裳一起泡在桶里。当衣物浸饱了足够的皂角液，波兰早抡起棒槌开始在石头上捶打的时候，一阵脚步声响，她在水里看见了两个男人的影子。

来人显然是一对父子。那个大叔身板魁伟，眼睛细长，高挺的鼻子下面是能说会道的嘴巴。那个小阿哥就像是他阿爸的翻版，发育良好，身材匀称，将来毫无疑问也是个响当当的男子汉。他们捆扎着兽皮的背架子靠在路边，一人手拿一个瘪了的牛尿泡水囊，准备来河里灌水。

波兰早不晓得，就在她回头的那个瞬间，从她出生开始就等待着的那个最大的人生之谜，谜底已现。

"这是哪家的女娃？"大叔盯着她紧看了几眼，"长得好乖！"他像是在发问，又像自言自语。

"爸爸（白马人对叔叔、伯伯的统称）您好！我阿爸叫日扎休，纳卓寨的，我叫波兰早。"波兰早大大方方地说。

"哈哈，是说嘛，长得这么好看，原来是日扎休家的女娃！"大叔笑了。

他再次看了看波兰早，心里怦然一动，紧接着又轻轻地问："阿爸阿妈给你定亲了没有？"

"没……没有。"波兰早感觉问得突然，回答也就结结巴巴，脸涨得通红。

"回去给你阿爸说，让他等着，厄里寨的玛鲁四天后要背着酒来会他。"

四天后的下午，从龙安返程的玛鲁父子，果然来到了纳卓。

波兰早家在寨子南端，一棵皂角树巨大的树冠，母鸡翅膀一样将她家的木楼罩住。树上坠满了一嘟噜一嘟噜粉黄的花絮，清香弥漫，就连玛鲁背篼里那坛出自龙安烧坊的好酒，酒香都完全被它覆盖。纳卓以上，海拔迅速升高。因此，整个夺补河上游是没有皂角树的。格庄没有见过皂角树，更没有看见过皂角开花，闻到皂角花扑鼻的清香。于是，他那次就记住了，这是纳卓的味道，那个眼睛黑亮的姑娘波兰早的味道。

听到门口狗咬，日扎休迎出来，一眼就看见了老朋友玛鲁，也看到了玛鲁身后矮了半个头的格庄。

日扎休眉开眼笑："这两天喜鹊子老是在皂角树上喳喳地叫，昨晚黑又梦见山神老爷，说是你家有好事了，原来这好事应在你老兄身上！"

"哈哈，原来不是我这个厚脸皮自己跑来蹭饭，"玛鲁打着哈哈，"是山神叶西纳玛让我来的啊。"他像是猛然想起似的，说，"哦，我把儿子也带来了。他从来没有出过门，出门就到日扎休头人家做客，这是他的福气呀。"

"好标致的小伙子！将来一定像他阿爸一样有出息！"日扎休赞道。

"假如我好兄弟说的是心里话，"玛鲁看着日扎休，意味深长地笑着，"那我就要顺着杆子高攀了。"

日扎休看了看玛鲁背篼里的酒桶，嘿嘿笑着，把客人引进门。进门是起居室，正面墙上挂满已经风干的猪膘和新近猎获的野猪、岩羊和野鸡，贴着整张的熊皮和狐皮，门侧的横杆上整整齐齐挂着各种各样的锄头、钉耙、砍刀和猎枪。左边是火塘，吊锅里煮着肉，香气四溢，波兰早母女正在腾腾热气里忙活。格庄一眼就看见波兰早在阿妈旁边洗碗。她也看见他了，脸一红，目光赶快移开。但她就那么一瞥，如同一股带着皂角花香的微风从他脸上轻轻扫过，让他内心感到一阵酥痒。

火塘右边已经坐了些人，不是波兰早的舅舅舅妈就是叔伯婶子。看来，日扎休并没有把玛鲁的口信当作戏言，而是视为一个白马男人的正式通报，并且也准确领会到了他的意图。因此，波兰早的阿妈格姆在切菜、装盘的当儿，只是拿眼角余光扫了几扫，就在心里认可了格庄。于是，她脸上笑得更加灿烂。当日扎休示意她到旁边咬耳朵时，她摆摆手，笑道："没时间跟你废话，准备陪贵客喝酒吧。"

大家的目光都看见了客人带来的那一桶酒。对玛鲁父子来说，这是一场大考——只有主人家同意定亲才会动这桶酒；一旦取下包着一层猪尿泡的木塞，这酒就必须喝完。一醉方休，这才是一段美满姻缘的开始。

两边的条桌上摆满了切好的腊排、血肠、野味和隔年猪膘。还有一道菜是玛鲁也没有品尝过的：皂角仁炖鸡。皂角仁软糯，它的清香和鸡肉的鲜美结合在鸡汤里，别样的美味成为一个特别的标记，让格庄对定亲酒之夜感觉更加美好难忘。

这是玛鲁即兴发起的一次定亲礼。玛鲁与日扎休是老朋友，他的舅子或者兄弟玛鲁也大都认识。大家就在酒歌的唱和里，你来我往，掏心掏肺。

直到喝得踉踉跄跄之时，玛鲁又一次端着酒碗拉着格庄来到日扎休夫妇面前。"我这个儿子怎么样啊？"玛鲁笑问。

"龙生龙，凤生凤。我相信你儿子是白马部落又一条好汉。"

"那就是说，我们要成亲家了？"

"只要你不嫌弃，我们就是亲家。"

"说的不是酒话？"

"亲家，我还没有喝醉。"

于是，玛鲁将酒碗举过头顶，敬了日扎休夫妇，接下来又将酒碗斟满，面对大家唱道：

> 院坝里晒的燕麦要扫拢来
> 房顶上的杉板要扣起来
> 我从夺补河上游来
> 上游下游的亲戚朋友要走起来
> 亲家和亲家要把手拉起来

四年后，玛鲁意外地死于一次狩猎。

日扎休感念亲家在白马社会正派、慷慨、义气的好名声，迅速将波兰早嫁到了厄里。

其实，夺补河上游的白马部落比起下游的白熊部落，海拔更高，更冷，也更穷。他们一年四季都围着火塘，地上铺一张熊皮或者盘羊皮就是卧榻。许多贫穷并且不打猎的人家，干脆就钻进燕麦草里睡觉，包括寒冷而漫长的冬夜。一般人家女儿出嫁，嫁妆无非是锄头、砍刀、犁铧之类。而日扎休，给波兰早的陪嫁是三头牛、二十只羊，外加几床新棉絮、花布床单和一套锅碗瓢盆。

最与众不同的是，波兰早还带去了两大筐皂角。从此，格庄一家开始了用铁锅炒菜，用皂角洗衣、洗头的历史。部落人家，每天都只吃两顿饭，而格庄家，却改为吃三顿。格庄还专门请人做了一个大木桶以便妻子洗澡，因此，波兰早作为部落里唯一一个经常洗澡的女人，常常被女伴们笑话。

更被大家笑话的还有：她还是寨子里唯一在裙子里面穿了裤子的女人。

秘密是在一次男人们惯常的恶作剧时被发现的。

那年五月的一天，才嫁过来的新媳妇波兰早与邻居好姐妹努姆在山上割猪草。蒲公英、茼蒿、瓜儿藤，鲜嫩的青草把背篼塞得满满当当，上面还用麻绳捆扎得结结实实。两个女人吭哧吭哧地背着猪草，刚刚进寨子，走在前面的努姆突然叫了声："糟了！"波兰早看过去，只见几个男人一脸坏笑地走了过来。波兰早晓得，白该才介家盖新房，他们都是本寨子来帮忙的。她不明白他们和她们有啥关系，更不知道他们具体要干啥。她还在狐疑之中，努姆已经放下背篼，准备逃跑。但是，她还是慢了一拍。几个男人一拥而上，七手八脚把她拽住。他们抓脚的抓脚，捉手的捉手，不由分说地筛起她的糠来。这时候，波兰早才发现努姆有多么地惨——她在被提起来抛上抛下的时候，裙摆在风中飘动，翻卷，雪白的大腿、屁股都现出来了。甚至茂密的阴毛、两腿之间更隐秘的那个地方，全部都暴露在众目睽睽之下。

在努姆的尖叫和众人的哄笑声里，波兰早只感到愤怒，热血上涌。她没有多想，放下背篼，大吼一声就冲了上去。

"要干啥子？怎么这样欺负人？"

汉子们愣了一下，转瞬间好像明白了什么，放下努姆。

"哈哈！还没有注意到新媳妇啊，"大伙儿注意力马上转移到了她的身上，"纳卓的美人儿，让我们也看看！"

从来没有遇到这种场面的波兰早，像落入狼群的羊羔一样软弱无助。不管她怎么叫喊挣扎，男人们还是像对付努姆那样，拽住她，筛她的糠。但是他们没有想到，波兰早的裙子里面，居然穿着裤子！而且，因为上山，腿上还绑着裹腿。不过，这也难不倒这些狂野的汉子。他们似乎早有预案——在筛糠的同时，有人用撮箕端来砂土，拉开她的裤腰就往裤裆里倒。她肥大的裤腿很快就成了装得满满当当的沙袋。

当然，也有人借机在她身上乱摸。

波兰早野兽般的哭喊引来了老公格庄。他雄狮般一声怒吼，轰走了那些做恶的家伙。他一边轻声安慰，一边掏去她裤裆里的泥巴土块，解开绑腿抖落里面的泥沙，好久才止住她悲痛欲绝的哭泣。

洋女人布莱恩来到格庄家时，很快发现，格庄家是部落里唯一不在太阳下捉虱子的人家。皂角的气息拉近了她和波兰早的距离。她们经常哑巴一样比画着聊天，包括讲"筛糠"之类的故事。她还天天和波兰早到河边背水，在波兰早的大木桶里洗澡，彼此分享皂角或者香皂。一个大太阳天，她们还一起下了河。美丽的夺补河是雪山融雪汇流而成，季节也稍微早了些，河水比家乡苏格兰的克莱德河还冰冷许多，也更加刺激。布莱恩喜欢这样的刺激。波兰早看着皮肤雪白的布莱恩打散了辫子，金色的长发在流水中漂散，像天上一抹彩色的流云。

一个洋女人，千辛万苦，满世界跑，图啥呀？波兰早永远不懂。但是，看不懂，并不妨碍她们成为朋友。

布莱恩寄养在妈妈家的儿子和多嘎一样，也是两岁多。她常常指着多嘎，向波兰早诉说对儿子的想念。她让波兰早叫她珍妮，而她则把波兰早叫波波。

告别白马时，布莱恩流着眼泪，长久地拥抱了她的波波，并且把自己右手戴的那只银手镯取下，套在了波兰早手腕上。

以波兰早为模特，布莱恩画了很多素描、速写和人物肖像。

不久前，四川大学一位教授在爱丁堡大学做访问学者，在苏格兰国家肖像画廊里偶然见到了她的几幅作品。其中一幅是油画，名叫《皂角》，画的是一个洗头的白马美女的样子。

显然，那是布莱恩回去以后创作的作品。

2. 母与子

格庄对多嘎的复杂心态，是从看见他和杰瓦番官的大儿子尼玛塔在院里抽陀螺那一刻开始的。

两个孩子经常在一起玩。多嘎比尼玛塔还大两个月，但他们站在一起时，多嘎却明显矮了一头。不但矮，还瘦精精的，这让格庄非常失望。指望他将来当头人、当比他阿爸更大的头人？做梦去吧！他这样子，将来能不能撑起一个像样的家都难说。格庄还注意到，多嘎不但体型不似自己高壮，还小鼻子小眼，五官轮廓与自己全然对不上号。

他的心一下子凉了。

　　那天，格庄在后山挖洋芋。起初的几声枪响并没有引起他的注意。当他看到惊慌失措的人们纷纷往山上奔逃，他这才明白，有棒老二来了。

　　寨子里已经有几处房子冒出浓烟，其中一处好像就是他家。他有些抓狂，因为手上只有一把锄头。他是头人，来不及组织救护，也不能只顾自己闻风而逃。况且阿妈还在家里。顾不了许多，他只能提着锄头往山下跑。他决定下山再相机行事。进寨子，在一个巷道口，不远处突然闪出几个背着包袱端着枪的汉人，正向他迎面走来。格庄急忙扔了锄头，一纵身跳进一段乱石围墙。紧接着啪啪两声清脆的枪响，子弹击中他背后石墙，碎石四溅，惊出他一身冷汗。好在白马人家从不锁门，他急忙以跟前的柴房为掩护，前门进，后门出，东家西家，七拐八拐跑回自己的家。等待他的，是在熊熊大火中已经坍塌的房子，以及仰面朝天倒在院子里已经断气的阿妈山姆。

　　那是农历七月，很平常的一天。山高，天蓝，紫外线很强，风比平时大。太阳稍一偏西，风就更大了，林子里落叶如雨，高处的灌木乔木，纷纷亮出光刷刷的树梢。波兰早站在山岗上，看着羊群在草地啃草，像是一片白云在飘移，缓慢地进入那一片草甸。今天放羊的是三个人，最下面的是德旭老汉，居中的是波兰早，最上面的是格若才里十四岁的妹妹格融早。羊群将近三百，分属六家人，最少的一二十，一般的三四十。最多的是波兰早家，一共一百二十一只。波兰早常常纳闷，这么多羊混杂一起，晚上牧归，它们居然各自归栏，有条不紊，从不担心它们进错门。看来它们记性好，也恋自己的家呀。放羊是三天一轮换，每次三个大人，间或捎带一两个十一二岁的孩子。不管自家羊的多寡，都出同样的劳动力，自古如此。放羊早出晚归，午饭就在怀里揣着。一只整羊羔皮，将四肢缝合就是一个装炒面的皮囊。饿了，撮一小把炒面，在溪边掬一捧干净水，一顿快餐不过是眨眼的工夫。放羊活不重，但是眼睛不能走神，怕有羊贪吃，走岔了道；怕小羊羔跟不上，走丢了；更怕豹子、豺狗、狼和岩鹰叼羊。所以，走在山坡上的波兰早必须盯紧羊群，时刻准备着抽出背篼里的胡噜刀，或者抡起大棒，大家一齐吆喝着驱赶可恶的野兽。

进入草甸，有草吃的羊群不再乱跑，这时只须看住头羊就是了。大家松弛下来。格融早已经在捻麻线；向阳的斜坡上，德旭老汉干脆铺一张羊皮躺下来，用毡帽盖着脸，准备好好睡一觉。波兰早还没有从老二拜纳才里病死的悲伤中走出来，本来是准备捻毛线，纺锤吊在手上，心里想的却是死去的两个孩子。他们都穿着簇新的衣裳，被捆扎着躺在黑洞洞的蜂槽里面，在夺补河里沉浮不定。蜂槽崭新，材质是松木，都是格庄临时打凿的。每次打凿蜂槽，格庄都泪流满面。给拜纳才里打凿蜂槽时，格庄不小心还让铁凿伤了手指，鲜血滴到了蜂槽上。于是，带着血迹的蜂槽像一只小船，载着拜纳才里，追赶着他的哥哥。两只蜂槽在激流里时隐时现，越漂越远。但是，它们永远也漂不出她的视线，像是有一根线拉住。一端是两个儿子，另一端像是带着尖利的钩子，挂在她的心尖子上，撕扯着她，让她痛得滴血。

"山神叶西纳玛啊，再给我一个健康的儿子吧。"波兰早闭上了眼睛，进入冥想。

短暂的失神之后，她突然感到有什么不对劲。睁开眼睛，眨巴几下，就看见了山坡下那一伙汉人。他们不晓得是从哪里钻出来的，细看，还背着枪，把德旭老汉推推攘攘。呵斥，争吵，对骂，声音越来越高。她攥紧了刀，喊一声就要赶过去。

"棒老二来了！快跑！"德旭老汉跳起来，大吼，使劲朝她摆手。她略一迟疑，啪的一声枪响，德旭老汉已经倒地。她赶快转身，朝山顶跑去。格融早显然也意识到了危险，边跑边向她靠拢。二人拼命朝密林方向跑去。棒老二撵上来了。他们在后面大声吼叫，朝她们开枪，子弹刷刷地穿过头顶的树枝，落叶纷纷掉在她们脑壳上。

那是格庄最悲愤的时刻。

除了那间独立的柴屋，他家已经化为灰烬。房子烧了，他并不感到多么痛心。经历了太多的袭扰甚至血洗，警惕的基因已经在一代代白马人身上积淀，他们睡觉都会睁着一只眼睛。稍微值钱的东西，甚至部分粮食，早就藏起来了。家家户户都这样。坚壁清野，我们熟知的一个抗战名词，或者说对付日本鬼子的一个斗争策略，白马人的祖先早就在用。格庄家一直就准备建新房，因为阿爸被野猪咬死，两个儿子病死，没有心情，这才拖了下来。一句话，烧掉的房子相当于是暂住，拆掉重修是迟早的事。但阿妈没了，波兰早也没了，这才是他最大的痛。山姆没有枪伤，也没有明显的外伤，她可能因为护家，被棒老二推倒，摔死，也可能是被气死，被浓烟呛死。

波兰早到哪里去了呢？逃回来的格融早说，她是看着波兰早被棒老二连羊群一起押走的。她说，要不是波兰早掩护了她，抓走的就肯定就不是波兰早而是她了。

这次一共死了四个人。德旭老汉，阿妈山姆，以及用猎枪反抗棒老二的莱珠和牛玛塔两个小伙子。

几天后，连那群羊都自己跑回来一部分，牧羊的波兰早却生死未卜。明知道没有可能，发了疯的格庄还是拉着乡亲们三番五次地上山寻找。几十个人，像篦子刮头上的虱子一样将周围几座山梳了个遍。此外，还派人分别去了铁楼和勿角。兴师动众的寻找，最终还是一无所获。

格庄跟这伙棒老二打了个照面，断定他们是军队里跑出来的烂兵。在寨子里没有捞到多少油水，发现了羊群，就决定连人带羊一起掳走了。落在他们手里，看来她必死无疑。

但是，十三天以后，波兰早居然奇迹般生还。

那是中午，格庄正在柴屋门口支锅煮饭，埋头吹火。波兰早走进自家院里，面对一堆灰烬，傻眼了。格庄也完全认不出自己的婆娘——她眼角瘀青，满脸血痂，头发里尽是灰土草屑。尤其是身上，袍子不但褴褛，而且臭味熏人。她不让他碰她，而是让他到才介家借了他儿媳琪琪的一套衣裳，自己则直接去了夺补河边。

波兰早的自救完全是受奶奶的启发。在娘家白熊部落，奶奶当年曾经是数一数二的美人。那天，也是一伙棒老二进寨子打抢。家里人都在山上干活，只有奶奶挺着大肚子和一个汉区请来打木桶的老木匠在家。听到外面有人喊"棒老二来了"，寨子里立刻到处鸡飞狗跳。她没法跑也无处躲，就急中生智，往脸上抹了些灰土锅烟墨，散乱了头发，摇身一变成为一个脏兮兮傻乎乎的女人，把老木匠"老公""老公"地喊个不停。老人家靠着临时逼出来的演技逃过一劫，成为白熊部落历久不衰的传奇。只不过，波兰早这次装傻、装病甚至让人疑似麻风，演出的难度更大，更惊险。污泥甚至屎尿，可以在夺补河里一洗了之，但是眼角和脸上自虐的那些伤口，险些让她自己破相。

失而复得，夺补河水让波兰早重新还原为那个带着皂角味的漂亮婆娘。当晚的柴屋，两口子在麦草堆里疯狂地班班扎，通宵达旦。呼呼夜风带着废墟的焦煳味砰砰摔打柴门，也掩盖不住他们野兽般的呻吟和叫喊。

波兰早的意外回归让格庄迅速恢复过来，甚至比以前更加雄心勃勃。他们当年就盖起了新房。房子当然是白马人的标准样式：一层是牲畜圈舍，二层、三层都带转角走廊，各有四个房间，分别住人和仓储。这是部落里最大最好的房子。并且，格庄给每个卧室都制备了真正的木床。待到九个月后多嘎出生，格庄更感觉生活无比美好，山神叶西纳玛无比伟大。

疑心一旦出现，就像野草一样在心里疯长。

波兰早被棒老二掳走，视线之外的十三天，一个完整的历险故事，即使波兰早不止一次地讲过，还是成为格庄的心病。儿子不像自己，这是明摆的。自此，他不但对多嘎爱理不理，而且对波兰早也明显冷淡。两口子不再如胶似漆，不再打情骂俏，而代之以经常的相互讽刺挖苦和烈度不等的争吵。

洋人走后的第二年春天，波兰早生了老二。

那是一个下午，格庄不晓得又在哪家喝酒。波兰早和多嘎吃过饭，准备继续缝一件没有完成的婴儿衣裳。她挺着肚子，拿过盛着针线和麻布的竹筐，想想，又放下。家里糌粑快吃完了，还是先炒青稞吧。

她攀着独木梯，上三楼，在储藏室撮了一口袋青稞。提着青稞下楼，还在独木梯上，她就看见了檐边的梨树。梨花盛开如雪，但波兰早在微风里闻到的却是家乡皂角的花香。神思恍惚中，突然一阵腹痛袭来。她本能地扶住楼梯，忍住剧痛。她稳住身子歇了片刻，艰难地从独木梯上下来。随着一阵更加剧烈的腹痛，她根本来不及做出任何反应，肚子就像一个牛尿泡水囊被划破了，哗的一下，腹中胎儿随着羊水滚落出来，直接落在地上。咚的一声，胎儿头部落地的声音就像一块石头砸在楼板上，她听得十分真切。

不过，孩子似无大碍——他头上碰出的那个青包很快消散。满月时，看着胖乎乎的儿子，格庄开心地笑了，给他取名塔塔。塔，伟岸的意思。格庄觉得塔塔是叶西纳玛给他的补偿。塔塔，肯定会成为一个顶天立地的白马汉子。

但波兰早心里一直忐忑。事情往往是怕啥来啥——塔塔三岁才开始走路，四岁才会喊阿妈。最终，两口子不得不接受一个事实——这是个傻儿子。

生了个傻子，格庄虽然知道是意外。但是几次酒后吵架，格庄情急之下也把这个拿来作攻击的利器。

"你有屎本事，"格庄挖苦，"生的娃一个瘦得像猴子，一个干脆就是瓜娃子，是我格庄上辈子欠了你啥吗？"

"你还好意思说！"波兰早反击道，"这几年你哪天不是喝得烂醉？一个酒疯子，上了床还死皮赖脸要干那事！泡过酒的种子，鬼才相信能生出好苗！"

吵吵闹闹中，日子不咸不淡地过着。

两个儿子都让格庄绝望。他更加嗜酒如命，动不动就拿多嘎出气。

波兰早却相反，她对多嘎极其疼爱。因为白熊部落靠近汉区，很多人都可以说汉话。她阿爸因为是头人，经常在汉区走动，也经常有汉人朋友来她家做客。所以，波兰早汉话虽然说得不怎么顺溜，但差不多也可以与汉人正常对话。儿子虽然不似格庄那般魁伟、黑壮，但是她早就发现儿子聪明过人，而且极具语言天赋。才学说话，她就用汉语词汇逗他。虽说是无心插柳，但几年之后，儿子的汉话水平已跟自己相差无几。偶尔有汉区客人来家，也可以不惊不诧地与客人对话。所以，她从来不为儿子的未来担心。

不过，丈夫对她贞洁若明若暗的质疑，让她愤怒至极。

盛夏的一天，两口子又一次激烈争吵。几乎大打出手的时候，波兰早忍无可忍，一趟跑出去，把在夺补河里和小伙伴戏水的多嘎拎回家，按倒在矮榻上。她先让格庄看儿子头上的发旋，又抓起他的双脚，掰开，让格庄看儿子的脚丫子。

"请你把眼睛睁得牛卵子那么大，看看多嘎是不是你的种！"波兰早嚷道。

格庄无话可说，只好低下桀骜不驯的脑袋，不吭气了。因为他第一次看清楚了，多嘎的发旋不是在头顶正中，而是偏在左边；他双脚的大拇指，我行我素地长，奇长奇大，完全不顾及其他四个小伙伴。这与众不同的两个特征，却是格庄遗传的明显印记。再加上多嘎的伶牙俐齿，一身机灵劲儿，其实遗传并强化了格庄的许多特征，不过是远没有父亲魁伟而已。

格庄看看多嘎，再看看塔塔，深深叹息一声，认命了。从此，他对多嘎的态度开始改变。后来，甚至变得有些宠溺，尤其是当他和番官杰瓦的儿子尼玛塔在一起的时候。

3. 十一岁的婆娘

格庄重新变得意气风发。他说动番官杰瓦，疏通了猫耳山下的几处泥石流形成的路障，联合白熊部落恢复了两个部落之间的几处栈道。从此，通往龙安城和黄羊关土司衙门的道路基本通畅，时不时可以见到小贩背着盐巴、洋布和针头线脑进来，让白马人拿皮子、药材、麻布和羊毛氆氇去交换。

立秋后的某天，格庄一家正吃午饭，一个包黑布头帕背背篼的半老女汉人进来讨水喝。两口子请她坐下来一起吃饭，她大大咧咧，放下背篼，拿起火烧馍就掰着吃。波兰早给她舀了一碗酸菜洋芋糌粑汤，她也不客气，端起来就呼哧呼哧地喝。吃到中途，那女人把多嘎和塔塔左看右看，惊乍乍地说："我的头人啊，你们这两个娃儿不简单呢。"

夸别人的娃，套近乎，这种套路谁都会，两口子只是笑笑。

那女人的思维依然还在自己惯性的轨道上，说："连这个小儿子也不要小看。"

听那女人说到小儿子，两口子立刻都来了兴趣。格庄鼓起了眼睛，摆出洗耳恭听的架势。波兰早赶快起身，又给那个女人添了一碗汤。

"你们大儿子会成为白马最有出息的人。"女人摇晃着脑袋说。

"怎么有出息？"格庄问。

"称霸一方，你们白马百年莫有。"那女人说得嚼铜咬铁。

"傻子呢？你怎么说他也不简单？"波兰早赶快问。

"是傻子不假，"女人望着屋顶说，"不过呀，老天爷关了他一扇门，就会另外给他开一扇窗。"

格庄两口子互相看看，半信半疑。还想细问，那女人已经喝完了汤，把嘴巴一抹，笑笑，说："你们慢慢看吧。"

女人收下波兰早送的一卷麻布，背起背篼走了。但是，她关于两个儿子，尤其是关于多嘎的预言，准确地挠到了格庄的痒处。他一整天心里都喜滋滋地想着这事。

因为高兴，格庄和波兰早晚上喝了好多咂酒。早早地上床，一番汗流浃背。完事之后，格庄还意犹未尽，和波兰早又说起两个儿子的事。两口子说得心花怒放，久久难眠。

第一声鸡叫时，波兰早打着哈欠说，应该给多嘎定亲了。

格庄也打着哈欠说，是该定亲了。

按白马人的传统，儿女亲事是由母亲做主。此前，波兰早已经开始在白熊部落娘家的亲戚中暗自留意，让她中意的女孩子不止一个。第二天早饭后，她给格庄一一说来。格庄听了，却说："格若才里家的拉雅如何？"

格庄和格若才里是同年同月的"老庚"，他阿爸玛鲁和格若才里的阿爸介木塔也是铁哥们。十几年前的一个早晨，寨子里十几个打鹿匠相约到后山打野猪。那是一头多年不曾见过的猪王，估计有三四百斤，连续两年领着猪群猖狂糟蹋庄稼。那天玛鲁晚走了一步，就抄小路追赶。哪知先上山的人们找到了猪王，却没有打中要害，让它跑了，而且恰好和上山的玛鲁狭路相逢。事发突然，受了轻伤的野猪王来势凶猛，无法开枪，甚至来不及拔刀。见旁边有棵碗口粗的老久树，玛鲁丢了枪就拼命往上爬。但是，还是慢了一步，他被野猪王咬住脚后跟拖了下来。接下来，咔嚓咔嚓，玛鲁双腿被齐齐咬断，就像钳子夹断一根鸡骨头。等众人发现时，他早已昏死过去。后来，大伙用门板将他抬回寨子，但还是没有活过当晚。事后，介木塔邀约了几个打鹿匠，带上未成年的格庄，带着十几条猎狗在山上找了三天，终于找到猪王的洞穴，用烟熏逼它出来，几个人同时抵近开火将它打死。之后，介木塔打猎总是把格庄和格若才里一起带在身边，亲儿子一样护着，格庄对他也像父亲一般尊敬。后来，格庄成为真正的打鹿匠，很长时间都是和格若才里搭档。

听格庄说起拉雅，波兰早没有吱声。

几天以后，格若才里他们在山上打到一头金钱豹。豹子很难猎获，豹子肉就显得稀罕。他将自己分到的一条大腿切下几乎一半，让拉雅给格庄家送来。小姑娘生性活泼，进门，见到格庄和波兰早，一口一个"爸爸""阿淑"（白马语，阿姨）。几句问候，声音清脆，嘴巴很甜，表达得体，让波兰早喜欢。这时她仔细端详，才发现十一岁的圆脸小姑娘拉雅，也是细长的眉毛，黑亮的眼睛。在她身上，波兰早仿佛看到了当年的自己。

拉雅告别，出门走了。波兰早问多嘎："看看拉雅，她长得好看不？"

"好看，"多嘎目光离开正在削的陀螺，望了眼拉雅的背影，"全寨的女娃子，她那么大的，就数她好看。"多嘎认真地说。

波兰早和格庄对视，笑了。

第二天下午，格庄和波兰早两口子背着一大桶咂酒和一只剥了皮的肥羊去了格若才里家。临出门，波兰早回头看了看刚在火塘边醒来，还揉着眼睛的儿子，笑了笑，笑得意味深长。

晚上，多嘎和寨子里的小伙伴在晒场周围躲猫猫。听见附近一户人家酒歌此起彼伏，闹嚷嚷的很是热闹。起初，多嘎没有在意。后来玩累了，各自回家。他和尼玛塔经过拉雅家时，这才发现热闹的是拉雅家。他在门缝里看了一眼，人很多，尽是她家的亲戚。阿爸和阿妈也在那里，兴高采烈地和大家闹酒。拉雅红着脸，跟她阿妈努姆一起忙着给大家端菜斟酒。

阿爸和阿妈深夜未归。

第二天早上，忙着煮饭的波兰早脸上带着宿醉。一见多嘎她就笑了。

"儿子，你有婆娘了。"她压低了嗓子，笑得合不拢嘴。

"阿妈你在说啥呀？"

"我说，我儿子也有婆娘了。"

"啥……婆娘？"

"阿妈给你定亲了，拉雅，喜欢吗？"

"嗯嗯……只要你们喜欢。"多嘎觉得自己的脸一下子变得滚烫。

4.仇池国遗孤

才介只要坐在火塘边，几乎都要讲故事。

那天，他讲的是仇池国。

那是很久很久以前的事了。仇池国，那是我们氐人的国家，不大，主要地盘在山那边的陇南，国都建在仇池山上，易守难攻，是强大邻国的眼中钉、肉中刺。一次，因为出了内奸，敌人趁机派大军围攻，双方在仇池山杀得尸横遍野，鲜血染红了西汉水和洛峪河。危急时刻，仇池王派人抄小路把王后和三个王子悄悄送出山外，藏在一个预先选好的洞里。洞里有水源，也备足了粮食等生活物资。王对王后说，你们在那里等我，半个月内我会来接你们。如果过了半月我还没来，就说明我已经战死，你就带着孩子们逃得远远的，隐姓埋名，过自食其力的生活。半个月过去，王没有来。又等了半个月，王还是没有来。直到洞中粮食耗尽，悲伤的王后晓得王已战死，不得不流着眼泪，带着孩子们离开山洞，一路南行来到文县，在山里开荒种地，搭草棚栖身。后来孩子们长大了，依然兵荒马乱，王后觉得文县也不安全，就让儿子们借着打猎，到更南的地方看看。儿子们一路走，一路丢几粒青稞、燕麦、豌豆和兰花烟种子，直到翻过杜鹃山，来到岷山之南。第二年，当他们沿着去年的路线又去打猎时，发现丢下的种子已经长出了青稞、燕麦、豌豆和兰花烟，并且长势极好，说明南方适合居住，于是一家人离开文县，翻过杜鹃山，在岷山脚下定居下来。又过了些年，三个儿子分别成家，繁衍成一个人丁兴旺的大家庭。王后将三个儿子叫到一起，拈了三粒豌豆，白的代表老大，青的代表老二，麻的代表老三。她说，你们大了，应该离开我各自发展家业，你们的豌豆滚向哪里，就到哪里安家。她来到杜鹃山顶，将豌豆朝天上一抛，三粒豌豆分别滚向了南坪（今九寨沟）的勿角、文县的铁楼和平武的白马。三兄弟都找到了属于自己的那一粒豌豆，各自安家。九寨沟的厄补、文县的达嘎和平武的夺补——三大白马人部落，就因此形成了。

这故事，才介已经讲了不知多少次。白马人没有文字，他们砍火地，山上的荆棘野草烧了又长，年年岁岁，生生不息。他们的故事就像那些灰烬，风一吹就消散得无影无踪。不可思议的是，白该们不知道怎样就记住了一个一千多年前的仇池国故事，也让格庄像钉子一样扎在记忆里。越来越熟悉的仇池王、王后和遗孤，虽然和他隔了遥远的时空，但在他感觉中那不过是几辈人的事情，和自己越来越亲近。久而久之，仇池的故事就成了白马的故事，甚至是他家族的故事，王的血液已经流淌在他身上。一听这故事，格庄的血就往上涌，四肢的肌肉就会鼓凸、紧绷，不由自主地就攥紧了拳头，有抓刀抓枪的冲动。有了英国快枪之后，更让他不甘心成天守着婆娘娃儿，日复一日都琢磨着必须干点什么。

夏天，格庄去铁楼那边的亲戚家参加婚礼。酒桌上，他和一个要好的牛贩子班长贵说起贩牛经。那人跟格庄一样能说会道，说武都北边仇池山一带出一种黄牛，比普通黄牛大一倍，可耕地、拉车、驮货物，还可以当马骑，力大无比。神奇的良种黄牛让格庄大感兴趣，与仇池山叠加在一起就更让他心动。他当即决定要跑一趟仇池山，买回一对种牛，繁衍他最优良的牛群。其实，这不过是他为自己找的一个理由，让自己下决心上路，去朝拜他梦里已经去过不知多少次的那座圣山。

当然，得把多嘎带上。都有婆娘的人了，也该见见世面了。

他让波兰早给他们做了几十个火烧馍，随身带的银圆大半都藏在火烧馍里。除了那年洋人留下的那支快枪，现在他还有了一把六连发的转轮手枪。他把枪几次拿起，想想，还是觉得路上不太平，带上反而惹事，终究把它们放进了地窖。父子俩背着背篓，一人带一把砍刀就上路了。

天色微明，寨子还在沉睡。幽深的巷道尽头，一个瘦小的人影慢慢地向他们走来。格庄一看就晓得是才介。

"这么早，去哪里啊？"格庄问。

"等你啊，你不是要去仇池山吗？"

格庄大惊，因为他没有给任何人说过去仇池山的事。忙问他："去不得吗？"

"去不得，你会遇到麻烦。"

"会送命吗？"格庄紧张起来。

"那倒不至于。"

格庄一下子放心了。只要没有生命危险，他就要不管不顾地走一趟。仇池山，已经撩拨得他几天睡不好觉了。

翻过杜鹃山，从铁楼、文县、武都，一路向北，跋山涉水，与当年王后逃难的路线逆向而行。十天以后，他们终于来到了仇池山下。

大山拔地而起，直上云霄。两条与夺补河差不多大小的河流——西汉水和洛峪河，深陷谷底，将他的仇池山三面合围。只一条尺把宽的小道，藤蔓似的在悬崖绝壁边沿攀缘而上。从小就走这种路的格庄父子，也花了小半天时间才上到山顶。他想不到的是，山顶居然无比开阔，恐怕摆得下千军万马。万亩沃土，可以养活不知多少个白马部落。百姓聚居的村落，房前屋后古树环绕，秋耕后的黑土地上，菜畦已经是一片青葱。我的王啊，您太了不起了，居然找到这样好的地方建自己的王国！他一路赞叹。

一道山梁薄如鱼脊，扭动着通往顶峰的一座小庙。

到山顶，迎着凛冽的大风，格庄俯瞰脚下连绵的群山。正是秋收以后，广袤的山野就像是被扒了皮，大大小小的山峦都是黄土的堆垒，在仇池山脚下波浪一样铺陈。黄沙飞扬，尘埃弥漫，无边的苍凉笼罩了格庄，让他的心绪更容易进入那个时间深处的仇池国。进了庙，见到那个一身彩绘的菩萨，他马上认定塑的就是他的王、他的祖宗，激动得眼泪汹涌，拉着多嘎就跪拜。当他抬头，泪眼婆娑一望，他惊呆了：菩萨眉眼在动，正威严地看着他！神迹进一步震慑了格庄。他只有磕头，磕头，再磕头。旁边一个正抄经书的老道，抬头，看格庄父子是远来的异族，搁下笔，拿起案桌上的法铃摇了起来，口中念念有词。格庄汉话水平本来就不算高，老道口音浓重，他只听清楚了"平安"二字。于是，他起身，将怀里焐得滚烫的两个大洋往老道手里一塞，就带着"平安"两字和儿子径直下山去了。

格庄父子在仇池山下转了四天，走了四个集镇也没找到他要买的那种神奇的牛。晌午，他路过一户人家，拴在一棵老榆树上的一头公牛把他吸引住了。这牛毛色金红油亮，骨骼粗大，肌肉丰满，长得极其高大雄壮，虽然没有班长贵吹的那么凶，但也远远胜过龙安、松潘和文县那些黄牛。看牙口，也才四岁，差不多是配种的最佳年龄。牛的主人是个上了年纪的红脸膛汉子，正赶驴磨面。格庄就上去搭讪。他已经听说仇池王汉姓杨，就介绍自己姓杨，本来家住仇池山下，但爷爷辈因为在这里过不下去了，就搬家去了文县。老汉恰好也姓杨，就问，是不是大旱饿死好多人那年搬走的？格庄连忙含糊地说是。于是，老汉愉快地和他认了本家，给他倒水喝。等格庄水喝得差不多了，他已经说动他的"本家"，以十个大洋的价钱把牛卖给他。老汉说，这牛是天水那边引种过来的，全西和县肯定找不出第二条这么好的牛啦，你可要好好待它。

格庄千恩万谢，和老汉告别，两爷子一前一后，满心欢喜地赶着牛往回走。第二天傍晚，他们路过一个村庄，见庄子里张灯结彩，灯火通明，像是在唱大戏。他大喜，暗想这里投宿正好，也顺便看看热闹。当他赶着牛刚刚走到村头碾子旁，突然老杨树背后闪出一个穿青布袄子扎着红腰带的人来，一杆老套筒直戳戳地对准了他爷俩。那人一脸的麻子麻得夜色也无法掩饰，对格庄厉声喝道："干啥的？"

格庄吓了一跳。眼睛再朝旁边一瞅，发现十几步远的暗处，也有背枪的人警惕地看着他。他蒙了，猜不透这是啥地方，面对的是些啥人，只好说是文县那边过来买种牛的。麻子嘿嘿一笑，说："吾看你是来给挠老大送礼的。"接着，他朝里面大喊一声："阔有送礼的来了！"边说，边抓住他的背篼，在里面翻捡。

"嘿嘿，老子正窝肚皮，你就送馍馍来了。"

格庄的心狂跳起来，因为馍里夹有银圆。但是，他不敢丝毫造次，把多嘎护在身后，紧张地看着麻子拿着馍左看右看。

"你他妈的馍都馊了，"麻子拿馍在鼻子上嗅嗅，扔进背篓，"算他妈了吧，豁了吃了跑肚子，误了老子明早的大鱼大肉。"

格庄悬着的心刚刚放下，却又有一个扎红腰带的瘦子出来，不由分说，就要拉走他的牛。格庄死死抓住牛鼻绳不放，麻子咔嚓一声把枪栓一拉，眉毛一拧，喝道："普想活了是普？"

麻子凶神恶煞，黑洞洞的枪口对着阿爸，随时可能开枪。吓得多嘎大哭起来。

"兄弟，"瘦子拍了一下格庄肩膀，"阴阳山冉大爷，挠的大当家你晓得普？他明早就要拜堂娶三姨太，方圆几十里阿个普给他送礼？你各间把牛送上门，在就对了。千万懂事，普然把命玩丢了还晓普得是咋回事！"

他们的一番土话，格庄虽然完全没有听明白，但他已经明白自己是自投罗网，撞到土匪窝里来了。

正不知如何是好，几个人簇拥着一个黑大汉出来。

"哪门地？"黑大汉厉声喝问。

"挠给老大送礼，一条牛。"麻子点头哈腰，指着格庄父子报告，"他大懂事，可碎碎的麻缠。"

"尼个瓜皮！"黑大汉把麻子和瘦子一番训斥，回头拍着格庄肩膀说："兄弟攒劲得很！赶紧把娃引上坐席！"

格庄脑瓜子飞快地转了一圈，心中叹一口气，保命要紧，蚀财消灾吧。于是，他忍气吞声，松了手，眼睁睁看着瘦子把牛牵走。

格庄不敢久留，拉着儿子摸黑赶到鱼龙坝，在街上找一个小店住下。想来想去，一口恶气始终堵在心头。看店老板厚道，就将自己的遭遇说了。老板说，阴阳山的冉老幺，手下有几百喽啰，杀人不眨眼，周边集镇包括鱼龙坝，都被洗劫多次。这次在老家办喜宴，几天前鱼龙坝唱高山戏的班子就被喊过去了。听说周围富户送去的肥猪、牛羊上百，银子无数，他这次娶的三姨太也是从西河城里抢的。

多嘎躺下就呼呼大睡，格庄却几乎一夜没有合眼。第二天，天麻麻亮，他就把多嘎拉起来，一人喝了碗店家的羊杂汤就掰着馍急忙赶路了。五天后，当格庄和多嘎走进自家院子的时候，他们已经穿烂了最后一双草鞋。

波兰早听到狗咬，出门看时，迎面走来的正是她日夜牵挂的两爷子。

"我被棒老二抢了，"格庄无精打采地说，"只背了一背篼空气回来。"

"我这几天尽做噩梦，"波兰早眼泪一下子就出来了，一把揽过了丈夫和儿子，"感谢山神叶西纳玛，好歹让你们平安回来了。"

第三章

1. 奇香

太阳初升，多嘎踩着自己的影子走向寨子西头。谁都知道，他是要去杰瓦番官家——因为他和番官的大儿子尼玛塔好得就像亲兄弟。

道路杂乱、曲折，在一段段木栅栏和乱石矮墙间随意延伸，寨子像是一座外人眼里的迷宫。连日几场大雨，墙根布满青苔，栅栏门上长出了蘑菇。路上的猪尿、牛屎和马粪被人畜踩踏成烂泥。多嘎脱了鞋，赤脚走得小心翼翼还是踩了满脚污秽。一阵风来，在浓浓的牲畜圈舍、粪便和泥腥味中，一股特别的芬芳气息*丝丝缕缕*地飘进了他的鼻孔。

尼玛塔很早就发现多嘎的鼻子与众不同。小伙伴们躲猫猫，多嘎总是赢家。不管是藏在草垛、猪圈、林子还是坟地，他都可以迅速把大家一个一个找到。有一次躲猫猫时，尼玛塔悄悄给拉雅的哥哥白休说，我阿爸阿妈都不在家，你藏我家粮柜里去，看多嘎怎么找你。尼玛塔亲自给多嘎蒙上眼睛，让白休跑了很远才开始数数。他故意将数数的速度放得很慢很慢，1至100数了好久才数完。结果，多嘎扯下蒙眼的布条后，直接就去了尼玛塔家，在粮柜里把白休拎了出来。他问多嘎你是怎么找到的。多嘎回答，闻啊，人和人不一样，当然气味也不一样。

对多嘎的回答，尼玛塔并不满意。但有一点他是明白了，他的好朋友有一个狗一样的鼻子。

现在，特别的花香引起了多嘎的注意。这是一个鲜花盛开的季节，牵牛花、鼠尾草、醉鱼草、野棉花、五味子、野菊花，还有洋芋和荞子，此时都在花期。各种花的气息中，他还是很容易将那种特别的花香单独拎出来。它带着淡淡的甜，隐隐的苦，由清凉的微风从河谷吹送过来。他立刻辨别出这是什么花了。抬头，把目光投向夺补河南岸，果然看见了一大片盛开的罂粟花，红、粉、白、紫红都有，在初升的阳光下绚烂得极其诱人。

多嘎来劲了，不由得加快了脚步。因为他和尼玛塔昨天就说好，今天要到山上看烟花。

龙安种植罂粟或者说鸦片，十几年前就开始了。本县成为田颂尧防区以后，种植面积更是急速扩大。但在白马部落，去年以前人们对鸦片几乎还一无所知。大山阻隔，出行极其困难。当然，人们也无须出行——因为白马人祖祖辈辈，衣食都在周遭的大山上。

格庄是一个例外。他走南闯北，暴利的大烟早就让他眼热。此前他之所以观望，是因为土司王老爷。一代代土司老爷都恪守传统，尊崇孔孟。当今的王老爷更是以林则徐为偶像，对鸦片曾经深恶痛绝。但是，身在乱世，有烟土就有枪，有枪就是老大。眼看着自己的地盘受到地方政府、恶霸和土匪多重势力的挤压，他不再有顾虑，也蹚进浑水，开始在自己的地盘上种起了罂粟。

看着土司也种鸦片，早就跃跃欲试的格庄再无禁忌，决心大干一场。去年，他试种了一小块罂粟获得成功。今年，水晶堡的强人龙文彪主动找上门来寻求合作。他出种子和技术，格庄出土地和人工，收了烟二八分成。格庄早就收留了几个走投无路流落此地的汉人，名为长工，实则家奴，为他放牧、打柴、砍火地种青稞和燕麦。年初，他除了请寨子里的人帮忙，还另雇了几十个汉人大规模砍火地。部落里耕地私有，但对垦荒却没有限制，谁开荒谁拥有。整整一条沟，千年老树被连根拔起，漫山遍野翻了个底朝天，烧荒的烈火持续燃烧了半个多月。

当浓烟飘来，熏得杰瓦番官眼泪汪汪的时候，他心里咯噔了一下，突然感到格庄超乎想象的开荒很有些问题。他想干预，但又底气不足，也找不到合适的理由，摇摇头，最终还是忍了。

隔些时日，格庄的罂粟在风调雨顺的季节里，漫山遍野长得绿油油的。一天，格庄让多嘎给他家送来一筐间苗时摘下的罂粟嫩苗。杰瓦早就听说罂粟苗口感清香，肥厚而鲜嫩，既可以清炒，也可以凉拌，胜过一切蔬菜，他很高兴。老婆索曼早趁机怂恿，让杰瓦立马在自家地里也种一些。不过，他太胆小，又错过了季节，只能种产量低得多的夏烟。这不，格庄从汉区请的花匠已经快把烟桃子割完了，他的烟才刚刚开花。多嘎他们今天要去看的，正是番官家的罂粟。

多嘎还在番官家院外,一黄一黑两条狗已经扑了过来,摇着尾巴,哼哼唧唧地拿舌头舔他脚背,把他当主人一样迎进门。

贵为番官,部落的实际统治者,杰瓦家的房子其实很老旧,只是比一般人家略宽而已。多嘎攀着独木梯上楼,转过转角走廊,进屋,一家人正在火塘边吃早饭。杰瓦两口子一人捧了个大木碗,大半个脸埋在碗中,正吧唧吧唧地舔。他们的大儿子也就是多嘎的好朋友尼玛塔,胡乱撕着洋芋皮,面前的燕麦糊糊只吃了一小半。他两岁的弟弟帕格,手上拿一个硕大的洋芋,反而吃得津津有味,鼻涕上满是洋芋碎屑。多嘎甜甜地喊了声"爸爸",接着又喊了声"阿沃"(白马语,年纪超过母亲的女性长辈)。杰瓦从碗里抬起头,用袍袖擦了擦鼻尖上的燕麦糊糊,顺手从木盘里抓起一个洋芋,笑眯眯地塞给多嘎。

索曼早问多嘎:"阿妈早晨给你吃的啥呀?"

"荞根子,火烧馍,"多嘎老老实实地回答,"嗯嗯,还有炒鸡蛋,酸菜汤。"

"啧啧,"索曼早斜睨了丈夫一眼,"你看看人家过的是啥日子啊。"

杰瓦没有搭理老婆。而尼玛塔,听了母亲这话,饭也不吃了,将碗一推,站起身,拉起多嘎就往外走。

杰瓦连喊了两声,尼玛塔没有回头,瞬间就无影无踪。他摇摇头,将儿子的剩饭端起来,呼啦呼啦扒拉干净,照样将碗底舔了个溜光。

走在一起的多嘎和尼玛塔,是寨子里天天可以看见的一道风景。

寨子里孩子很多，大家经常在一起发疯。晒场的草垛，河边的沙滩，山上的草甸，都是他们的乐园。大家聚散不定，但多嘎和尼玛塔，却是固定的玩伴。

　　尼玛塔身上几乎集中了番官两口子的所有优点，发育良好，体格健壮，将来肯定是一表人才。而且，他还能说会道，看样子，将来脑瓜子要远比杰瓦灵光。按照番官世袭的规矩，他注定要接替他阿爸当部落番官。

　　多嘎大了尼玛塔两个月，但始终没有尼玛塔高，反倒像是他弟弟。虽然能说会道聪明伶俐远在尼玛塔之上，但在人们心目中，他比格庄差远了，当不了头人，更不可能当番官。

　　但是，两个孩子还懵里懵懂，无忧无虑，只知道玩。

　　一个路口，他们遇到了回家的塔塔。塔塔蓬头垢面，应该是才吃了不少黑刺莓，满嘴乌红如同血污，就像生吃了什么野兽。尼玛塔叫了声"塔塔"，塔塔并不搭理，只斜睨了他和哥哥一眼。

　　多嘎觉得他怠慢了自己的朋友，很生气，就喝了一声："傻子，尼玛塔喊你呢，为啥不吱声？"

　　塔塔依然头也不回，嘟哝着说："一个快要死了的人，我理他干啥？"

　　多嘎见他胡言乱语，越发不像话了，怒不可遏，扬手就要打。

　　"傻子的话也要当真吗？"尼玛塔急忙拉走了多嘎。

　　撇下塔塔，没走几步，一股浓烈的香味飘了过来，让两个孩子停下了脚步。

　　尼玛塔眺望山上，说："是我家的烟花在香。"

"不对，"多嘎张望了一番，纠正道，"是我家在熬烟了。"

于是，两个孩子拼命地抽鼻子，深呼吸，那劲头，就像是要把一个世界吸进肺腑。最终，尼玛塔也认定是多嘎家在熬烟。奇香让他们对山上罂粟花的兴趣大减，于是改变主意，径直往多嘎家走。

多嘎家牲口圈舍旁的空地上，原先堆放的青稞草已经移到后檐。旁边临时搭建起一个小屋，股股浓香随着屋顶袅袅青烟弥漫开来。越是走近，香气越是浓郁，浓得使人晕晕乎乎，让两个孩子像酒醉一般。已经有不少人被奇香吸引而来，聚集在院子里。大家隔着距离，呷着波兰早送到手上的兰花烟，一边对着小屋指指点点，窃窃私语。

到小屋门口，两个孩子正要进去，冷不防门边一个陌生汉子——显然是个汉人——把枪一横，将他们挡在门外。多嘎糊涂了，左看右看，确信这里是他家无疑，就生气了，要硬闯进去。听见多嘎在外面叫嚷，格庄出来，对那人笑笑，说："这个是我儿子。那个，差不多也是我儿子。让他们也见识见识吧。"

小屋很暗，墙上点着好几根箭竹。进门两边各有一个炉子，烧着红彤彤的炭火，热气扑面而来。一个宽皮大脸络腮胡子的汉人，光着膀子，满身油汗，一手握着个长把铜瓢在炭火上摇晃，一边拿一根筷子样的小棍在瓢里搅动。半瓢稀牛屎样的东西，正突突地冒着气泡。旁边一个半大小伙子，也是宽脸——显然是络腮胡子的儿子，也端个铜瓢，也像他阿爸一样摆弄着瓢里稀牛屎一样的东西。刚才闻到的奇香，正是从他们的铜瓢里冒出来的。

多嘎问："这是啥东西呀？"

"烟膏，好东西呢。"络腮胡子盯着铜瓢说。

"为啥要熬啊？"

"生烟里有水，熬干，才是熟烟。"

"这么香，能吃吗？"

"当然可以，比肉好吃百倍，也比肉贵一百倍。"络腮胡子将小棍交到左手，用拇指和食指比了一个很小的圈，说："这么大一小坨就可以买两头牛。不过呀，"他又掐着一个小指头，说，"只要吃上这么大一丁点，就要闹死人。记住，虽说是好东西，也万万不能随便吃哦，小孩子更吃不得！"

门外传来金属器件敲击的声音。那声音叮叮当当，铿锵有力，越来越近，也越来越急促响亮。一串尖锐的汉话随之响了起来："买麻——花！买酥——饼！买核——桃饼！买芝——麻酥！"多嘎竖起耳朵，还没有听清楚，突然旁边的尼玛塔身子一软歪倒在他脚边，脑壳咚的一下碰在门柱上。

正在门外说事的格庄听见多嘎大呼小叫，应声而来，大惊失色。

络腮胡子也放下了手上铜瓢，抢步过来，将尼玛塔拉了起来。

"莫得事，他是服不住鸦片的那种香，"络腮胡子一副见惯不惊的样子，"把他扶出去，歇一会儿就莫事了。"

2. 让人爱恨交加的鬼

趁着连续的晴天，汉区请来的刀儿匠已经将烟桃子割完。烟浆收回来，正遇上晒浆的好天气。今天熬烟，师傅小试身手，熬出来的都是上等烟土。山神叶西纳玛保佑，格庄简直是要风得风，要雨得雨。他一高兴，晚上就请番官杰瓦和老白该才介来家，和熬烟师傅一起吃饭。杰瓦父子来了，才介却借故缺席，因为种罂粟，他对杰瓦和格庄都极其不满。不过，他儿子，年轻的白该瓦美还是来了。

今晚待客的美味佳肴，最有分量的，不是最先上桌的手撕麂子和堆在查拜（白马人特有的餐具，兼具盘子和菜墩的功能）里的腊排骨，也不是鼎锅里的羊肉炖萝卜，而是煎馍。当波兰早将热腾腾的馍盛在木盘里端上来，客人们咬下第一口时，杰瓦和瓦美都惊讶地张大了嘴巴："我的妈哟，这是啥馍呀，这么好吃！"

看他们如此惊异，格庄介绍："你们晓得不，这是烟米子馍！把发好的燕麦面拍成圆饼，再在表面粘它厚厚一层烟米子，压实了，再在油锅里用微火煎，等到两面金黄时才可以起锅。还要给你们说，油锅里的油也是烟米子榨的。烟米子油煎烟米子馍，是汉区那些最有钱有势的下巴子（专指汉人，颇轻视）才能享受到的好东西！"

当然少不了酒。无论自酿的咂酒还是汉区来的白酒，它们都是白马男人的至爱。在这种场合，就连多嘎和尼玛塔也都被允许端起酒碗，喝上那么几口。酒是燃情的火，酒歌是助燃的风。在一轮又一轮的酒歌声里，喝上几碗几盅，酒就会像猎狗一样把内心深处藏掖着的东西像攒林中野兽一样攒出来。不过，杰瓦虽嗜酒如命，却木讷寡言，喝一桶酒也冲不出一个屁来，只有面红耳赤地低着头，听格庄和瓦美二人高谈阔论。

格庄讲，他十几年前去若尔盖草原买牛，正遇上他老朋友扎西和他人为争草场而大打出手，双方各有几十个人参加混战。他两肋插刀，拔刀就上，当场砍断了两个人的膀子。大获全胜之后，扎西白送了他三头骚牛，连夜派人送他离开若尔盖。

瓦美却讲起了他昨天在雅日块寨子里如何收服摩古。

白马鬼多，每个寨子都有鬼。它们与叶西纳玛为首的山神是对立的两极。白该干的活，主要就是借山神的神力驱鬼。形形色色的鬼，数摩古最难缠。而年轻的白该瓦美，最擅长就是制服摩古。

和野外那些死人变的孤魂野鬼不一样，摩古是藏在家里的鬼，专门偷东西。它偷东西是因为在这家人屋里待久了，把这里视为自己的家，就会经常搬些东西回来。小到鸡蛋、酒、油、腊肉和粮食，大到大型农具和家具。摩古偷东西，都是在白马人的范围内，但都是距家很远的地方，比如文县铁楼的达嘎部落，或者南坪勿角的厄补部落。至少，也是部落的其他寨子。它不偷钱，也不偷称过度量过的东西。开始，主人家对摩古的存在浑然不觉，后来才发现不对劲，有来历不明的东西不断在家里出现，终于明白是摩古干的。对摩古的行为，有些人心安理得，甚至暗自高兴。不过，这也是有风险的。因为它像人一样，也会变老。变老了的摩古就跑不动了，只能就近作案。这样，受害的都是近邻，很容易被发现。起初，被盗的人家一般会保持沉默，因为怕摩古报复。但是时间久了，失主还是会察觉，怀疑，积怨，给主人惹上麻烦。还有，摩古怕大风、大雪、大雨和冰雹。出不了门，它就会做坏事，出卖主人家，让他们生病、受灾。这时的摩古，当然必须请白该将它赶走了。被赶出家门的摩古必然会投胎到牲口的肚子里，短暂的一辈子，要么累死累活，要么被杀了吃肉，所以它不甘心，必然拼死抵抗。因此，赶走摩古这样的活儿，一般的巫师是不敢接的。因为制服不了，巫师必然为它所害，非死即伤。

在白马部落，传奇白该才介，当然也是降服摩古的高手。一天，南坪县厄补部落有人家来请，恰逢本部落连续半个多月都有红白喜事，才介无法分身，就让瓦美代父出场。瓦美十岁时就开始学做巫师，成天跟着父亲到处跑。到十五六岁，对诵经和各种法事的仪规都趋于熟稔之时，按白该不能以父为师的规矩，才介又将他送去文县，正式拜达嘎部落的同门白该班楚为师。那时，瓦美刚从文县归来，正好让他一试身手。那家人对瓦美当然不那么信任，但是苦于摩古闹腾得太厉害，降伏它已经刻不容缓，于是只好硬着头皮，勉强同意让瓦美去。瓦美血气方刚，有初生牛犊不怕虎的锐气，在南坪一天一夜的法事一气呵成。早晨，人们开门，在昨晚筛子筛在门前的柴灰上清晰地看见了摩古留下的脚印，并且脚印向着门外，这就说明它已经被赶出去了。事后，不但那家人，就连那个寨子也再没有发生过失窃现象，进一步证明了法事的成功。

瓦美初出茅庐就一炮打响，现在，至少在这个专项上，名声已经赶上了他阿爸。于是，南坪的厄补、文县的达嘎和夺补河下游的白熊，几个白马人部落，几乎所有与摩古相关的法事，人们总是请瓦美出面摆平。事实上，瓦美也有青出于蓝的可能。因为他极其聪明，收摩古屡出奇招。最有名的是在帕西加寨。瓦美进寨子，摩古知道他厉害，害怕了。但它极不情愿离开它的"家"，就和巫师讲条件。"好吧，我不撵你走了，"瓦美对摩古说，"你必须把这个装满。"他把毡帽从头上取下来，递给摩古。摩古很高兴跟巫师做了一个合算的交易。哪知道瓦美事先在毡帽中间戳了一个洞，直通粮仓。因此，它忙活了半个月也没有能够将毡帽装满，活活给累死了。

至于昨天，瓦美是夹了卷红布去的雅日块。他算准摩古出去偷东西的时间，迅速把红布铺在房顶，然后守在院子外面。摩古回来，巫师对它说："还不快跑，房子起火了！"那个摩古是小孩的身子，长着个老人的脑壳，最怕火。一看房顶果然红彤彤一片，吓得飞也似的逃走了。

瓦美讲得眉飞色舞，却触动了番官的心事。他叹一口气，吞吞吐吐地说："我家也进摩古了，就这两天，你是不是也去看看？"

摩古应该是两年前进入番官家的。起初，是一块肉，出现在他家的菜墩上。后来，隔三岔五，冷不防总有肉在家里意外出现。多是猪膘，偶尔也有牛肉干或野味。有时在锅里，有时在墙角，有时甚至是在卧榻上。番官两口子吝啬，攒够一小笔钱就委托格庄买牛。因此，一家人日子就过得寡淡，很少吃肉。因此，肉在家里神奇出现，给了他家一段惬意的日子。

"这是摩古干的。"杰瓦判断。

"就是摩古！就是摩古！"老婆索曼早极力附和。

但是，肉出现的频率还是高了些。一次，又一次，看着索曼早他们吃得满嘴油亮，杰瓦慢慢不安起来。今天，他终于忍不住了，不能不将心中的忐忑小心翼翼地说出来。

听番官说起摩古，格庄嘴角露出一丝微笑，转瞬即逝。

才坐下不久的波兰早，一直在认真听杰瓦说话。她刚要接茬，格庄在桌子下重重地踢了她一脚，把她的话给堵了回去。

3. 愤怒的石头

牛角号响起的时候，多嘎和尼玛塔正躲在晒坝边的草垛下吃芝麻酥。

晒坝在寨子西头，由一面斜坡平整而成。削高填低，形成了里面的崖，外侧的坎。坎上竖起若干杉木杆子，笔直，两丈多高，再绑几根横杆，就成了巨大的晾架。青稞、燕麦和荞子，都架在上面风干，再打场。打场之后，各家的秸秆都会暂时垛在晒坝南北两端，或者架上晾架。草垛和晾架遮蔽了寨子，让晒坝成为一个隐藏秘密的地方。孩子们躲猫猫，情人们幽会，这里往往是首选。芝麻酥太好吃、太稀缺也太珍贵，不但外人，就是亲兄弟塔塔和帕格也绝对不能分享。于是，它也必须成为草垛后的秘密。

即使专注于芝麻酥，第一声牛角号吹响，尼玛塔和多嘎还是注意到了。因为，这声音虽然低沉，但非常特别，虎啸一样令人心惊。

吹号的当然是番官杰瓦。牛角号号令整个部落，只番官才有，当然是不会轻易吹的。如果吹，肯定有大事了，要么棒老二来袭，要大家赶快拿家伙应对，或者上山躲藏；要么是土司王老爷来了，要给番民训话。

那么，今天为啥要吹牛角号呢？

肯定不是王老爷来了。因为，每次王老爷来，番官都会亲自率领大队人马，带上砍刀和锄头，过夺补河，从高家磨坊进沟，上猫耳山，预先为土司的队伍补路，铲掉挡路的杂树和杂草。

肯定也不是来了棒老二。因为打棒老二除了吹号，紧接着还会鸣枪。大家听见后马上明白，立马带上家伙，吆喝着各就各位，埋伏在寨子附近险要处，见棒老二就打。这是老规矩了，好多年来都这样。

　　只要不是来了土匪，也就没有什么值得两个孩子担心的。他们又接着吃他们的芝麻酥。虽然昨天晚上他们也吃了很香的罂粟籽煎饼，但是睡了一觉，很香的罂粟饼就像梦一样过去了，现在只有手上的芝麻酥才是真实的。芝麻酥酥脆，炒熟的芝麻和糖，混合成一种妙不可言的焦香，妖魔一样把他们迷住。

　　芝麻酥来自昨天的汉人小贩。部落偶尔有小贩来，但他们主要是卖孩子们不感兴趣的针头线脑，烧酒盐巴，很少卖吃食。今年的小贩是嗅着罂粟的气息来的。烟老板，雇来砍火地的汉区农民、割烟桃子的刀儿匠，都是他们的生意。大山背面的勿角、铁楼，几年前就种罂粟，贩子们对于商机，鼻子比猎狗还灵。

　　两个孩子吃的芝麻酥是尼玛塔带来的。多嘎晓得，这是阿爸昨天买的。他用耗子屎大的一粒烟土，就换回一大包糖。油果子、花生糖和芝麻酥，都用草纸封好，棕丝捆扎得方方正正如同礼包。和往常一样，遇到好吃的东西，尼玛塔少不了也要分享。尼玛塔昨天在小屋里晕倒，格庄有些过意不去，就把吃剩的全部让他带走。但是，多嘎心里还是咯噔了一下。因为他记得，最好吃的芝麻酥当时就吃完了，尼玛塔怎么还有这么多芝麻酥？不过，多嘎并没有问他。这么稀奇的东西，尼玛塔能够慷慨地让他分享，他感激还来不及呢。

　　两个孩子舔着嘴边的芝麻粒走出草垛时，正遇上杰瓦带着队伍浩浩荡荡地往叶西纳玛神山走。格庄亲自背着两大筐木炭，才介抱着经书，瓦美牵着一只雪白的山羊，傻子塔塔背着老白该的法器，铁匠克高和他徒弟扎斯才里抬着打铁炉，他们紧跟着杰瓦走在最前面。所有的人鸦雀无声，表情严峻，像是即将有祸事临头。杰瓦脸色铁青，看见尼玛塔，喝了声"跟上"，尼玛塔就乖乖地跟大伙走了。

多嘎悄悄问了瓦美才晓得，这么大的阵仗，是因为他家鸦片被偷的事。

早晨，多嘎还在床上就被阿爸拎起来，凶神恶煞地问他偷鸦片没有。原来，昨天熬好的烟土，包装后，格庄立马藏到了楼上，并且上了锁。但是有一个单独的小包，他悄悄埋到了燕麦桶里，本以为神不知鬼不觉，谁知早晨要把它掏出来给熬烟师傅兑付工钱时，却发现不翼而飞。最大的嫌疑人当然是多嘎。但是，多嘎一问三不知，一脸无辜的样子。格庄气不过，要吊打拷问。关键时刻，还是阿妈出来救他。她问格庄："他一个娃儿家，烟土对他有啥用？"格庄想想也是。多嘎生在富裕之家，经常吃香喝辣，他没有理由偷东西。并且，他也相信自己的孩子品行端正，他绝不可能偷东西。

不过，格庄还是非常不安：谁这么大的胆子，竟敢偷到我格庄家里来了？

"谁这么大的胆子？"多嘎捅了捅尼玛塔。

"鬼晓得啊？"他的朋友心不在焉，一副无精打采的样子。

一群小孩子跑了过来，大家兴高采烈，也在纷纷猜测，究竟谁是贼？谁是贼？

"一定是扎转！"扎转的名字一提起，立刻引来齐声欢呼。

是的，麻风扎转被撵去了吊死岩下面的山洞，但是有人看见过他曾经偷跑回来，贼一样在寨子周围徘徊。但是这个说法马上被另一个孩子质疑，因为扎转跑回寨子已经是前年的事了。从那时起，再也没有听说过他。扎转还活着吗？他敢进多嘎他们家吗？

"木珠！木珠！"大家又欢呼起来。对，全部落只有好吃懒做的木珠最像贼。连孩子们都听说，杜鹃山幺店子那个有快枪的汉人罗瘸子，开的是黑店，时不时还抢人，木珠却把女儿嫁给他。大人们都说，他是要坐地分肥。

此外，大家的怀疑还指向了熬烟的师傅，卖糖的小贩，从铁楼来瓦美白该家走亲戚的班丑娃。

嫌疑人的队伍急速扩大，最后，大家压低了声音，异口同声地说，是不是拉伊啊？

拉伊的故事，是白马父母对孩子进行品行教育的启蒙教材。拉伊是卡氏寨的人，几岁时就开始偷东西，不是拿了亲戚家的肉，就是偷吃了邻居家的馍。屡教不改，他阿爸就把他带进了远远的密林深处。阿爸说，我去砍盖房顶的杉板，你就在这里边玩边等着。只要伐木声不停，就说明我还在忙，你就不要找我。拉伊虽然小偷小摸，但阿爸的话还是要听的。于是，他就按阿爸的嘱咐，就地玩了起来——他忙完了自然要来接我，有什么可担心的呢？谁知阿爸走到附近，用麻绳绑了两块杉板吊在树上，并且，这样的杉板他吊了好几处。山风狂吹不止，杉板使劲磕碰，梆梆梆一直响个不停。于是，拉伊一直以为阿爸就在附近砍树，玩得死心塌地。天黑了，还没有等来阿爸，这时他才害怕了，喊哑嗓子也没有任何回应。他实在忍不住了，循着阿爸的"伐木声"找去，直到找到风中磕碰的那些杉板，才明白是阿爸专门骗他——自己被遗弃了。从此，找不到回家之路的拉侬，成了周身长毛的野人。他住洞窟，靠吃野果野兽生存。成人后，他用锋利的指甲把野兽开膛破肚，一顿能吃一只牛腿，可以扛一头野牛健步如飞。他不但自食其力，而且还屡屡为民除害，打死那些危害白马人的虎王、狼王和野猪王，他因此得到叶西纳玛的特别恩宠，将他晋升为"萨迈"——专管猎物的神。从此，白马人打猎，要首先敬他，并且一路念叨着"拉伊"，祈求他的保护和恩赐。

偷鸦片的贼，当然不会是拉伊。

自古以来都夜不闭户的部落居然有贼！番官晓得有人偷格庄家烟土的消息后，气得拍了桌子。是的，格庄家失窃的烟土不算多，但也足够买两头牛了。那么，偷两头牛，这难道不是大盗吗？他立马召集才介和格庄反复排查，圈定了许多人，又都被一一推倒。此事难如大海捞针，但又事关重大，番官不得已作出了神判的决定。

叶西纳玛神山下，一堆篝火早已燃起，每家每户带的干柴在旁边堆成了小山。随着越来越多的干柴投入，烈焰冲天，这是全部落同仇敌忾的大火。神判的主持人自然是才介。祭山神的羊已经被瓦美杀死，羊心、羊肝已经摆上祭台。木碗接下的羊血端在才介手上，他面山而立，喃喃地向山神叶西纳玛禀告今天惊扰神灵的缘由。祭坪上，才介已经亲自用草灰画下一条直线，寨子里全部的男人沿线站得笔直——在山神叶西纳玛的见证之下，他们即将接受最严厉的甄别和审判。番官把最低年龄定为十三岁，这样就把尼玛塔和多嘎也囊括其中，以示公正。

克高的打铁炉才是真正的焦点。炉中腾起烈焰，一架耕地的犁铧已经埋在红彤彤的木炭里。这个令人心惊肉跳的物件即将被男人们依次用手捧起，向前走十步，再倒回来，将它放回原处。每人手上都有一撮才介发给的羊毛，这是男子汉们防止烧伤的唯一防护。所有的人都在向叶西纳玛祷告，希望无所不能的山神保佑自己毫发无伤，以此证明自己的清白。多嘎早已紧张得双腿打抖，额头冒汗。他不敢看那架犁铧，不敢看却偏偏被它吸引，看着它在火里像初升的太阳一样，渐渐从暗红变为比木炭还耀眼的彤红。他想象着，自己捧起红彤彤的犁铧时，双手肯定要烫得青烟直冒，发出一股股刺鼻的焦臭，就像阿妈在火里烧猪蹄子表面的毛一样。他越来越恐惧，已经不由自主地筛起糠来。

才介念经，同时敲响了牛皮鼓。那声音越来越大，越来越急促。每一次敲响都像是一记重拳，直击人们的心脏。

鼓声里，瓦美第一个上场，这在大家的意料之中。已经崭露头角的年轻白该，不但有他阿爸才介的真传，还得到铁楼的首席巫师班楚的加持，据说功力已经在全部落白该之上，只输才介。现在，他索性连羊毛也不要，直接用手抓起红彤彤的铁铧，面带微笑，挟一股灼人的热浪一路走来。走到尼玛塔和多嘎身边，他停下，将铁铧抛起来，不断倒手，向他们做了一个鬼脸。人们目瞪口呆，就像看惊心动魄的杂耍表演。

意外就在此时发生。瓦美还抛着铁铧倒退着走，多嘎身边的尼玛塔，突然脸色惨白，大汗淋漓，身子一歪就瘫倒在地。

现场立刻大乱。看热闹的索曼早立刻冲过去，把儿子扶在怀里，喊他的名字，急得直打哆嗦。

"不碍事，"格庄说，"让他到旁边歇一会儿就好。"他想起了昨天尼玛塔的晕倒。

"不，麻烦来了，"老白该停止了念经，放下鼓槌，过来看了看孩子脸色，面无表情地说，"他身上有鬼魂附体。"

老白该说着，拿起一个水碗，在火堆里拈一撮火灰，念着咒语，边用食指搅了搅，就往他嘴里灌。还没灌下一半，尼玛塔已经醒来。他挣扎着坐起，左右看看，突然失神地惊叫："烟是我拿了！烟是我拿了！"

众人都以为这孩子刚才是被瓦美吓着了，脑子出了毛病，说胡话。正愣怔着，尼玛塔却推开他阿妈，哭着朝他家方向跑去。多嘎和几个小伙子赶快撵了上去。索曼早反应过来，也远远地跟在后面，跌跌撞撞地朝寨子里赶去。

杰瓦惊呆了，跌坐在地，脸如死灰。

自古以来，偷盗都是白马人最厌恶的丑行。人到绝境，可以凭你的胆量、蛮力和厚脸皮，去抢、去讨要，就是不能偷——这是最起码的做人底线。若干年前，临近一个寨子，一个小伙子仅仅是偷了邻家的腊肉和蜂蜜，被抓住后，就在杰瓦爷爷的爷爷然介番官主持下，全部落的人排着队吐他口水，然后用石头将他砸死。虽然年代已经久远，隔了好几代人，但这个家族至今也没有摆脱耻辱的阴影。

突如其来的事变让杰瓦崩溃。奇耻大辱，颜面丢尽。地上没有裂开一条地缝可以让他钻进去，他只好抱着头，一直坐在地上。直到尼玛塔在几个小伙子陪伴下归来，低垂了头，怯生生地喊了好几声，他才睁开眼睛，以手撑地，艰难地站起来。

"阿爸。"尼玛塔又叫了一声，声音更低了。

番官牙咬紧了，目光刀子一样在尼玛塔脸上划过。

尼玛塔面无血色，不敢看阿爸，拿着一个纸包的手抖个不停。

杰瓦哼了一声，一把抢过纸包。哆嗦着打开，里面现出的，正是黑乎乎的一小坨烟土，以及没有吃完的十几粒芝麻酥。

番官艰难地站起来，脸上的肌肉抖动着。"按老祖宗的规矩办吧！"他咬牙切齿地说，"白马部落容不下一个可恶的贼！"

看众人没有动静，杰瓦突然大吼一声："还不给我捆起来！"

还是没有人动。

杰瓦火了，指着两个小伙子说："难道我的话也不管用了吗？"

这时，他们只好上去，解下尼玛塔的腰带，将他绑了。

"阿爸我错了，"尼玛塔吓坏了，扑通跪在地上，喘息着，浑身发抖，连连告饶，"我我错了，我错错错了。"

杰瓦转过身，突然飞起一脚，将尼玛塔踢翻在地，然后从地上接连抓起石头，恶狠狠地砸过去。

尼玛塔的号叫声里，格庄猛扑上去："你这是干啥啊？"他死死抱住杰瓦。

"我是在主持公道！谁也拦不住我！"杰瓦疯子一样推开格庄，指着大伙，咬着牙说："砸呀！砸呀！你们对贼还手下留情吗？"边喊，又捡起石头朝尼玛塔砸了过去。

事情的发展太超乎想象，人们如陷梦魇。直到杰瓦厉声点名，大家才回过神来。终于有人——主要是番官或明或暗的仇家，以及和尼玛塔打过架记了仇的小伙伴，似乎是他们最先厘清了尼玛塔"贼"的最新身份，在番官的再三号令下，砸出了第一批正义的石头。接着，更多的石头，愤怒地向已经变成贼而不是同类的尼玛塔砸了过去。格庄顿脚，使劲地朝大家摆手，挺身而出，试图要护住可怜的孩子。但收不住手的人们差点把石头砸到他的脑壳上，他只好赶快退避一边，搂着脸色煞白浑身发抖的多嘎。

才介站到杰瓦身边："叶西纳玛晓得你的公正无私。" 白该轻轻拍着番官的肩膀说。

索曼早踉踉跄跄从远处跑来，手里拿着尼玛塔刚才掉在路上的帽子，还没有到尼玛塔身边就昏倒在地。

塔塔傻笑着，一口气砸出了好几个石头，然后拍打着双手，嚷道："砸死他！砸死他！"

越来越多的人加入扔石头的行列。满天飞石，如同密集的冰雹，很快堆积起来，将尼玛塔埋没。一股鲜红的血，从卵石堆里流了出来，画了一个半圆，向祭坛方向流去。

谁也没有注意到，本是空荡荡的祭坪上，不知何时，一下子冒出遍地的石头，几乎都是鸡蛋般大小，人们俯首即拾。

第四章

1. 杀人松

多嘎和阿爸走到夺补河边时，天色微明，天边有几颗星星闪烁。

这是一次准备充分的出门。格庄挎着快枪，提着砍刀。多嘎也第一次带了武器——除了砍刀，还扛上了阿爸用过的那杆啄啄枪。父子俩一人背一个背篼，分别装了一摞草鞋和足够二人往返的吃喝。

最重要的东西都驮在牛背上，几张熊皮，两大袋牛肉干，若干野味。这是给土司王老爷的礼物。更重的礼是那两头犏牛本身。它们吃了一个季节的嫩草，已经长得油光水滑，与其说是两头牛，不如说是几百斤会走路的牛肉。

哦，对了，慷慨的格庄，他的礼物还包括一个方方正正的桦树皮盒子，里面装的，是新近熬制的烟土。

格庄忍不住在心里笑了一下。为什么要给土司送礼？格庄自己并没有明确的目的。他只是觉得土司对他很重要。既然重要，两头牛，一坨烟土，对于白马部落的首富格庄来说，又是多大个事呢？

走上独木桥，牵着牛涉水过河，走过一片荞子地，很快就进入密林。从现在开始，到黄羊关土司衙门，沿途大部分地段都是无人区。小路蛇一样藏在灌木和杂草之间，他们不得不经常以砍刀开路。动作很大，呼啦呼啦，露水飞溅，落叶纷纷，一路惊飞野鸡和兔子。一旦可以迈开脚步，格庄就会放声歌唱：

> 我们的毡帽上插着白羽毛
> 白羽毛是我们的标记
> 白衣白袍代表我们的夏天
> 黑衣黑袍代表我们的冬天
>
> 我们住在高高的山上
> 大山为我们挡住了敌人
> 我们和大山相依为命
> 全靠山神叶西纳玛保佑我们
> 我们要像鸟儿一样歌唱
> 我们要像鸟儿一样自由

土司衙门本来是在龙安城里，但距离领地太远，就直接在黄羊关另设一个衙门，就近办事，类似行宫。走这一趟本来是番官的事情，但杰瓦因为失去了尼玛塔，致命的打击让他一直卧床不起，去黄羊关领差，就只能是格庄了。

多嘎的悲伤不亚于番官。他从尼玛塔死后第二天起就病了。惊悸，通宵噩梦，说胡话。有一天还晕倒在院坝里。格庄请才介亲自出马，开始杀羊，前些天还杀了牛，念经，跳曹盖，敬山神。日落时分，全寨子凡有猎枪的男人都提了枪集中到格庄家，一齐朝天放枪驱鬼，唱《招魂歌》。几番折腾，魂好像是找回来了，但多嘎依然没精打采，大白天也不愿意出门。

"跟我走两天，"昨晚，格庄把儿子从床上拎起来说，"出去见见世面，回来啥都好了。"

是的。寨子越来越远，那里的人和事都留在了身后。空气清新，景色清新，多嘎感觉自己的内心也渐渐清新起来。格庄一路歌唱，唱得多了，多嘎渐渐被阿爸的情绪感染，不知不觉也被带了进去，开始哼哼，后来不知不觉就跟着唱起来。慢慢地，心中的郁闷被歌声带走，他的心情也跟着好了许多。

傍晚，他们已经翻过猫耳山，到达干河坝。这里是猫耳山南麓，黄羊河源头，地势开阔，不大不小的溪流在一滩大大小小的鹅卵石中间哗哗流淌。

干河坝已经属于黄羊部落。那是民族杂居地区，大半是白马人，基本上都是白马部落移民的后代。因为靠近汉区，它成为汉文化的熔炉。这里的白马人把自己民族的服饰、语言和习俗都丢了，虽然亲戚还在走，但与白马部落的关系越来越淡，女人也不再嫁回山的另一边。

河坝里树木稀疏，几株老迈的红松、青冈、柏杨，点缀在大面积的灌木、荆棘和杂草之中。他们将牛拴在树上，将绳子放到最长，让牛就地吃草。然后，父子俩分头行动，他们要在天黑尽之前捡够可以燃烧一个通宵的柴火。

　　听到多嘎惊叫的时候，格庄正扛着一段枯树干往回走。多嘎的惊叫极其尖利极其恐怖，让格庄大惊。他将肩上的树干朝地上一扔，提着枪跑过去，正好与狂奔而来的多嘎相遇。多嘎脸色煞白，哆嗦着说不出话来，只是喘着气手指身后。

　　格庄也紧张起来，平端着枪，跟着儿子折返回去。

　　虽然早有心理准备，但他透过浓密的蒿草和灌木丛一眼看到那具白森森的骷髅时，依然汗毛直竖。

　　这是一个人完整的骨架，坐姿，绑在一棵树上。树是一棵老松，直径两尺，树干在一人高的地方分为两杈，撑着巨大的树冠。捆绑的火麻绳虽然松了，但并没有朽断，依然缠绕在骨架上。从地上衣物的残片看，这是一个被棒客打劫然后绑在树上活活冻饿甚至可能被野兽撕咬而死的冤死鬼，死亡的时间应该在一年左右。

　　格庄默然，拉着儿子正要离开，突然临时又改变了主意。

　　"莫走了，"格庄使劲拍了一下儿子的肩膀，"我们就在这里过夜。"

　　在多嘎惊讶的目光里，格庄搬来东西，把牛也牵了过来，拴好，然后砍去周边的灌木和杂草。

　　"可怜的兄弟，"格庄丢了刀，瞟了一眼骷髅，用火镰打火，"今晚黑，我和儿子陪你来了。"

　　如果没有这具骷髅，这里确实是个过夜的好地方。距路边仅几丈远，树荫下是一小块开阔地，背后是一堵陡崖，背风，崖下的洞穴还可以躲雨。但是，即使燃起了篝火，靠紧了阿爸，多嘎还是害怕。骷髅就在眼前，越害怕，越想躲开，他越是忍不住要偷看。天色完全暗了下来。在暗夜的背景里，火光映照，骷髅越发被衬托，凸显，放大了恐怖。

格庄将路上顺带打到的一只野鸡拔了毛，用短刀剖开，挖去内脏，就在火上烤起来。烤熟了，香气在荒野里弥漫。格庄扯下一只鸡腿，递给儿子。多嘎撕扯着鸡肉，格庄侧脸，在忽闪的火光里，他看到的依然是一张惊魂未定的脸。

"儿子，还在害怕？"格庄从背篼里提出一罐咂酒，夹在两腿之间，拔了木塞。

"不怕。"

"真的不怕？"格庄喝着酒，微笑。

"真的。"

"那好！你站到它跟前去，"格庄手指骷髅，"仔细看，把它看个清楚。"

多嘎想不到父亲会这样。但是，他不敢抗拒，只好丢了鸡骨头，走到骷髅跟前。骷髅在火光里忽明忽暗。一株藤蔓，大约是五味子，从肋骨缝间钻进去，最后从黑洞洞的嘴里钻出来，在晚风里诡异地摇曳。

"摸它一下。"格庄命令。

多嘎心里打鼓，硬着头皮伸出指尖。他刚刚触到一条肋骨，赶快将手收回，像是被烫了一下。

"再摸一下。"格庄再一次命令。

多嘎又在刚才摸过的肋骨上触碰了一下。

格庄脸色舒展开来。他将酒罐嘴用袍袖擦了擦，递给儿子："好啦，坐下来喝几口吧。"他语气从来没有像今天这样温柔过。

"你知道这是啥树吗？"看着喝酒的儿子，格庄问。

"是松树吧？"

"对，是松树，但它不是普通的松树，"格庄看着这棵大树说，"上了年纪的人都晓得，它是杀人松。听说有上百人，就像这个人，绑在树上活活饿死、冻死，喂了野兽和秃鹫。生意人、背脚子，甚至挖药的、打猎的，啥人都有。"

虽然喝了酒，格庄一席话，还是说得多嘎脊背发凉，毛根子直麦。他忍不住地左看右看，觉得黑暗中到处都藏着冤死鬼，随时会钻出来索命。他更怕有枪匪突然现身，把自己也绑在树上喂野兽。

"儿子，我晓得你有多害怕。人都有害怕的时候，这不丢人。你也不用装。"格庄一边用树枝拨火，一边说，"你都定亲了，很快就会长成一个男子汉。不过啊，要成为一个响当当的白马汉子，最需要的是勇气。我们是番人，平时打猎，还少不了打架，一些时候还要跟外人打仗，这是需要拼命的。怕死的人最可能死，不怕死的人反而恶鬼都躲。所以啊，啥子丢了也不能丢了勇气。你不缺聪明，阿爸还希望你勇敢，做一个响当当的男人！"

格庄从怀里掏出一支手枪，问："你晓得我这支枪的来历吗？"

这是支六连发毛瑟手枪。它的来历，多嘎晓得，也不怎么晓得。所以，他点头，继而又摇头。

格庄没有等他回答，自己就讲了起来。

那是三年前，番官杰瓦奉土司王老爷之命，率队去黄羊关参加围剿松潘过来的棒老二。战斗很激烈。交火中，帕西加头人松波耳朵被击中，惨叫一声，转身就跑。部落去的人虽然都是打猎的好手，但他们打仗就像围猎，开始一窝蜂地上，但是一见身边有伤亡就四散奔逃。松波一跑，很多人跟着掉头就跑。接下来，包括杰瓦，也闻风而逃。

格庄却没有跑。他一直等着这一天，因为棒老二曾经烧他房子，掳走他婆娘，还害死了他阿妈。在仇池山下，还抢了他的牛。他早就盼着用他的快枪在棒老二的肉身上面出一出恶气。土匪人多枪多，根本没有把白马人的火绳枪放在眼里。缺口打开了，更一心想着要从他们这里突围。不过，他们万万没有想到，还有一个不怕死还拿着英国快枪的神枪手格庄。他猫在一片乱石丛中，打一枪就飞快地换一个地方，一口气打倒四五个匪徒，其中包括匪首吴麻子。土匪也是乌合之众，遇到硬茬也怕了。他们退缩了，逃跑的白马人也稳住了，包围圈重新合拢。

事后，格庄载誉而归，杰瓦灰头土脸，松波羞于见人。不久王老爷到部落巡视，当众赏了格庄这支枪，对格庄更加器重。

"我那天就全靠勇气。当然，一个男人没有枪是混不开的。"格庄卸了弹夹，取出子弹，又重新装好，压上，朝黑夜的深处瞄准，"在这个有枪的世道，要好好玩枪，要玩得比马勺还顺手。"

那个晚上，多嘎盖一件氆氇，背对着一具骷髅倒头便睡，居然一觉睡到天明。

2. 黄羊关衙门

格庄父子到达黄羊关衙门的时候，土司王少沂正在监督下人往大门上挂匾。

匾为楠木，才重新漆过。底黑色，"世袭龙安土长官司署"几个鎏金大字古拙浑厚，以张迁碑为骨，又糅进了颜真卿，为爷爷王唯谦亲笔手书。每次进大门，他都会情不自禁地将匾端详一番。其中"世袭"二字，常常让他产生幻觉，它们一阵蠕动，慢慢变成两个人，从字行里站起。前一个是先祖王行俭，后一个是亡父王国宾，他们目光如炬，盯着他的一举一动。

南宋宁宗嘉泰四年（1204），也就是宁宗给岳飞平反并追封鄂王那年，扬州府兴化县一个叫王行俭的年轻人寒窗苦读，进士及第，被派到遥远的龙州任判官。这时，一个龙州的五品官，非但不是肥缺，更像是烫手的炭圆。蒙古已在北方崛起，而金依然强大如故，势力已经隔摩天岭与龙州对峙，大战一触即发。龙州内部，番乱与兵变此起彼伏，危如累卵。但是王行俭，这个拥有中国最高学历的年轻官员，决心像岳飞那样精忠报国，在边地为朝廷分忧。龙州治所那时还在彰明县青莲场，是他偶像青莲居士李太白的故里，文脉绵长，让他备感亲切。他把自己作为朝廷一个最牢靠的桩子，深深打进龙州的土地。朝中无人，升迁轮不到他，丝毫也不影响他的积极进取。他与历任知州联手，拼了命开疆拓土，兴学化夷，筑城安民，拿出了骄人的成绩单。终于，理宗帝登基，皇恩浩荡，敕赐他"世袭三寨长官司"。

"三寨"并非三个寨子，而是龙州的白马、木瓜和百草三大番族。白马番即白马氏；木瓜番为吐蕃南侵的遗族；而百草番，就是羌人了。当然，皇帝是精明的。兴学化夷，是他交给土司的基本任务之一。化，就是不断把生番变熟番，熟番变汉民。这样，汉区即皇帝直接的控制区不断扩张，土司的地盘不断缩水。明初，洪武皇帝干脆将"三寨"拆分，新立李、薛两个土司，三家汉人，各养兵五百，各自镇抚一番。于是，王家就专门统辖白马番地了。

由江南肇始的王氏土司，由宋而元、明、清直至民国。不管谁坐江山，王家衙门依然更替有序，七百多年绵延不绝，堪称奇迹。究其原因，除了因势应变，及时投效当朝皇帝，就是对辖地番民恩威并施。皮之不存，毛将焉附？王家的祖祖辈辈，这个道理是有很深体会的。

但是，老土司，也就是王少沂父亲王国宾之死，就与番民的矛盾有关。

那是一次番乱，王国宾遵松潘总兵之命前去平定，龙安驻军"龙安营"派王国禄随行协助。国禄是"龙安营"哨长，也是少沂的亲叔叔，自负，骄横，粗暴，对部落番官、头人多有得罪。因此，他出现在白马，无异于火上浇油。其时，多地白马番民已经集结白马部落，见了国禄，分外眼红。火山即将爆发，他却逞匹夫之勇，拍马杀过去。这是一次飞蛾扑火式的进攻，不但他死于阵前，累及国宾也殁于乱军之中。

龙安控厄阴平古道和直通松潘的松龙古道，为军事要地。多则十里，少则五里，一个个关隘和堡垒，铆钉一样连接起颇为漫长的防线。黄羊关作为龙安之北方门户，直通松潘，是其中关键一环。地处要冲，各方势力犬牙交错。王国宾死后，王家大伤元气。王少沂袭位，黄羊关衙门又遭泥石流冲击。整修衙门，修补番汉关系，就是王少沂当下刻不容缓的大事。

现在，衙门内部的翻修已经完成多日，只需把最后一面围墙砌好，整个工程就算大功告成。

时过境迁。当年几乎管辖了大半个龙州、常备兵员五百，还有数千番兵召之即来的强盛一去不返。自己势力每况愈下，地方兵连祸结，土匪如麻，从龙安到省城，官场无比黑暗。他想到就头大。不过，他随波逐流，前年开始在辖区种大烟，然后暗暗在松潘驻军那里购买武器，长短枪已经回来二十余支。烟就是钱，钱可以买枪，有枪就是大爷。王少沂看看木匾，再看看越来越小的围墙缺口，长长地吁了一口气。

当管事杨福金进来报告，说白马部落厄里寨头人格庄前来拜访时，他高兴地嚷一声："是格庄头人吗？快请！"

虽然阿爸一路上说起王老爷，说起土司衙门，但多嘎走到衙门前还是没来由地感到紧张——他从来没有见过这么大的院子，这么高的院墙。走上高高的台阶，大门两边各站了两个包白帕子的汉人，把快枪在他们父子面前一横："干啥子的？"看样子脾气很大。

听了格庄的自我介绍，一个人提了枪进去通报。很快，就有一个洪亮的声音响起："格庄兄弟，稀客稀客！"喊声刚落，一个穿灰色长衫面目清瘦的中年汉子已经甩开两个跟班，大步走到门口。

格庄喊了声"老爷"，连忙下跪。

王老爷忙说免礼免礼，扶起格庄。

王老爷一脸笑容，还将手伸过来，热乎乎地摸多嘎的脑壳。多嘎额头立刻冒汗，感觉藏在头发里的那些虱子都不安分了，乱纷纷地在发根下爬来爬去，就像小伙伴们平时躲猫猫，在草垛里乱钻。

管事喊人卸下背篓，牵走了牛，向土司报告礼品明细。然后，王老爷亲自陪同，让格庄父子看他刚刚翻修一新的衙门。

多嘎从来没有到过汉区，不懂什么照壁、仪门，更不懂大堂，只觉得这个院子大得吓人，房子多得吓人。一个过道边，有两个粗木栅栏围起的格子间，很小，其中一间有一个衣衫褴褛的人，用铁链子拴着。

多嘎问阿爸："那是啥地方？关的是啥人啊？"他还没有把话说完，格庄狠狠在他胳膊上揪了一把，没有搭理他，照旧若无其事地跟着王老爷。

旁边厢房，一阵"嗒嗒嗒"的声音吸引了多嘎。他走过去，隔着窗户偷看。里面一个三十岁左右的男人坐在一个小台板跟前，台板上面安了个奇形怪状的铁家伙，周围堆了一团布料。随着那人双脚踩踏地上的小踏板，铁疙瘩上连着线的轮子飞快地转动起来，台板上堆的布料一会儿就被轧到了一起，变成了两只裤脚。

格庄回头，发现儿子在森严的衙门里居然没有乖乖地跟着自己，正要发作，王老爷笑了，说："我们也过去看看吧。"

现在，该轮到格庄吃惊了。并且，他吃惊的程度，丝毫不亚于多嘎，甚至不亚于那年看到洋人的快枪。

"这是缝衣裳的洋机器，叫缝纫机，"土司努了一下嘴，拍了一下格庄的肩膀说，"德国造的，值好几百大洋呢。"

说着，土司把格庄父子领进去。"这是丁长明，丁裁缝。"土司给格庄介绍，"我们整个龙安只有这么一架缝衣裳的机器，当然，也只有丁裁缝这么一个洋裁缝。"

丁裁缝回头笑笑，喊了声王老爷，再对格庄点点头。

"老爷，我今晚黑赶一下，所有的活路就做完了，"丁裁缝埋头踩缝纫机，边说，"我已经在衙门里干了整整一个月，该告辞了。"

"不，你马上给格庄头人量一下尺寸，给他也赶一件洋布衣裳出来。"土司笑眯眯地说。

晚上，王老爷叫下人准备了一桌菜，招待格庄，也给丁裁缝饯行——因为他最迟明天下午就要进城。丁裁缝说，天气一天天热起来，城里您认识的那几户大户人家都想穿单薄的洋布衫，所以催得很紧。

王老爷高兴，开了一瓶他平常最喜欢的绵竹大曲。刚刚斟上，杨福金轻轻进来，凑近土司的耳朵嘀咕几句。

王老爷脸黑了一下，略一沉吟，眉头又重新舒展开了，说："请他进来吧。"

杨福金刚刚出去，外面就有一个略带沙哑的声音响起："尊敬的王老爷，小弟龙文彪专门从龙安赶饭来了。"话音未落，一个浓眉大眼、脸上有浅白麻子的年轻人已经推开了门。

"兄弟，"土司满脸堆笑，"快坐下，快坐下！"

"嘿嘿，格庄头人也在？"龙文彪双手抱拳，"稀客！稀客！"

"原来你们也认识？"土司看看格庄，再回头给龙文彪斟酒。

格庄知道王老爷与龙文彪关系微妙，而他和龙文彪搭伙种大烟的事，他并没有报告。正尴尬，龙文彪端起酒杯，说："白马部落著名的格庄头人，江湖上哪个不晓得啊！"

席桌上始终谈笑风生。应王老爷的提议，格庄连唱了好几首白马酒歌。连多嘎都被土司点名，也唱了一首。

觥筹交错间，杯子碰得叮当作响。尤其是龙文彪，对王老爷毕恭毕敬，碰杯力道特别大。

"诸位，对手上的杯子要把细点哈，"一次干杯之后，土司举着空杯子，"我现在要告诉大家，我对各位贵客有多么真诚。"

"大家看看，我们用的是啥杯子？"他给各位客人依次斟了酒，笑问。

大家看看土司手上，再看看自己的杯子，面面相觑。

"你们看看杯底，是不是有一条龙啊？"土司提醒。

果然，大家都在杯子底部看见了一条龙，淡淡的蓝色，张牙舞爪，似乎正在酒液里游动。

大家还在看神奇的龙，王老爷却一口干了那杯酒。

"刚才潜龙在渊，"土司把空杯子伸到大家面前，"大家再看看，龙还在不在啊？"

土司的杯子里的龙消失了。大家喝干了自己杯中酒，杯底的龙也不见了，不禁啧啧称奇。

"这是产自大清皇帝老家的岫玉，"王老爷把酒喝干，说，"杯子是大清朝乾隆爷御赐给我家高祖的。当年，因为我高祖平定松潘立下战功，乾隆爷授给了我长官司衙铜质印信，同时，也赐予了这一套玉杯。"

土司把御杯都拿出来招待大家，客人们感动，王少沂高兴，开了一瓶又一瓶酒。最后，王老爷、格庄和丁裁缝都喝高了。似乎，龙文彪也喝高了。

半月以后，格庄有朋友从龙安来，才晓得土司衙门发生了惊天动地的大事情。

那场晚宴的两天以后。月黑风高，深夜子时。一支一百多人的队伍悄然来到黄羊关，将土司衙门围得铁桶一般。

大门紧闭。枪手们从尚未完工的围墙缺口摸进去，解决了两个值夜的团丁之后，要活捉土司。但王少沂警觉，抽出枕头下的德国造二十响驳壳枪，躲在屋里坚决抵抗，让入侵者近不了身。在打死打伤七八个枪手之后，土司在黎明前被乱枪打死。

王少沂稳重，从不主动惹事，自己并无仇家。但是，他这次是一时疏忽，犯下的低级错误，但很致命。

他的一个堂弟王少雄，年方十八，无知无长，幻想自己会成为乱世英雄。仗着家里有钱，老子是参加过保路运动的同盟会员，拉起一帮跟他一般大小的半截子幺爸混社会。他七拼八凑聚集起几十杆枪，居然成为龙安不大不小的一股势力。

但是，他还是太嫩。龙安城里，杨鹏举才是真正的老大。他不但是团练局长，还是全县袍哥铁旗山码头的龙头大爷，树大根深，一言九鼎，连县长也要让他几分。

王少雄不信邪。他派人去刺杀杨鹏举——他自信杀了老杨，龙安就是他的了。

深夜的小巷，王少雄的人已经在暗处瞄准了打牌回家的杨鹏举。只需扣动扳机，龙安的第一狠角子就会从地球上消失。但是，几个大孩子还想玩点花样，他们临时决定手刃。结果，杨鹏举命不该绝，在刀锋即将抵达时察觉了，黑暗中他就地几滚就进了几步远的李家大院，然后从李家后门毫发无损地跑回了家。

王少雄最终暴露。杨鹏举认定土司是他的后台，于是组织起数百武装——包括南坪、文县的两股武装匪徒，兵分两路，出其不意，一个晚上既灭了王少雄，也干掉了王少沂。

那天，王少雄说是要去剿匪，死缠烂打地借走了土司衙门的枪。没有枪，土司等于老虎被敲掉牙齿，必死无疑。

还好，那天土司夫人回了小河营娘家，儿子王秋园在成都读书，免于灭门。

当然，衙门被洗劫一空——包括积存的烟土、金银首饰，还包括大清皇帝御赐的铜印和那一套龙游杯底的岫玉酒杯。

格庄晓得，那天龙文彪来黄羊关是接丁裁缝，同时还替杨鹏举传话：两家联姻——他要把自己的侄女嫁到王家做儿媳妇。格庄不晓得的是，血洗土司衙门的许多人脸上都抹了锅烟墨，其中包括领队的龙文彪。

3. 出巡

喤喤的锣声终于在夺补河对岸响起。

寨子里的人早就倾巢出动，黑压压站满路边和附近山坡，听见锣响，兴奋又野性的吆喝声狂风一样在河谷里滚荡。

虽然多嘎事先已经知道土司今天要来，但他还是兴奋不已。因为对他而言，土司一年一度的巡视，是部落里比过年还热闹还重大的事件。尼玛塔死后，番官杰瓦一直闭门不出，公众事务一律推给格庄。格庄很乐意抛头露面，连续三天早出晚归，带着各寨的人修桥补路，砍除封路的灌木和杂草，直至猫耳山背面的干河坝。他昨天杀了一头牛，其中半边送了杰瓦，同时还给了他家五只羊，以便番官可以大大方方待客。杰瓦感动，心情好了许多，居然可以下床，和格庄商量一应事务。

土司的出巡总是在农历五至八月之间，短则半月，长则一月甚至两月，视王老爷的心情而定。土司既巡视自己领地，审理番官处理不了的案件，也避暑。当然，更重要的是收缴年度课税——每户一只鸡、一斤腊肉、两斤蜂蜜、一斤火麻和若干粮食。当然，这些实物，都是可以折算成银圆或者烟土的。

今年情况特殊，土司衙门去年出了惊天大案，因为被诬陷通匪还要打官司，出巡的事情就一拖再拖，已经入秋好些天了，他们才终于动身过来。

锣声越来越近。一支声势浩大的队伍出现在夺补河对岸。寨子外面的大路边、山坡上挤满了男女老少，都在伸长脖子张望。逶迤的队伍，在河谷里冒出来又沉下去，当人们再次看到时，队伍已经近在眼前。开道锣、执事牌和万民伞在前，或骑马或步行的三十多个带枪随从居中，还有几十个背行李物资的白马汉子尾随其后，几台滑竿前呼后拥威风八面地一路走来。这是土司出巡最完整的仪仗，最铺张的排场，连格庄也很难见到。

最吸引多嘎的，是第一台滑竿上坐的那个孩子。一张清秀的脸罩在一柄形状怪异的伞下，稚气，忧郁，呵欠不断。多嘎在人丛中挤来挤去，想把那张脸看得清楚些。刚刚挤到外层，一阵密集的枪声让他魂飞魄散。蒙了一下，他猛然明白，这是白马人给贵客的最高礼遇—— 一百杆猎枪朝天齐射。枪声过后，铜锣敲得更加起劲更加响亮吓人。那个敲锣的汉人——多嘎认得他就是黄羊关衙门的管事杨福金—— 一边敲，一边厉声用汉话吆喝："帽子取了！帽子取了！"这阵势把多嘎彻底镇住了。他害怕，想后缩，又舍不得热闹。正犹豫，一只大手从旁边伸过来，把他衣领狠狠抓住。他侧身一看，原来是阿爸。阿爸低吼一声："还不跪下！"这时，他才发现，路边已经密匝匝跪倒了一大片。跪在路边的不但有阿爸，还有好久没露面的番官杰瓦率领着的各寨头人。连那些赶牛羊上山的，正在地里割燕麦、挖洋芋的，一齐都脱了帽子，匍匐在地。

多嘎腿一软，忙跟着跪在地上。

滑竿在路上慢慢停下。一个穿长衫的中年男人从最后一台滑竿里下来，紧走几步，扶着伞下的孩子一起走过来，他们依次摸过杰瓦、格庄和各寨头人的脑壳。多嘎感觉自己的脑壳也被人摸了一下，轻轻的，让他想起黄羊关衙门里摸他脑壳的那个王老爷。但是，这次摸他的手更轻。他跪在地上大气也不敢出，但他能够感觉到是那个孩子摸了他一下。脚步声过去，偷偷抬头，才看见穿长衫的中年人正将杰瓦扶起来，大家也才跟着起身。经格庄介绍，人们才知道中年男人是"二老爷"。

二老爷双手抱拳，扫视周遭，朗声讲话："这是我的侄儿——王秋园！"二老爷拉起那个孩子的手，更大声地说，"亲爱的番胞们！原来的土司老爷，也就是我的哥哥王少沂先生，他不幸去世了，他的儿子王秋园，就成了新的土司。这个新的王老爷，刚刚从省城的学堂回来，知书识礼，聪明过人，他一定会成为对你们最好、最仁慈的老爷！你们务必要像尊敬原来的王老爷那样，拥护他，尊敬他，爱戴他！"

杰瓦，包括头人们，都知道了土司家刚刚遭遇的重大变故。但是只有格庄才打听清楚，杨鹏举早就串通好县长李明度，把一个"通匪"的罪名狗皮膏药一样贴在了王老爷身上。虽然王少沂的老朋友赵旭初是县参议长，有他帮忙，并且"二老爷"不惜倾家荡产上下打点，多方斡旋，印信是收回来了，但王家几乎油尽灯枯。土司老爷三十几代的传承，这样的灾难绝无仅有，是奇耻大辱。格庄明白，现在的王家，急需借一个台面，一个非常的排场，来挽回颜面，冲一冲晦气，同时也要为小土司立威。

不过，连格庄也不晓得，来白马的队伍浩浩荡荡，耀武扬威，那些枪几乎都是借的。衙门里的人都心如明镜——今年例行的土司巡行是一个大筐，需要装进太多的东西，以便填补这场变故捅出的巨大窟窿。

大家簇拥着几台滑竿，浩浩荡荡走向寨子。执事牌、万民伞照旧举着，铜锣依然"喤喤"地敲着，一直敲到番官家。

秋雨已经连绵而来。秋风阵阵，遍地落叶，一路泥泞。格庄虽然精明，但还是百密一疏：番官家门前，平日里满地的牛粪猪屎不但没有清理干净，反而有增无减。在浓浓的尿骚味中，滑竿停在院门口，大小老爷和两位太太实在难以下脚。格庄灵机一动，背起小土司就走。他一带头，随从们也抢上来，将土司一家老少背了起来，然后直接空降到火塘边铺了软垫的榻上。

院坝里临时挖了灶，巨大的毛边锅里热气腾腾，牛羊肉和腊肉的混合气息弥漫了寨子。许多女人，包括波兰早，都临时过来帮忙。见土司老爷到了，她们慌慌张张地撩起围裙，一边擦手一边小跑出来，躬身迎接。

父母深夜才归来。二老爷带着部分随从，也跟过来住宿。好在他家房子宽大，十几个人也轻松容纳。

安顿好客人，寨子安静下来，但白天里喤喤的锣声始终在多嘎耳边回响。他问阿妈："王老爷为啥这么威风？"

"他是土司老爷，"阿妈一边解花腰带，脱下簇新的袍子，一边说，"专门管我们番人的。"

"我今后可以当土司吗？"

波兰早急忙捂住儿子的嘴，眼睛瞪得老大，抵近他耳朵说："土司是汉人，我们番人最多也只能当到番官。不过呀，番官也是人家杰瓦家的。你嘛，恐怕当个头人都难。"波兰早叹了口气。

塔塔这时不知从哪里钻了出来，大声地说："不当头人，那就当番官嘛。"

"啪！"格庄过来，给了傻子一个响亮的耳光。

"他就是要当番官嘛。"塔塔捂着脸嘟哝着，很不服气。

4. 同龄人

两匹马，一红一白，小跑着出了寨子。

多嘎将缰绳挽在手上，双脚蹬牢马镫，屁股嵌入鞍子，枣红马跑得踢踢踏踏。但是，他始终摆脱不了紧张，因为紧跟在后面的那匹白马，骑手是小土司王秋园。

王秋园脾气好，看他的眼神阳光一样柔软，但多嘎还是觉得那是一丛硬刺，在后背上划来划去。

他们是同龄人，都出生在下半年。只不过王秋园生在七月初九，多嘎晚了三个多月，生在十月二十三。然而多嘎明白，他们是完全不同的人。自己是番人，一字不识，是山里人；人家是汉人，是老爷，是在省里读过书的上等人。虽然他还没有长大成人，人们还是要毕恭毕敬地喊他"老爷"，连番官杰瓦和阿爸见了也要下跪磕头。

多嘎只是不明白，土司老爷和山神叶西纳玛，他们哪个管哪个？

其实，王秋园还没有从忧伤里走出来。

父亲惨死，自己学业戛然而止，都是他的忧伤。他完全是稀里糊涂被推上土司之位，木偶一样听人摆布。一切都是二叔在操盘，他严厉得像早年那个叫严登科的发蒙老师。虽然二叔不会像塾师那样动不动就打板子，但也是说一不二，由不得他半点任性。从成都石室中学学生宿舍收拾东西开始，他一直都在二叔监督之下，台上演戏一样在扮演着自己的角色。巡视白马这种虚张声势的排场，他尤其感到不自在。

他这是第一次进入番地。虽然到处风景如画，但一到番官家就让他绝望。杰瓦一脸晦气，索曼早邋里邋遢。他们那个家，完全不是想象中的番官之家。跳蚤猖獗，白天都可以听到它们在楼板上欢蹦乱跳得沙沙作响。晚上更是跳蚤虱子的天下。这些小虫子，像是密林的大队伏兵一样藏在熊皮的毛丛里，人的身子一挨上去它们就开始周身叮咬，现在想来都头皮发麻。更恐怖的是，半夜，老鼠居然拿他脚趾头当美食，把他咬得鲜血淋漓。

更让他难以容忍的是昨天早晨。尿急，他到处找厕所，无意中瞥见番官夫人提着裙子在猪圈里站起，两头猪抢着吃她的屎尿，争抢得嗷嗷直叫，互咬厮打。

"这个鬼地方，"见到母亲他就抱怨，"我一分钟也待不下去了，必须回龙安！"

母亲没有办法，叫来二老爷。两人一商量，连哄带吓，让他两娘母改住格庄头人家。

格庄见土司母子要住自己家，喜出望外。他亲自从房后抱来一大捆干草。草名"饶诺"，波兰早除了用它铺床，还用它熬水泼洒在地上。像早有准备似的——全新的被子，甚至还缝了大红缎面，白天晒了再铺上。没有跳蚤骚扰，也没有老鼠袭击，在充满太阳气息的床上，他终于睡上了安稳觉。他母亲马长桂一高兴，听说会汉话的头人的婆娘波兰早汉姓和她一样也姓马，立刻认了姐妹。两个女人龙门阵摆得喜笑颜开，连格庄都觉得受宠若惊。

格庄家也成了临时的衙门。临时赶制的桌椅虽然粗糙，但用绿绸一铺，摆上印信、签筒、惊堂木等公堂物件，以及竹板、铁链等刑具，两边各站几个枪手充当衙役，也煞有介事，足以震慑老百姓。除了番官告病缺席，各寨头人悉数到场陪审。二老爷和王秋园并排高坐，审理各种案件，裁断民事纠纷。当然都由二老爷全权代理，王秋园坐在旁边只当看客。二老爷是个操袍哥的老江湖，脑子好使，口才极佳，该捆的捆，该打的打，该罚的罚，该吓的吓，快刀斩乱麻，几天就处理完一年积案。这其实是杀鸡儆猴，目的都在课税。今年除了按惯例缴纳，因为王少沂土司去世办丧事，要按例交忧捐；因为王秋园土司袭位，这是喜事，按例也要交喜捐。平添两份赋税，今年收缴难度可想而知。但是，土司偌大一个家族要养活，还要买枪自保——重新武装已经刻不容缓。没有办法，只有在自己领地上的番民身上打主意。

终于可以自由活动了。剩下的那些具体事务，二老爷不再强求王秋园。

王秋园悟性极高。格庄为他专门挑了一匹温顺的母马，多嘎大致给他说了要领，又亲自示范，不到半天时间，他就可以任意驰骋了。

蓝天白云下的夺补河，河水清澈见底。沙滩银白，水草葱绿，水柳青黄，林子疏疏朗朗。秋意渐浓，但河边的醉鱼草、野棉花和马兰之类的野花还是有的。尤其是荞子正在花期，大片的粉红沿着河谷流淌。这是王秋园没有见过的自然美景，真正的风景如画。

多嘎，这个番地的同龄人，无法和他一起朗诵郭沫若或者刘半农的诗歌，也不可能和他一起分享成都校园内外那些激动人心的事件，但是已经感觉到他绝顶聪明。由他陪伴，骑着马徜徉在仙境的原野，浪漫，还有一种驾驭和征服的快感。

看见小土司开心，人也很随和，多嘎慢慢也放松了，并给他介绍各种花卉和树木。还是有很多地上植物他无法用汉语命名，说不定龙安附近的汉区根本就没有。比如疯长的藤蔓植物卡拉洛瓦，叶片肥厚的达绍，长得铺天盖地的艾玛。

山上传来了歌声。那是放羊的白该才介在歌唱。才介是部落里最能唱歌的人。酒歌、猎歌、情歌、丧歌，以及耕地歌、打墙歌、擀毡帽歌、烟袋歌，他无所不会。不做法事时，他总是在山

上放羊，放羊的才介总是不停地唱歌。他唱歌整个部落都可以
听到。

在才介的歌声里，他们来到一片枯黄的罂粟地。多嘎晓得，
这就是尼玛塔家种的夏烟。

多嘎不能不想起尼玛塔。他们曾经相约过来看花，但是他还
没有来得及看就死了，而且死得那么悲惨，那么丢人。现在，烟
浆早就割了，灰白的烟桃子被茎干举起，从一片枯枝败叶里高高
低低地探了出来，在微风中抖抖索索。多嘎总觉得它们像是神山
脚下那些鸡蛋大小的卵石，被神秘的力量高高举起，随时可能投
掷出去。

"你怎么啦？"王秋园看多嘎的脸色瞬间有了变化，就
问他。

多嘎老老实实地给他讲了尼玛塔——另一个同龄人的故事。

王秋园没有想到，这个小番人的内心，此刻也像他一样埋藏
着巨大的悲伤，这让他有同病相怜的感觉。

"忘掉吧，"小土司用大人的口吻说，"悲伤也没用。"他
向多嘎伸出手来，"你那个朋友死了，还有我这个朋友呀。"

于是，这两个除了年龄，其余都迥然有别的少年，不可思议
地成了朋友。

父亲死后，这是王秋园最快乐的一段日子。他们天天在一起
玩耍——骑马，摘野果，掏鸟蛋，讲故事。

一天，小土司突然问："你说实话，和女娃子，有没有……
嗯嗯……那个？"因为他无意中听下人们说白马人很开放，很

好奇。

多嘎立马明白了王秋园的意思。"那怎么可能，"他坦然地说，"就是定了娃娃亲，两个人也不好意思在一起呀。"

"那你，有婆娘了？"

"嗯。"多嘎脸红了。

"喜欢她吗？"

"大人觉得她好，有啥喜欢不喜欢的！"

"我们能看到她吗？"

"怎么不可以？她就在山上放羊。"

于是，他们骑马往山上走，去才介歌声响起的地方。阳光照耀着起伏的高山草甸。几百只羊低头吃草，白茫茫一片。两个妇女站在隆起的高地两端，她们腰捆麻束，肩上挂着的线陀螺垂在腿间，滴溜溜转动着。她们一边捻麻线，一边用余光监视羊群。近处，老白该才介赤裸着上半身，将袍子团在怀里，坐在一块羊皮上聚精会神地捉虱子。多嘎仿佛听见一个个虱子和虮蛋在老白该指甲盖间被挤爆，噼噼啪啪响个不停。

多嘎和才介打了招呼，转过山头，就听见了一个细脆的女声在歌唱：

> 小绵羊，小山羊
> 跟着妈妈到牧场
> 鞭儿响，歌儿唱
> 牧羊姑娘在坡上

唱歌的正是拉雅。她一边放羊，一边在割猪草。

拉雅一见多嘎，尤其是看见他身边的陌生汉人，脸一下子红了。她看了多嘎一眼，用白马语低声说了句什么，立刻低了头，赶着羊往一边走了。

看着一个窈窕的背影远去，王秋园眼前立刻浮现另一个年龄相仿的姑娘。她也长了一双黑亮的杏仁眼，也是绵密的长睫毛，穿的却是淡蓝色长裙。她咧嘴一笑，立刻现出迷人的酒窝。但是，龙安城里，那个在赵旭初家见过的倩影转瞬即逝，被一个更加模糊的女子覆盖。她叫张琼芳，听说大他三岁，是杨鹏举的外甥女。他至今也不知道她长了个啥模样。并且，他明知王家与杨鹏举有仇，她依然是他两年后必须要娶的婆娘。

桃之夭夭

灼灼其华

之子于归

宜其室家

小土司是在念什么咒语吗？多嘎完全不懂，只觉得莫测高深，越发让他仰望。

第五章

1. 叛逆

那天是十月初八，黄道吉日。

格庄至死也不晓得，那天，将是他和大儿子多嘎最后相处的日子。

本来，格庄运势正旺，日子过得顺风顺水。鸦片已经种了三年，年年风调雨顺，好像风神和雨神也是他可以召之即来的兄弟伙。那次带多嘎去黄羊关衙门，王老爷私下警告他，要少和龙文彪往来。其实，他技术和销路已不再是问题，自觉羽翼已丰。于是，他随便找个托词就跟龙文彪掰开了。钱越来越多，又新买了德国造盒子炮。他有意让多嘎玩枪，就给了儿子那支六连发毛瑟枪。他已经看出来，多嘎像他一样有天赋，真的可以把长枪短枪玩得像马勺一样顺手。

说到多嘎，他越发满意。两三年光景，这孩子几乎是一个大人了。虽然还是有些精瘦，但挽起袖子，胳膊上也有肌肉鼓凸。当他发现寨子里一帮小伙伴成天围着儿子转的时候，他笑了——这狗日的东西，说不定将来还真是个人物呢。

他经常想起那个汉族女人的预言。

黄道吉日是才介为自己的二儿子戈波塔选下的婚期。白马人婚嫁范围都绝对限于几大白马人部落。婚礼被视为整个部落的大事，部落的每户人家，至少都有代表参加，本县的白熊、黄羊以及南坪的厄补、文县的达嘎等部落，众多亲戚也过来朝贺。因为新娘班英子是文县草坡山的姑娘，所以那边过来的人格外多，其中就有牛贩子班长贵。

这是很盛大的婚礼。

长长的整块杉木板为桌面，一圈一圈地搭在院里，密匝匝坐满了人。厨房热气腾腾，房前屋后临时挖灶，安放了毛边锅，也噗噜噗噜地炖着猪、牛和羊的坨坨肉。波兰早和几个女人端着竹筐、木盘或者木盆在条桌间穿梭，给客人送上蒸馍，或者一勺一勺地往他们碗里添坨坨肉。

这样的喜酒，从早到晚，要连喝三天。

格庄坐在院子中间，身边是本部落的几个头人和来自厄补的亲戚。他端着酒碗，刚刚唱完一首酒歌，突然背上被猛拍了一巴掌。回头一看，是班长贵。

格庄一把抓住班长贵，把他摁在自己旁边坐下。班长贵是汉名，本名车车，外号野牦牛。格庄给他倒酒，一边给不认识的朋友介绍，一边添油加醋，再次给大家讲起了他如何被班长贵怂恿去陇南买牛，而后在仇池山下误入匪窝的种种历险。

酒一碗一碗地喝下去，汉子们的话里，甚至看人的目光里，都充满了酒气。

"转眼就是十几年，"班长贵舌头硬了，看看在远处敬酒的新郎新娘，叹了一口气说，"我们都老啦。"

"啥话！老了？"格庄眼睛一瞪，"吃得，喝得，睡得，累得，老啥老？"

有人补充："还日得。"

大家一阵怪笑。班长贵就说："看来格庄头人骚劲大呀，波兰早过来了，问问她，究竟怎么个大法。"

"哪需要她证明啊！"格庄朗声大笑，仰头，连干三碗酒，用袍袖抹抹嘴，说一声"看我的"就离开了座位。

寨子里的人们，都知道格庄接下来要干啥了。大家拼命拍手，吆喝起哄，婚宴现场骤然掀起高潮。

格庄来到空地上，把袍子撩起，掖在腰间，转身就地扑倒。他用双手撑地，先是双腿慢慢蜷曲，收拢，身子悬空，离开地面。最后，他双腿绷直，倒立于众目睽睽之下。接着，他居然以手代脚，就地旋转，迈步，在条桌间穿行。

在疯狂的掌声和吆喝声里，格庄的速度越来越快，简直是健步如飞。

大喜的日子，他完全抢了戈波塔小两口的风头。

夜半，波兰早刚把借宿的客人安顿好。格庄跟跟跄跄回来，嚷着还要喝酒。

不顾波兰早的阻拦，多嘎也从床上被拖起来，迷糊中被拎到火塘边。

波兰早拗不过男人，也怕吵醒客人，只好抱出酒坛，给他们倒酒。

"儿子，"格庄看看多嘎，再看看波兰早，神色有几分诡秘，"我早该跟儿子说点心里话了。"

格庄咕咚咕咚喝了一大碗哑酒，然后讲起了故事：

"大约是一百多年前吧，也是乱世。那时的番官还是我们的老祖宗在当，家里还有朝廷发的顶子——这是番官的凭证，当然是传家宝啦。每逢兵荒马乱，我家在躲进深山老林之前，都要将顶子藏起来。闹白莲教那年，大队伍经过，一路烧杀，顶子当然又藏起来了。稍微平静的一个晚黑，一对情人在山上幽会，突然看见不远处有东西闪闪发光。二人感到惊奇，但也不敢轻举妄动，就折了两根柳枝，三点成一线，对准发光的地方插着。第二天白天，他们回到原处，按照柳枝指的方向，毫不费力地在一堆乱石里扒出了顶子。昨晚闪闪发光的东西，原来是顶子上的夜明珠。那个小伙子就是杰瓦的先祖。他们偷了顶子，就来抢番官的位子。那时，另外一家姓薛的土司趁乱抢地盘，王老爷全家被杀，死无对证。官司打到龙安府，府官揣摩，内心偏向我家；但杰瓦家有顶子为凭，又会耍嘴皮子，府官没有办法，只好将番官断给他们。不过，他同时让杰瓦家发了毒誓，如果顶子是侵占的，做了番官必然短寿，绝对活不过四十五岁。

"从此，杰瓦家的人就做起了番官。但毒誓也应验了。他家的男人从来没有活过四十五岁的，包括杰瓦的阿爸格鲁、爷爷龙珠才里，以及我知道的上面若干代人，都是三十几岁、四十来岁就在番官位子上死去。这个魔咒，我相信杰瓦也躲不过。"

故事在几大部落广为流传。多嘎略知一二，睡意正排山倒海袭来，他没有兴趣听这些老掉牙的传说。

但是格庄还沉浸在自己的世界里。他调皮地挤挤眼，捅捅又睡过去的多嘎。

"番官家和我家有仇呀，"格庄压低了声音，"自我从你爷爷那里听到这个故事，我就一直记着，那个仇啊，就像烤酒的青稞一样在心头捂着，发酵呢。"

"终于报仇了，"他又捅捅多嘎，声音压得更低了，眼里锋光逼人，"番官婆娘贪小便宜，这个毛病也从娘胎里带给了尼玛塔。我有意给他方便，让他经常偷我家的东西，让他上瘾，终于鸦片也敢偷了。"

"我几次想说你都挡我，"波兰早瞪大了眼睛，"我还以为你是真的大方，喜欢那孩子。"

"嘿嘿，终于晓得了吧？"格庄打了一个长长的哈欠，"我是放长线，钓大鱼。"

因为噩梦，多嘎早早醒来。阿爸鼾声如雷，客人全部还在酣睡，阿妈正在厨房里忙活。

头脑昏昏沉沉，躺了一阵，才慢慢想起昨晚阿爸讲过的故事。越想，他越清醒，越觉得可怕。他起来，进了厨房，帮阿妈烧火。

"故意让尼玛塔偷我家东西，变成贼，"他悄悄问阿妈，"昨晚黑，阿爸是这样讲的吗？"

"好像……嗯……"阿妈支吾着，"好像，是这个意思吧？"

"那……是他有意给番官挖了坑，让他自己把尼玛塔砸死？"多嘎涨红了脸，像是火烤的，又像是憋的。

"我不晓得，"波兰早有些慌乱，左支右绌，"我看，不是吧？"

"我终于明白了，他心好狠，好歹毒！顶子！顶子！一个传说，就算是真的，也隔了不晓得多少代人！"多嘎恨恨地说，"这跟尼玛塔有啥关系？他明明晓得我们是好朋友啊。"

波兰早看了儿子一眼，迅速将目光移开，没有吭声。

"是他害死了尼玛塔！"多嘎咬牙切齿，"我恨他！我怎么有这样一个歹毒的阿爸！"

他站起来，硬着脖颈，要冲到格庄的房间。

波兰早急忙将儿子抱住，压低了声音："不许胡来！客人马上起来了，别在这里给我惹事，丢人现眼！"

"好，我不丢你的人，"多嘎看着阿妈，几乎是一字一顿，"我要让他，尝一尝，没有儿子的滋味！"

"儿子，莫做傻事！他是阿爸，你有话好好跟他说。"波兰早慌了。

"我跟他没啥好说的！"

多嘎说完，挣脱了阿妈，冲到格庄屋里，嚷了一声什么，马上转身冲了出去。

"儿子，"波兰早追出去，大声叫喊，"你给我回来！"

多嘎回头，说了句"放心，我死不了"，越发跑得快了。

"跑吧，看你能跑多远！"波兰早嚷道，"肚皮饿了你就晓得回家了。"

2. 别离

那天放羊，拉雅依然走在最后面。羊群拉得很长，"啊啊啊——啦——啦啦！"羊曲子在寨子外面的山坡上互相呼应。她不经意回头，就看见了多嘎从后面匆匆走来。

虽然同住一个寨子，但因为年龄差了两岁，他们从来不是玩伴。一旦定了亲，关系不一样了，他们更觉尴尬，彼此都尽量避免接触，怕人笑话。那个年代的白马少男少女，都这样。

可是，今天的多嘎显得异样。大清早，他独自一人，空着手，在路上走得匆忙，慌里慌张，似乎还满怀心事，带着强烈的情绪。

拉雅断定，在他身上，一定发生了什么。她顾不了那么多，索性站在路边，等他赶上来。

"大清早的，一个人就跑出来了，"她挡住多嘎，"发生啥子事了？"

多嘎低头，想了想，就将昨天晚上发生的事情含含糊糊地说了——此刻，他心里有东西像乱麻团一样堵着，正需要一个人接受他的倾吐，帮他化解。他确信，这个人只能是拉雅。这个世界上，现在，她是他唯一可以分享秘密的人。

"我想出去闯荡一阵子。"他给她说了自己的打算。

"怎么闯荡？"拉雅着急，盯着他。

"具体干啥，没想好，"他两眼空洞，望着别处，"要知哪座山最高，太阳出来就晓得了。"

"必须走吗？听说外面乱得很。"拉雅越发担心起来。

"我实在不愿再见到阿爸，"多嘎依然目光游离，"他太可恶了。再说，猪圈头容不得千里马，阴沟里映不出五彩霞。我一直想跳出白马，走出大山，看看外头的天究竟有好大。"

"好久回来？"

"不晓得。可能一年半载，也可能三五年。"

"那那，"拉雅眼泪出来了，"你晓不晓得？你阿妈，还有……他们该多伤心啊。"

"这是没有办法的事情，哪个也挡不住我。"多嘎说着就要走。

"等我一下，"拉雅不由分说地把羊鞭交到他手上，"我回去拿个东西，很快就转来。"

没多久，拉雅小跑着回来，跑得满头大汗。

这时，羊群越走越远，正在翻越一个山嘴。多嘎站在斜坡上，身后一株巨大的柏杨，树叶大部分已经落光。天空湛蓝，阳光被疏朗的树杈树枝切割，像金色的大网铺在地上，把厚厚一层落叶罩住。

两个人在树下站住。拉雅在怀里使劲地掏，掏出一个鼓胀的炒面袋塞给多嘎。

白马人把炒面袋叫奥巴俄汝，是牧人的必备。这是一个剥下的完整羊羔皮，将四肢缝合以后形成的皮囊，专门用来装炒面，可供成人吃一到两天。因为炒面袋的外层羊羔毛还在，很暖和，揣在怀里就像一个小火炉，所以既是容器，也可以御寒。

"外面没人管你了，把自己照顾好。"她胸膛剧烈地起伏，声音颤抖。

"一个大男人，有啥好怕的？"多嘎把炒面袋揣进怀里，装作满不在乎。

拉雅抬头，不舍地打量他。无意中，她看到他嘴唇上黑乎乎的绒毛和脖子上滑动的喉结。她没来由地涨红了脸，不敢再看，迅速将目光移开。地上，两个人的影子互相覆盖，分不清彼此。

包括这个注定了要给他当婆娘的姑娘，多嘎还是第一次单独与女孩子挨得这么近，而且还是在野外。她喘息未定，热乎乎的鼻息直冲他下巴，给他带来一阵暖暖的酥痒。他平常几乎没有正眼看过她，近两三年时间里，她似乎见风长，日益丰满，越来越像个大姑娘了。她那双杏仁眼，越发黑亮，一看就让他的心扑通扑通地跳。刚才，她把袍子拉开从怀里掏出炒面袋时，他看见她胸部冒着热气，鼓起的地方水囊一样浪了一下，撞到他的心上，让他更加慌乱。他感到怀中的炒面袋里，一种只有少女才有的气息，随着潮热一股股释放出来。这时，他身上的什么机关似乎突然打开，引起了周身的战栗。不由自主，他突然出手，猛地一下将拉雅拉过来，抱住，随后嘴唇也贴了上去。

拉雅没有拒绝，似乎早就在等待他的拥抱，他的亲吻。两个人互相箍紧，渐渐站不稳，顺势倒在树下。地下是逐年积淀起来的腐殖质，上面覆盖的落叶足有一尺多厚，温柔地接纳了他们。

从定亲那天起，拉雅就认定了自己是多嘎的人。所以她任由他将自己压在下面，撩起裙子。她坦然地将自己完全敞开，让他进来。那一刻，两个人都觉得对方是一团火，呼的一下，彼此都被点燃。熊熊大火之中，世界不复存在，只剩下他们在树叶上面疯狂冲撞，翻滚。当拉雅再次翻了个，压到多嘎身上的时候，山风袭来，一股寒气从胯下猛灌进来，像泼了一盆冰冷的水。一激灵，她瞬间清醒过来，本能地爆发出一股力量，挣脱多嘎。

"羊跑远了……"拉雅喘息着站起来，拉起多嘎。

"我等你回来。"她拍打着他身上的碎叶和草屑。

多嘎也清醒了。他觉得自己必须马上走——再不走，他怕自己会改变主意。

他才走出几步，拉雅又追了上来，从腰间拔出猎刀，递给他。

他将猎刀插在腰间，看了一眼拉雅，迅速转身，快步往叶西纳玛神山方向走了。

山岗上，拉雅泪流满面，看着他越来越远的背影。

但是，直到消失在道路尽头，他始终没有回望一眼。

3. 雪夜：美女与篝火

离开拉雅，多嘎顺着河谷一直往南走，走得飞快。一直走到叶西纳玛神山脚下，他还没有想好究竟要去哪里。

这里是羊洞河和夺补河的汇流处，是三岔路口，交通要道。以叶西纳玛神山为起点，顺夺补河南下是拦夷里、治夷里，紧挨着下面的白熊部落，再下，直通龙安；夺补河上游都属于本部落，雅日块、珠戈、厄里、稿史瑙、小槽、章纳加、帕西加、色汝加、肖珠瑙、色纳怒、刀切加等寨子，像是一串瓜，结在夺补河这根藤蔓上；羊洞河是从北边的杜鹃山流下来的，卡氏和托洛加两个寨子，一左一右，扼守着羊洞河大峡谷。杜鹃山上，西通厄补，北抵达嘎，这两个部落也是白马人的地盘。

叶西纳玛统领着所有的白马神山，是白马人至高无上的神。面对神山，多嘎闭上了眼睛，默念着山神的名字，请他指引方向。

他从记事起就晓得，叶西纳玛本是达嘎那边的神。那天，他去峨眉山参加神仙聚会，路过白马时，一场狂风暴雨挟带着山洪泥石流，正在毁灭白马人的家园。大灾大难触动了山神的悲悯之心，于是停下来，与雷神、雨神和风神搏斗，让山不再崩塌，洪水绕开寨子，所有的白马人都转危为安。叶西纳玛只顾救人救难，却忘了时辰。等到鸡鸣，他再也走不了啦，于是索性留下来，变成这座山头，保佑世世代代的白马人。

多嘎突然有主意了。溯羊洞河而上，翻杜鹃山，去达嘎——那里有他家的不少亲戚，他们一家人不止一次去那边参加婚礼。更重要的，那里是叶西纳玛老爷的老家。

他觉得，关键时刻，是山神给了他启示。

这大约是世界上最难走的路了。

难走，是因为这是个大峡谷。山很大，属于摩天岭的一段。羊洞河水量不大，但有惊人的落差，在峡谷里横冲直撞。它是造物主手上神奇的魔术刀，轻轻一划，就将大山的腹部切开，形成两三丈宽、几十丈深、崖壁如刀切斧砍的天险，最有资格被称为一线天。

大部分地方，道路是无法进入峡谷的。它只能在悬崖边沿麻绳一样缠来绕去，随地势山形乍起乍落。多嘎用猎刀砍了一根酒杯粗细的水柳。水柳韧性好，长得笔直。他砍去头尾，留下和自己身高相当的长度，削尖，就成了杵路杖，也是长矛和投枪。再摸摸怀里拉雅给他的那个炒面袋，他立刻感到有了底气，毫不犹豫地往高处走，往林子深处走。

天气说变就变。过托洛加时天空还蓝着，但一阵风来，天就阴了下来，飘起了雪花。黄昏时分，到鲁勒，天空早就一片昏蒙，飘的已经是鹅毛大雪了。天色完全黑下来的时候，路上的雪已经铺了起来。还好，在林子里穿行，借助雪的反光，路径依稀可辨。但是，山势越来越陡，路越来越崎岖，积雪越来越厚，有的地方已经结冰，很滑。他攥紧了棍子，用它探路，支撑身体，努力向上，向前。他知道山顶，那个叫兰嘎介扎的地方有一个幺店子，是木珠女婿罗瘌子开的。他早听说罗瘌子抢人，干了不少坏事。但我一个身无分文的人，又有什么可担心的呢？何况，那里是去铁楼也就是达嘎部落的必经之地，他今晚必须赶到那里借宿。

但他还是低估了困难。他这是第一次一个人赶路，并且是一个大雪之夜。加上昨晚上睡得很差，现在他已经累了。刚才，他在一个石头上还滑了一跤，脚崴得不算严重，但隐隐的疼痛还是大大影响了他的行进速度。

海拔越来越高，他越来越累，也越来越冷。他裹紧袍子，脚步越来越沉重。他还饿。显然，拉雅给他准备的是两天的干粮。但是，因为没有吃早饭，还在鲁勒他就差不多吃掉了一小半。他是一个谨慎的人，决定无论如何都不能轻易再吃，必须留有余地。

他机械地迈步，越来越慢。他不知道现在是啥时候了，也不知道到了啥地方。他只知道循着隐隐约约的路径艰难向前。

远处隐隐传来一声虎啸。向远处张望，峡谷对面，山上隐约有几点绿光，萤火虫一样闪了几闪，消失了。他紧张起来。这里是无人区，是老虎、豹子和豺狗出没的地方。他不敢停下来——要想不成为它们的美食，唯有赶快走到幺店子。

终于离开了峡谷，羊洞河越来越细瘦，多汊，最后成为可以依靠棍子跳跃而过的细流。林子也越来越稀疏，但是风越来越大，他感到更冷了，走得越发艰难。

一处不算高的断崖边，有一处浅浅的崖腔。这是个相对干燥背风的地方，他迫不及待地坐了下来。大风呼啸，掠过树梢，像成百上千的狼在哀嚎嘶吼，带给多嘎毛骨悚然的恐怖和彻骨的寒冷。仅存的热量，似乎被冰冷的石头瞬间吸走。抱紧了炒面袋，还是止不住打冷战。他再次想起了拉雅。毫无疑问，拉雅正坐在温暖的火塘边，烤火，吃火烧馍，说不定还有腊排甚至野味。唉，她当时再带给他一个火镰就好啦。

阿妈他们肯定也在火塘边。但是，想起阿妈，也就同时想起了阿爸格庄。他的心立刻变得铁硬——此刻，他宁愿冻死，也不愿意和那个叫格庄的人坐在一起。

不过，他是多么希望有一堆火啊。

风中隐隐有人声传来。他困得眼睛都睁不开。但那个声音一直持续着，分明是个女孩子在说话。

风小了些，声音更加清晰，好像是叫他。他使劲睁开眼睛，几丈远的地方，一堆篝火正在雪野里熊熊燃烧。篝火旁边坐着一个姑娘，衣裙艳丽，正直起身子向他使劲招手。

"过来呀，"姑娘双手急切地挥动，"一起烤火啊！"

多嘎站起来，但他又困又乏，迈不开步子。

"你闭上眼睛，"姑娘的声音比拉雅的还要清脆和温柔，"我拉你一把。"

他想也没想，眼睛不由自主就闭上了。一阵风来，他觉得自己飘了起来，像一片树叶。他感到心慌，发虚，使劲睁开眼睛，发现自己还在原地。

风停了，雪也小了，眼前的一切都清晰了很多。前面的篝火更旺了，火光照耀下的姑娘越发清晰。她坐在一块黑色的石头上，大约十七八岁，瓜子脸，丹凤眼，眉毛细长。插着白羽毛的白毡帽略微朝前倾斜，盖住半个额头，让她显得极其妩媚。她身后是个不大不小的院子，没有他家的房子大，但讲究，房檐和柱子都有彩绘。房门紧闭，窗户上灯影朦胧。他超人的嗅觉也有新的发现，那是烤馍，唔唔，还有烤肉的味道。

"你还犹豫啥子嘛，"姑娘声音娇嗔，"人家是真心请你呀。"

在这样的一个飘雪的夜晚，多嘎太需要温暖了。一堆火，在此刻比拉雅还要重要，还要亲切。何况还有馍和烤肉。当然还有那个姑娘，她那么漂亮，热情，对他那么亲切，他怎么能够拒绝她的好意呢？当然是要去的。天底下再没有比边烤火边吃馍吃肉更需要更舒服的事情啦，何况还有这么漂亮的美女做伴！山神叶西纳玛啊，我的运气怎么这么好？

多嘎年龄不大，但性格谨慎。平时，他还喜欢和人论理。争辩中，他总能找到许多条理由，让对方哑口无言。慢慢地，他习惯推理，凡事都要思忖一番。

现在，他有些疑惑——大雪天，姑娘为什么不在她家火塘上烤火啊？即使在外面烤火，她为啥不搬一个凳子，偏偏要坐在冰冷的石头上？

然而，这些疑惑，在美丽的姑娘和那堆热腾腾的火面前，瞬间化作烟雾，随风消散。道理是苍白的，只有火、肉、美女，是他最现实最迫切的需要。

他坚定地朝姑娘走去。

但是，内心却有一个声音冰冷而严厉：不能去！不能去！

他看着那堆火。火焰缭绕着，诱惑不可抗拒，他必须烤火。他不管不顾，迫不及待地要到姑娘身边去，靠近那堆火。然而，双腿像是长出了粗大密集根须，被大地抓牢。

"还是让我拉你一把吧。"姑娘似乎看出了他的困境。

"别别别，我自己走。"多嘎努力睁大眼睛，生怕她像刚才那样拉拽他。

他继续使劲地要迈开步子。但是，拉住他的力量实在强大，不可撼动。

两股力量都在使劲，他只能一直僵持在原地。

他醒来的时候，天不知已经亮了好久，太阳红彤彤地挂在崖上。他憋得慌。站起来，对着崖脚一堆树叶舒畅地撒尿。接着，又接连打了几个响亮的喷嚏。这时，他完全清醒了，立刻想起昨晚黑的那一幕——那堆火，那个姑娘，那座房子。

他估摸着方位，找过去。

前面哪里有什么姑娘和房子！稀疏的林间，他只看见了几只烂草鞋和一堆烧得焦黑的骨头，像是人骨。

刹那间，冷汗渗透内衣。

多年以后，多嘎在托洛加头人查拜家做客，喝酒闲聊，就讲起了杜鹃山下他曾经经历的那个诡异的夜晚。

"你命大呀，" 查拜大惊，"她就是来收你命的啊。幸好，你稳重，自己把自己救了。"

于是，查拜给他讲起了故事。

几十年前，托洛加有一个特别漂亮的姑娘叫梅梅早，是当时头人莫休的女儿。在姑娘十岁时，莫休就和番官打了亲家，要把她嫁给番官儿子，也就是杰瓦番官的阿爸，已经死了的老番官格鲁。但是，梅梅早长成大姑娘的时候，和本寨的小伙子格波好上了，好得要死要活。莫休当然不会同意，番官更不会同意，强行把他们拆散了。可怜的姑娘，在出嫁的前一天的夜里跳进了羊洞河。后来，变了鬼的梅梅早觉得生前太冤，太亏，想找补回来，就专门在路上找没有结婚的小伙子陪她。那些年，隔些时候就有过路的年轻人莫名其妙地在那一带失踪，其中就有托洛加的小伙子。

故事把多嘎听得毛骨悚然。为此，他专门请才介做了一场法事，感谢叶西纳玛在关键时刻拉了他一把，让他没有死于女鬼之手。

4. 幺店子

上到山顶，才晓得昨晚距幺店子其实已经很近，走上去不到一顿饭的工夫。

时隔两年，这里还是老样子。马鞍状的山坳两边，漫山遍野都是低矮的杜鹃林。幺店子就在靠右的坡地上。它乱石砌墙，松树皮盖顶，浓浓的白烟正从树皮的缝隙里乱窜出来，与杜鹃林上空缕缕雾气混合在一起。

有人正在檐下撒尿。听到脚步声，回头看，那人正是罗瘸子。

在白马，除了他自己，没有人说得清楚罗瘸子的来历。

羊洞河汇入夺补河，夺补河汇入涪江。龙安就在涪江边。涪江很长，从龙安算起，一路经过响岩、江油关、中坝、绵州、梓州、射洪、蓬溪、遂州、潼南、铜梁，走州过县，最终在重庆附近的合川与嘉陵江合流。从龙安到重庆，这一路一千多里，沿途每一处险滩，每一个水码头，甚至码头上那些巨硕的黄角树，罗瘸子可以闭着眼睛一一说来——他十三岁就从老家射洪龙宝山码头上船，跟父亲一起在涪江边推桨拉纤。

八年前，他十八岁，涪江中游流域大旱，庄稼颗粒无收。秋天，突降大暴雨，河水暴涨，他们泊船的竹缆绷断。漂流中，他们在蓬溪李家渡紧急靠岸时触礁，大部分船工连同金华陈家盐场的几十吨井盐，瞬间被洪水吞没。虽然他抱着一块船板活下来了，但一上岸就断了生计。绝望中，听人说起龙安山区有吃不完的苞谷、挖不完的药材，想吃肉提起火枪上山打就是了，似乎吃野味就像在自家墙上取一刀腊肉那般容易。于是，他跟着几个放排的筏子客来到龙安，投奔一个在水晶堡开磨坊的表叔。然而，经好心人指点，他在水晶堡只找到了一个叫磨坊湾的地方，却没有找到表叔和他的磨坊。走投无路之际，他碰到了刚从河边搬罾回家的龙文彪，让他在饥饿多日之后吃上了第一顿饱饭，并分享了刚捕获的那一笆篓鱼。从此，他认定了龙文彪，跟他一起混江湖。

四年前，龙文彪带着他玩了一票惊心动魄的大活。得手后，带着腿上的枪伤，他准备跟龙文彪去文县躲一段时间。结果，路过杜鹃山时，在幺店子意外地见到了他的表叔——他居然在这里当起了店老板。

这是龙安、南坪和文县的交界处，三不管的地方，也是商旅往来的要道。幺店子是客栈，大通铺可以挤二三十个人，也兼卖简单饭食和烧酒。他觉得这是个暂时栖身的好地方，索性就留了下来，给表叔当帮手。

那个冬天，大雪封山。寂寞中的两个人成天守着火塘，偶尔也喝上一杯烧酒。一个大雪的夜晚，两个人都喝得多了些，表叔教训他，对他表现出了几分轻视。他不服气，借着酒劲就将他和龙文彪干过的一些事当作英雄往事，添油加醋地讲了出来。没想到，表叔震惊，大怒，要他马上滚。他也毛了，抓扯中也不管他是谁，抓起一根抵门棍索性就往死里打。当夜，他冒雪把尸体背进了密林深处。他知道，几天之内，狼、豺狗、秃鹫和乌鸦，就会帮他把一具尸体变成一堆无法辨认的白骨。

不久，这条路上走的人都晓得了，原来的店老板回老家了，他侄儿接了他的店。

罗瘸子对格庄是恭敬的，因为没有他的点头，木珠那个颇有姿色的女儿达姆，是不可能嫁给他的，因为这破了白马人自古以来不与外族通婚的规矩。当然，原因不是他已经搞大了达姆的肚皮，而是龙文彪的面子。

见了多嘎，罗瘸子满脸堆笑，把他迎了进去。

屋里很暗，热气腾腾，潮湿和霉味里飘散着腊肉和焖苞谷饭的混合气味。站了片刻，借助板壁上点燃的两根箭竹，才看清顺墙的大通铺上胡乱堆着看不清颜色的棉被。火塘边围着七八个人，一人捧一个土巴碗，在往嘴里扒拉苞谷饭。他们的下饭菜不过是一碗黑乎乎的酸菜。火塘上明明吊着鼎锅，里面噗噜噗噜炖着肉，但没有一个人朝里面伸筷子。

"他们都是我的客人。"罗瘸子指着屋里吃饭的人对多嘎说。

他又介绍多嘎："厄里寨格庄头人的儿子多嘎。你们肯定不晓得，多嘎是白马语，意思是白熊。"

"多嘎？白熊？"人堆里一个年轻人侧脸，微笑着说，"坐下来一起吃吧，兄弟。"

多嘎仔细一看，那是个十八九岁的小伙子，方脸，阔嘴，浓眉，眼睛很亮。他没来由地觉得亲近，就紧挨着他坐下了。

罗瘸子连忙在屋角的木板上找来一个碗，给多嘎盛了饭。

"多嘎，这个名字起得好，"小伙子边扒着饭，边说，"刚才罗哥说多嘎就是白熊的意思，好啊，你干脆取个汉名吧。白雄，姓白的英雄。白家出人才呢，武有秦朝大将白起，文有唐代大文豪白居易。将来的白雄，说不定也是一方豪杰呢。"

"我该怎么喊你呢？"多嘎觉得这个年龄比他大不了多少的小伙子亲切，有见识，让他天然地产生了亲近。

"我叫古祥贵。"

"啥鸡巴古祥贵，我们只晓得他叫古老三！"一个大汉接话，引起大家哄笑。

"古老三，没错，"小伙子并不生气，依然笑着对多嘎说，

"家里我是排行老三，不过头上两个哥哥早死了。"

背脚子们正在嘻嘻哈哈，咣当一声，门猛地被推开了。随着一股猛烈的寒风，几个挎枪的精壮汉子出现在门口。

"有吃的没有啊，老子快饿死了。"一个充满霸气沙哑的声音传来。

罗瘸子应声迎上去，把他们让进来。

"老大，"他亲热地冲为首的喊一声，"腊猪脚，萝卜，早就炖起了。"

一行人的到来，背脚子们端着碗愣住了，嘴里忘记了咀嚼。特别是那个被唤作唐幺爸的，立马变了脸色，赶快端着饭碗站起来，让出座位。由他带头，背脚子们都离开火塘，端着碗退到了大通铺上。他们把大半个脸埋在碗里，筷子在扒拉，却拿眼角瞟着来人。

只有多嘎和那个年轻的背脚子古老三，屁股挪了挪，依然留在火塘边，自顾自吃饭。

"他们是些啥子人？"沙哑的声音低声地问。

"背脚子，"罗瘸子压低声音说，"他们背盐，去南坪。"

那人看了看靠墙的一排背架子，目光移到多嘎身上。多嘎已经认出，这个声音沙哑的汉子，就是那天在土司衙门见过的龙文彪。正犹豫着打不打招呼，罗瘸子已经来到面前。

"这个小伙子你应该认识吧？"他拍拍多嘎肩膀，望着龙文彪。

"哎呀，这不是格庄大哥的儿子吗？你怎么在这儿？"龙文彪凑近了看看，很惊讶。

"我去南坪，"多嘎信口说道，"走亲戚。"

"那次在黄羊关见到你，就觉得你很聪明，喜欢你。"龙文彪在火塘边坐下，亲热地说，"大雪天，走啥亲戚啊，跟我走吧，我保证你能够见到很多世面，将来有很大的出息。"

"不，南坪那边早就说好了，必须去。"

"你还认识我不？"龙文彪旁边一个小伙子突然发问。

多嘎看过去，小伙子鹅蛋脸，白皮肤，如果不是浓黑的眉毛，简直秀气得如同女人。但是细看他的眼睛，典型的三白眼，龙安人称为蛇眼，阴冷，狡黠，透出几分匪气。

小伙子见多嘎茫然，就说："纳卓的玛娄你该晓得吧？"

玛娄是阿妈的哥哥，现在纳卓的头人，他怎么不晓得？可是他名声并不好，阿爸阿妈跟他已经好些年没有走动了。"玛娄是我舅舅。"多嘎说。

"我就是你表哥马纪良啊。"见多嘎还是有些困惑，忙解释，"说俄里你就晓得了，马纪良是我的汉名。"

"哎呀，俄里表哥，"多嘎很惊讶，"好几年没有见了，我完全认不出你了。"

"太巧啦，两老表在这么个地方碰到，说明我们有缘啊，"龙文彪满脸堆笑，一脸浅浅的麻子在火光里越发清晰起来，"老罗，包括那些背脚子兄弟，他们今天的伙食我管了！"

"多谢老板盛情，"坐在大通铺上的一个叫母大汉的站了起来，抱拳道，"我们早就结了。"说着，背脚子们也纷纷附和，随后起身，拿起拐耙子，准备上路。

见多嘎也站起来，龙文彪说："你就不走了吧，等会儿跟我走，我保证，让你将来比你老子还有出息。"

马纪良也说："我们在文县那边种烟，纳卓，木比，土城，也有我们的产业。我们都跟龙老大一起干吧。"

多嘎没有留下。背脚子们出门时，他跟了上去。

"古大哥，"他跟古老三说，"带着我，我要跟你们当背脚子。"

不要说背脚子们吃惊，就是多嘎自己，事先怎么也想不到会跟背脚子走。

只有古老三是个例外。他看了看多嘎，只笑呵呵地说了声"好啊"。似乎，这早在他预料之中。

离开幺店子，背脚子们似乎受了惊吓，都低头只顾走路。只有多嘎和古老三两人，带着结识新朋友的几分兴奋，叽叽咕咕说个不停。才走出百十步路，马纪良喊着什么，追了上来。背脚子们紧张起来，尤其是唐幺爸，脸色煞白。

多嘎纳闷。瞟一眼古老三，他脸色淡定，却攥紧了拐耙子。

马纪良小跑着追到多嘎身边，将一件羊皮褂子递给他："这是龙老大给你的，他说那边很冷。"

5. 棒客

民国七年（1918），龙安最西头的水晶堡很不太平。

春天里，驻松潘的邓锡侯部一个连的士兵哗变，流窜过来，将场镇洗劫一空。

夏天，连降大暴雨，涪江和黄羊河同时发大水，冲毁街道，死人十几个。

秋天，烟桃子开割不久，路上的棒老二又多起来了，烟贩子、烟老板多起被抢。

龙安到松潘的龙松道是重要的茶马古道。进去的盐、米、茶，出来的药材、毛皮和杂粮，如同血液循环，万万不可中断。那时，背脚子龙文彪二十出头，已经在这条路上走了五年。棒老二路上抢人，对背脚子来说，这是最具爆炸性的消息。抢匪有拿棍棒砍刀的，也有提着快枪的。龙文彪喜欢热闹，把每起抢案都刨根究底地打听。

他专门回了趟磨坊湾，特制了一根拐耙子。拐耙子是背脚子的必备，类似手杖，但粗实得多，选用的都是坚硬而有韧性的硬杂木，端头套着带尖的铁箍，手柄是根一拃多长的横木。背脚子们用它杵路，歇气时用它支撑背架子或者背篼，无须放下背上重物即可获得短暂的休息。所以，拐耙子几乎是他们的另一条腿。它还是自卫武器，可以用来对付野兽和不带枪的棒老二。龙文彪的拐耙子是根青冈木锄把改的，用刨子打磨得溜光。端头箍的拐钉用好钢特别打制，五斤多重，磨得梭镖般锋利。

那天，他从松潘回来，给龙安"裕昌恒"酱园背了两百斤胡豆。到安塘前面的垭口，已经是第二天太阳偏西时分。幺店子门口，一百多个背脚子聚集在黄角树下，议论纷纷，面带惊惶。许多人拄着拐耙子，踮起脚往东边张望。龙文彪心里紧了一下，依然没有放下背架子，只管赶路。一个叫廖大毛的熟人上来扯他衣角，说你还敢走啊，前面正在抢人。龙文彪笑笑，说我去前面看看，我不肯信他连胡豆也看得上。说着，径直走了。

走不到三里路，转过独门坎山嘴，麻地口那棵千年珂楠树已经在望。一条深沟，流水潺潺，源自黄羊关背后的大山。到沟口，一群乌鸦飞起来，聒噪着掠过头顶。龙文彪感觉异常，但还没有来得及审视，随着几声吆喝，密林里突然跳出几个人来。两个拿刀，三个端枪，一齐围了上来。

见了棒客，龙文彪惊慌，夺路要走。两个拿刀的棒客凶神恶煞，一把抓住他的背篼。

"背的啥子？"抢匪恶狠狠地问。

"胡豆。"他声音打战，显然很害怕。

按照抢匪命令，他把背架子放下来。打开，麻袋里果然都是胡豆。

抢匪很失望，不甘心，就厉声逼问："里面藏啥没得？老实说，说了就留你一条命！"

龙文彪越发紧张，吞吞吐吐半天，才说："只有一点点那个东西，帮老板带的。"

抢匪都笑了，在胡豆里掏了一阵，果然掏出个用多层油纸包装、细麻绳精心捆扎的小包。拿起来掂了掂，软塌塌的，显然是烟土，差不多有一斤。棒客们高兴得快要发疯，一齐围着背篼蹲下来，刀放地上，枪抱怀里，脑壳挨脑壳，争抢着解麻线。龙文彪可怜兮兮地拄着拐耙子，被晾在一边。只是麻绳拴成了死结，事先龙文彪还用开水淋过，根本解不开，也扯不断。但是棒客们现在心情好，一点也不急，解得很有耐心。龙文彪瞅准时机，选准那三个拿枪的，冷不防抢起拐耙子就朝他们脑壳上打。他来得太突然，动作太快太狠，打烂两个脑壳只是眨眼的事。其余三个虽然惊觉，还没有来得及站起来，拐耙子又在第三个持枪抢匪头上落下了。两个带刀棒客被血和脑浆热乎乎溅了一脸，吓得魂飞魄散，顾不上摸一把就兔子一样钻进林子。龙文彪不慌不忙，抄起枪朝林子里开了一火，这才对地上的三个棒客搜身。三个死鬼身上一无所获，但他在林子里找到了他们藏匿的包袱。他将背架子上胡豆口袋卸下，往坎下的芭茅丛里顺势一推，将三杆枪拿根空麻袋装上，再用雨席一裹，连同包袱捆在背架子上，连夜赶回了磨坊湾。

可怜的抢匪，变成鬼了也不晓得，他们还没有来得及打开的那个油纸包，里面包的不过是一包稀牛屎。

上午。太阳已经升起老高了，十二岁的放牛娃古老三，揣着两个苞谷粑粑，牵着两头牛出门，准备到河滩上去放。那里野草茂盛，也阴凉。

大路上围着好多背脚子。他们用拐耙子支着背架子，都伸长了脖子朝河边看。古老三只觉得他们一个个热汗长流，弥漫着汗臭，头上有苍蝇乱飞。

古老三攥紧了牛鼻绳，始终靠不上去。就问："看啥呀？"

有人回答他："打死的棒老二。"

"哪里啊？"

"扔河里了，看嘛，还在漂呢。"

放牛娃最终没有看到漂在河里的棒老二尸身，只看到背脚子们一个个喜笑颜开，高兴得就像捡到了银子。

慢吞吞赶着牛，古老三在浅水处踩滩过河，上了河滩。河滩上长满柳树、水青冈和芭茅。也有大片的草地，铺满丝茅草、铁线草和马鞭梢。河滩实际上是一个狭长的沙洲，四面环水。在这里，放牛是件很开心的事，只需将牛鼻绳往牛角上一挽，让它自己吃草好了。

接下来干点什么呢？

当然要看《水浒》。家里不多的几本书，还是教过私塾的爷爷留下的，就包括了他怀里的《水浒》。虽然他只在水晶堡亲戚家蹭过三年学，但已经可以连猜带蒙地流畅阅读。不过，《水浒》太好看，虽然书就在身上，他现在还舍不得，想省着点看。这就像他的一个小秘密——过年过节，他总设法偷一片腊肉藏在怀里。放牛途中，他每次只咬那么一丁点儿，那样，大半天都美滋滋的，拉长了他的享受。

那就捉打屁虫吧。黑色的打屁虫只指甲盖大小，藏在卵石缝里，一个大石头搬开，里面就是好多个。把长裤脱下来，扎住裤脚就是一个口袋。捉一口袋打屁虫回家，开水锅里一烫，噗呲噗呲把屁放了，再锅里一炒，油都可以不放，只需一点盐，一点葱花，有点海椒面更好，很香。这时，它们就有了一个新名字：五香虫。

不过，现在季节可能早了些，搬开好多个石头，只见到零星的几只。

捉不成打屁虫，剩下的只有洗澡了——"游泳"对乡下人来说太雅，太文绉绉。只有"洗澡"，很直接，切合实际。古老三几把扒了衣裳裤子，冲到了水里。水浑，更冷。河水发源于雪宝顶——它是岷山主峰，龙安和松潘的界山，终年积雪，涪江全是融雪汇流而来。但是古老三不怕冷。去年冬天，他和小伙伴打赌，赌注是一背篼猪草。所有的人都畏惧不前，只有他，踩着冰碴下了河。

贪玩的古老三，早就忘记了河水冲走的棒老二。

傍晚，古老三要回家，依然踩水过河。

河谷里的芭茅都开花了。花穗银色，略带一点殷红，像狗、狐狸或某种不知名动物的尾巴。不过，这些"尾巴"太多也太漂亮了，微风里，满世界都是它们在摇晃，白茫茫一片。古老三一下子有了折一把芭茅花的念头。他并不晓得用芭茅尾巴来干啥，只觉得它好看，好玩，摸着毛茸茸凉丝丝有丝绸的感觉，舒服。

突然，他脚下被什么绊了一下。是一根麻绳。目光顺着绳子看过去，芭茅丛中，他看到了一个很大很大的麻袋。小心用脚一踢，像是粮食。麻袋的口子扎得很紧，好不容易解开——里面是满满的胡豆。

这些胡豆是哪里来的？他想不透，不敢乱动，将麻袋原样扎牢，退出来，理了理芭茅叶子，遮住。

赶着牛，才走了几步，他又站住了。他放心不下那个装得满满麻袋的胡豆。

他突然想起上午关于棒老二的传闻。胡豆莫非和棒老二有关？对了，肯定是他们藏在这里的！既然是棒老二的，他就舍不得这些胡豆在这里过夜了。

看看天色渐晚，路上早就没有了行人。他定定神，牙帮子一咬，立马倒转来，把牛拴了。他脱下裤子，将巨大的裤脚扎起来，一个人字形口袋就有了。他把麻袋里的胡豆匀出一部分，将裤子口袋装满，用柳皮扎紧，再用裤带子与麻袋相连，就成了一个褡裢。两头牛中，花母牛最温顺。他轻轻摸它前胸，挠它耳背，它就像往常一样卧倒在地了。这样，他就可以轻松地将胡豆搬上牛背。

龙文彪用拐耙子反杀三个棒老二的故事，轰动龙安，名震江湖。

不过，他的故事才刚刚开始。

民国十年（1921）六月二十二日，夏至。松潘城里，太阳火辣。县保安队正在操场上训练，十几条快枪在旁边架着。本地老百姓，还有牵马过路的脚户，都在旁边看热闹。士兵们汗湿衣衫，累了，也饿了，但是长官就是不吹停止操练的哨子。突然旁边有人打架。两个人都光裸着上半身，肥壮的年龄大些，正提了棍子追打一个精瘦的小伙子。瘦子身上伤痕累累，但打人的还不依不饶。于是，一个恶声恶气地叫骂，一个可怜兮兮地告饶，两个人围着操场飞快地兜圈子。

打斗吸引了在场所有的人，包括保安队的官兵。挨打的被追急了，突然径直朝保安队队列里钻，场面大乱。就在此时，旁边牵马的年轻脚户麻利地将枪装进麻袋，搭上马背。与此同时，打架的刚好跑到，蹿上马背，三人三马，狂奔而去。已经跑出操场时，保安队这才醒悟过来。队长曹元辉急忙拔出手枪，朝着抢匪的背影射出几发气急败坏的子弹。

这次作案的，正是龙文彪。被他"追打"的，就是罗瘸子。

松潘枪案，龙安人很快都晓得了是龙文彪干的，但属于邓锡侯防区的松潘管不了田颂尧地盘的龙安。并且，龙文彪靠上了杨鹏举，成了龙安袍哥的二号人物。他大种鸦片，广开堂口，发展兄弟伙。不出两年，西门外一直到松潘边界，除了土司衙门所辖，都是龙文彪的天下了。

罗瘸子也曾经被抓过。但他打死也不承认这事和他有丝毫瓜葛，更不吐露关于龙文彪的任何信息。随着罗瘸子越狱潜逃，一个惊天大案，竟不了了之。

在龙安，龙文彪始终是人们茶余饭后频频提起的一个名字。

打棒老二、抢枪之后，还当街杀人，抢人老婆、一鼎锅稀饭烫死仇敌。往日传奇热度还在，新的故事又轰动茶馆。

捡到胡豆的第二年，年底，古老三去磨坊湾看姑姑。姑姑无子女，爱他如同亲儿子，所以他每年都会过去。当年夏秋之交，放排的姑父在本县的响岩撞岩，木排散架，落水而死。这以后，他就去得更勤了。

水晶堡下面几里，从狮子岩过河便是磨坊湾。古老三坐船过渡，路过山脚一个新落成不久的宅院，门口几个人正在给一头猪开膛破肚。本来是要径直走过的，但那猪头吸引了他：长得吓人的嘴巴，巨大的獠牙——那是野猪。

一个人抬起头。脸上浅浅的麻子，眼神凌厉："你是哪家的？我怎么没有见过你？"

"前面吴家的，古春兰是我姑姑。"

"哦，过来过来。"他招手。

古老三迟疑，原地站着。

"来嘛，"那人提高了音量，"怕屎个锤子，喊你过来就过来嘛！"

几个人看着他，古老三不能不过去了。

"给你姑带坨肉回去。"那人说着，真的切了一块肉，大约两斤，甩给了古老三。

看到肉，姑姑眼泪都快要滚出来了。"哎呀，昨年过年，他给磨坊湾每户人都送了一升米、两斤肉。现在又给我送肉来了，让我怎么感谢他呀？"

"他是干啥的？"

"他就是龙文彪啊。"

6. 龙安

民国十五年（1926），农历九月十八，霜降。

新入行的背脚子多嘎——不，他现在已经有了一个正式的汉名：白雄——背着一捆羊皮从南坪出发，经过七天的跋涉，第一次来到龙安。

白雄是这一路人中背得最少的，大约一百斤出头。但这已经是他这一辈子背得最多、走路最远的一次。太累了，他从来没有这么累过，累得腰杆都快要折断了。但是，过了铁龙堡，听说龙安已经不远，他马上感觉脚步轻快了许多，就像龙安伸出了手，在前面拽着他。

北山脚下，擦着涪江拐过一个弯，他就看见了一片偌大的房子。感觉龙安比刚去过的南坪大了好多好多。尤其是城墙，又高又厚，看样子坚不可摧。古老三说，龙安城墙从河边到北山山顶，围着墙转一圈要小半天。墙体全部是麻条石垒砌，用糯米砂浆填缝，坚固得錾子都奈何不得。白雄就想，城市就是了不起，墙上的石头都要吃糯米。不过，城里连杂草也厉害——蒲公英、狗尾草甚至沙棘，一丛丛长在城墙上，在风中很有点显摆的样子。

就要进城了，城门口围了很多人。是杂草里有了鸟窝吗？还是墙缝里长出了什么稀奇植物？白雄正纳闷，古老三手指头在他身上重重地戳了一下，然后往城墙上一指。

阿妈呀，白雄叫了一声。因为他看见城墙上挂着一排人脑壳! 一, 二, 三……一共七个。这些人脑壳挂在两人多高的地方, 稍微有些朝下倾斜, 有的眯眼, 有的睁只眼闭只眼, 有的干脆大睁着眼睛, 似乎在俯视着人们。夕阳在它们侧下的投影, 像是风吹动了长长的一把胡子。这时, 这些人头给人一种错觉, 它们仿佛是突然从墙缝里钻出来的, 很怪异。但是近了, 细看, 他还是看清了那些人头脖子断处, 白色的骨茬和酱黑的凝血。

白雄不觉得害怕, 只是想起了古老三不止一次说过的"挂羊头卖狗肉"。他想不明白——人的命, 怎么跟牲畜也差不多了?

城墙贴着几张纸, 糨糊未干。

"这是些啥子人啊?"不识字的背脚子都在问古老三。

"布告上都写着, "古老三用拐耙子支起背架子, 指着墙上那些纸说, "抢人的, 烟匪, 强奸民女的, 都有。"接着, 他将布告给大家念了一遍。

背脚子们鱼贯进城, 都闷着。尤其是母大汉, 神情有些恍惚, 脸色特别难看。

"你怎么啦?"古老三关切地问他, "哪里不舒服?"

"我大舅, 城墙上最老的那个, "母大汉快要哭了, "他给人家守烟棚子, 怎么就成烟匪了?"

在东门内的"隆盛源"商号交了货, 结了账, 背脚子们各自散去。母大汉因为舅舅的事, 急急忙忙要赶回对岸的汇口坝家里; 唐幺爸要去会他的安岳老乡; 古老三要去亲戚家。而白雄, 则想去看土司衙门。古老三不放心, 就带他来到河边码头上面的平安客栈, 说好天黑时在这儿碰头, 并且给他指了土司衙门的方向, 这才分手。

龙安其实也不大。涪江在这里绕了一个大弯, 在北山脚下留下一个半月形坝子，街道就密匝匝地建在坝子上。临近码头这一片，都是小商号、小客栈、低等烟馆、饭馆和各种作坊，多是筏子客、背脚子和赶马的脚户出入其间。上去就是主街，龙安的大商号、有钱人常去的饭馆、茶馆和烟馆，以及国民小学，都在那一块。再上，就抵近北山了。土司衙门、县衙、龙安营、报恩寺和清真寺，都在那块台地上。因此，白雄没有费太多工夫，就找到了土司衙门的位置。

巷子很深。太阳落山，天色渐暗。有个十一二岁的小孩提着一小块肉匆匆走进小巷，看看天空，一根棍子在手上挥舞着。

白雄好奇，问他："你拿根棍子在打啥呀？"

小孩看了他一眼，棍子往天上一指："你晓得不？我手头没有棍子，老鹰会来抢我的肉。"他表情有些不屑。

果然，天空有大鸟呼啦啦地飞过。平静下来，远处又传来凄厉的鸮叫。白雄愕然，看着小孩消失在一户人家的门后。

土司衙门就在小巷尽头。大门开着，里面静悄悄的。有间小屋已经亮着灯，一个汉人坐在那里看书。看见他，只抬头望了他一眼，没有再理他，继续看自己的书。白雄仗着去过黄羊关衙门，也认识小王老爷，就大着胆子继续朝里面走。没走多远，他就明白了，这个衙门其实和黄羊关衙门格局一模一样，只是整个大了一号。并且，都是雕梁画栋，飞檐斗拱，青砖铺地，但大格局和小细节，都大大超越了黄羊关。

有几个人远远地从里面出来。即使光影昏蒙，也看得出他们穿的是白马袍子，连毡帽上飘摇的白羽毛也清晰可见。显然，他们也是白马人。

他马上躲在柱子后面，呼吸急促：有阿爸在里面吗？

想到阿爸，他立刻就能够想象到，阿爸那天早晨如何气得跳脚，然后是每天每天眼巴巴盼他回家，每天每天的失望，每天每天的心里难受。想到这里，他就觉得过瘾，解恨，替他的好朋友尼玛塔出了一口恶气。

可以面对山神叶西纳玛发誓：不要说现在，就是很远很远的将来，他都不会与阿爸和解。

还好，那伙人里面没有阿爸。那些人他几乎都认识——他们是稿史瑙寨的。

他想起来了。土司衙门有一个大屋子，阿爸他们进城也住这里。阿爸说过，那里面也是幺店子那样的大通铺，铺的是草席，专供进城的白马番民过夜。当然，白马人不是来玩的，他们要么是当差干活，要么是送牛羊肉和粮食，缴纳课税。在那里，白马人吃自己带来的火烧馍，喝牛尿泡水囊里的凉水。不过，多数时候，王老爷会在晚黑给他们一些苞谷酒喝。

显然，门口那个人，把他也误认为稿史瑙的人了。

他看着稿史瑙的人出了二门，再出大门。这时，他看见衙门深处灯亮了，一个人提着灯笼走了出来。他赶快转身，也朝大门走去。

再进小巷，天已经完全黑了。两三盏红灯笼亮着，小巷显得格外冷清。

远处，有几个人进了小巷。看气势就不是普通人。扑通扑通，他心跳加快了。里面有王秋园吗？

他不禁问自己，你来土司衙门干啥？看这个大院子？看那个和自己同年声称和自己是朋友的小王老爷？他觉得都是，好像又都不是。

假如来人真是王秋园，该怎么办呢？给他下跪，然后给他说自己和阿爸闹翻了？说自己当了背脚子？他摇摇头，按了按胸口，退到了暗影里。

几个人和他擦肩而过。他侧着身子，胸膛依然扑通扑通。

等他们走远了，再回头看那几个背影，这时他确信，走在中间的小伙子，十有八九就是王秋园。

龙安淹没在夜色中。灯火朦胧，房屋参差。起伏的街道显得格外地长，光洁的青石板在微光里泛着金属般的光泽。几处灯笼后面，飘出了炒菜和烧酒的浓香。这时，白雄才感到又累又饿，身上每一个骨节都有一种钝钝的酸痛。最难受的是脚底，看样子起泡了，每走一步都痛得他龇牙咧嘴。

街上有零星的行人。作为一个来自白马的男子汉，他不能在人前孬种。他要撑住，堂堂正正地走在龙安的街上。

红灯笼下，一处装修特别的房子引起了他的注意。房门半开，他看不出是旅馆还是餐馆。一个穿着红绿洋布衣裤的年轻女人坐在门口，一边嗑瓜子，一边斜眼看他。一股香气在她身上弥漫。那气息怪怪的，比罂粟花还要浓郁，熏得他头晕。

就要快步走过时，身后的女人好像说了句什么。他下意识停下，回头。那女人正在看他，一脸媚笑。

"小哥哥，"女人的声音细软，"你莫走嘛。"

"喊我？干啥子？"

"你想干啥就干啥，干你最想的。"

他很困惑，突然想起杜鹃山下遇到的那个姑娘。眼前这个女人显然不是鬼，但他还是不知道如何应对。

"这么漂亮的女娃子，"一个胖胖的中年女人出现在门口，金牙闪耀，"喊你来你就来嘛，未必吃了你？"

他更加困惑了。踌躇之际，忽然身后有人大喝一声"白雄"，回头一看，正是古老三。

"找你半天了！这地方是你要的吗？"古老三有些生气，拉着他就走。

"臭蛮子，滚远些！"身后传来女人的骂声。

古老三没有理会，只是感觉古老三把他的手抓得更紧了。

7. 背脚子兄弟

山区的冬天来得早。山外还秋高气爽，而平安客栈的老板娘已经手提烘笼子在烤火了。

生意冷清。唐幺爸他们还没有回来，可以睡二十来个人的大通间，现在只有古老三和白雄两个客人。一盏铁皮洋油灯挂在墙上，灯光昏黄。古老三将摆在屋中间那只尿桶移到最里面的墙角，难闻的气味才淡了些。

吃了店里提供的苞谷饭，白雄去老板娘那里借来一根针，脱了阿妈做的牛皮靴子，就着灯光，准备挑泡。

"水泡千万不能挑破，"古老三急忙捉住他的手说，"破了你几天都走不了路，说不定还化脓。还是听我的吧。"说罢，出去要了几张草纸回来，搓成纸捻，凑在灯上点燃，吹熄明火。

"慢慢把水泡烤干，"古老三抓过白雄一只脚搁自己腿上，"明天包你随便走路。"

去南坪走了个来回，这一路上，多亏了古老三的关照。

背脚子聚散不定，却都结伴而行。少则七八个，多则几十人甚至上百人的大队伍。但母大汉、古老三和唐幺爸他们这五六个人始终是铁板一块。虽然古老三最年轻，但他识字，头脑灵活，肯帮忙，不怕吃亏，稍微有空大家都缠着他讲《水浒》和《三国》。白雄很快看明白了，母大汉是背脚子的头儿，但很多时候古老三更像是主心骨。后来他想，决定当背脚子，像是一时冲动，也是想摆脱龙文彪，但最终还是冲着古老三来的。

　　事实证明，他的预感是准确的。古老三一直把白雄带在身边，垫钱解决他的吃喝，在市场上给他选背架子、棕垫肩和拐耙子。路上看他背得吃力，还取了捆羊皮加在自己背架子上。他像是一个真正的大哥，领他入行。

　　抱着白雄的脚，古老三低头，小心让纸捻抵近他脚板，耐心地烤那几个水泡。一缕轻烟缭绕在他们之间，脚底有些痒，也有微微的滚热。白雄感动得想哭。

　　白雄用自己的脚步，在龙安和南坪之间，或者在龙安和松潘之间，一步一步走了两年多。

　　虽然还显得精瘦，但他已经是个标准的小伙子了。当然，他也是一个标准的背脚子。从龙安出发，背茶包、盐、米、烧酒和各种洋货，返程背回胡豆、豌豆、皮张和药材，他已经可以和其他背脚子背得一样多了。更重要的是，他已经从寨子里一个懵懂少年多嘎，成长为一个穿汉装、顺溜地说着汉话、见了很多世面的白雄。就连古老三，似乎都忘记了他是一个番人。

　　但是，古老三还是看到了白雄有些不寻常。

　　古老三记得清楚，那是民国十八年（1929）春天，准确地说是阴历三月二十八——他回家相亲的日子。他们从松潘背货返回龙安，反正麻地口就在大路边，顺路，古老三从没把白雄当外人，就请他也去家里做客。

春意正浓，那棵巨大的珂楠古树枝撑如伞，正在花期。浅白的花絮一嘟噜一嘟噜地盛放在鹅黄或嫩绿的叶间，遮蔽了大半个天空，让树下古家的几间土墙茅屋，顿时也充满生机。

十几年前，这里住着的是一户胡姓人家。那年，家里不幸连死三人。阴阳先生说，这树是神树，一般人家是服不住的。进一步追根溯源，问出胡家曾经将落地的枯枝做了烧火柴，显然，他们冒犯了神灵，因此招来厄运。于是，他们赶快搬去了虎牙关。古老三父亲古清德，本来在水晶堡开药店，十几年前松潘一个连的驻军哗变，流窜过来将场镇洗劫一空。那时场镇还是清一色的茅草房，也被一把火烧得干干净净，包括古家药店。无处栖身，全家只得搬来这里。

神树自有神奇。它开花并非满树蓬勃，而是轮番开在不同位置，哪方开花，哪方就风调雨顺。今年这样的满树蓬勃，闻所未闻。这是吉兆。还没进屋，古老三已经满心欢喜了。

晚上，古家在堂屋里招待贵客。临时请人做的大圆桌上，大盘的蒜苗炒腊肉，大钵的萝卜炖鸡，韭菜炒鸡蛋，还有正当季的刺笼包、灰灰菜等野菜，几荤几素也摆满了桌子。

做媒的是舅妈。姑娘虚岁十七，姓赵，名素芬，家住十几里外的木瓜墩，说起来，两家人彼此都晓得一些。所以，双方父母并不拘束。

古爸说："我家穷，就这样子，让贵客见笑了。"

"老古您莫客气。爷爷虽然已经过世，但哪个不晓得他古秀才呀。老古您开药店时童叟无欺，我也是晓得的。"素芬爹是本分的庄稼人，话说得实在。

"儿子没出息，只有当背脚子。说个羞死人的话，我家还要靠他下力挣钱，明年才可能说修房子的话。"古爸说话表情谦恭，语气却不卑不亢。

"只要年轻人勤劳，粗茶淡饭恐怕还是有的吃，庄稼人还图啥啊。"素芬爹依然实话实说。

不过，古家不晓得的是，素芬她爸已经找水晶堡的徐瞎子算过，这个古祥贵，虽然命有些硬，两个哥哥都没有长大成人，但他命带贵相，终有出头之日。

古妈没有说话，只是微笑着，不停地给客人夹菜，先是赵家三人，然后白雄，最后是舅妈。

古老三偷眼看素芬，她微红了一张白净的鹅蛋脸，眼睑低垂，吃得很慢。她碗里的菜已经堆了起来，不但没有伸筷子夹菜，还将自己碗里的鸡腿拈给她爸。

白雄低头吃饭，古老三却看出，他有心事。

早晨饭后，古家送走了贵客，古老三也该上路了。但是，白雄不见了。屋里，茅房，珂楠树下，都没有他的影子。来到屋后，上坎。竹林边，他终于看见白雄背朝着他，坐在一块大青石上。面前一个老树桩上套着他的衣裳，顶着他的帽子，就像一个人站得规规矩矩。

古老三蹑手蹑脚走近，只听见白雄的钢牙铁嘴，正对着树桩说得滔滔不绝。突然，他将右手握住的一块鹅卵石往大青石上猛地一砸，大喝一声："格庄，站起来！"

白雄的怪异举动让古老三大惊。心想，这兄弟犯啥毛病了？他再顾不了许多，使劲干咳一声。

白雄转身，说："尿屙完了，是不是该上路了？"他站起来，表现得若无其事。

古老三想问他，有些迟疑，最终还是没有开口。

冬天。天蒙蒙亮的时候，几十个背脚子已经在西门外会合，准备结伴去南坪。

白雄背了"龙安烧坊"的两桶酒。酒是木桶，每桶九十斤，牢牢绑在背架子上。酒桶用蒙了猪尿泡的木塞密封，他依然能够闻到缕缕酒香。

风凛冽，满地白霜。城墙上的枯草抖索着，让白雄想起第一次在这里看见一排人头的情景。他下意识地提起拐耙子，在地上杵了几杵。拐耙子是古老三不久前请人特制的，两兄弟一人一把，都是白蜡木的杆子，套着一段火铳管打的尖头。现在路上更不太平了，没有几十个人，背脚子是不敢上路的。

几十个人上路的背脚子队伍相当壮观，就像是一支以拐耙子为武器的小型军队。但是，白雄他们也晓得，在快枪面前，拐耙子只能是杵路的拐耙子。上个月，在白马部落的雕翎崖，他那个表哥马纪良，一个人，就凭一支德国造驳壳枪，将二十几个商贩和背脚子身上的所有银钱搜了个精光。所以每次上路，白雄都要在心里对叶西纳玛说，山神啊，千万保佑我们平安。

去南坪果然平安。

返程，他和古老三几个背的都是羊毛。这是背脚子喜欢背的货物。因为羊毛压实打包，体积并不大，不怕雨，不怕碰撞，也不是棒老二要的东西，走在路上放心。他们昨晚歇勿角，今天要赶到杜鹃山过夜。现在有三十多人同行，但是白雄心里还是隐隐地感到不安——有消息传来，昨天中午，这路上又有棒老二抢人。

"白雄，"古老三在后面喊他，"你说，假如在路上遇到拿枪抢人的马纪良，我们怎么办啊？"

"真是那样的话，我肯定用拐耙子收拾他。"白雄将拐耙子在地上顿了几顿，铁尖撞上石头，火花四溅。

古老三伸出拇指，没有说话。

阳山，烂泥沟，苔塘。这几个地方山高谷深，古木参天，都是抢匪出没之地，

但他们都平安无事。离前面的卡子只有几里路了，眼看就要出南坪地界，却意外地传来抢人的吆喝声。背脚子们双腿立刻软了，手上虽有拐耙子也只有听天由命。因为他们已经看见，要抢他们的是枪匪。匪徒三人，都用帕子蒙面。一个人挨个搜身，两个人端着枪在远处警戒。

"所有人，都给老子站在原地！"搜身的匪徒厉声喊道，"哪个不老实，就枪毙哪个！"

大家只好用拐耙子支起背架子，暗暗祈祷，求天老爷保命。

还有六七个人就该搜白雄了。古老三提起拐耙子轻轻在白雄的背架子上敲了一下。白雄回头，古老三朝远处的匪徒一摆头。按他的示意，白雄认真打量两个匪徒——他们都手插在怀，握枪在手，枪把上的红布条在风中拂动。但是白雄发现，两个匪徒神色其实非常紧张。再细看，他们的枪也有问题。白雄玩枪几年，长枪就不说了。驳壳枪、左轮枪，他不但见过，而且玩过。狗日的，假枪！抢人的棒老二哪有老是把枪藏着掖着的道理？并且，

那枪，轮廓都不太像！

他回头，给古老三笑笑，从腋下伸出右手，用食指和拇指比了个枪的手势，再摊开，摇摇头。

古老三会意，笑了。白雄看见，古老三已经暗暗将背架子重新背在背上，握紧了拐耙子。而白雄，已经悄悄将背架子放下，拐耙子杵地，侧身而立。抢匪到来，开始弯腰搜身。白雄转头，朝古老三挤挤眼，古老三的拐耙子紧接着就飞了起来，砸到了抢匪头上。白雄再用胳膊肘一抡，抢匪哼都没有哼一声就歪倒在地，鲜血和脑浆溅了他一裤腿。

古老三扔了背架子，两个人各自抡起拐耙子，在抢匪身上又是几下猛击。

远处的两个抢匪见同伙被打倒，在众人目瞪口呆之际，他们已经先反应过来，兔子一样钻进林子，顺沟跑了。

惊魂未定的背脚子们都围拢来了，七嘴八舌地惊叹古老三和白雄不可思议的英雄壮举。

唐幺爸开始对抢匪搜身。突然，他一把扯下死鬼血糊糊的蒙面帕子。"涂永清，"唐幺爸惊叫一声，颤抖着声音，"你硬是想钱想疯了吗？再没钱讨婆娘，也不能当棒老二啊！"

他们很快就晓得了，唐幺爸那个叫"涂永清"的老乡，昨天也是在这里被棒老二抢了。身上被搜了个干干净净，包括他大半年的血汗钱。不但过年回去讨婆娘的愿望落空，连回家的盘缠都没有了。于是，他串通两个安岳老乡，想以抢匪同样的手段，捞回损失，甚至希望发点横财。

哪晓得，老实巴交的背脚子，连客串一回棒老二都没资格。

第六章

1. 等待

自从那天送走多嘎，拉雅就开始了漫长的等待。

也是那天，拉雅作为一个女人和未来的妻子，这种角色突然间被多嘎唤醒。从此，她内心不再单纯，想念远方的多嘎，几乎占据了她心中全部的空间。她担心他挨饿，受冻，受委屈，被欺负，尤其是担心他遇到棒老二。想到棒老二，总有许多可怕的景象，一股脑地往她心里钻，怎么也赶不走。她告诉了阿爸阿妈多嘎的出走，但没有告诉他们出走背后的秘密。阿爸生气，阿妈叹息。但此后，他们再也没有在她面前说起多嘎，只把思念和担心留给她一个人。

她不晓得，他这一走会是多久。半年？还是一年两年？或许，他只是一时之气，十天半月之后，气消了，也就回家了？

她说过等他回来。她真的天天都在等他，天天都在朝叶西纳玛神山方向张望。

可是，没有想到，她一等就是三年，至今也没有把他等回来。

小姐妹们都笑话她，你男人跑了，为什么不留住他啊？哪个男人不喜欢女人啊，难道你不晓得？

她就想，多嘎喜欢我吗？他没有说过。不过，那天他急吼吼的亲热，大约这就是喜欢吧。于是，她有些后悔，后悔那天没有把自己彻底交给他——说不定，那样他就不远走了？

夏天，天刚亮，拉雅已经背着水桶来到夺补河边。她家水桶有两只，一大一小。小的六十斤，大的一百斤。她是从订婚那年开始背水的，用的当然是小桶。从去年开始，她已经用大桶背水了。近岸处是磐石，一潭回水，波平如镜。她提起水桶，正要在河里舀水的时候，看见了水里的自己。

对厄里寨的女人们来说，这就是她们共同拥有的镜子。当然，在家里也可以舀一瓢水，照样可以照。但那"镜子"太小，只有河边这"镜子"才足够大，大得可以在水中看到一个完整的自己。

拉雅在水中看到的是一个圆脸姑娘，黑亮的杏仁眼，黑亮的长辫子，身材苗条但胸部丰满。这是一个长相漂亮的大姑娘，比她期望的还要漂亮。

她晓得，这就是拉雅，格若才里的女儿，格庄和波兰早的儿媳妇，多嘎未来的婆娘。

背水路上，她常常悄悄唱起一首情歌：

树木长得再大，叶子还是要落在地上

　　老鹰飞得再高，天黑还是要歇在崖上

　　出门人走得再远，总有一天要回到家乡

　　阿哥啊，你现在哪里

　　没有你的日子，我是多么孤独忧伤

　　不过，现今的多嘎，三年里她等待的多嘎，却像一个谜一样的存在。

　　让人难以置信的是，多嘎其实是回过部落的。两个月前，拉雅在雅日块寨的一个表姐玛瑟早就见过他。他穿着汉装，和两个汉人走在一起，说是给做皮毛生意的汉人带路，当翻译。他长高了，也壮了很多，是一个真正的男子汉了。在表姐面前，她忘记了害羞，刨根究底地打听，就像一条终于嗅到了猎物踪迹的猎狗。但是，表姐只能告诉她这么多了。于是，拉雅只有自己想象。越想，多嘎的形象越是模糊，最后竟融化在一片混沌之中。

　　雅日块距厄里不到十里地。到家门口了，他居然没有回家。这个男人让她更加看不懂了：他怎么这样心硬啊？他不想见阿爸，难道也不想见我了？

　　格庄阿爸经常来她家，和阿爸喝酒。他们说话声音时高时低，她偶尔可以听见"多嘎"从他们嘴里蹦出来。格庄阿爸经常长吁短叹，总是喝得醉醺醺的。不止一次，她看见他们都边喝酒边流泪。

　　最近，多嘎拐耙子打死棒老二的故事也传回了部落，寨子里所有人都在说多嘎。只有这次，拉雅看见喝酒的格庄阿爸难得地

151.

露出了笑容。

拉雅想，阿爸这么爱你，即使他做错了什么，他也是阿爸呀。

她在对面山上看见浓烟的时候，还以为是什么人在砍火地。后来才发现浓烟起于寨子。那时，她仍然不以为意——也许是谁家在烧落叶或者牲畜圈舍里换下来的烂麦草。

到猫耳山打棒老二，拉雅是晓得的，因为阿爸也去了。他们半夜出门，她昨晚黑就给他准备好了火烧馍和水囊。格庄阿爸是头人，也是部落的勇士，拥有快枪和手枪的神枪手，由他率领，谁都放心。

不过，拉雅很快发现出大事了——浓烟四起，火光冲天。这是再清楚不过的警讯——棒老二都进寨子了！完了，格庄阿爸和阿爸，他们肯定是没有打赢棒老二！打仗是要死人的呀。打了败仗，当然就有更多的死伤。山神叶西纳玛啊，保佑阿爸和格庄阿爸，让他们平安回来吧！

才介在高处使劲挥手，示意将羊群归拢。

太阳西坠，又到了羊归栏、鸟投林的时辰了。羊群聚集在老林边缘。它们对主人不按作息时间回家似乎很有意见，以此起彼伏的"咩咩"来表达不满。

才介站在崖边，望着猫耳山出神。拉雅看见老白该一直站着，神色异样。走拢去，才发现他泪流满面。

"您怎么啦？"拉雅非常吃惊。

"我们部落的勇士走了！"

"我阿爸他们？"

"是格庄，他出事了！"

败逃回来的狙击手都是报信人。棒老二还没有进寨子，人们已经上了山。现在天色已暗，牛角号在呜呜地吹，零星的枪声在不同方向响起。在陌生的环境里，匪徒们还是心虚了。他们扔了火把，挎上包袱，慌忙朝杜鹃山方向跑了。

拉雅他们摸黑赶着羊群回到寨子时，好几户人家的房子还在冒烟。

阿爸他们回来了，留下一些人灭火，他和一些人马上又去了猫耳山——因为寨子里好几个人倒在了山上，包括格庄阿爸！他们连夜赶回去，活要救人，死要收尸！

拉雅再也顾不了什么，直接就跑去了多嘎家。她一边跑，一边在心里喊，多嘎啊，你可要赶快回来呀。

2. 败仗

白雄是在托洛加路边得到阿妈口信的。

带信的是嫁到托洛加的表姑嘎西早，她已经在路口整整守了一天。阿妈说，阿爸被棒老二打成重伤，恐怕救不转来了，希望你接到信后马上赶回家，见阿爸最后一面。

除了口信，阿妈还捎给他一小块烧得焦黑的木块——这是白马人最古老的机要通信，类似甚至超过汉人的鸡毛信。白马人聚居在岷山深处，没有文字。但是，每逢兵匪之祸，通讯联络还是必需的。寨子之间，部落之间，一块木片烧灼、斧戳的痕迹，或者一片羽毛，甚至干脆就是一块石头，事关生死存亡的密码，就靠它们来承载。阿妈捎来的木块，意思一目了然：事情万分紧急，必须回家，立刻！马上！

格庄知道朱天棒。不但格庄，只要翻过猫耳山，三岁小孩儿都知道这个名字。因为小孩晚上哭闹，妈妈只要说声"朱天棒来了"，立刻吓得噤了声，缩到自己的小窝里去。

朱天棒有百余人，近年在水晶堡以西的叶塘、木瓜墩、果子坝、高山堡等地杀人放火，拦路抢劫烟贩和客商。因为实力不小，听说还是龙文彪的把兄弟，他的一切所得，龙文彪都要暗中分成。所以，他越来越无法无天。不但黄羊关土司衙门深感威胁，龙安、松潘两县政府也忍无可忍，决定联合清剿。因此，他要跑了。王老爷派专人送来情报，说他们将翻猫耳山，过白马，逃往陇南。因为匪帮多是外地人，不习惯走夜路，会夜宿龙池沟，明天下午将到达猫耳山。王老爷的计划是，他的队伍在岩窝沟往上撵，白马部落的人翻过猫耳山，在干河坝上面堵，上下夹击，一举消灭这股匪帮。

格庄信心满满。他作为独子，在部落里属于单枪匹马。在能人成堆的厄里，他能够当上头人，不就是因为足智多谋、武艺超群、勇敢善战吗？

在杰瓦支持下，格庄联络了临近几个寨子，组织了一支一百二十人的队伍。十几支快枪，八九十杆猎枪，以及人人都有的胡噜刀。他们半夜出发，到达干河坝埋伏点还不到中午。

时间还早，格庄派瓦美带两个小伙子到前面山嘴瞭望，大队伍就地歇息。人们一下子变得松弛，大家喝水，喝酒，啃火烧馍，甚至有人脱了袍子捉虱子。

格庄每年去黄羊关，往返都要经过干河坝。就是在干河坝打埋伏，格庄也干过不知多少回了。轻车熟路，方案现成。这里是猫耳山靠黄羊关一侧，危崖耸峙，居高临下，俯瞰着整个乱石滩。河坝里草浅，树木稀疏。溪流只有几尺宽，但水急，必须过独木桥。所以，朱天棒只要进入河坝，他就插翅难飞。

仗还没有开打，格庄已经觉得胜券在握了。尤其是还听说匪帮机关枪都有两挺，更让他生出即将发一笔横财的兴奋。似乎到猫耳山，他就是专门来取机关枪的。

太阳偏西时候，格庄正在打盹，瓦美他们飞跑回来报告："棒老二马上来了。"

格庄赶快招呼大家："在自己的位置上趴倒！等棒老二到了桥跟前才打！以我的枪声为准！"

果然，只等了比一袋烟稍多的工夫，棒老二就从河坝对面的树林里出来了。此前他们在水晶堡、黄羊关和虎牙关一带横行无忌，从来没有遇到过大的麻烦。今天，在猫儿山下的无人区，他们更加自信，走得大摇大摆。他们确信，这不过是一次寻常的过路而已，还隔着相当远的距离，已经可以清晰地听见他们的说笑声。

哦，机枪！他们还真的有机枪！走在最前面的，就是两个扛机关枪的大块头。机枪太过沉重，两个机枪手敞胸露怀，不停用袖子擦汗。

格庄握紧了他的快枪。弹仓里的十发子弹，就像是笼子里的十条饿狗，早就迫不及待，准备扑向猎物。他从准星的缺口看出去，一个，两个，三个……一共出现了二十来个人，都走得懒散。格庄慢慢移动枪口，始终瞄准机枪手。

第一枪不晓得是谁打的。反正是匪徒们离独木桥还远，白马人就先开火了。紧接着那声枪响，格庄也开火了。他瞄准的是机枪手。第一个被他一枪爆头，一团血雾散开，人还没有完全倒地，他第二枪又响了，另一个转身逃跑的机枪手后背被他击中。枪声响成一片。密集的火枪声里，快枪的枪声几乎被淹没，就像众多男声的吆喝和呐喊里夹杂的细弱女声。但是，格庄看清楚了，倒下的匪徒都是快枪打的；而火枪只晓得砰砰砰一阵乱放，射程不够，铁砂子还没到达敌人跟前就落在地上，像是撒了一把沙子。不过，突然袭击也让匪徒惊吓不小，他们转身就逃，瞬间消失在林子里。

这是格庄最兴奋最快乐的时刻。重要的不是他打倒了几个人，而是地上那两挺机枪。格庄不晓得机枪有"电锯""暴力割草机"之类绰号，但他晓得它的厉害，一挺机枪胜过十几支甚至几十支快枪。枪很值钱。一支快枪至少相当于一头牛。两挺机枪，那该是多么大的一个牛群啊，并且你有钱也根本买不到。所以，格庄雪亮的眼睛紧盯着地上的机枪，就像盯着一大群无主的牛。

大队匪徒隐遁无形，山野死一样地寂静。看样子匪帮的人并不多，都被吓跑了。等了一阵，格庄再也无法容忍他的机关枪被长久地冷落在那里，当然，他也不能容忍他人先他一步抢走机关枪。

终于按捺不住了。他豹子一样从藏身的大石包后面跳出来，朝他的机关枪狂奔而去。看头儿抢枪去了，几个小伙子也一窝蜂跟着，都要去抢匪徒们留在地上的那几支快枪。他们很快就跑进河坝，过了独木桥。

就在他们弯腰捡枪时，林子里枪声大作。格庄感觉自己肩膀、肚子和大腿像是分别挨了几记重拳，一个趔趄，扑倒在地。他知道自己中弹了。倒地的瞬间，他本能地在腿上一摸，一把热血，顺便抹在脸上。

枪声，吆喝，呐喊。脚步杂沓，由远而近。他感觉许多人来到身边，或者从身边跑过。他被谁猛踹了两脚，其中一脚踢在他头颈上。他觉得轰然一声巨响，世界爆炸了，一下子坠入深渊。

下雨了。这是枪声震动引来的阵雨。

夏日，在白马部落的许多地方，高山上一声呐喊都可能引来一场大雨，尤其是进入雨季。所以，路人的行走往往都脚步轻轻，生怕惊动雨神。

现在，怕雨的不是人，而是枪，白马人的火绳枪。他们叫"扎"的引信是葛麻晒干砸蓉搓成的火绳，沾水就无法点火。现在，他们的猎枪还不如一根棍子好使。

猎枪失效，王老爷的队伍也没有出现。几个同伴倒在河坝里，血淋淋地警示大家生命脆弱，死亡近在咫尺。更重要的是，英雄格庄倒下了，主心骨没有了。这些太业余的战士，由打鹿匠或者农民拼凑的乌合之众，现在他们能做的，唯有逃命。还好，凭着熟悉地形，他们逃回了各自的寨子，还来得及赶在匪徒之前发出警报。

牛角号在寨子里吹响，不祥的信号在白马部落回荡。各个寨子的人们，扶老携幼，迅速钻进山林。

格庄是被秃鹫啄醒的。

他的手下意识地挥了一下，一阵扑啦啦的声音响起，大群的秃鹫腾空而起，盘旋一阵，乱纷纷落在附近树上。这时，他的意识稍微清醒了些。幸好，他是扑倒在地，秃鹫第一口啄的是耳朵而不是眼睛。眼睛虽然很难睁开，他一偏头，还是看见了初升的太阳，看见身边不远处躺着的人。他想收腿，坐起来，但他的腿拒不接受大脑的指挥。他不甘心，双手撑地，却引发了周身的剧痛。他忍住痛，使劲，再使劲，他终于翻过身来，靠在身边的树上。

很渴，喉管火燥得像烟筒。

他看见了翻在地上的毡帽，里面好像积了少许雨水。白马人的毡帽没有保暖功能，只起装饰作用。它很厚，硬硬的，浅浅的，制作时经重力碾压，抛光，像一个盘子。偶尔的特殊情况下，它真的被当作盘子，在野外用于舀水。格庄把手伸向这个"盘子"，想喝里面的水。他忍住剧痛，把手伸过去，伸过去，还是够不着。力气耗尽了，一片黑云升腾起来，迅速将他淹没，席卷而去。

再次醒来，他已经躺在自家的堂屋里。身下是一扇门板，铺着厚厚的燕麦草和毛毡。但他还是冷，身上盖了两床棉被仍然颤抖不止，他仿佛听到了自己牙齿磕碰的声音。

是谁在叫我的名字？他努力分辨。是熟悉的声音，女人的声音。同时，旁边还响起了其他的声音，苍老，厚重，男人的声音。不过，这些声音都被他过滤掉了——他残存的意识，却只是为了追寻另外一个声音——男的，小伙子的声音。没错，是儿子，他在盼望儿子。儿子，现在成为他与这个世界最后的唯一的精神联系。但是，一个一个时辰过去了，由强烈念想支撑起的意识越来越微弱，细若游丝。他在门板上躺了一天一夜之后，拉住他的那一根线终于崩断。他感到自己在门板上飘浮起来。前方，一扇门正在缓缓开启，巨大的力量吸引着他要飘过去。

波兰早死死抓着他的手。

赶路的白雄在焦急地呼唤。

才介一直在念经，祈求山神叶西纳玛救救厄里的勇士。

然而，一切力量，都无法阻止他飘离身下的门板，飘离他的家。他越飘越远，像一片羽毛。

白雄一路都在小跑，心里交替着呼唤叶西纳玛和阿爸，拼命朝家里赶。

漫长的路上，与阿爸在一起的往事连绵不绝，就像一路的景物迎面而来。阿爸将他扛在肩膀上。阿爸给他削陀螺。阿爸教他打枪。阿爸带他狩猎。阿爸在倒立行走。阿爸在唱酒歌。阿爸背着猎物深夜归来。阿爸出发去打棒老二。阿爸的表情时而轻松愉快，时而严肃凝重，一副面孔浮现出来马上又被另一副面孔覆盖。最后，画面定格在现在：阿爸血肉模糊地躺在家里的门板上，人事不省，奄奄一息。

拉雅的表姐玛瑟早告诉他，他离家出走以后，阿爸想他，经常流泪。他从没见过阿爸流泪。他不止一次听古老三说"男儿有泪不轻弹"。白马的勇士，顶天立地的格庄，他怎么会流泪呢？看来，是自己把阿爸的心伤得太深了。于是，白雄一闭眼睛，就会看见两行眼泪从阿爸那黝黑的、线条刚硬的脸上流下，滴落。

他感觉，阿爸滴落的泪珠沉甸甸的，子弹一样，直击他的内心。

白雄哭了，泪水和额上淌下的汗水混在一起，擦了又擦，擦得袖子也湿透了。两眼模糊，他依然不放缓赶路的速度。

这是他走得最快的一次行程，感觉中也是他最漫长的一段路程。一只草鞋带子断了，他索性扔了草鞋。赤脚被荆棘刺出了血，脚趾头踢到石头，伤了趾甲，他居然浑然不觉，根本不影响他赶路的速度。叶西纳玛神山，伊瓦岱惹，雅日块，珠戈……一个个被他抛到身后，距离在缩短，厄里越来越近。

刚进寨子，他就听见了阿妈撕心裂肺的号哭。

3. 山神与推屎爬

格庄死后，杰瓦在家躺了整整一个月，终于第一次走出了家门。

寨子里的男女老少，只要是能走路的，几乎都跟着番官出了门。孩子们在路上打闹。女人们捎带着小小的柴捆，同时将一束火麻搭在肩上，线陀螺提在手里，边走边捻麻线。白雄提着啄啄枪，和寨子里的打鹿匠走在一起，他们隔一阵就朝天齐放一枪，用枪声和硝烟驱赶路上的野鬼。沿途的珠戈和雅日块两个寨子的人们被枪声提醒，也纷纷加入进来。队伍越来越长，浩浩荡荡地走向叶西纳玛神山—— 一场法事，即将在那里开始。

还没有入秋，但风一阵紧似一阵，路上的落叶满地乱窜。杰瓦裹紧了袍子，喘着气，努力跟上才介的步伐。一头花犏牛由瓦美牵着走在队列里。它似乎有了不祥的预感，好几次停下，将头抵在地上，拒绝前行。这时，走在后面的塔塔就用箭竹条子在它屁股上猛抽几下，它才磨蹭着走动起来。

白马人因为生病而祭山神，视其病势，可以用鸡蛋、公鸡和羊作祭品。不到万不得已不会杀牛，因为这是最隆重的祭礼。杰瓦病势加重，就不得不给山神献牛了。

白马男人都好酒。越有钱，喝酒越多。杰瓦家远不是首富，但毕竟是番官之家，酒有的是。从记事开始，杰瓦就没有离开过酒。幼时是小口小口地抿，少年时用小碗喝，十三四岁就开始用大碗喝了。当然，这是自家用青稞或者苦荞子酿的咂酒。长大成人，当喝咂酒已经不过瘾时，就喝汉区的烈酒。做客喝，接待喝，议事喝，聊天喝，天天喝，顿顿喝。越喝越多，越喝越烈。酒像是个狐狸精，越是被它伤害，他越是爱它，难舍难分。尼玛塔死后，杰瓦更要把酒作为忧伤的解药，须臾不离。经年累月用酒浇灌，肝和肠胃像是没有遮拦的房架，日晒雨淋，一天比一天腐朽。病入膏肓，连吝啬的索曼早也强烈主张给叶西纳玛献牛了。

神山脚下的祭坪，才介亲自用火镰子打火，点燃篝火。

瓦美将牛拴在树上，再用绳子将牛蹄串起，活扣慢慢拉紧，四蹄被迫并拢，瓦美只需猛推一把，牛就轰然倒地。这时的牛，除了任人宰割，它唯一可以做的是让一颗大如鸟蛋的泪珠从眼角滑落，以此表达自己的绝望和悲伤。瓦美用膝盖将牛脖子顶住，后扳，绷紧，从腰间拔出猎刀猛地一划拉。脖子断开，一截红彤彤的气管在喉咙里伸缩，抽动。随着那节奏，一股一股的牛血，带着蒸腾的热气猛烈地喷射出来。

才介用木碗接了大半碗牛血，面向神山，将木碗举过头顶，喃喃祷告一阵,再轻轻泼洒在面前那堵乱石墙上。然后,他将大锣和牛皮鼓挂在树上,在地上铺一张牛皮,坐上去,开始念经。

杰瓦与世无争,但世袭的制度把他推上了番官位子。还好,叶西纳玛给他安排了一个格庄。格庄和他同年,和他好得像亲兄弟。杰瓦脑壳空空荡荡,但格庄脑壳里有的是主意;杰瓦畏畏缩缩,格庄却凡事都喜欢出头,包括危难之时拔刀相向,以命相搏。

现在,格庄走了,杰瓦受到的打击堪比尼玛塔之死。绝望,孤独无依,他只有把自己交给才介,交给山神。

老白该主持了最隆重的法事,杰瓦给山神敬献了厚礼,接下来的主角就轮到推屎爬了——它是才介使出的最后的救命法宝。

雨后,推屎爬钻出地下室。它飞起来就看见了寨子,闻到了寨子里牛粪、马粪、羊粪和猪粪的气息。寨子是推屎爬们的天堂,因为它们赖以为生的牛粪、马粪和羊粪,遍布进出寨子的各条道路。这不,它现在就看见了几处新鲜的牛粪,其中一堆还冒着热气呢。

推屎爬在几堆粪便上空稍作盘旋,就降落在一片羊粪蛋里。它把羊粪蛋捣碎,将其中的杂质清理出去,再开始捏粪球。粪球由十几粒羊粪蛋捏成,溜圆,光滑得如同经过抛光的艺术品。羊粪比牛粪、马粪都要细腻,营养更高。这样好的口粮,它自己是舍不得吃的,它要留给自己的孩子。于是,一个天才的糕点大师,马上转型为一个拿大顶的杂技高手——它倒立着,前肢着地,用后腿交替蹬动粪球,朝它家的方向滚去。

回家途中,推屎爬感觉到有什么不对劲。它停下,回头一看，原来粪球上有一个搭顺风车的。不对，应该是一个棒老二，因为粪球上的这个不速之客被发现之后，索性从粪球上下来，气势汹汹地准备向粪球主人发起进攻。不过，在推屎爬眼界里，棒老二司空见惯，值不得和它们死缠烂打。它也没有时间伤心，大度地将自己的粪球让给了掠夺者，重新做了一个更完美的粪球，推回家，并没有耽误它孕育宝宝。

但是推屎爬没有想到，前辈们一直持续的好日子就在它这里结束了。上午，它的地下室被人灌水，它不得不往地表逃生，但刚一露头就被抓住，扔进木桶。哎呀，被抓进木桶的同类好多啊，其中居然还有那个拦路抢劫的棒老二。

人们发现，当了背脚子回来的多嘎，几乎脱胎换骨。

作为一家之主，他一手操办了格庄的葬礼。葬礼算不上非常隆重，但是得体，完全符合格庄头人的身份和关于凶死者的规范。在他进门之前，拉雅已经提前进入了媳妇的角色，从悲痛欲绝的波兰早手里接过了家务。接下来，一场婚礼不过是补一个仪式。悲伤依然笼罩着一家人，所以婚礼也相对简约。但是，来客还是很多，包括为数不少的汉人。那些汉人一律把多嘎叫"白雄"。拉雅人前人后也把老公"白雄""白雄"地喊。这个名字像是一种时髦从汉区传来，于是年轻人纷纷改口，都把多嘎叫白雄了。因为种烟，进入白马的汉人越来越多，不少年轻人或多或少都学到了一点汉话。他们给老人们解释，白熊是汉话，多嘎是白马话，一回事嘛。

从此，"多嘎"正式由"白雄"取代。

古老三被白雄请来当帮手。山上的罂粟种植，从晚期的田间管理到开割烟桃子，都是他带着人在忙活。

人们感到意外的是，白雄到山上的时候并不多。很多时候，他都提着锄头，在寨子附近转悠。好久，大家才明白他是在捉推屎爬。捉到一定数量，他就提着小木桶去番官家。

寨子附近的推屎爬很快就捉光了。白雄不得不去其他寨子。他离家越来越远，捉推屎爬的路线越拉越长。

一天，白雄骑马来到刀切加。这是白马部落最北的一个寨子，他来得很少。还在寨子外面，他就在河边上发现了很多牛粪，当然也就发现了很多推屎爬。他用锄头挖，但有时也采取水淹法——扒开地面上推屎爬刨出的浮土，灌水，将它们从洞穴里赶出来，然后把它们拾到桶里。

一个姑娘背着水桶走来了。她腰细如柳，走得娉娉婷婷。背上扁扁的水桶像是专门配置的一件饰品，只是为了让她腰肢显得更加婀娜。她越来越近了。年纪大约十六七岁，窄脸，肤白，一对水汪汪的桃花眼自带了几分媚态，很有些勾魂摄魄。

"你是谁啊？"姑娘大方，主动跟他说话，"我怎么没有见过你？"

"我是白雄，"他看了一眼跟前的美女，"厄里的，是很少来你们寨子。"

"哎呀，我晓得了，你就是那个打棒老二的英雄多嘎嘛。"姑娘眼睛睁得大大的，直视着白雄，一脸惊喜。

"那算啥呀，还不是被逼的。"白雄态度谦恭。

姑娘放下水桶，走过来，蹲在他身边，一边和他说话，一边帮他捉推屎爬。

姑娘说，她叫拉姆。

一种类似烤肉的气味在寨子里弥漫。大家晓得，白雄又在给杰瓦焙推屎爬了。

杰瓦的病越来越重，索曼早除了暗自流泪，唉声叹气，她不晓得还可以做啥。白雄登门，等于是救星到了。她手忙脚乱地给他斟酒，倒水，不是将开水洒到地上就是绊倒凳子。

按照才介的吩咐，白雄专门托人从接近汉区的外婆家捎来几片青瓦。瓦在火塘上烧得滚烫，把洗干净的推屎爬放上去，用小棍不断拨拉，将它们烤干，烤脆，再在小碓窝里捣成细末。每天九个推屎爬的细末，分成三份，让番官在早、中、晚用温开水送服。经过烘焙的推屎爬，味道类似烤肉或者烤鱼。但是，杰瓦天天吃，顿顿吃，吃到一定时候，也吃得发干呕。但是推屎爬救命，它和山神叶西纳玛一样，成为杰瓦最后的希望，杰瓦表现出了惊人的毅力，不屈不挠，每天按时按量地吃。

山神、才介和推屎爬之外，白雄也成了杰瓦的精神支柱。

虽然从小就在家里走动，但现在，白雄每次的到来，杰瓦都有几分激动，甚至有点受宠若惊。因为随着他卧床不起，主动来家帮忙的人越来越少，只有白雄这孩子，不但天天来问寒问暖，还亲自给他捉推屎爬，亲自焙干，研末，只差给他喂进嘴巴了。

看见白雄，一种父亲般的慈爱之情，总在杰瓦心中涌起。但是，白雄也让杰瓦想起尼玛塔。奇耻大辱，永远无法释怀，也无法洗刷。曾经吃了那么多偷来的肉，让杰瓦难受得像是吃了一肚子苍蝇或者蛆虫。索曼早脑壳简单，小儿子帕格才八岁，依然流着鼻涕，远不到可以诉说衷肠的年龄。于是，他觉得愧对白雄，羞于见白雄，但他又对白雄越来越依恋。每天早晨在床上醒来他都会问索曼早："今天白雄啥时候过来？"

推屎爬越捉越少。白雄忙不过来，他就开始悬赏，发动其他人帮他捉推屎爬。开始是一斤肉兑换二十个，后来是一斤肉兑换十个，最后是兑换五个。

天气渐凉，再也没有推屎爬可捉了。农历九月末，一个飘雪的夜晚，杰瓦在矮榻上睡过去就再没有醒过来。

在白雄的操持下，丧事办得隆重而体面，让死者享受到了番官应有的哀荣。白马所有的白该都来了，在才介带领下集体念经三天三夜。白雄杀了自家的三头牛，十几只羊。寨子里房子宽敞的好几户人家，院里都临时挖灶，安上大毛边锅，满锅的坨坨肉煮得热气腾腾。全部落的族人，凡是可以走出门的都来厄里为番官送葬，蒸馍，坨坨肉，他们将敞开肚皮吃。

厄补、达嘎、白熊等部落也来了不少人。秋天才来过白马的土司王老爷也亲自前来参加葬礼。

按传统，杰瓦应该被四肢屈曲，捆扎成母亲子宫里的婴儿那般模样，由亲儿子背进坟山。但帕格尚小，白雄便主动代替。

大家暗自议论，白雄厚道，仁义，对杰瓦比亲爹还亲啊。

天气阴沉，西风凛冽。长长的送葬队伍像是被风推着，跟在白雄后面前往坟山。杰瓦本来就拖得皮包骨头，现在让曾经的背脚子白雄背在背上，更显得没有分量。贵为番官，平淡而短暂的一生，就这样在白雄背上结束了。

坟地里，干柴小山一样堆叠，燃起冲天大火将杰瓦吞没，最终化为一小堆灰烬。

白雄想，来去无踪的棒老二，前不久被焚毁被洗劫的那些人家的生计，在土司和部落百姓之间的周旋，再也不会麻烦杰瓦了。尤其是阿爸那些算计，尼玛塔死亡背后的那个惊天秘密，他永远也不晓得了。

他死时不满四十四岁——依然没有走出那个家族的魔咒。

4. 重访黄羊关

转眼又是一年。

去黄羊关衙门，似乎是临时说起。割烟桃子，熬烟，进入八月，终于忙完了。中秋将近，古老三要回老家陪伴家人，和他们一起过节。白雄说，我送你吧，也顺便去一趟黄羊关。

和白雄一起久了，古老三晓得白雄慷慨，但心思也重。他越来越看出，他行为做事，都非同常人。去黄羊关，当然是去拜访土司，岂是顺便？事实上，他做的每一件事情，都有其明确的目的。

白雄初回厄里之时，格庄身死，杰瓦卧病不起。偌大的寨子，乃至整个白马部落，七百多户人家，一时群龙无首。而白雄，安葬了父亲后，外有古老三，内有拉雅，他没有费多少工夫，已经把家里家外都玩得风车斗转。

今年，土司的出巡照旧。年轻的土司王秋园低调，没有仪仗，不带家属，只带了十几个随从，直奔白雄家。来了先不说课税，而是看望索曼早和波兰早两个遗孀。他出手大方，给波兰早和拉雅都准备了很重的礼物。白雄心里温暖，就给土司出主意，把十几个寨子的头人都请来厄里，杀牛宰羊，盛情款待。土司对众头人也大加抚慰，和大家大块吃肉大碗喝酒，端着酒碗说了很多动情的话。加上白雄的推波助澜，今年的课税竟顺利得让土司大感意外。

和那次跟阿爸去黄羊关一样，白雄和古老三今天也是起了个大早，也赶了两头犏牛，牛背上照样驮着熊皮和腊肉，外加一桶罂粟油。烟土自然是少不了的，比阿爸送的更多。

当然，他也带了枪，那支六连发毛瑟手枪。上次的猫耳山之战，阿爸的英国快枪和德国驳壳枪已经落入土匪之手。幸好，土司送的这支手枪还在，让白雄有枪可用。阿爸当年用过的啄啄枪就让古老三扛着，两个人还各自别了把胡鲁刀，也算是全副武装了。

夕阳西下之时，他们到了干河坝，白雄特意在阿爸他们遭遇伏击的地方歇息了一阵。几场大雨，已经将河坝里战斗的痕迹洗得干干净净。但是，在几尊大石头上，白雄还是发现了许多弹痕。河坝中间最大的一棵松树，想必就是阿爸曾经靠过的那棵了。粗粝的树皮，上面几小块暗红，白雄认定那就是阿爸留下的血迹。看着看着，眼泪就出来了。

"想开些，"古老三见白雄流泪，就劝道，"你阿爸英雄一生，听说也打死打伤好几个棒老二，至少够本了。"

"他才四十出头啊，"白雄哭出声来了，"他死得好惨啊。"

"我们汉人都崇拜战死沙场、马革裹尸的英雄，你阿爸就属于这样的英雄。"古老三继续开导白雄，"再说，你出去闯荡，不也是为了开眼界，为了将来有出息吗？有出息，不也是你阿爸的心愿吗？"

"他死的时候，"白雄抽泣着，"我连最后一面都没有见到。"

"为你阿爸骄傲吧，"古老三拍了拍白雄肩膀，"我晓得，你是个有抱负有雄心的人，相信你也会像你阿爸那样，成为一方豪杰！"说着，他牵起牛绳，重新上路。

他们准备在完全天黑之前赶到九眼水——那是他们预定的宿营地，距这里还有七里地。

天色微明之时，白雄和古老三几乎同时醒来。

篝火已熄，但青烟还在余烬里缭绕。白雄加了些枯枝，吹火，引燃，烤热火烧馍。

经过了一个夜晚，白雄已经调整好了情绪。两个人掰着馍，吃着拉雅给他们准备的腊肉，古老三讲起了他的素芬：素芬给他做鞋，素芬给他纳袜底，素芬来他家做客，做饭、洗碗、喂猪，什么事情都抢着干……

白雄也说起他的拉雅，拉雅的能干，拉雅的懂事，拉雅的孝顺。

两个人都把自己女人由衷地夸着。上了路，这个话题还没完没了。

白雄新婚，古老三这次回家也要去木瓜墩和素芬见面，和老丈人他们商量婚事。两个曾经的背脚子兄弟，因为有了心爱的女人，仿佛都觉得自己已经是天底下最有福气的男人了。

从白马经猫耳山去黄羊关，其实是一条古道。具体地说，是陇南文县到松潘的古道之一，称为阴平西道。路是人走出来的。因多年来道上匪盗如麻，商旅日渐稀少，路也渐渐地荒芜了。可不，土司才经过没多久，白雄带人砍出来的路已经重新郁闭。白雄和古老三不得不挥舞胡鲁刀，砍去路中间的小杂树，以便驮牛通过。路不好走，但人一高兴，路也就显得不经走了。感觉没有多久，他们已经到了狗岩窝。

"是狗岩窝到了吗？"

"是啊，不是你自己说的这里叫狗岩窝吗？"古老三觉得奇怪。

白雄看看地形，这里几乎寸草不生，尽是巉岩、绝壁、深沟、乱石。望一望高处，几簇雪峰在阳光下闪耀着耀眼的光芒。一条小路鸡肠般细瘦，艰难地在断崖、绝壁和石缝间穿行。上次阿爸就说过，干河坝之外，这里也是棒老二频繁出没之地。

的确，对棒老二剪径而言，这里再理想不过了。广袤的无人区，极其险恶的地形，无法无天，喊天天不应；一夫当关，万夫莫开。古老三经常讲起的梁山好汉，绿林豪杰，他们活动的地盘，恐怕也没有这里凶险。

白雄正要提醒古老三，万籁俱寂时，一声令人肝胆俱裂的呐喊就在近旁猛然响起。与此同时，路边的崖腔里，跳出三个头裹白布帕子脸上涂满锅烟墨端火枪的人来。

白雄几乎是条件反射，先是弯腰躲在牛背后，然后迅速闪到旁边的石包背后。看看古老三，身手比他还快——他也趴在了一尊巨石背后，并且端着从牛背上抽出的啄啄枪。

两个人相视一笑。这是互相打气。的确，有了几次历险，眼前不过是三个小毛贼，他们并不害怕。

"把牛和东西给老子放下！"三个匪徒吼道，"快滚！老子们放你们一条生路！"

古老三猫着身子，在乱石间匍匐，迂回，绕到了匪徒的右侧。

白雄在地上捡起一截枯枝，将自己的毡帽从石包后面慢慢顶起，上面的白羽毛显眼地摇曳。

"砰砰！"匪徒开枪了。他们看见对面石包后面似有人头冒出，慌忙开枪，既为自己壮胆，也向对手示威。

铁砂子还在身边迸溅，白雄已经在石包上猛然站起，砰地朝天开了一枪。与此同时，古老三也举枪跃出。他们的手枪和啄啄枪，一长一短，一齐对准了匪徒。

"老子是白马的白雄！"

"老子是麻地口的古老三！"

"站起来！放下枪！不然，把你们朝死里打！"古老三端着枪厉声叫道。

匪徒们没有预料到对方会反抗，更没有想到会遇上在龙安无人不知的两个打匪勇士，而且还用手枪瞄准了他们！他们立马心虚了。加上他们都在对手的射程之内，而自己三杆火枪已经放空了两杆，如果轻举妄动，完全可能丢掉小命。所以，他们只好抖索着从藏身的石头后面出来，把枪放在地上。三个人衣衫褴褛，腰间的草绳上吊坠着插在木夹里的柴刀——显然，他们都是附近的农民。

"各位兄弟，"古老三口气温和起来，"棒老二都没有好下场！你们都有父母，有兄弟姊妹，妻儿老小，还是当个安分守己的好人吧！"

"留下枪，"白雄把枪一挥，喝了一声，"各人回家！"

三个匪徒跪地，连连磕头道谢，然后一溜烟朝山下跑了。

白雄二人到达黄羊关衙门时，大门口已经亮起了灯笼。

王秋园由杨福金陪着，已在院里等候多时。听见门外牛蹄杂沓和说笑声，快步出来。白雄要行下跪之礼，王秋园正色道："我不是早就说了吗？我们是朋友，是兄弟，不兴那些老规矩！"说着，拉着白雄，径直朝里走。

古老三过来告辞——他归家心切，想摸黑赶回麻地口。

王秋园在白马时已见过古老三。见他相貌堂堂，谈吐不俗，办事麻利，当时就欣赏不已。现在，他既然到了自己的衙门，岂能轻慢？他郑重说道："走啥子走？我已备薄酒一杯，略尽地主之谊。请吧。"

古老三不好再说啥，只好跟着土司，直接到餐厅入座。

没有"十大碗""十二样油席"等龙安官宴排场，没有启用岫玉龙杯，也没有上次王老爷的家宴那般讲究，无非是鸡鸭鱼肉，煎炒蒸炖而已。不过，酒依然是绵竹大曲。主宾当然是白雄。另外，还有两个来自成都的客人，王秋园"肖师""赵师"地喊，喊得十分地客气。后来白雄才搞清楚，他们都是土司请来做枪的。简单的设备、半成品的材料，都由骡马驮来。据说，他们仿造汉阳造，不但样子可以乱真，性能也还将就。作陪的除了杨福金，后来又加上刚从水晶堡办事回来的外管事谢玉堂。王秋园谦和，热情而真诚，席间一直气氛轻松，随意，让白雄觉得土司真没把他当外人。

微醺之时，白雄说起了今天在狗岩窝遭遇棒客的事。土司大怒，要谢玉堂明天就去查办，限三天破案。

"王老爷，"白雄站了起来，说，"那三个人，看起来不像是那种坏透了的人，我们把他们枪也砸了，狠狠教训了一顿，我相信他们会成为好人的。"

古老三也说："看样子，那都是些上有老下有小的庄稼人，我也相信他们不会继续作恶。另外啊，这些人到底是不是黄羊关的也难说。"

"老爷，"谢玉堂站起来说，"狗岩窝的事先放一放吧，我给您摆一个刚刚听来的龙门阵。"

王秋园看看谢玉堂，将面前的酒杯端起来一口干了，说："有啥子龙门阵值得一摆？"

谢玉堂就说，前一阵水晶堡的人在传，龙文彪在成都读书的儿子龙世荣失踪了。今天，哈泽甫家的管家肖老二悄悄跟我说，龙文彪那娃在成都读啥子书哦，年纪不大，吃喝嫖赌样样都来。龙文彪一心想着花大价钱培养个读书人光宗耀祖，没想到是这么个结果，气得吐血，竟起了杀心。就在立秋那天，天擦黑的时候，他和保镖马老幺，把那不成器的儿子带到磨坊湾河边渡船上，那娃以为真的要带他去水晶堡耍，跟龙文彪还嘻嘻哈哈说着话。马老幺趁他不备掏枪就朝他背上开了火。龙文彪见他娃倒在船舷边，还没有死，就一脚把他揣到河里。那天河里正涨水，尸首马上就被大水冲走了。他龙文彪以为做得神不知鬼不觉，但马老幺有天在馆子里喝多了，就把这事给肖老二抖包包说了。

正在这时，门帘一响，一个女人抱着孩子进来了。她不丑，但也算不上漂亮，看不出准确年纪，但她眼角的鱼尾纹在灯影里特别明显，肯定要比土司大很多。

"你来干啥？"土司满脸不高兴，"女人家在这里凑啥热闹？"

"我想说……"女人吞吞吐吐。

"有事下来说吧。"土司不耐烦地将手一挥。

女人抱着孩子出去了。

"这是我婆娘,张琼芳。"土司面无表情地对白雄说。

汉人真怪,很多女人都长着个半拃多长的尖尖小脚。白雄看清楚了,土司太太也是。

5. 拉雅与艾玛

自从那天进了这个门,拉雅晓得这里就是她永远的家了。

格庄阿爸重伤,死去,她和悲痛欲绝的波兰早阿妈一样地悲伤。在箭竹和油松的照耀下,两个女人一起经历了好几个不眠之夜。所不同的是,波兰早阿妈永远地失去了丈夫,而她,却终于等回了自己的男人。

安葬了格庄阿爸,她正式成为白雄的婆娘,当仁不让地成为主妇。煮饭,背水,洗衣,劈柴,里里外外收拾和应酬。她不但不让波兰早为家务操心,还随时端茶递水,问寒问暖,让波兰早慢慢挺了过来。

拉雅也不让白雄在家里干活。白天,他除了捉推屎爬,陪陪杰瓦,偶尔去山上烟场看看,就是到处串门,哪家的火塘边都可能看到他的身影。

入夜,拉雅都会把家里那只硕大的铜壶坐在火塘上,温酒。白马几乎家家户户烤酒。白雄家不但烤咂酒,而且还烤一种烈性的青稞酒。本来,他家烤酒的方子来自波兰早的娘家,婚礼时,还有朋友送来一种据说来自绵竹著名烧坊的酒曲子,拉雅烤出的酒因此更加显得异香扑鼻。不寻常的酒香在寨子里飘荡,精灵一样飞翔，直扑人们的鼻孔。于是，寨子里的男男女女，尤其是年轻人，三三两两到来，挤满屋子。大家喝酒，唱歌，甚至就在火塘边跳舞，常常通宵达旦。

　　大家最感兴趣的，还是听白雄讲外面的经历和见闻。于是，白雄就开讲自己在汉区的故事，讲那些下巴子与部落里完全不同的生活。故事五花八门，经过了添油加醋，更加新鲜刺激，加上白雄的三寸不烂之舌，说话就像夺补河的流水滔滔不绝，三天三夜估计也不会有一句重复。人们觉得，棒打抢匪的英雄白雄，口才不但胜过他阿爸格庄，就是放在全部落，恐怕也是百年难遇。

　　拉雅忙着给大家斟酒，倒水，看乡亲们以敬佩和羡慕的目光看着自己的男人，即使忙得脚不沾地，也觉得自己是天底下最幸福的女人。

　　幸福的夫妻是应该有孩子的。拉雅自从订了婚，就经常幻想自己成为一个幸福的母亲。

　　婚后的白雄，对床上的活动不知疲倦。拉雅也主动迎合，非常积极，不仅仅是年轻人贪恋性爱，也是为了孩子。

　　白雄把做爱称为"点洋火"。拉雅是见过洋火的，白雄带回来过几盒。拈一根火柴棍，在小纸盒上轻轻一划拉，呼的一下，火就点燃了。白雄就是火柴。他热乎乎的身体压在拉雅身上，一下子就把她点着了。"点洋火"的时候，白雄从来都不吹灭墙上点着的箭竹。一根箭竹至少三尺长，要照亮一顿饭的工夫。箭竹顶端的火苗忽闪着，一直照耀着白雄野兽一样在她身上使劲点播下种，累得满头大汗。

　　三月，拉雅终于发现自己怀上了。等到山上野樱桃花盛开的时候，她的肚皮已经开始隆起。

这时，到了"点洋火"的时间，白雄常常抚摸着她的肚子问她："是儿子还是女儿？"

拉雅想生儿子，也想生女儿。不过，白雄几代单传，到了白雄这一代，塔塔是傻子，事实上也是单传了，所以她说，最好还是先生个儿子。

"哦，酸儿辣女。"白雄脱口而出。

"你说啥子？"拉雅不懂。

白雄就解释："吃酸生儿，吃辣生女，汉人都这么说。"

拉雅就嚷着："那你给我酸的吃吧。"

吃酸，酸菜当然不算。应该是酸果子。于是，已经成为厄里头人的白雄，再忙也要抽时间到山上摘野果。好在过了四月，野樱桃，野草莓，黑莓，菜籽泡儿，羊鬼子莓，老熊泡儿，五味子，野梨，羊奶子，山上各种野果次第登场，只要上山就不会空手回家。

拉雅的肚子越来越大，大得像熟透了的瓜。

晚上，白雄将耳朵贴在她肚子上，听了半天，只听见里面哗哗的，像水响，也像是肠鸣。不过，他能够明显地感到孩子在动，而且是动静很大的动，左一下右一下，腾挪踢打，陆续在不同的部位上顶起老大的包。

白雄兴奋，就说："该给孩子取名字了。"

"是儿是女都不晓得，怎么取呀？"拉雅觉得为难。

"那还不好办？我们准备两个名字，一个给儿子，一个给女儿。"白雄满不在乎。

"好吧。不过，就不取'其汝''帕格'这样的名字了吧，太多了，每个寨子都有好几个。"拉雅说。

"那我们就取一个跟别人很不一样的名字，"白雄说，"用植物的名字怎么样？"

"太好啦，"拉雅说，"如果是儿子就叫苏巴（柏树），女儿就叫艾玛（蒿草），要得不？"

"儿子像柏树一样顶天立地，女儿像蒿草一样风吹不折，落地生根。"白雄夸老婆，"你真聪明，取的都是好名字。"

"我们生四个娃儿吧——两个儿子，两个女儿。"拉雅看着快要熄灭的箭竹说。

白雄也来劲了："要得！二儿子叫陶舍（松树），二女儿叫卡洛瓦（一种状如葡萄的藤蔓植物），如何呀？"

拉雅正要回答，箭竹燃到了尽头，火光渐暗，终于熄灭。

世界安静极了，远处传来两声狗咬。拉雅拉过白雄的手，紧紧握住。

冬月的一个下午，拉雅即将分娩。她肚子里怀的是儿是女，马上可见分晓。

本来，寨子里好些个孩子都是波兰早接生的，但格庄死后，她流了太多的眼泪，眼力和精力都大不如前，所以今天的接生，就由琪琪和班英子负责了。温暖的产房里，洗了又洗的木盆放在屋子中央；火炉上坐着硕大的鼎锅，水已烧热；剪脐带的剪刀由波兰早亲自在炉火上消了毒，摆放在专用的木盘里；包婴儿的麻布、毡片，给婴儿准备的小衣裳，几天前拉雅就叠放在自己床边。

白雄是头人，拉雅又是本寨的姑娘，他们的头生子即将出生，在厄里是一个不大不小的事情。拉雅的阿爸阿妈，番官遗孀索曼早，瓦美和戈波塔两口子，至亲，好友，邻居，十几个人挤满火塘。连平素很少在家的塔塔居然也规规矩矩地坐在火塘边。白雄陪着大家喝茶，喝酒。但是，虽然关着门，愉快交谈的声音还是很快被里屋拉雅的大声呻吟和叫喊打断。

拉雅的叫喊持续了一顿饭的工夫。终于，几声清脆的婴儿啼哭传来，紧接着门开了。班英子端着木盆出来。"是女儿。"她笑着说。

"艾玛！"白雄霍地站起，大叫了一声。

所有的人中，最紧张的当属波兰早。即便看见孙女生出来了，她的心仍然收得紧紧的。这个经历了丧夫之痛的女人，现在变得格外地脆弱和敏感。稍有风吹草动，都可能在她内心深处掀起波澜。

儿子归来了，有出息了，结婚了，当头人了，现在又抱孙女了。过去的灾难沉重得让她不可承受，现在，当太多的好事和喜事落到这个家庭的时候，又让她不敢相信——咱家，真的好运来了吗？

现在，孙女已经洗净，包好。白白胖胖，睁着一双又黑又亮的大眼睛，可爱得不像初生的婴儿。白雄进来，从阿妈手上接过孩子，咧着嘴，傻乎乎的笑容一直挂在脸上。

"完了！"外面一声惊呼，是塔塔的声音。

波兰早惊觉，把目光从孙女身上转移到儿媳身上。拉雅显得虚弱，眼睛半睁，似乎累了。但是仔细地看，她眼里其实没什么神采。波兰早的心猛地跳了几下，轻轻揭开被子，马上脸色大变——她最担心的事情发生了：拉雅还在流血，明显比刚才还多！

"瓦美！"波兰早在门口惊慌地喊道，"快叫你阿爸！"

才介带着全套法器，很快赶到。他领着瓦美在外屋做法事，波兰早则指挥琪琪和班英子用最绵软的麻布裹了炉灰，给拉雅止血。而白雄，一个人低了头，咬着牙在门口来回走动。

但是，即使双管齐下，无奈拉雅的身体就像是溃坝的河堤，再怎么也堵不住那红色的汹涌。拉雅很快陷于昏迷。天色完全暗下来的时候，她已经没有了呼吸。

人们永远也忘不了那晚的哭声。

白雄哭。波兰早哭。格若才里和姆波——拉雅的阿爸阿妈也哭。所有的男人女人都陪着他们一起痛哭。

一个女婴的哭声尖锐，嘹亮，从一片大人的哭声里穿透出来，特别让人心疼。

当晚，一个特别的名字传遍了寨子——她叫艾玛。

6. 番官遗孀的桃花运

索曼早躺在火塘边的矮榻上，把自己裹在厚厚的氆氇袍子里。帕格从她身边经过，吸溜着鼻子。鼻涕在鼻孔里一进一出，呼哧呼哧的声响随他出门，远去。她始终没有动弹，甚至眼皮都没有抬一下。

杰瓦在世，格庄就已经和他平分秋色。待他生病，闭门不出，格庄风头更盛，树倒猢狲散的日子，似乎早早地来到了番官家。早年，无须招呼，自然随时有人上门，送来猎物，帮忙做家务。甚至放牧牛羊，砍火地，种青稞、燕麦和胡豆，都有人主动打理。一些时候，还有格庄亲自参与。杰瓦几乎天天在外面喝酒，喝遍寨子里每一户人家，喝遍部落每一个寨子。盛大的活动、隆重的时刻，只有番官在场，主人才有面子。而今，白马还是这个白马，厄里还是这个厄里，但一切都过去了，彻底改变了。没有人上门，番官家似乎已经被人遗忘。这时，索曼早才明白，她在这个世界上没有一个真正的朋友。她最亲的人当然是尼玛塔和杰瓦。尼玛塔死后，她的世界就黑暗下来；杰瓦撒手而去，身体里最后的一股气被抽走了，她顿时蔫萎下来，生活也就随之乱套了，坍塌了。她明明活着，有呼吸，但已经像个死人。

楼板响了起来。有人已经走完独木梯，沿着走廊的转角过来了。门口黑了一下，一个人走了进来。

"阿沃，"是白雄在叫她，"真对不起，一直在忙阿爸的事，拉雅的事，经常还有不少外面的朋友过来，所以没顾得上来看您。"一边说话，白雄将扛着的麻袋放在矮榻对面。

"快坐，快坐。"索曼早努力提起精神，想站起来。

"别动！"白雄抢先一步，一把按住她的肩膀，"您身体不好，还是歇着吧。"

"我给你倒水。"她坚持站起来，才想起根本没有烧水，只好尴尬地笑笑，僵在原处。

"越来越冷啦，"白雄看看火塘，"不生火怎么行啊！"说着，他到门外扯一把燕麦草、抱一捆木柴回来，放在火塘边。他点燃麦草，再在上面架上柴块。很快，青烟散去，火势渐渐炽烈，屋里暖意开始充盈。

"不要担心柴，"他将水壶放在铁三角上，说，"过些天我就安排人给你砍，保证你一年四季火塘不熄。"

　　索曼早看着白雄忙碌，突然想到：人家的阿爸和婆娘，活鲜鲜的两个人，说没了就没了，人家遭的难不是跟自己一样大吗？人家没有要死不活，而且照样来照顾自己。想到这里，她有些感动，有些不好意思，还有了几分同病相怜的亲切。

　　对索曼早家的景象，虽然白雄早有预料，但还是惊讶不已。

　　屋里很黑，进门片刻，索曼早才从黑暗里慢慢浮现出来。一股难闻的气味随之扑来——霉味儿、酸味儿、馊味儿、水缸见底以后散发的泥腥味儿，还有些许残留的烘焙推屎爬的气味。锅里有小半锅干巴巴的冷饭，不晓得煮于昨天还是今天。吃完饭未洗的木碗到处都是，有的已经结了一层硬壳。衣物和鞋子随丢在墙角和矮榻上，上面已经有了厚厚的积灰。最可怜的是她家两头半大的猪，饿得只剩下一副骨架，嗷嗷叫着，对猪圈围栏又啃又拱，哐当哐当，弄出了很大的动静。

　　屋里过于混乱，白雄想帮忙，除了生火，却不晓得从何开始。他只好把麻袋打开，将里面生的燕麦面，熟的糌粑粉，还有一大块腊肉——掏出，放在靠墙的柜子上。水开了，他给索曼早和自己分别倒了一小碗，然后自己坐下来。

　　白雄对索曼早印象并不好。这种印象，在他童年就有了。

　　七八岁的时候，夏日的一天，一家人饭桌上闲聊，不知怎么就说起索曼早。

　　"听姆波说，"阿妈表情鄙夷，"昨天，她亲眼看见索曼早掐她家的麦穗，边走边掐，怀里塞了一大包。"

"那个女人，"阿爸很不屑，"就爱占点小便宜，你又不是不晓得。"

"他们家是番官，哪里犯得着这样？"

"她就是这种人，贱！"

父母所说的，白雄半懂不懂。过了一些时候，大约是十岁时，他和尼玛塔已经成为好朋友。一天他去他们家，路过才介家房后，看见索曼早远远地走在前面。这时，一只白色的母鸡从麦垛里出来，"咯咯"地大叫。她左右看看，快步走到母鸡出来的地方，捡起鸡蛋就往怀里塞。回到路上的时候，她看见了白雄，还等着他一起往她家走，就像什么事也没有发生过。

后来，他把这事给阿爸说了。

"永远不对人说这事，永远！还要比以前更亲热她！"阿爸严肃地说。

现在，他就想，可怜的尼玛塔，他的死，其实也是他阿妈造成的。他产生了一股错觉——屋子里的那些气味，是从她身体甚至是骨头里面散发出来的。

不过，白雄还是努力把潜藏在内心深处的那一股厌恶压下去。同时，努力酝酿出足够的亲切和同情，并且把它们全部挂在脸上，陪她说话，宽慰他的"阿沃"。

从那天开始，白雄几乎天天到索曼早家。隔天，还有人给她背水，帮她煮猪食，喂猪，打扫房间。她家的羊一直都由左邻右舍照看，大家都不要她参加轮换。

索曼早晓得，这些都是白雄的安排。她还晓得，她家的土地上，种的鸦片和兰花烟，洋芋、萝卜、豇豆和包儿菜，基本上都是白雄在操办。

她的心情渐渐好起来。她开始和大家一起下地。元宵过了，备耕，她甚至和大家一起背羊粪上山。偶尔，她也出去串门。帕格也不能再到处闲逛了，她要求他跟大人一起上山，学放牧。

春天，野樱桃花盛开的时候，洋芋种到地里，上山砍柴的季节到了。白雄亲自带着人，给索曼早家砍柴。柴棒子搬回来，锯成段，在墙下码好，直至屋檐。煮饭，烤火，一年都足够了。

打柴的人们陆续散去。白雄留下来，在院子里劈柴。索曼早坐在门口捻毛线，陪着白雄。他挥动斧子，将树段劈开，再劈成粗细不等的柴块。热汗淋漓，袍子就显得多余。于是，索性将袍子的上半身扒下，依然由腰带系着，吊坠在屁股上。二十出头的白雄，外表精瘦，但脱了袍子，才发现他其实长得结实，胸、臂都有鼓凸的肌肉。索曼早瞟了一眼，他光裸的躯干，亮泽的皮肤，茂盛的腋毛，让她猛然一惊。扑通扑通，她内心狂跳起来。她下意识按了按，还是不能平息。她命令自己不再看他。但是，她的眼睛并不听话，隔一阵就不由自主地要瞟上一眼，并且一眼就看见了他裸露的上半身。某一刹那，看到上半身，她竟由此及彼，跳转到他的下半身。她脸烫，心慌，但还是忍不住要偷看。直到太阳落山，帕格赶着自家羊群回来，她才不得不从凳子上站起，和儿子一起，将羊一一赶进羊圈。

那个夜晚她做梦了。她梦见和一个赤裸的男人睡在一起，相互抚摸。男人摸她身子，从乳房到她的私处。她也抚摸男人的裸体，先是鼓凸的胸膛，柔软的小腹，直到抓住他胯下那个硬邦邦的家伙。但是，直到楼下鸡叫，她最终还是没能把那个玩意儿塞进自己的身体。在墙上小窗透进的微光里，梦境依然清晰，甚至，手上还留有从那小伙子身上摸来的汗水，但是他的面目却始终模糊。

白雄发现索曼早变得爱干净了，脸也洗得勤了。脸洗干净的索曼早不但不丑，甚至说得上有几分漂亮。圆脸，黑眼睛，双眼皮，身材丰满。因为很少下地，很少晒太阳，也很少用脑，所以她虽然比阿妈还大了几个月，但显得年轻很多，脸上几乎看不见皱纹。尤其是番官婆娘的身份像一件最华丽的袍子罩在身上，更为她增色不少。

一天下午，白雄再次去索曼早家。她似乎早就晓得他要来，火塘烧得很旺，吊锅里热气腾腾，散发着肉香。

他又要劈柴，索曼早拦住了他。

"我给你炖了肉，"她面带羞涩，目光迷离，声音也有些颤抖，"还温了酒。"

"好啊，"他愉快地说，"我已经好久没有吃您家的饭了。"

他在火塘边坐下来。肉倒在大钵碗里。肉是羊肉，还有鹿筋，和萝卜一起炖。酒是哑酒，酒坛里插了一根箭竹吸管。索曼早安排好了，就坐在旁边捻麻线，看着白雄吃。

"不行，"白雄说，"肉必须一起吃，酒必须一起喝！"

索曼早只好停了手上的活路，拿了碗筷，在酒坛里加了根吸管，坐到他旁边一起吃。

两个人的吃喝，持续了很长时间。

火塘很热，喝了酒，更热。他们都红着脸，额头沁出汗水。

一坛酒喝完，又喝了第二坛。索曼早觉得自己浑身燥热有些轻飘的时候，白雄放下筷子，有意无意地，把手按在了她的手上。她像是被闪电瞬间击中，痉挛了一下，马勺失手落地，倒在了他的肩膀上。

　　七月。人们挖了洋芋，接下来上山挖药。十五是白马人仅次于过年的大节，才介主持了祭山，感谢山神保佑，上半年日子顺遂，希望下半年山神继续恩赐，风调雨顺，人畜平安。

　　晚上，白雄在家里请客。又圆又大的月亮挂上天空的时候，客人陆续到齐。菜上桌，酒斟满，白雄举起酒碗讲了话，唱了酒歌，请大家尽情吃喝。

　　当大家开始撕扯肉块、啃着骨头的时候，白雄突然把索曼早叫过来。

　　"我和索曼早，已经决定——结婚！"他宣布，"过些时候，我们将找一个好日子举行婚礼！"

　　人们大惊。准新郎的母亲波兰早惊得失手，酒碗掉在地上"哐当"一声摔成几块。

　　一个多月后。

　　秋深，天气日渐寒凉。土司王老爷在勿角那边的烟场收了烟，才来白马进行例行的巡视。

　　第二天，就在白雄与索曼早的婚礼上，土司宣布了新的番官人选。新番官不是杰瓦家族的某个兄弟，也不是他还没有长大成人的儿子帕格，而是白雄！

　　那晚，白雄家插满点燃的箭竹和油松，院子中央的篝火烈焰缭绕，把院子的每一个角落都照得亮亮堂堂。年轻的王老爷穿着灰色中山服，胸前别了两支钢笔，脚上的皮鞋在火光里贼亮贼亮。白雄和各寨头人恭恭敬敬站在旁边，和大家一起聆听土司老爷讲话。

王老爷环视周遭，待现场安静得只剩下柴棒子噼啪炸裂的声音时，他开始讲话了。他面带微笑地说："各位番胞！白雄虽说不是番官之后，但他是索曼早的男人，入赘到番官家，也就是番官家的人了，也就有了继承番官的资格。并且，我晓得他很能干，很聪明，也很有勇气，在部落里有非常高的威信。我相信，他一定可以成为最出色的番官。今后，他就是我最信任的人，他说的话就是我说的话！"

王老爷说汉话，绝大部分的白马人听不懂。即使有人懂一点汉话，也难完整理解土司的意思，所以全靠白雄翻译。

白雄说的白马语，是中国最小的语种之一，也最古老最难懂，当然王老爷也不懂。所以，白雄当着土司的面，面对部落的十几个头人和在场百姓，表面上是翻译王老爷训话，实际上，他随心所欲，加进了太多自己的内容。

那一刻，白雄觉得，只有自己才是这片土地真正的主人。

众生

第七章

1. 机枪

民国二十年（1931）那次出巡，王秋园在白马停留的时间不长。

天气凉了，白马住着并不舒服。并且，他的确事多。因为鸦片种植面积急速扩张，也因为年轻的土司觉得他家才刚刚恢复元气，需要励精图治。

离开白雄家，十几个枪手和几十个背脚子簇拥着土司回黄羊关。白雄率领白马部落的大小头人送行，一直送到猫耳山顶。

滑竿上的王秋园半眯着眼睛，看似养神，其实一直在想他的机枪——两挺捷克式机枪。那是他通过过硬的关系，花了血本从松潘驻军那里买回来的看家武器。

前年春天，机枪刚刚到手，就指定他最赏识的两个枪手王荣和汪怀奇为机枪手，并且给他们配了两个大汉专门扛机枪和弹药。第二天，他去与黄羊关一山之隔的叶塘办事，特地把两挺机枪扛上。叶塘与龙文彪的水晶堡边界相连，自古就是松龙古道上的重要关隘。场镇很小，不过是顺河而建的一条弯曲的独街，却是当下龙安境内最大的鸦片集散中心，称为"小成都"，其热闹繁荣可想而知。可是，这里已经被龙文彪属下的孙光文控制。不仅如此，龙文彪还觊觎着世袭土司的地盘，让王秋园随时感到威胁。有了机枪，他一下子觉得腰杆子硬了。

那天叶塘恰好逢场，街上人山人海。到了场口，王秋园说了声"放他几火"。王荣和汪怀奇会意，立刻提起机枪，"嗒嗒嗒"地朝天射击起来。闻所未闻的吓人武器、密集的枪声、飞崩的弹壳和间或顺着檐沟从房顶滚落下来的子弹头，镇住了街上所有的人。他们惊乍乍地退避，自动让出通道，让吐着火舌的机枪和后面威风凛凛的土司及其卫队畅行无阻，直到场尾。

连续不断的机枪声是土司发表的长篇宣言，简单粗暴，咄咄逼人，充满挑战意味。自王少沂遇害以来，那是土司衙门最扬眉吐气的时刻。

但是，现在的王秋园手里已经没有了机枪，他马上感到内心空虚，无所依傍，精气神被突然抽了一空。

猫耳山顶，历来是土司和白马番官头人分手的地方。滑竿停下，王秋园下来，把白雄拉到一边。

"我给你说个事，"土司看着白雄，小声地说，"勿角的尼瓦买走了我两挺机枪。机枪，你也晓得，再有钱也是买不到的呀，我怎么可以卖呢？尼瓦想机枪想疯了，反复跟我磨嘴皮子。我在他地盘上种烟，又是朋友，我不能不给他面子吧？可现在，机枪他拿走一年多了，再没有提起过给我机枪款的事。看样子，他是安了心要吃了我的机枪。你说，这事该咋个办？"

土司说得随意，像是摆龙门阵，也像是在作指示。

但白雄不能含糊。他胸口一拍，说："我马上就想办法，把机枪要回来！"

王秋园没有再说什么，伸出手在白雄肩膀上轻轻一拍，转身坐上滑竿，下山去了。

送走了土司，白雄才觉得事情棘手。

尼瓦汉名杨世雄，他可不是寻常人物。在勿角，他既是大头人，又是袍哥龙头大爷。两年前，他还上过几天中央陆军军官学校。白雄当上番官不久去拜访他，尼瓦酒喝高兴了，竟穿着军官制服、挂着短剑在客人面前显摆。而今，他手下有七八十条枪，看家护院的兄弟伙随时都有二三十个，是独霸一方、黑道白道通吃的人物。两挺机枪是他吃进嘴里的肥肉，岂能吐出来？

白雄留下才子休和查拜两个头人，随他一起去了厄里他家里。

头人有大小之分。小头人管一个自己所在的寨子，大头人不但要管自己所在的寨子，还要管周边多个寨子。

色如瑙的才子休，是管着肖珠瑙、帕西加、刀切加、色纳瑙和章腊加五个寨子的大头人；查拜虽然只管了托洛加一个寨子，但他和才子休一样，都武艺超群，是百发百中的神枪手。并且，他们都和自己关系很铁。

厄里家里，白雄和才子休、查拜二人，加上才介，四个人喝酒议事。

"这事不需要商量，"白雄刚把事情一说，才子休把桌子一拍，说，"要我们做啥子，尽管说！你指哪，我们打哪！"

查拜说："我和才子休跟你一起过去，就是老虎牙齿我们也敢把它拔下来！"

才介马上打了一卦，说："没有问题，你们会顺利归来。"

三天后，白雄和才子休、查拜两个头人，带领着从部落各寨精选出来的三十名精壮汉子，操着清一色的快枪，半夜出发，次日天黑之前，他们已经到了尼瓦家大院门口。

白雄和两个头人，都是川甘三地白马社会的名人，和尼瓦走动频繁，彼此熟悉，甚至都说得上是朋友。对尼瓦家，他们也不陌生。这是一个很气派的四合院，坐北朝南，八字楼门，两边又各有楼房。院外是一丈高的石砌院墙，墙上的枪眼虎视眈眈地盯着各条来路。

正是烟土入库的季节。勿角地面，包括葫芦沟、火烧林、石罐子沟、苔塘、沙尕沟、烂泥塘，几沟几梁都种上了鸦片。包括王秋园、龙文彪在内的各方豪强，在这里各自都有面积不小的种植基地。要想在这里混得开，赚到钱，都不能不笼络尼瓦。因此，这些天的尼瓦已经习惯了来人送礼。当家丁通报白马番官拜访时，他以为又是送礼的来了，连忙出门迎客。

尼瓦出来，见除了白雄，还有才子休、查拜等白马人中豪杰，并且还带着一支全副武装的队伍。他一愣，更加客气地与客人寒暄。

这时，一群乌鸦在旁边的树上飞起飞落，聒噪不止。白雄给才子休和查拜使了个眼色，说："烦死人的乌鸦，干扰我们兄弟说话，给我撵走！"

才子休和查拜二人马上举枪，啪啪两响，两只乌鸦应声落地。有人将乌鸦捡起，送到尼瓦手上。大家围观，发现两只乌鸦的脑壳都被打得稀烂。这时，白雄才说："尊敬的尼瓦大哥，实不相瞒，我们王老爷的两挺机枪，放在你这里已经有些时候了，现在他有急需，专门委派我们给他捎回去。"

尼瓦愕然，支吾着，请白雄进去喝茶，吃饭。白雄坚拒，说："我们是临时出门，只为机枪而来。再说，为了路上安全，人也多了些，太打搅。改天再专门拜访，我们兄弟一醉方休。"

尼瓦四下看看，三十个白马枪手围在身边，才子休和查拜收起长枪，正有意无意地摆弄着手枪。面对如狼似虎的客人，他只好叫人将机枪提下来，交到白雄手上。

返程，一挺机枪断后，白雄亲自扛着另一挺走在前头，连夜赶回白马。路上，白雄想起阿爸梦想机枪，也死于机枪，可怜他至死也没有触摸过机枪。

黑暗中，他泪流满面。

2. 五斤麻绳

半个月后，上午。波兰早背着艾玛，哼着儿歌，坐在门口捻毛线。

毛线，或者麻线，和白马女人的命一样长，从她们懂事起就天天在手上捻着。背水，砍柴，喂猪，煮饭，下地耕种，那是干活；而捻线，则被划入休闲范畴。她们串门在捻，走路在捻，放羊时在捻，男人们喝酒、闲聊的时候她们也在捻。波兰早捻了大半辈子毛线和麻线，现在，家里随时有人主动帮忙带艾玛，做家务，但她捻线的手指，依然停不下来。

那些天，也许是波兰早稍微舒心的日子。白雄再婚后，没有让索曼早来家，井水不犯河水，她也就眼不见心不烦。艾玛快满周岁了，没有吃上一天拉雅的奶，却把牛奶、羊奶、寨子里陆续几个产妇的奶，都吃得津津有味。她既健康又活泼，模样不似白雄，眉眼却活像拉雅，又胜似拉雅。尤其是她笑起来，脸上的酒窝绽开，小仙女一样迷人。只要看到她，波兰早就觉得她一肚子的那些愤怒、郁闷和忧伤，像是装在猪尿泡水囊里的水，噗呲捅破，泄得一干二净。

白雄坐在阿妈对面擦机枪。机枪来之不易，既然过手，就要让它们在自己手上稍微停留一些日子。再婚后，他先是天天去索曼早那边过夜，后来隔天过去。现在，只要一闲下来，他除了逗逗艾玛，就是把玩机枪。他的心思在女儿和机枪上，索曼早那里，他就越发去得少了。

"多嘎，"寨子里的老人，包括波兰早始终都改不了口，她忧伤地说，"我不喜欢看见机枪，看见它就让我怄气。"

"我晓得您想起阿爸了，"白雄看着阿妈，"等着吧，总有一天要报仇。"

"他一辈子打打杀杀，让人随时提心吊胆。我老了，你让我省点心吧。"

"阿爸死不瞑目，就是白马部落在他手上没有强大起来，还受人欺负。"白雄认真地说，"我做梦都在想，要把所有的白马人，龙安的，南坪的，文县的，通通捏到一起，有很多快枪和机枪，保证大家都有饭吃，外人再也不敢惹我们。"

"唉，"波兰早叹了一口气，"你阿爸也经常这样说。"

"放心吧，阿妈，我跟阿爸不一样。山神叶西纳玛保佑，我会干成很多大事。"

"千万不要像你舅舅那个俄里，当棒老二，把老祖宗的脸都丢尽了！"

"我是啥人，阿妈还不晓得吗？"

两娘母正说得起劲，塔塔从外面回来了。

塔塔已经长成了一个大小伙子，依然吃着百家饭，跟着才介东跑西跑。现在，大约也是从老白该那里回来。他也不给阿妈和哥哥打招呼，径直进屋，拿出火麻，像前些天那样，坐在楼板上搓绳子。搓麻绳是塔塔的绝技。他动作飞快，麻绳搓得筷子头那么粗细，密实又均匀。

"你怎么只晓得搓绳子？"白雄问他。

"我要把五斤火麻搓完。"塔塔回答。

"搓来干啥子？"

"有人要来了，人很多，五斤才够他们用。"

"他们是啥人？"

塔塔一本正经，做出一副动脑筋的模样。最终，他眼光变得空洞，困惑地看了一眼哥哥，摇摇头，只管搓他的绳子。

三天后的中午，一个背背篼的年轻人来到白雄家。他自称班富荣，家住杜鹃山背后的迭部寨，为铁楼大头人班达来送信而来。从昨天上午走到现在，一百多里长途跋涉，累得他满头大汗，冒着热气。班达来的口信说，从龙安流窜文县的朱天棒匪帮，因为驻军进剿，他们准备再回窜龙安，两天内将路过白马，希望两边联手，在杜鹃山前后夹击，彻底灭了他们。班富荣还说，朱天棒在文县曾经洗劫好多个地方，铁楼也深受其害，包括班头人自己的家。

一听"朱天棒"三个字，白雄立刻血往上涌，汗毛竖立，心中埋藏的仇恨，就像冬眠中被惊醒的老熊，嗷嗷叫着就要扑向猎物。

"告诉班头人，"白雄攥紧的拳头猛砸在桌子上，"就按他说的办。"

白雄想起来了，这个班富荣是迭部寨著名白该班占田的徒弟，比他还小三四岁。一次在迭部寨子里喝喜酒，他们曾经挨着坐过。于是，他告诉班富荣："我将埋伏在饶杰达乌。"

"饶杰达乌，那是个打埋伏的好地方。"班富荣颇为老练地说，"我们将尾随朱天棒过来，过了杜鹃山，从格乌桑德开始，我们就把他们往下撵！"

白雄很惊讶："你对我们这一带好像很熟悉？"

"我姑姑就嫁在托洛加，"班富荣腼腆地笑笑，"我从小就在这边走，怎么不熟？我过来时一路上也在看地形。"

"太好了，"白雄握住班富荣的手，"给班头人说，请他放心，这回，朱天棒走不出羊洞河！"

第二天上午，白雄带着人马从托洛加出发了。

这是一支一百五十人的队伍，白马部落十几个寨子，精锐尽出。其中，五十人带着快枪和两挺机枪，一百人则带着火枪。他们都披着羊皮褂子，挎着胡鲁刀，怀里揣了两天的干粮。

饶杰达乌，白马语意为关口，位于托洛加与杜鹃山之间，他们半下午就到了。这里是羊洞河峡谷最险的一段，峡谷仅宽丈余，两边壁陡如斧切刀砍，有百十丈落差。即使晴天，峡谷底部也会一直沉落在浓重的阴影里。白雄带着五十个快枪手进入峡谷时，天气阴沉，像夜幕降临。一尺宽的小路蜿蜒起伏，在断崖绝壁边沿若隐若现。行走不到一袋烟的工夫，面前凸起几堆巨石。这些来自崖顶的不速之客，现成地为白雄伏击的工事。白雄和才子休率领的五十支快枪和机枪都将部署在这里。由查拜和玛格率领的一百个火枪手，大部分将埋伏在前面陡崖两边，除了火枪，还要搬运大量的滚石。少数人将攀上崖顶，观察，望风，并且作为峡谷里的策应。

那天，从队伍上路开始，一首老歌一直在白雄心中萦绕：

阿爸被杀了
儿子能忘记吗
婆娘被抢走了
男人能忘记吗
种豆得豆
种瓜得瓜
仇恨埋在心里
洋芋一样长大

朱天棒的队伍出现在第二天中午。

曾经跟格庄在猫耳山伏击过他们的枪手一看就晓得，他们这次走得仓皇，一窝蜂地跑着，再没有上次那种大摇大摆。河水咆哮，轰然如雷，听不见前面发生了什么。但白雄早就看见了山顶冒起了浓烟——这是棒老二来了的信号，晓得后面有人在撵他们。很快，崖上的火枪响起来了，接着是大大小小的乱石飞滚而下，崖顶也传来了呐喊。一些匪徒被乱石击中，或者挨了火枪，栽倒在地。他们跑得更快了，离白雄他们越来越近。狭长的河谷里，几十个匪徒都进入了射程。白雄还在等，一直等到匪徒到了几丈远的地方，他才扣动了扳机。机枪突突地欢叫，匪徒们像快刀下的韭菜，乱纷纷地倒地。五十个快枪手都是一流的猎人，才子休等人，更是指哪打哪的神枪手。突然遭遇机枪和快枪密集火力的迎头痛击，匪徒们只得丢下横七竖八的尸体，赶紧缩进路边的乱石和灌木里。

峡谷沉静下来。大家抓紧时间，火烧馍哨了，炒面吃了，前面还是没有动静。难道他们是想磨蹭到天黑？

远远的路上，一个人出现了。他背着背篼，瘸着腿，边走，边喊，边挥手。他从匪徒藏身的地方走过，径直朝白雄走来。

他是罗瘸子。他来到白雄身边，说："你们把朱天棒围了，他必败无疑。但是，被围困的野兽逼急了，它们是会跟你拼命的。"

"你到底是啥意思？直说吧。"白雄对罗瘸子明显地不信任。

"硬拼的话，肯定要死更多的人，包括我们部落，也难免有伤亡。"罗瘸子看看白雄表情，说，"我去找朱天棒，如果他们愿意放下武器，你放他一条生路，你既避免了伤亡，又白得了他武器，岂不更好？"

白雄一听，明白罗瘸子是给朱天棒当说客来了。不过，罗瘸子的话还是让他心里动了一下，就说："你去传个话吧，如果太阳落山之前不缴枪，我们就不留一个活口了！"

黄昏时分，托洛加炊烟四起，家家户户都在煮肉，蒸馍。浓浓的肉香，饭香，笼罩了整个寨子。

按照约定，朱天棒交出了包括机枪在内的所有长枪，只保留了头头们的手枪。他之所以愿意缴械，是因为南北夹击，让他们陷入了死地，成了瓮中之鳖。他们又困又饿，尤其是包括朱天棒在内，好些人的鸦片烟瘾都犯了，大小头目都没有了斗志。

查拜家里，白雄等来了朱天棒一行。

杀人不眨眼的土匪头子来到面前，完全不是母亲给孩子们描绘的那种青面獠牙形象。乍一看，三十来岁的朱天棒，反倒是长得相貌堂堂。只是他突出的眉骨下那一对凹陷的眼睛，明显地透出一股冷漠和凶狠。他朝屋里扫了一眼，火塘里烈焰腾腾，十几个赤手空拳的番民挤在一起烤火。一个年轻人——想必他就是番官白雄了，他正靠在矮榻上抽大烟，见了朱天棒，起身让座。番民也都拱手起立，让出烤火的位置。

罗瘌子连忙介绍白雄，再介绍朱天棒。

"我们两次交手，互有死伤。打仗，这很正常嘛。"白雄大度地说，"朱老大你先吃口烟，喝杯热茶，等会儿再一起吃顿饭，杯酒泯恩仇。人在江湖，今后，我们联手的机会有的是。"

早就被烟瘾折磨的朱天棒，流着清鼻涕，敷衍地抱了抱拳，就急不可耐地接过白雄递来的烟枪，倒在矮榻上。其余匪徒，两人一组，背靠背坐下烤火，一个监视门口，一个警惕屋内。

查拜领着几个汉子用托盘端热茶进来，给匪徒每人一杯，占住他们的手。

白雄大声发问："饭煮得咋样了？"

查拜响亮回答："马上就好了！"

于是，白雄喊了声"准备开饭"，却猛地拔枪，对准朱天棒左右肩胛，啪啪就是两枪。与此同时，屋里的白马汉子两人一组，各按住一个匪徒；而查拜则从背后箍住了受伤的朱天棒。紧接着，门外埋伏的白马人也冲了进来。跟在他们后面的，居然还有拿着绳子的塔塔。

事发突然，罗瘌子完全意想不到，僵在那里。白雄挥着枪，说："你走吧，这里没你的事。"他如释重负，赶紧溜了。

枪响之后，解决已经缴械的那些曾经持长枪的匪众，当然就容易多了。白马人是第一次面对这么多的俘虏。多亏了塔塔随身带了那些麻绳，将匪徒全部反手绑住两个拇指，几个一串拉着走。就是这样，他带来的五斤麻绳，刚好够捆绑包括朱天棒在内的九十七个匪徒。

清点战利品时，在缴获的枪支中，白雄一眼就认出了他家的那支英国枪——它比老套筒明显要长一截。

白雄把它提起来，对班达来说："我只要这杆枪和两挺机枪，其余的枪都归你，怎么样？"

"好，好！"班达来眉开眼笑。他没有想到白雄如此大方。

当晚，班达来在托洛加酒醉饭饱，扛着分得的几十支快枪，带着队伍兴高采烈地回铁楼去了。

送走客人，白雄马上带着查拜和才子休几个人，架着朱天棒去了羊洞河边。

密林里，他们燃起一堆大火，将朱天棒绑在树上。

朱天棒跳脚吼道："言而无信，猪狗不如！"

"我堂堂白马番官，"白雄冷笑，"和一个棒老二讲什么信用，笑话！不过呀，"他看了看不远处坐着的一条狗——这是查拜的爱犬，毛色是纯粹的金黄，名为"老虎"，平时总是影子一样跟着查拜。"我马上就让你晓得，啥是猪，啥是狗。"

"狗日的蛮子！老子变成鬼也要收拾你！"朱天棒大骂。

"你变嘛，除了变成堆白骨，看你还能变啥？"白雄依然微笑。

查拜用麻绳将朱天棒脑壳也绑在树干上。连嘴里也勒了两道绳子，朱天棒再也说不出话了。

白雄拔出猎刀，几下将朱天棒的衣裳划开，扯下，露出赤裸的身体。然后在他胸口、腿上割下几条血淋淋的肉，用刀尖挑着，在火上烤，直烤得吱吱冒油了，再送到他鼻子跟前。

"这是你身上长的，猪（朱）肉！你闻闻，香不香？"白雄笑容可掬。

朱天棒瞪着眼，脸涨红，被堵住的嘴里发出哼哼唧唧的声音。

白雄说："看吧，你连狗都不如。"他转身，将"猪肉"扔给了狗。

"老虎"跳起来，从空中接住"猪肉"，等不及咀嚼就吃进了肚子，然后眼巴巴地望着白雄，飞快地摇着尾巴。

"你比棒老二有福啊，"白雄对狗说，"连'猪肉'都吃到了。既然你喜欢，就再来点儿。"

白雄转身，面向朱天棒，嘿嘿笑着，再次举起了猎刀。

3. 番官气派

白雄令人将断了气的朱天棒拖到悬崖边，自己亲自上前，猛踹一脚。尸体翻个跌下深渊，砸入羊洞河，在山风呼啸涛声如雷的峡谷里，居然传出巨石落水般的回响。他野狼般几声嚎叫，拔出手枪，啪啪啪将弹夹里的二十颗子弹一口气射向漆黑的夜空。

白雄被众人簇拥着回到查拜家时，众头人还在喝酒。晨光从土墙的小窗照射进来，投射到靠墙的长条桌上，依次照亮了两挺机枪、大大小小几十坨烟土，以及那一簸箕银圆。银圆堆得老高，像一座小小的雪山在阳光下皑皑闪耀。打了胜仗，终于报了杀父之仇，白雄心中一口积郁已久的恶气宣泄一空，对大伙大碗大碗的轮番敬酒都来者不拒。和大家痛饮一阵之后，他突然放下酒碗，转身从簸箕里捧起一捧银圆。在大伙疑惑的目光里，他慢慢将手松开，银圆接二连三从指缝间跌落，掉进银子堆里。美妙悦耳的金属之声铿铿锵锵地响起，让本已喝得东倒西歪的头人们立刻清醒了许多。

妈的，出枪出力，拼死拼命，看来番官就要论功行赏了。大家都坐直了身板，交头接耳，等番官发话。

"打了胜仗，杀了仇人，"白雄看着大家，"但平安还是暂时的！要不受外人欺负，长久太平，靠火绳枪不得行，啄啄枪也不得行，靠现在手上这几杆快枪，还是不得行。我们需要更多的快枪、机枪！大家说，是不是这个道理啊？"

"就是，就是！""番官说得对！"大家闹嚷嚷地说。

"那么，还分钱不？"

大家醉醺醺地沉浸在即将分钱、分烟土的兴奋里，不甚明白番官的意思，面面相觑。

白雄将手中最后一个银圆扔到簸箕里，目光最后在查拜脸上停住。这次打仗，查拜出力最多，又在他的地盘上，他想让查拜说说自己的看法。

查拜一直紧紧追随白雄。一是，托洛加所在的羊洞河峡谷是沟通川甘边境的要道，强人出没，经常遭棒老二骚扰，他必须依靠番官的支持才有底气维持局面；二是，白雄包庇了他。他娃娃亲的婆娘长得像男人一样膀大腰粗，脸上还有麻子，他一开始就不满意这门亲事，当头人以后不久就休了她，要跟寨子里年轻漂亮的姑娘西西结婚。白马部落自古以来奉行严格的一夫一妻制，严禁离婚。如果违反，往往罚得你倾家荡产。但是，白雄只罚了一支枪、一头牛就让他过关了。查拜感激不尽，更加死心塌地地紧跟白雄。他是东道主，刚才猛喝了好多碗酒，舌头都不听使唤了，但他还是站起来大声地说："你说咋整就咋整，我我们都听你的！"

"要尿得，听番官的！你说咋整就咋整！"头人们都跟着附和。

"那我说，凑钱买枪，要得不？"白雄说。

"买枪！""买枪！"头人们有的敲碗，有的拼命地擂桌子。

一年之内，白雄通过各种关系，在南坪、松潘和文县的驻军那里秘密购得汉阳造四十九支，德国造手枪八支。从此，各寨子的头人至少都有了一杆快枪，好几个人还同时拥有手枪。

饶杰达乌之战后，白马三年里平安无事，风调雨顺。鸦片也连续三年丰收，烟土每年平均增收三成。过了次年的七月半，部落就成了个大工地，到处都在修新房，至少也是将老房子修葺一新。

白雄的新居是民国二十二年（1933）的七月初八动工的。部落里二十几个木匠和一百多名青壮男女不请自来，忙活了小半年，房子终于在才介选定的黄道吉日腊月二十八那天竣工。

新居严格遵循了传统。依然是藤蔓捆扎梁柱，杉板盖顶，填了树条和箭竹的夯土墙内侧贴了木板。一楼牲口圈舍，二楼住人，三楼是堆放杂物的储藏室。不过房子实在是大，大得在白马部落前所未有——九根立地擎天的楠木巨柱，支撑起的是十五个宽敞的房间。房子周围都立着旗杆，各色彩旗在大风里噼啪作响，来自才介经书的神秘图案在翻卷的旗帜上闪现，让番官府邸更加与普通民居迥然有别。乡亲们私底下都说，白雄番官不同于杰瓦番官。他那么宽广的交际，天天都有远客要招待，家里随时还住着十来个枪手，只有这样的房子才配得上他的气魄和实力。

从腊月二十八那天起，白雄家就客人不断。客厅里的火塘炉火熊熊，不分昼夜。各个寨子以头人为首，只要吃得起饭的人家都上门朝贺拜年。那些天，巨大的毛边锅里随时都炖着牛肉、羊肉和猪肉，浓浓的肉香笼罩了整个寨子。凡是来客，送上礼信之后都被安排坐在旁边，每人都给一碗炖肉和一根箭竹吸管，让他们一边吃肉，一边将吸管伸进酒桶滋滋地咂酒。

来拜年的也有很多孩子，其中就有八岁的托珠塔。他背着一个小背篓，里面装着一个猪头和两封点心。放下背篼，磕了头，白雄把孩子叫到跟前，摸着他的脑壳说：

快快长大
快快成家
接个婆娘生九个娃
天天烤馍喝咂酒
好日子就像芝麻开了花

托珠塔也得到了一碗肉和一个蒸馍。当他打着饱嗝、嘴巴油汪汪地要出门时，白雄把他叫回来，从怀里掏出拇指大小油纸包裹的一粒烟土，嘴巴凑近他耳朵，笑眯眯地说："给大人，让他们给你买糖吃。"

当然，来拜年的孩子都受父母指派，他们都得到了和托珠塔一样的待遇。白雄一想到孩子们吃饱喝足回到家里，将小心揣在怀里的烟土交到父母手上时，一家人将是怎样的欢乐甚至是惊喜啊。

他要的就是这种效果，这种享受。

外面传来三声枪响。白雄晓得，有远客来了。来远客鸣枪三响，这是白雄今年定下的新规矩。已经接到二十几起要来拜年的口信。其中，除了几大白马人部落，江湖强人、绿林好汉和三教九流都有。鸣枪迎客，既是别出心裁的排场，也是显示实力，震慑潜在对手。

没有想到，第一个远客是龙文彪。这是大年初三，大雪从早晨下到下午。龙文彪披一身雪花推门进来，寒暄几句，他大手一挥，喊声"进来"，就有几个小伙子抬着花花绿绿的箱笼进来了，像大户人家送嫁妆似的。

"这是江西来的瓷器，"龙文彪一抬一抬地介绍，"这是成都来的太平洋毯子，丝绵铺盖，绸子被面，这是龙安烧坊的酒，这是才碾的白米。"

面对龙文彪远超预料的大礼，白雄只有连连拱手道谢，把他让到矮榻上首，躺下来，亲自点燃洋油烟灯，打烟泡，陪着一起吃烟。

抽鸦片，带他入门的是龙安县参议长赵旭初和土司王老爷，也包括龙文彪。

去年五月初三是赵旭初五十大寿，白雄备了厚礼，随王秋园提前一天去拜寿。北山脚下的赵府，不愧是龙安城里数一数二的显赫人家，虽然没有土司衙门那么宏阔，但精致讲究有过之而无不及。进门，穿过照壁，是大院，其实又是花园，弥漫着馥郁的花香。两个花匠正在修枝，嫩绿的花枝铺了一地。

"这么好的花，剪了扔掉，好可惜。"白雄觉得奇怪。

"你就不懂了吧？"王秋园笑笑说，"这是栀子花，需要修枝，一年两次。"

"种个花，还这么讲究？"

"大户人家都这样，人家花匠都是成都请的呢。"

白雄不再说话。他告诫自己，有钱的汉人名堂多，在他们面前说话，得谨慎些。

赵旭初家的确讲究。宽敞的客厅，木地板，墙上挂满字画，一色深红铮亮的茶台圈椅。左右两边靠墙都是矮榻，也是深红锃亮，铺着黄色的锦垫。上面还安着个两尺见方的小方桌。一股香气浓郁却无法形容，弥漫了整个客厅。白雄越发觉得，像赵旭初这样有钱有势的汉人，实在大气、时髦、洋盘，好会玩格啊！

赵旭初见他们进来，放下手捧的盖碗茶，起身迎接。王秋园是晚辈，又是常客；白雄虽是第一次来家，但以前也见过。所以，赵旭初跟他们略作寒暄，就把他们让到矮榻上。他朝里面喊一声"拿烟来"，就有个穿一身浅绿丝绸衣裳的姑娘托着个木盘出来。她将一根枪不像枪烟杆儿不像烟杆儿的物件和一盏玻璃灯放在矮桌上，然后划洋火点燃洋油灯。

看王秋园躺倒在矮榻上，熟练地接过那物件，白雄才明白，这是要吃大烟了。

当姑娘在白雄面前点燃灯，将烟泡安在烟枪上递过来时，他尴尬，紧张，不知所措。浓浓的洋油味儿也直冲鼻子，让他头晕。

"吃一口，"赵旭初看着他笑眯眯地说，"安逸得很呢。"

王秋园也说："来一口，现在的大户人家待客，都兴这个。"

白雄将烟枪凑到灯前，狠狠地吸了一口。一股说不出来的味道在他的口腔、鼻腔和五脏六腑奔窜，呛得他一阵猛咳，一阵干呕。王秋园看到他受罪的样子，忙丢下自己的烟枪前来指点。但是，土司把着手教他还是不得要领，难受得要死。于是，赵旭初只好让姑娘撤了烟具，端来盖碗茶。

第二天，白雄在寿宴上遇到龙文彪，散席时，执意要请白雄去烟馆要。这时，白雄深感吃鸦片在汉人的上流社会是必不可少的应酬，非下狠心学会不可。所以他半推半就，就跟着龙文彪去了龙安城里最高档的"青云"烟馆。

接连三天，白雄带着一股蛮劲，跟龙文彪连逛了三家高档烟馆。那些地方都有年轻的女人陪着，不但可以吃烟，吃饭喝酒，还可以住宿。最后一天在"安泰"烟馆，他仿佛觉得，自己已经体验到了几分吃烟的妙处。

回到白马，他按照赵旭初客厅的格式，也在客厅靠墙的左右两边重新做了矮榻和小方桌，铺上毛毡，把汉人最隆重的礼节正式引入部落。

第一个接受他招待的是瓦美。但是，正是在瓦美这里他遇到了麻烦。瓦美回家，在饭桌上把在番官家受到的特别款待一讲，意外地迎来了老白该劈头盖脸的一顿臭骂。才介拍着桌子说："啥子玩格，哪天要到了倾家荡产、生不如死，你才晓得它的厉害！"

从此，老白该才介在"不贪、不盗、不欺"的祖训后面增加了一条："不吃烟"——这时的白马，"烟"已经不是泛指纸烟、旱烟和兰花烟，而是大烟。

作为白该世家，才介家族的家风一直是白马社会的楷模。才介非常自信，儿子会严守家规，不负自己所望，最终成为青出于蓝的一代巫师。

不过，时尚的力量过于强大，瓦美的内心始终蠢蠢欲动。

有一天，才介正跟儿子说事，没见儿子回应，抬头一看，才发现瓦美脸色晦暗，鼻涕长流，不断地打着哈欠，样子如染大病。老白该一切都明白了。他脸色骤变，怒喝一声"滚"，把瓦美赶了出去，然后走进内室，砰的一声把自己关在里面。

两天以后，当他重新打开房门，人们惊奇地发现，老白该突然须发全白，门牙脱落，身子明显佝偻——他一下子老了一大截。

4. 美人儿拉姆

那天，拉姆完全没有想到会遇上白雄，因为作为夺补河最上游的寨子，刀切加平时很少有外人进来。

美人儿拉姆，就像刀切加所有的姑娘一样，一直在寨子里默默无闻地生长。刀切加姑娘漂亮，拉姆和她们不一样的是，她更加漂亮。十一二岁时她就水灵灵的，出落得如同一朵含苞待放的芍药花。十四岁时，几乎成年的拉姆已经让寨子里的小伙子们骚动不安，她走到哪里，身边都有男人聚集，对她竞相赞美，语言近乎谄媚，如花季里蜜蜂的嘤嘤嗡嗡。

那时，拉姆已经晓得了自己的美丽——在夺补河背水的那个深潭里，在男人们看她的眼神里。

美女崇拜英雄。白马人的英雄情结格外地重，白马美女尤其崇拜英雄。但是，刀切加的男人就像这个不太大的寨子，朴实，简单，格局狭小，一览无余。并且，刀切加不是要道，也不是关隘，连棒老二几乎都没有进来过。惊险、传奇、英雄故事，这些和刀切加通通没有关系，更和刀切加的小伙子没有关系，包括其瓦。

同寨子的其瓦，比她大三岁。十一岁那年，其瓦的阿爸阿妈背着酒桶到她家，双方父母以及至亲，聚在一起把那桶酒一喝，她就是其瓦的人了，就是山神叶西纳玛帮忙也难以改变。其瓦跟他阿爸一样，勤快，厚道，是出色的猎手。也许，他也会像他阿爸一样疼老婆。应该说，阿爸阿妈没有错——在刀切加，这已经是很不错的选择了。

她见到白雄时，作为其瓦的妻子，已经一个多月了。

白雄提着装了推屎爬的小桶，跨上马背，回头一笑，双腿一夹，马儿踢踢踏踏地跑远了。

望着白雄的背影，她若有所失，好一阵都忘了打水。

见到白雄之前，拉姆其实心中早有偶像，他就是雅日块的玛格。

在白马部落，玛格的名声直追生前的格庄，与查拜和才子休比，更有过之而无不及，因为他更年轻许多，并且英俊。因此，关于他的武功和绝技，关于他打土匪，关于他敢于抗拒土司王老爷，许多的故事和传奇，成为各个寨子火塘边的谈资。许多姑娘，入梦之前都在暗暗念叨着他的名字。

拉姆真正见到玛格是在两年前。梨花和苹果花盛开的时候，洋芋、燕麦种下了，牛放到山上了。已经是雅日块头人的玛格到本寨头人才里波家做客。

火塘边热气腾腾，吊锅里煮着羊肉，木盘里盛着腊排，酒歌声里，男人们的酒碗碰得咣当作响。拉姆进去串门，在多个客人中，拉姆看第一眼就晓得，那个高大英俊的男人就是玛格了。因为他明显地有些与众不同——黝黑的脸庞，浓密的络腮胡子，左耳格外硕大的银耳环，浓眉下那双目光锐利的细长眼睛，这些都完全符合她关于一个英雄好汉的全部想象。

她一下子就被他迷住了。玛格在刀切加的两个晚上，她都守在才里波家热闹的火塘边，看他说得眉飞色舞。她更喜欢听他唱歌。他的嗓音辽阔，高亢，略带一点儿沙哑，显得更有磁性，增加了几分深沉和沧桑。

第三天，太阳快当顶的时候，拉姆在山上采野菜。刺笼苞、鹅脚板、石盖菜和蕨苔，鲜的非常好吃。吃不完，晒干了，也好吃，无论是待客还是过节，都是桌上少不了的。拉姆背上的背篼快要装满，有些乏，直起身子伸一下懒腰，就看见一个人骑马出了寨子，顺夺补河往下走。她眼力特好，认出他就是玛格。

她没有多想，立马背起背篼，往山下飞跑。在磨坊前面的转弯处，恰到好处，她与玛格"不期而遇"。

"拉姆？"玛格停下来，笑了，"我运气怎么这样好？让我一出门就碰上刀切加最漂亮的姑娘！"说完，他拍马就要走。

"哎哎，我漂亮不是冒牌的吧？"她喘息未定，心还在怦怦地跳。

"是呀，白马部落哪个不晓得拉姆的漂亮？"他停下脚步，看着拉姆红扑扑的脸。

"那你急着跑啥呀，我还以为我是个丑八怪，吓到你了呢。"

"我巴不得留在刀切加，天天看美女，"他开玩笑，"可是光看美女也饱不了肚皮呀。"

"那，你拢来，"拉姆自己也没有想到会说出这样的话，"我送你一样东西。"

"真的？"玛格半信半疑，"啥宝贝啊？"

"过来嘛。"拉姆放下背篼，似乎要在背篼里找什么。

玛格下马。他牵着马，刚走近背篼，拉姆起身，猛地将他抱住，踮起脚，在他脖子上狠狠地亲了两口，然后咯咯笑着，背起背篼跑了。

拉姆再次见到白雄，已经是两年以后了。

这时，其瓦已死，她现在的老公是才里波。

其瓦死于去年秋天。正如阿妈所说，他是一个非常疼爱老婆的男人。其瓦两兄弟，他是老大。按白马人的传统，弟弟才定珠应该留在家里，将来赡养父母；而其瓦，婚后必须自立门户。分家后的其瓦夫妇暂时还住在父母家里。

其瓦比拉姆大三岁，但他把漂亮的老婆像娇生惯养的女儿一样宠着。他除了种那几亩地，把家里所有重活大包大揽。更多时间都用于打猎、挖药，什么赚钱做什么。新婚之夜，其瓦给拉姆说，我保证三年之内让你住进刀切加最好的房子。拉姆哭了，一把抱住其瓦。

去年秋天，其瓦在山上挖药。运气好，在临近色纳瑙的沟畔，他找到了好几窝虫楼。这是很卖钱的中药，至少相当于半只羊了。沿沟进去，一会儿他又发现了几丛大黄。愉快的其瓦将手伸向大黄的叶茎，准备将它拔起，再挖它的根茎。想不到，一条闷头蛇正盘曲在大黄肥大的叶下，其瓦等于是自己主动将手送到蛇口。

致命的蛇毒，没有让其瓦活到第二天。他没有来得及兑现自己给拉姆的承诺，也没有等来拉姆对他毫无保留的爱。

安葬了其瓦，在从坟地回寨子的路上，才里波若无其事地从拉姆身边走过，悄悄在拉姆的手上捏了一下，说，不必悲伤，还有我呢。

拉姆晓得，比其瓦更能干的才里波，他的心一直在为她燃烧。当初假如不是父母包办，别无选择，她一定会毫不犹豫地投入他的怀抱。

现在，看着才里波宽厚的后背，她叹了一口气，既是感伤，也是卸去了负累。

夏秋之交，王老爷依然从勿角过来，开始例行的出巡。

白雄把部落的大小头人都召来厄里，觐见土司，参加聚会。这是杰瓦时期基本没有的事情。他这样做，既是安抚，也体现了对他们的驾驭。

几个头人把婆娘也带来了，主动到番官家帮忙，既增长见识，还是重要的社交。才里波从来没有想过要带拉姆。因为他和玛格走得近，而玛格恰恰和白雄关系微妙，他与番官的关系也跟着微妙起来。

但是，拉姆不晓得从哪里得到消息——好几个头人老婆都跟去厄里了，于是，她自作主张，一个人也追到厄里来了。

她到厄里，最主要的，不是帮忙，而是可以同时见到玛格和白雄。

玛格和白雄，都是白马部落的强人。不过，拉姆现在最想见到的，不是玛格，而是番官白雄。

白雄身材略显干瘦，还小鼻子小眼，远没有玛格帅。但是他身上有一股子特别的气息，让他在部落的男人堆里明显地与众不同。到底是啥呢？她开始想不明白。后来，她还是慢慢悟出来了——他走南闯北，身上集聚了大江大河大地方的气息，还有见多识广的汉人、藏人和羌人的气息，最终都变成了白雄这个男人的气息。这些与众不同的气息，从他的眼神、语气和做派，从他身上，从每一根手指头上甚至头发上散发出来。这种气息，玛格没有，才里波更没有。

当然，作为王老爷之下部落的实际统治者，现在番官这种新的身份，更是他无敌魅力的源泉。

白雄进厨房，才发现拉姆来了。

那次见到拉姆，她迷人的腰肢，尤其是她的眼睛，像是带了钩子，几乎让他魂不守舍。但是，回到厄里，许多事情接踵而来，容不得他分心，渐渐地，拉姆的形象也就淡了。他知道她已经嫁人，老公叫其瓦；不久前，她又嫁给了才里波。这些，他都没怎么放在心上。

现在，厨房里的拉姆系着围裙，在缭绕的蒸汽里给大家说事。奇怪，头人们的婆娘都是有些小脾气的，居然都服服帖帖听她指手画脚。他也搞不清楚，拉姆怎么就成了厨房里事实上的主管。厨房里干干净净，各种食材、佐料和餐具堆叠得整整齐齐。很多人忙碌着，进进出出，井然有序。几十个人吃饭，少不了要计划和计算。猪、牛、羊、鸡；萝卜、洋芋、白菜、酸菜；荞面、麦面；呷酒、烧酒。拉姆扳着指头，就像在说自己家务。白雄这才发现，拉姆不是一般的精明能干——她甚至远超拉雅和阿妈波兰早。

拉姆看见番官进来，回眸一笑。她的笑自然，随意，就像是邂逅了老熟人，老朋友，甚至老情人，含蓄，似乎很默契，还有几分别人不易察觉的暧昧。厨房里热气腾腾，拉姆脸色格外红润，眼睛水汪汪的更加迷人，与上次初见相比，更增加了一种少妇的妩媚。

女人们很快发现，番官这次对接待王老爷特别地上心。尤其是饭菜的安排，连细节他都要过问。一天里他至少两进厨房，让拉姆给他报告有关情况。

当着大家，番官对厨房里所有的女人都态度温和，甚至说得上亲切。只有拉姆才明白，番官为什么频频进入厨房。在他的眼神里，她读到了她所期待甚至是梦想的内容。

早晨，大家和土司、番官告别。因为高潮已过，头人们要回去了，他们的女人也要跟着回去。

拉姆落后才里波几步远，步履有些迟疑，有些不舍。

"拉姆，"番官在她身后招呼她，"你家里忙不忙？"

才里波给她眼色，她装作没有看见，毫不含糊地回答："不忙。"

"那就再留几天吧，"番官大声发话，"好好服侍王老爷！"

冬去春来。野樱桃花开了；接着，桃花、梨花和苹果花也开了；然后，连杜鹃花都开了。人们的生活，似乎就像这自然的节令，按部就班，运转有序。

厄里的人们，看见番官一如既往，骑着马往来于各个寨子。一二十个枪手也骑着马紧跟着，扬起一路灰尘。他督促修桥补路，处理各种纠纷，偶尔也去山上转转，看看山上燕麦、青稞、洋芋、蔬菜和罂粟的长势，看看人们的田间管理。晚上，哪家火塘最热闹，一定就是白雄在那里了。

不同的是，因为大家都想得到的原因，他去索曼早那里似乎更少了些。

三岁的艾玛长得更可爱了，经常牵着快成瞎子的奶奶波兰早到处走动。在寨子里，她像番官阿爸一样受长辈们的欢迎。

拉姆因为那次被番官点名，留在厄里服务王老爷，敏感的才里波像是嗅到了什么，感觉心里非常受伤。但七八天后，老婆归来，也许是吃了不少大鱼大肉的缘故，她不但依然漂亮，妖媚，而且多了一种说不出的风韵。他在拉姆面前从来都没有优势。她的漂亮和妖媚，他要想拥有，就只能小心呵护。可怜的其瓦，有人说是拉姆命硬，克死了他。然而才里波从来不相信。他认定他的前任拥有拉姆是过于奢侈了，服不住，不能不折寿。只有各方面都强于其瓦的刀切加头人才里波，才与美女拉姆相配。

早晨，照例睡懒觉起来，才里波两口子正要煮饭，门外传来一阵急促的马蹄声。凑近门缝一看，好像是番官来了。他急忙开门，见果然是番官，忙躬身迎接，问安。

白雄并不下马，他的雪花马不耐烦地原地踏步。十几个背枪挎刀的小伙子也在马背上，一动不动。

"才里波，"番官在马上淡淡地说，"你去割一筐草来。"

看来番官要喂马，才里波急忙叫拉姆拿了两个背篼出来，两口子一起背着去河边割草。

白雄打了个哈欠，依然任马随便踏着碎步。跟班们继续在原地打转，困惑地看着番官。

不多一会儿工夫，才里波回来，与拉姆一人背了扎扎实实一背篼青草。

"你这个畜生！"白雄突然对走到面前的才里波大喝，"马上把这些草给我吃了！"

才里波挨了当头一棒，蒙了。他小心地问："您是啥意思？我怎么一点也听不明白？"

白雄的小眼睛瞪圆了，问："给我说，拉姆是你啥人？"

才里波不假思索："婆娘。"

"她以前是哪个的婆娘？"

"其瓦。"

"其瓦你该喊啥子？"

"叔叔。"

"那么，叔叔的婆娘你该喊啥子？"

白雄步步紧逼，退到墙角的才里波方寸大乱，迅速崩溃。

原来，其瓦的父亲和才里波的爷爷是亲兄弟，所以，他的确要把其瓦叫叔叔。

白雄说："和叔叔共一个婆娘，只有畜生才干得出来。你如果要拉姆继续做你的婆娘，那么你就是吃草的东西，必须当着大家的面，把这些草给我吃了。要做人，就必须马上把拉姆送回娘家。是做畜生还是做人，你看着办吧。"说完，立刻调转马头，带着随从绝尘而去。

才里波无奈，朝天哀叹一声，转身就让拉姆去了娘家。

丢了婆娘，才里波脸面丢尽，好久都羞于出门。白雄趁机换自己的心腹当了刀切加头人。

半个月之后，上午。索曼早开门，拿出扫帚，准备扫院子。

索曼早难得这样勤快。过路的一个青年女子嘎姆，见她扫地，就笑嘻嘻地问："这么早就忙着扫地，有客来？"

"来啥客呀，"索曼早羞涩地说，"白雄今天该回家了。"

"你呀"，嘎姆不笑了，"人家今天倒真的有客。你晓得是哪个不？"

索曼早茫然："哪个啊？"

嘎姆问她："你真的不晓得？"

索曼早困惑，摇摇头。

嘎姆看着索曼早，压低嗓子道："除了拉姆还有谁？人家是番官的新婆娘，马上就要进他的门了，你还在给他扫地！"

嘎姆和索曼早是亲戚，老公是白雄跟班之一，她说的不会有假。索曼早拄着扫把，愣在那里。许久，才哇的一声哭出声来。哭一阵，想想，没有谁帮得到她，于是愤怒地扔了扫把，砰地把自己关在门里，更加肆无忌惮地号啕大哭。

5. 玛格头人

玛格对刀切加的那次造访，让他特别意外的是拉姆。她的漂亮、聪明、炽烈和野性，似乎在整个白马都独一无二。

就像拉姆晓得自己的漂亮一样，玛格也晓得自己对女人的魅力。从小青年开始，他也曾有过放纵和荒唐。但现在，他已经结婚，婆娘茜茜也很漂亮，已经给他生了个可爱的儿子，无论家庭还是婆娘，他都很满意。更重要的是，他也是一个有抱负的人，所以他对自己的优势绝不滥用，也不想让哪个女人随便搅乱他的生活。因此，刀切加路上，突然杀出的拉姆，他并没有太放在心上——毕竟，在白马，漂亮又野性的姑娘有的是。

不过，拉姆有自己的想法。她不甘心像其他刀切加女人那样平淡一生，尤其是跟其瓦那样的男人。那么，为了不枉为人，趁现在还没有正式嫁出去，是不是可以先跟玛格发生点什么？

尽管希望渺茫，但拉姆敢于行动。借口是现成的——她嫁在雅日块的一个闺蜜波波刚刚生了娃，她似乎该去看看。说起来，她家与玛格家，转弯抹角也扯得上亲戚关系。

雅日块位于叶西纳玛神山下，玛格家就在寨子的最南头，也就是最靠近神山的地方。那是七月半之后不久的一天，拉姆提着两只鸡去了波波家。第二天上午，拉姆告别波波，说阿妈老是心口痛，她要去神山祈祷。路过玛格家，门大开着。妹妹奥姆放牧走了，茜茜背着儿子多纳和阿爸、阿妈上山挖洋芋去了。拉姆进门的时候，玛格正取枪在手，也要出门。

"上山打猎呀？"拉姆问。

"是啊，"玛格对拉姆的到来多少有些吃惊，随口应道，"正准备上山呢。"

"那正好啊，"拉姆张口就来，"我跟你去，我还没有看过打猎呢。"

带一个姑娘上山打猎？这怎么可能！"山很高，路很远，很难走，遇到猛兽还有危险，女孩子不可能去。"他断然拒绝。

"人家专门过来……"拉姆定定地看着玛格，两眼火辣。

"专门过来……干啥呀？"他想镇静，却发现自己有些慌乱。

"看你呀，不可以吗？"

他无言以对，只好说："当然可以。"

"好吧，"拉姆轻轻地说，"我想再抱一下。"

他没有回答。只觉得拉姆眼睛里火花四溅，快把他点着了。

拉姆上前两步，踮起脚，全身贴紧了他。他预感到将会发生什么，想阻止，但是又非常期待；明知道应该赶快分开，但身体不听话，它燃烧着，膨胀着，渴望着。为了这种渴望，它藐视一切，忽略一切，敢于任何冒险。

拉姆感觉自己像萝卜一样被拔了起来，抱进了内室，放倒在榻上。裙子拉上去了，昏暗中，她还是看见了自己光溜溜的肚皮和白花花的大腿，感觉像是一只兔子，正在被玛格剥皮。她有些紧张，也有些犹豫。但还来不及反应，玛格已经大山一样压在了她身上。紧接着，一头凶猛的野兽进入了她的身体，难以承受的痛楚交织着无法形容的快感，潮水一样将她淹没。

玛格的成名在十七岁那年。

八月，收了燕麦，荞子才刚刚开花，生活的节奏慢了下来。哥哥格当珠正月里结了婚，家里房子显得挤了些，他家就利用这个时机开建新房。工程接近收尾，拦夷里的外婆带信来，说好久没有见到玛格了，希望他过去一趟。奶奶死得早，玛格是外婆带大的，所以感情特别深，立马就想动身。阿妈犹豫，说每年这些时候那条路上都不大清静。玛格拍着胸口说，我又不揣金银财宝，怕啥？阿妈看了看已经人高马大的儿子，想想也是，他从小就在那条路上走，好像也没啥好怕的。

拦夷里不远，就小半天路程。出寨子，经过叶西纳玛神山，沿夺补河一路下行，过乌巴舍，雕翎崖，到平石板，再下去不远就看得见外婆家门前那棵巨大的柏杨树了。

玛格牵一只雪白的山羊，一路走得蹦蹦跳跳。

太阳当顶时，到雕翎崖了。那是夺补河边最险的路段。左边悬崖，右边深谷，从悬崖上掏出来的一条窄路，两人相遇时必须侧身才过。一个稍宽的地方，路边有一个巨大的崖腔，可容纳二三十人躲雨，但常常也成为棒老二的大本营。那天，恰好就有三个棒老二守在那里抢人。他们手持砍刀，把行人冷不防堵在窄路上，搜尽钱财，甚至剥光衣裳。

玛格被两头堵住时，并不惊慌。他从小就是寨子里出了名的大胆，七岁就赢得小伙伴中的黑夜打赌——独自去坟山里寻找事先藏好的某个东西。现在，他不但腰挂猎刀，袍子里还有鸡蛋大的几个鹅卵石——它们是玛格的底气。他打小就当牧童，随时扔石子指挥羊群。后来放羊时，无聊了，就专门扔石头作为消遣。开始的目标是树干，是某个石包，是树上的野果。后来，渐渐长大，力气大了，他开始揣着石头寻找野鸡野兔，天长日久，终于练就百发百中的绝技，就像那个"没羽箭张清"——在汉区家喻户晓他却永无机会晓得的水浒英雄。看着悬崖两端的匪徒提刀逼近，他不但没有停下，反而继续向来路的匪徒走去。快到了，他停下，将羊夹在腿间。

"把羊乖乖地给我，"一个红脸膛匪徒说，"给了就放你过去。"

玛格装作害怕，将牵羊的绳头递过去。就在匪徒的右手伸到之时，他突然出手抓住，往右边猛地一拽，匪徒猝不及防，趔趄了一下，最终还是跌下悬崖。后面那个黄脸大汉愣了一下，怪叫一声，挥刀扑来。玛格不慌不忙，眨眼间飞出两个石子，接连击中面门，吓得他捂着满脸的血掉头就跑。下边那个匪徒看同伙一死一伤，不晓得遇到的是何方好汉，也慌忙跑了。

雕翎崖故事，成为玛格人生的起点。他身高体健，聪明过人，除了飞石，火枪、快枪也都可以弹无虚发。加上遇事都愿意挺身而出，十八岁那年他就成为雅日块的头人了。

但是，从土司角度看，他却是个麻烦的主。从二王老爷主事开始，加在白马人头上的课税特别重。玛格总可以找出一大堆理由，让雅日块百姓缓交，或者干脆赖掉相当部分。

去年，白雄已经当了番官，土司出巡的时候，跟了几个商贩进来。他们牛皮哄哄，强买强卖，蛮不讲理。玛格大怒，把他们的摊子都掀翻了。

如此一来，各寨百姓，都羡慕雅日块有玛格这样敢作敢为的头人。

玛格提着枪上了后山。秋深了，已经是满山红叶。他绕过叶西纳玛神山，不多时已经爬到桑纳日珠山上。桑纳日珠是卡氏寨的神山，也是边界，但他还在慢吞吞地往上爬。他的行走路线就像脚下的羊道一样散漫。

其实，他是在闲逛，就因为番官白雄今天要来雅日块。厄里和雅日块之间只隔了一个珠戈，七八里路，骑马最多就是一顿饭的工夫。白雄早晨起来，过足烟瘾，吃过早饭，带着人骑马出发——玛格可以精确估算出他到达的具体时间。按说，他应该提前在寨外迎接，但他偏不。就让他多等一会儿吧——他就是要故意释放出明显的蔑视和傲慢。

白雄是部落所有人的意外。当头人，娶索曼早；当了番官，很快又蹬了索曼早。现在，又从才里波手上抢走了拉姆。一桩桩一件件，看得人目瞪口呆。而在玛格眼里，所有的事情，都只能说得上无耻，甚至非常地下三滥。

我堂堂玛格，岂能在这样的人面前百依百顺？

山下隐约传来喊声。一看，有人追上来了，边走，边向他招手。

他站住，看清楚了来人是寨子里年轻的白该俄赤。他焦急地喊道，番官来了，叫你赶快回去。

玛格不紧不慢地回到寨子，番官在他家火塘上首已坐多时，正喝着茜茜热的咂酒。

"哎呀，"玛格装出一脸惊讶，"我把番官过来的时间记错了，对不起对不起。"

"莫客气，"番官亲切地微笑，"只要见到就好。白马部落著名的好汉，我仰慕已久啊。"

玛格在番官对面坐下，陪着喝酒，吃茜茜端出来的野味和腊排。

然而，礼貌或者说礼仪，不过是一层薄纸，一些尖利的东西最终要把它捅破。白雄屁股坐在土司一边，而玛格要维护本寨父老乡亲的利益。除了常规课税，因为种烟又增加了刀儿匠按人头收取的烟税，都是利益的博弈。此外，番官居然提出，要玛格跟他去土司衙门，就掀货摊的事情借机给王老爷认错，给王老爷一个台阶下。

一点也不意外，两人说不到一块，不欢而散。

冬去春来，野樱桃花再次盛开。

中午，一个卖货的汉人背着背篼路过玛格家。货郎说，你拦夷里的表哥要我带话，请你过去，有要紧事情商量。

玛格表哥格绕也是头人，两人从小到大感情都很好，表哥的话，他必须听。下午，玛格吃了饭就赶往拦夷里。过了叶西纳玛神山，不久就是十几里无人区。乌巴舍一处密林边上的狗腿弯，迎面来了几个过路客。最前面一个穿着洋派，年纪和他相仿，白面书生般清秀，手里夹了根没有点燃的纸烟。

"哥老倌，"那人微笑，举起夹烟的手说，"有火没有？"

玛格点头，准备取火镰子。他的手刚伸到怀里，冷不防"白面书生"一把将他箍住。旁边的人一拥而上，将他扳倒，捆住，堵上嘴巴，拖入密林深处。

天暗下来。树林里早就有一堆火燃着。火堆旁边，醒目地摆着几个大鹅卵石，显然是特别从河边搬来。

"放心，""白面书生"笑嘻嘻地说，"不会要你的命，我们虽说对你这双脚杆感兴趣，但也不会卸了它们。"

"做你们的活路吧，兄弟们！"他下令。

几个人上前，七手八脚把玛格裤子褪至脚踝，露出双腿。一个大汉从地上选了个石头，在手上掂了掂，蹲下来，举起石头朝他小腿骨上猛砸。

一下又一下，玛格嘴被堵住，只能徒劳地挣扎。大汉累得喘气，满头大汗。

"白面书生"一挥手，让大汉退到一边。他亲自抓起玛格血淋淋的双腿，分别摇了摇，断腿发出咔嚓咔嚓的声响。

"好啦，""白面书生"放了玛格的断腿，踢了一脚大汉扔下的石头，笑着对玛格说，"听说你喜欢玩石头，所以，兄弟今天就陪你玩玩。"说罢，一摆头，一伙人迅速消失在越来越深的夜色中。

过了很久玛格才明白，那个白面书生模样的人，就是杀人不眨眼的马纪良。

那个夜晚，玛格一次次痛得死去活来。靠着匪徒留下的篝火余烬和地上的枯枝败叶，他才挨到了天亮而没有被野兽吃掉。他爬到了路边，最早路过的一群背脚子给他喂了水，留给他一小块火烧馍，并且把口信带到了雅日块，让他在当天下午被抬回了寨子。

玛格被抬回寨子时，才介早已等在他家。老白该和茜茜一起，用细辛熬水洗净玛格的伤口，然后亲自把新鲜的刺笼苞根皮洗净，加上他自己带来的两种草药，在嘴里嚼烂，敷在伤处，用麻布条缠好，最后用杉木板固定。此外，他让玛格天天把小男孩的热尿像茶一样喝着。夺补河的水草里有一种沙摩鱼，两寸多长，黑色，有四肢，很像微缩了好多倍的娃娃鱼。才介特别叮嘱，趁这个季节沙摩鱼还在浅水处，赶快让人天天去捉，早中晚各生吞一条。

那些天，玛格家里天天人来人往，要么来送沙摩鱼，要么带孩子来撒热尿。尿味、鱼腥味，还有每隔三天白该过来换药留下的草药味，混合成一种难闻的怪味，从玛格家源源不断地散发出来，弥漫了寨子。

出事的第二天下午，拉姆来了。听了茜茜对伤势的介绍，拉姆流着泪，代表番官说了很多动情的话。那时，玛格刚刚喝了热尿，活吞下了第一条沙摩鱼。他装作睡着了，拉姆的喋喋不休风一样从耳边掠过。他真切感受到的，只有那条沙摩鱼在他胃里拼命地挣扎。

七月十五，照例敬山神，家家户户杀羊，喝酒。玛格接到邀请，去厄里参加番官为欢送王老爷举行的盛大宴会。

玛格在白雄家门口下了马，强忍双腿隐隐的伤痛，上楼。巨大的堂屋里，摆了四桌酒席依然宽敞。玛格在门口停了一下，径直向土司走去。

"玛格！"有人欢叫一声。片刻的冷场之后，现场爆发出一阵热烈的鼓掌和欢呼。

王老爷起身，把玛格拉到自己身边坐下，亲自给他斟酒。玛格双手接过酒碗，一仰头，咕咚几口干了。

"听说你被土匪重伤，现在怎么样了？"王秋园关切地问。

"山神叶西纳玛保佑，"玛格站起来，面对大伙，分别提起左腿和右腿，夸张地在地上咚咚地顿了几顿，不无挑衅地说，"我玛格，还是原来那个玛格！"

6. 戏班子

戏班子过来的那个夏日午后，白雄和拉姆正在家里抽大烟。

白雄躺在火塘边的矮榻上，拉姆为他打烟泡，举着烟灯点烟。白雄猛吸两口，闭上眼睛，一副欲仙欲死的样子。烟瘾过足了，他将烟枪推给拉姆，让她接着抽。自从两口子先后都学会了抽鸦片，这个场景，就是白雄和拉姆夫妻恩爱的日常一幕。

他们的烟枪极其精致。烟杆为黄花梨，烟锅包银，烟嘴为翡翠，金镶玉。这是龙文彪送的礼物，据说来自成都，白雄爱不释手。

"不该让龙文彪进来，"拉姆过足了烟瘾，用一小块麻布擦拭着烟枪，说，"我算过，一亩地可以栽一万二三千株烟苗，结两万多个烟桃子，出六十两左右的烟。一个花儿匠从头到尾，拿走的不到六两。他种了上百亩的烟，一季下来就是几千两净得。你说，是不是太便宜他了？"

"你女人家不懂，"白雄看着烟枪说，"龙文彪势力大，王老爷也要让他几分。再说，我们也不能在一棵树上吊死。"

"你晓得王老爷是怎么想的吗？"

"我们对得起王老爷了，我们给他的那两条沟条件是最好的。另外，来白马的每一个刀儿匠都要给他上税，上千个刀儿匠，你晓得那是多大的一笔收入吗？话说回来，白马部落，他哪件事不依靠我们？"

"可是，白马可以砍火地的地方都占完了。"

"没关系，"白雄眯着眼睛说，"当了番官，我才晓得这里面水深。给王老爷的所有课税我都可以抽头，犯事的可以罚款，绝户的财产充公，断公道也要收费。杰瓦笨，他的话人家可听可不听，所以该收的收不起来，番官是白当了。"

"我晓得了，"拉姆笑了，"我们的收入并不比王老爷少好多。"

"收入多，该用钱的地方更多。"白雄伸了个懒腰说，"应酬送礼，部落里吃不起饭的多少还得帮补一点。最重要的是买枪，买最新式的快枪和机枪。有了足够多的枪支弹药，白马强大了，我们才用不着看哪个的脸色。"

两口子正说到开心处，新近任命的管事绕西上来报告，来了两个戏班子的人，说是王老爷介绍来的。

"让他们来吧。"白雄挥了挥手。

来人两个。领头的是个穿长衫的中年胖子，他双手抱拳，说："鄙人是同庆川戏班班主范有余，土司衙门的王老爷让我来拜访贵码头，请番官大人多多关照！"

拉姆的目光迅速扫过范班主，停留在他身后那个年轻人身上。他一身短打，腰系练功板带。剑眉之下目光炯炯，英气逼人。不经意间，两人的目光对撞了一下，拉姆不禁心头一颤：天爷啊，他长得怎么这样俊，比玛格还俊！

"我这个兄弟就是周良杰，周老板，"班主连忙介绍，"他主攻武生，也可以唱小生。同庆班走州过县，良杰唱红了川陕甘毗邻的几个县，人称震三省。"

汉区混了三年，白雄跟着喜欢川剧的古老三站着看了很多坝坝戏。在龙安的城隍庙，阔达坝回龙寺，松潘的松州戏楼，以及南坪坝、水晶堡、小河营，他都看过。路上听古老三说《水浒》和《三国》，歇下来蹭戏，是那时白雄的主要精神食粮。回白马几年了，他再没有机会看戏，加上他现在心情正好，不要说是王老爷介绍过来的小有名气的戏班子，就是任何一个草台班子上门，他也不会嫌弃。所以他只问了句："啥时可以开演？"

"只要台子搭得快，"班主说，"明天晚上都可以打响锣鼓！"

"那就从明天晚上开始，我请你们连演五个晚上，"番官扳着指头说，"我再给烟老板们都说说，他们也各包几场，让你们在白马唱他一个月！"

厄里晒场。平时，这里除了打场，也是寨子的集会中心。不过，唱戏却是开天辟地第一回。寨子里有的是木板，也有的是劳动力。一天时间，一个简易的戏台就搭了起来。

天将黑，开场锣鼓声敲响。川戏锣鼓铿锵激越，抑扬顿挫，把人撩拨得心痒痒的。晒场早就挤得水泄不通。场边的晾架、草垛、树上和临近人家的墙头，都坐满了人。

戏台上吊着马灯，还加插了若干点燃的油松，照耀着坐在前排的番官和他的贵客。最正中是专门从勿角的葫芦沟赶过来的王老爷，两边坐的是土司家眷和烟老板们。

最打眼的是坐在拉姆旁边的一位女客。她穿着色泽艳丽的洋布旗袍，精心地描了眉，扑了粉，涂了鲜艳的口红，显得比拉姆年轻。那一份妖娆，白马人更是前所未见。她就是龙文彪最宠爱的三姨太胡翠兰。不过，龙文彪并没有在场——三姨太是直接跟戏班子从水晶堡过来的。

今夜首场，由戏班子献演，演的是几个折子戏。照例的"跳加官"闹场之后，紧接着就是《八阵图》。周良杰扮演陆逊，白盔，白甲，白袍，扮相极其俊美，一出场就引得三姨太失声尖叫。特别是他的翎子功、倒硬桩、耍花枪、甩长发以及华丽的武打，将川剧武生的看家本事展示得淋漓尽致。后面的《拦马》《三岔口》和《武松杀嫂》，也各有各的精彩，连拉姆这样不懂汉话并且第一次看戏的人，也看得非常入迷。普通的白马人哪里见过这些，他们对剧情半懂不懂，只晓得使劲鼓掌，狂呼乱叫。

几个戏的主角都是周良杰。一个风度翩翩的美男子，化了装，入了戏，就更加英俊得迷死个人。拉姆看得目不转睛，某一个瞬间，她不经意偷眼看了看三姨太，发现她更是看得痴迷。尤其是周良杰演到陆逊被困八阵图之际，胡翠兰眼里已经盈满泪水。拉姆扯了一下她的衣裳，她羞赧一笑，赶快掏出手绢擦擦眼角，重新一本正经地看戏。

戏演得精彩，白雄极其满意，散场后在家里请王老爷和戏班子全体成员消夜。

整个戏班子其实人不多。乐队、包括跑龙套在内的演职员不过十余男女。大家围着火塘，坐在长条桌上啃腊排，吃蒸馍，喝咂酒，欢天喜地，其乐融融。最高兴的是王老爷，他喊来的戏班子一炮打响，觉得很有面子。花旦小桃红还没有来得及卸妆，王老爷点她清唱。一段《思凡》，一段《拷红》，都唱得清丽婉转，声情并茂，连刚满四岁的艾玛也在旁边咿咿呀呀地跟着比画。

三姨太挤坐在周良杰身边，不停给他敬酒，一双水汪汪的大眼忽闪着，炽烈而大胆。

那些天，王老爷都住在厄里。白天由白雄陪同，喝茶，议事，处理各种案子，晚上就看戏。

第一次看同庆班的戏是在去年清明节。土司家族的祖茔在龙安城南的古城乡。南宋末年，新科进士王行俭到兵荒马乱的龙州任职，因功成为世袭的土司。七百多年过去，经过三十几代传承，他的子孙已经繁衍为庞大的家族，光是古城的坟茔就有三千多座。祖茔地建有祠堂，门前有两根六棱大柱，高两丈，桅杆一样立着，故当地百姓称此地为桅杆坪。桅杆坪除了几千坟茔，另外还有上百亩良田，全部交给"看坟子"何仲华打理。因此，每年清明的宗亲聚会，何仲华都要负责接待土司家族。近年龙安风调雨顺，桅杆坪土地的经营收益增加，所以，去年清明节何仲华除了例行的接待，还专门在龙安城里的土司衙门唱了两台戏，演出《目连救母》《哭坟》《诸葛亮吊孝》《焚绵山》等应景折子戏。这种内部演出，除了王家宗亲里的代表人物，还特邀了龙安城里的一些达官贵人。一个过路的班子，演出令人耳目一新，戏迷王秋园不但自己过了戏瘾，还应酬了各方，更让他对戏班子高看。同庆班应约去了川陕甘交界的清溪、姚渡、木鱼、青木川、碧口一带巡演，重返龙安，又被他介绍去了龙安城西的阔达坝、土城子、水晶堡等地。请他们到黄羊关，戏班子更像是回到了自己的老家。随着鸦片种植面积的扩张，从下面的沙坝子开始，桤木口、龙池子、岩窝里直到干河坝下面的黄羊坝，黄羊河谷拥进了数千汉区农民。离乡背井，长时间待在深山里的烟老板和烟农，得知戏班子要来，就像断了鸦片好久的瘾君子重见鸦片一样兴奋。黄羊关衙门本来就有万年台，桤木口、岩窝里又临时搭起台子，让同庆班在几个地方轮番上演。所以，他们在白马的演出，不过是延续而已。

白雄开了头，烟老板们都较上了劲，争先恐后，比拼着请戏班子唱戏。于是，同庆班就暂时在白马部落安顿下来。原先准备的戏唱完了，就临时排练。文戏，武戏，苦戏，丑角戏，什么都演。拉姆和三姨太两个戏迷，不但晚上看戏，白天也守在排练场。看她们跃跃欲试的样子，范有余灵机一动，就让她们上台，扮宫娥彩女，或虾兵蟹将。拉姆能歌善舞，三姨太本是中坝的青楼女子，歌舞音律多少学了一点，各种跑龙套的角色她们一学就会。晚上，她们穿上戏装台上一站，居然像那么回事。两个女人登上戏台成为重要的看点，只要她们出场，狂热的喝彩此起彼伏，白雄开心，范有余暗自得意。

三姨太住在番官家。她和拉姆经常在一起，但也有些时候不在一起。她早出晚归，在与不在，拉姆并不在意，因为她老公龙文彪就在十几里外的肖珠瑙，龙文彪过来，三姨太过去，都正常得很。

王老爷刚离开，龙文彪就在番官家住下了。他将包演六场戏——比白雄还多一场。

晚上是厄里最热闹的时候。戏班子来了，更热闹。现在的寨子里，家家户户都借住了烟老板、烟农和刀儿匠，储藏室、柴屋，甚至暂时闲置的牲口圈舍，都临时略加改造，作为住房。人气爆棚，生意也跟着来了。寨子里居然一下子冒出了好几家小餐馆，从油醋面、烧腊到小炒都有的卖。

那天戏散场，演员还没有卸装，就被番官请去吃夜宵。参加的人很多，除了番官两口子，戏班子成员，另外还有龙文彪及其亲信马仔。堂屋里灯火通明，推杯换盏之际，番官唱酒歌，龙文彪说笑话，范有余讲走南闯北的稀奇故事，敬酒，劝酒，斗酒，划拳，闹闹嚷嚷直到凌晨。

龙文彪举着酒杯，正和番官窃窃私语。一个穿汉装的年轻人匆匆进来，把龙文彪拉到旁边，耳语几句。龙文彪脸色大变，猛地把酒碗往桌上一蹾，对白雄说："兄弟有个急事要处理，失陪失陪。"说罢，跟那人匆匆下楼去了。

白雄觉得龙文彪走得突兀，并且脸色难看。再看看众人，才猛然发现三姨太和周良杰早已不知去向，不禁心里一惊。

"三姨太在哪里？"白雄悄悄问拉姆，"怎么周良杰也不在？"

"会不会出什么事儿？"拉姆也紧张起来，说，"我总感觉他们两个有点不对劲儿。"

"赶快喊几个人，出去看看，"白雄也紧张起来，"千万别给我惹出什么事来。"

番官看了一眼范有余，他跟戏班子的几个人正喝得面红耳赤，非常投入地划拳，对即将发生的事情浑然不觉。

白雄带着拉姆和几个随从，在戏台不远处的草垛边见到了被绑在晾架上的周良杰。龙文彪和他的几个人正在对他拳打脚踢。可怜的武生，台上威风凛凛，现在，衣裳被撕得稀烂，满脸是血，只有挨打的份儿。而涉事的女主角三姨太，却不见人影。

"出了啥事？"白雄问龙文彪。

"这狗日的胆大包天，"龙文彪咬牙切齿地说，"竟敢勾引我婆娘！"

"冷静点，"番官把他拉到一边说，"也许是一场误会。"

"我的番官大人，啥子误会！我派人盯他几天了，刚才逮了个正着。"

范有余一身酒气地赶来。双手抱拳，对龙文彪说："龙大爷息怒！我代表同庆班跟您赔罪！回过头，我一定好好收拾他！"

"范老板，当然要收拾，不过，"龙文彪鄙夷地说，"他犯在我手里，你就管不了啦！"

"大爷，今年唱戏挣的，我全部给您赔罪。"

龙文彪冷笑："说得轻巧，我龙文彪是几个钱就可以打发的吗？"

"龙大爷，"范有余扑通跪下，"看在王老爷的面子上，您就饶了他吧！"

"还好意思跟我说面子！"龙文彪眼睛一瞪，"你愿意把婆

233.

娘拿给别人随便日吗？"

范有余面红耳赤，无言以对。他转身拉住白雄："番官大人，求您了，这事只有请您摆平了。"

白雄给范有余使了个眼色，转身对龙文彪说："龙大爷，这个周良杰，包括戏班子，我马上叫他们滚！"

"要他们走？没那么容易！"龙文彪面无表情。

"他打也挨了，你气也出了，看在王老爷和我的面子上，放他一马算了。"

"什么事都好说，但这个事情，必须我自己拿主意！不然，我还能在江湖上混吗？"龙文彪看着白雄，腮边的肌肉抽搐，流露着几分挑衅和桀骜不驯。

白雄叹一口气，转身对范有余说："由他去吧。天要下雨，娘要嫁人，你们汉人是这样说的吧？"

天渐渐亮了。寨子对面，密林深处一个荒僻的山坳里，周良杰满头大汗，脸色惨白，正在给自己挖坑。七八个汉子端着手枪，指着他。坑越挖越深，他整个身子都已经深陷坑里。

龙文彪说："可以不挖了。"

"龙大爷，您大人大面，饶我一命，我当牛做马报答你！"周良杰浑身颤抖，裤裆里一股热气腾腾的液体在腿间流淌，裤裆裤腿湿了一大片。

龙文彪看也没看，手一挥，几个喽啰开始往坑里填土。

这时，三姨太突然出现了。她光着脚，披散的头发在脑后飞扬，跑得风一样快。她跑到龙文彪跟前，扑通一声跪下，抱着他的腿。

"放了他吧，千错万错都是我的错。" 三姨太大口喘息未定，抽噎着说。

"放了？"龙文彪冷笑，"不要脸的婆娘！还好意思向我开口！哼哼，你觉得我会放吗？"

"天爷啊，你把他杀了，我也没有活头了！"三姨太疯子一样跳进坑里，声嘶力竭地嚎叫："良杰，莫怕！我陪你来了！"

7. 古老三复仇记

秋凉以后，古老三回到了麻地口家里。

白马地区种植罂粟，清明后播种，接下来是间苗，除草，追肥，垒厢，田间管理长达三四个月。进入七月，烟桃子长大，灌浆，烟农大忙的季节很快就到了。割烟，熬烟。等到采种结束，中秋节就没有几天了。一个完整的生产周期，历时半年多，都是古老三带着许多人在山上忙活。现在，他终于有时间补偿亲人，在家里陪父母和妻子，努力做一个好儿子，好丈夫。

过了年，转眼就是惊蛰。乡下忙起来了，播玉米，水稻育秧，点瓜种豆。白马那边，过些天罂粟也该播种了。古老三里里外外地忙，父亲又突然生病。抽不开身，素芬要回木瓜墩娘家给他爸过生，他也没有办法陪她同去。

他和素芬说好，她第二天就回来。

但是，第二天素芬没有回来。第三天，她还是没有回来。这很不正常。素芬已经怀有三个月身孕，这让全家人更加不放心。古老三赶快跑了一趟木瓜墩，老丈人和丈母娘一听就急了：她第二天吃过早饭就走了呀，难道出了什么事不成？

麻地口到木瓜墩不过十余里，素芬在这条路上走了不知多少个来回。回家路上，他越想越觉得反常，越想越心里发慌。

河边的三岔路口，一个货郎正在索桥桥头歇气。看古老三失魂落魄的样子，就问："看样子，老弟有什么事？"

"我婆娘从木瓜墩娘家回来，三天没有回家，怕是出事了。"古老三苦着脸说。

货郎想了想，说："哎呀，三天前我去小河营，听见下面的林子里有女人的叫喊声，当时就觉得那里恐怕有事，不晓得和你女人有没有关系。"

"都看见了些啥？"古老三的心一下子收紧了。

"只远远地看见有匹马拴在林子边。那马是枣红马，高大，油光水滑。马鞍上好像还挂着一杆快枪，一看就知道有非同一般的人在那里。"

"你都没有吼两声？"

"我哪敢呀，躲还来不及呢。"

古老三按照货郎的指点，到那林子里察看。里面一片荒滩，碾压过的草丛里，他找到了一只青布鞋——一细看，正是素芬那天穿走的。

他脑袋嗡的一下炸开。天老爷呀，素芬真的出事啦！

古爸抱病从床上起来，陪儿子一起出门，路上正好碰上哭红了眼睛的亲家公。于是两个老人去上游，古老三走下游，他们沿着涪江分头去找。

路过水晶堡，正逢场。茶馆里有人说，磨坊湾下面的水井口河边摆了一具女尸，年轻漂亮。可怜啊，听说是被人强奸之后，无脸见人，就跳了河。

古老三赶到水井口，尸体还在沙滩上。磨坊湾以下是险滩，到了水井口则是急弯，尸体因此被冲到岸上。尸体已经有些肿胀，变形。不用细看手腕上的银手镯和右肩上的黑痣，古老山一眼就晓得，她就是他的素芬。

他一口气憋在喉咙出不来，险些当场晕倒。

古老三抱着冰冷的素芬大哭了一场。他脱下自己的外衣，把素芬包裹起来，接过当地的好心人给他的一个背架子，亲自把素芬背回了家。他在珂楠树下搭起灵棚，请来远近有名的马道士做了三天道场，以一场乡间最隆重的葬礼，在后山安葬了自己的妻子。

水晶堡一带的人都晓得，这条道上，经常骑马往来的，唯有龙文彪。他去虎牙关，上小河营，下阔达坝，进龙安城，总是骑一匹枣红马。他信马由缰，更喜欢纵马狂奔，把三两个随从远远地抛在后面——他觉得这样威风，也很刺激。他喜欢这种一骑绝尘的感觉。

细节无从知晓，但毫无疑问，那个恶魔，就是龙文彪。

安葬完素芬以后，古老三接连几天把自己关在家里，一边琢磨，一边磨刀，或者擦枪——白雄送他的那把六连发毛瑟手枪。

他在素芬坟前发誓，此仇不报，誓不为人。

水晶堡下游二三里地，涪江对岸，一小块平畴沃野，秧田苍翠，柳绿桃红，若干青瓦粉墙坐落其间。这就是磨坊湾。一个新落成不久的大院正对着渡口。古老三打听好了，那就是龙文彪的家。偌大的宅院，不但占着好风水，而且安全——独立的院子，靠山面河，一有风吹草动可以立刻遁入山林，或者划一叶小舟顺流而下。

古老三来到渡口，一条小渡船正泊在岸边。船上一个五短身材的小伙子，一脸横肉，叼着烟半躺在船舱里。

"看样子你不是本地人，"小伙子斜睨着古老三，"你去哪里？"

"古琼芳家。"

"古家老太婆？去年腊月间就病死了，都成绝户了，还找？"小伙子警惕起来。

"我还要去会会龙文彪。"

"龙大爷？你找不到。他去龙安了，十天半月都不会回来。"

"真的？"

"哄你是他妈偷人生的。"

古老三郁闷，怏怏地往回走。

小伙子迅速起身，几篙秆将船撑到了对岸。古老三看着他抱着什么东西，下船，快步消失在那片柳林里。

突然，古老三凭直觉感到有什么不对劲。还没反应过来，啪的一声枪响，子弹从对岸飞来，擦着他耳朵一掠而过。

赶紧闪到一株老槐树后面，他脑袋里立刻蹦出一个名字：马老幺——龙文彪那个马夫兼保镖。

那段时间，龙文彪很狼狈。

去年夏天，邓锡侯麾下的旅长吕康被委任为龙安县长，很强势，与地头蛇杨鹏举形同水火。龙文彪见风使舵，反水，合力挤走了杨鹏举。但是，现在吕康又升官远离了龙安，杨鹏举马上卷土重来。当初几个反水的部下，非死即降。杨鹏举还接连出手，把他龙文彪好几个重要袍哥码头收归自己麾下。他还带话过来，说我杨鹏举随时都可以蚂蚁一样踩死你龙文彪。害得他只有躲在水晶堡，瞌睡都睡不安稳。此外，那次在白马被戏子戴了绿帽子，也让他一直觉得抬不起头。虽然周良杰活埋了，戏班子垮了，让他觉得羞死先人的三姨太，也被他卖到了松潘的窑子里——他要让她生不如死，但龙文彪还是觉得丢人丢得太大，窝囊气远远没有出够。心里不爽，他就更加放荡不羁，疯狂搞女人，沉溺于酒桌和烟榻，似乎由此可以消解窝囊和郁闷，甚至得到找补。

那天，通过朋友的朋友，古老三只花了二两烟土就打听清楚了，晚上龙文彪要在四姨太那里过夜。

四姨太何翠华出身于商人之家，上过中学，年轻漂亮，深得龙文彪宠幸。但她高傲，任性，冷漠，和前两房太太水火不容，龙文彪只好在水井口给她另修了一个小院，让她独居。

这是一座精致的小四合院。院墙由粗大的青砖所砌，很高，很厚。木门厚重，紧闭着。楼上的窗帘，粉绿的底子，飘着柳枝的图案，显得脱俗，洋气，与不远处的农舍有些格格不入。天暗下来了，灯光朦胧，隐约有人影晃动。

古老三事先已经晓得，里面随时都有两个家丁看家护院。他没有多想，看见院墙外有一株高大的核桃树，就攀了上去。当他坠着树枝往下跳的时候，没想到树枝咔嚓一声断了。两个家丁听到外面异响，举着枪一前一后跑出来。古老三躲在树后，迎面就是两枪。两人应声倒下，一个当场毙命，一个断了大腿，在地上痛苦地挣扎。

古老三捡起地上的老套筒，扔到墙外，然后径直冲进去。几个房间，包括茅房他都搜了一遍，一个人影也没有。再来到卧室，把床一掀，下面传出一声女人的尖叫。一把拽出来，正是四姨太何翠华。

"想不想活命？"他用枪顶着她脑壳。

"大哥饶命，"四姨太浑身发抖，"你要啥我都给你。"

"龙文彪在哪里？"他厉声喝问。

"他他带信……今天临……时时去了小河营，不来了。"

古老三非常失望。想想，一咬牙，用枪指着四姨太："把衣裳脱了！"

何翠华以为古老三要和她干那个事，抖索着把自己脱光了，仰躺在床上，面无表情地说："来吧，大哥。"

古老三没有脱裤子，却摸出把尖刀。

"大哥，饶了我吧。"四姨太瞟一眼寒光闪闪的短刀，马上号啕起来，"龙文彪是做了不少伤天害理的事，但我跟他，也是被迫的呀。"

"你给我老老实实睡倒！日你？老子嫌脏！"说着，古老三按着四姨太，噜噜几下，用利刃将她的阴毛刮了个精光。

"给龙文彪留个纪念。"古老三一声冷笑，转身就走。

走出小院，刚才受伤的家丁已经爬到墙根。见古老三出来，立刻躺在地上装死。古老三经过，猛踹了他一脚，说："给龙文彪带个话，老子还要找他算账！"

古老三还不解恨，想起《水浒》里的武松怒杀西门庆的故事，就从家丁身下用手指头蘸起尚未凝结的鲜血，寻一处粉墙写下了几个大大的血字："此仇必报！"

古老三没有找到龙文彪，龙文彪却找上门来了。

那是几天后的一个黎明。古老三刚刚醒来，外面的珂楠树上突然传来一阵异响。他立刻警觉：是树上栖息的白鹭被惊动，有人来了！他胡乱穿了衣服，悄悄揭瓦上房，从卧房到茅房，再从猪圈钻出，准备顺檐沟跑上后山。但他刚一露头，一声枪响，子弹几乎是擦着头皮飞过，钻进了身边的土墙。他马上明白，他被两面合围。还好，天色微明，他弯腰顺着一条干水沟迂回往南，跑向河边。他很快就被发现，龙文彪的人兵分三路，迅速追了上来。很明显，他们是要把他朝河里赶。

龙文彪带人赶到河边，亲眼看见古老三跳进河里，在急流里一沉一浮。他们疯狂射击，密集的子弹打在古老三身上，看样子他已经被打成了筛子眼。尸体浮在水面上，随波逐流漂流了两里地，终于漂到了岸边。龙文彪接过喽啰砍下的一根细长水柳条子，亲自去拨拉，才发现那只不过是他的一身外衣。

夜半，白雄家几只狗狂吠，大门被拍打得惊天动地的响。

听到属下报告，揉着惺忪的眼睛下楼，白雄在院坝里看到的是一个打扮极其怪异的人。他裹着破棉絮——一看就是猎棚里的弃物，用葛藤捆在身上。就着油松的火光可以清晰地看到，他裸露的双臂和双腿满是血痕。如果不是事先得到报告，他根本认不出此人就是古老三。楼上的火塘边，拉姆挺着大肚子，亲自从厨房给古老三拿来蒸馍。古老三一边吃着，一边给白雄讲了最近发生的事情。

"古大哥，你把事整大了！"白雄听完，叹口气说，"龙文彪棒老二出身，杀人不眨眼，势力大得连王老爷都在努力维持和他的关系。以我现在的情况，更不能和他撕破脸。"

"我也知道你这里不能久留，"古老三想想说，"我远走高飞，闯荡江湖。"

白雄点点头说："也好。你们汉人有句话，天无绝人之路。以你古大哥的本事，不愁没有出头之日。哦，对了，我可以派人把你父母找到，接到白马来。"

"不必了，他们已经去了施家堡那边。那里属于松潘，藏人的地盘，有人照顾他们。"

白雄把几个手下都叫过来，交代一番，说："今晚黑的事，绝对不许走漏半点风声！"

天麻麻亮时，龙文彪敲开了白雄家的大门。他背后站着三四十个人，清一色的快枪。

龙文彪双手抱拳，对白雄说："尊敬的番官，我们是好朋友。哪个都晓得，古老三也是你的兄弟。但是他造谣，给我抹黑，更可恨的是还无缘无故侮辱我的女人，想要我的命，我跟他已经不共戴天！如果他在白马，希望你把他交给我。"

"没错，龙大爷，"白雄笑道，"我和古老三是好兄弟，和你也是好兄弟嘛。不过一码归一码，如果他做了坏事，我肯定主持公道。不过，他真没来白马。你可以在我这儿多住两天，他说不定会自投罗网。"

早上，白雄家的羊圈打开了，那是三百多只羊，像出闸的河水一样流淌出来。四个牧羊人赶着羊，"哦啦啦""哦啦啦"地喊着羊号子，浩浩荡荡向山上走去。

寨子外面的路口，龙文彪手下的枪手早已在此守候多时。他们将几个牧羊人一一审视之后，他们对腰身粗壮的中年女人、须髯皆白的老头和那个十几岁的孩子看也不看，只拦住那个穿白马长袍的中年人。他挎着胡鲁刀，蓬头垢面，长着山羊胡子。领头的把他认真看了看，嘿嘿一声，说："你就是古老三！"

山羊胡子瞪了他一眼："阿丘阿尼勒（白马语，我是你爷爷）！"

"你说啥？"那人听不懂。

"若（白马语，鸡巴）！"

老头和小孩子站在路边，大笑。那人讨了个没趣，怏怏地看着他们上山去了。

三天以后，古老三在摩天岭北麓钻出丛林。他扯掉山羊胡子，摘下白马人的毡帽，在溪边洗掉脸上污垢，朝清溪古镇走去。

大路上，一个挎包袱夹油纸伞的汉子迎面而来，和他搭讪。汉子说一口大巴山一带的四川方言，问他："老弟，兵荒马乱，听说很快要打大仗，你不怕？"

"我一个背二哥出身的人，怕啥呀？管他国军还是红军，我正想当兵吃粮呢。"

汉子笑了："兄弟，我一眼就看出你是靠力气吃饭的勤苦人。不瞒你说，我就是红军，我们是为穷人打天下的队伍。听口音，你应该是龙安一带的人，跟我走吧，我们马上就要打下龙安。"

第八章

1. 流星

关于霉老二的风声越来越紧。但是，到白马部落的消息跑得比老牛还慢，并且互相矛盾。一会儿说他们到了文县，一会儿又说他们到了青川，还有的说已经过了南坝。恐怖的是，部落里连三岁小儿都晓得，霉老二要喝人血，吃人的心子，他们额头上都印着红心，肉皮子都是红的，所以称为红军。对此，连白雄也深信不疑。他三天两头召集各寨头人商量对策，要求男人准备武器，女人准备干粮，各家各户赶紧往山上藏匿粮食和值钱的东西。

农历三月十七，土司王老爷和龙文彪一前一后来到厄里。

龙文彪是只身一人，王秋园却带着妻儿老小和小小的卫队，白雄家偌大的院子，大小房间都住满了人。他们都是来躲霉老二的，人人都有一种末日来临般的恐慌。晚上，白雄准备了丰盛的晚餐，给他们接风，也压惊。

天气闷热，热得极其反常。吃完饭，满头大汗的白雄叫人在院里的苹果树下摆下桌凳，拎来酒桶，端来腊肉和核桃，在月光下继续摆龙门阵。现如今，哪一个都是热锅上的蚂蚁，谁都想扎堆而不愿独处。

当然，话题都集中在当前凶险的时局上。

"妈了个×，"龙文彪恨恨地说，"霉老二里有个头儿叫苏维埃的，专门跟有钱人过不去。还有你那个古老三，领着一帮穷光蛋，抢粮，抢烟土，抄老子的家，起走老子的枪，长得好好的烟苗也被他们铲了。家里要是没有暗道，我恐怕都见不到你们了。"

"老兄你要搞清楚，苏维埃不是一个人，是共产党的政权。"王老爷揶揄道，"虽然我也不喜欢共产党，但是不得不说，他们都是一些有信仰、有抱负的人。"

"我的老爷，都这个时候了，你还要为他们说话！"龙文彪抢白道，"共产党，霉老二，他们喝人血，吃人的心肝，哪个不晓得？"

"这个你也信？骗得了别人，怎么能骗得了我？成都的《新新新闻》，我每期必看！"

"我差点儿都被他们杀来吃了，难道是假的？"龙文彪突然提高音量，"古老三想杀我，为了啥？说白了，就是想挖我的心子吃。我还要给你们说，霉老二打下龙安，就是由古老三带路，从北山翻城墙进的城。现在晓得了吧？他天生就是吃人的霉老二！"

正争吵间，管事饶西带着两个人进来。其中有一个白雄认识，是王老爷的外管事杨福金。

"于县长刚刚带信过来，要老爷赓即回去，组织力量，配合中央军打霉老二。"杨福金走到王秋园身边，俯下身子急急地说。

"这样吧，"王秋园不紧不慢地说，"你们先回去，把快枪都尽可能给我组织起来，拉到龙池子。三天后我们在那里会合。"

杨福金接过饶西递过来的一碗咂酒，咕咕地一口气喝了，擦擦嘴，看看王秋园，欲言又止。

"还有啥事？赶快说吧！"王秋园有些不耐烦，"都啥时候了，还茶壶里倒汤圆！"

于是，杨福金大起胆子说："杨兴安那个吃里爬外的东西，给霉老二告密，把你窖在地下的粮食，烟土，全部起走了！"

王秋园一下脸色铁青，咬牙切齿："这个狗杂种！给我盯住，找机会弄掉他！"

黄羊关的人前脚走，老白该才介后脚就到。他刚出现在院子门口的时候，白雄完全没有把他认出来。昨天他在山上放羊，还显得精神矍铄，身体硬朗，唱歌几乎整个部落都听得见。哪晓得一夜不见，他已经变得弓腰驼背，整个人像是突然缩小了一号，缓缓走来的影子像一个幽灵。

老白该神情慌张，人还没有到，他苍老的声音已经响起："不好啦，大祸来了！"

"什么祸？是霉老二？还是棒老二？"白雄紧张起来，迫不及待地问。

"我说不清楚。但可以肯定的是,他们是汉人。"

"问过山神老爷了吗?"

"哪里需要问叶西纳玛,"老白该惊魂未定地说,"我锁在神柜里的骨都,它刚才自己就响起来了,就像有谁藏在箱子里吹它。你晓得的,我的骨都,只要一响,必有大难。前年的叠溪大地震,三十年前部落的大瘟疫,还有更早的文县大地震,它都自己响过。"

"是说嘛,最近尽出蹊跷的事情。"番官接过话头,"雅日块、托洛加、珠戈和稿史瑙,好几个寨子的头人都给我说,他们寨子母鸡打鸣,公鸡下蛋,所有的公马突然一齐发情,撵着母牛交配,女人们在同一天里都来了月经。你是白该,你说说看,这里头有啥蹊跷?"

老白该还来不及回答,狂风骤起,寒气彻骨,所有的人都禁不住打了一个冷战。那一轮皎洁的月亮也不知何时被黑云埋没,世界变得天昏地暗。对面山顶上方,突然一声心惊肉跳的炸雷,黑沉沉的天空瞬间被撕裂,照亮,一颗流星拖着蓝色火焰的长尾巴,从天际一掠而过。

众人呆若木鸡。老白该大张着嘴,抬头看天,好一会儿才缓过来,匍匐在地,对着西南叶西纳玛神山方向磕头,喃喃祈祷。隔了一阵,他撑着地站起来,猛烈的一阵咳嗽,啪啪吐出几颗牙齿,嘴巴迅速变得干瘪。

"不得了啦,"才介说话明显漏风了,带着哭腔,"不需要打卦,不需要看经书,我已经晓得我们部落完了!人要死得尸横遍野!"

白雄大惊："我的山神吔，有这么可怕？"

"毫无疑问！弄不好我们要灭种灭族，包括我自己，也跑不脱！"老白该悲愤地说。

"哪有这么耸人听闻！"王秋园听得毛骨悚然，但他还是忘不了给他领地上的两个关键人物打气，"我王氏土司，自先祖王行俭开始，传三十代有余。兵荒马乱，改朝换代，什么阵仗没有见过？还不是都过来了？白雄，你们该做啥准备就准备吧。我相信你能挺住，天塌不下来！"

龙文彪打了一个哈欠，说："不管你们怎么说，我明天一早都要去文县，躲一阵算一阵。我们各自都求菩萨保佑吧。"

"好吧，各位都去好好睡一觉。"白雄站起来说，"明天，我请老白该主持一场最大的法事，杀牛祭山神，请叶西纳玛保佑你们，保佑白马部落！"

当天晚上，整个寨子里一直躁动不安。牛哞，马嘶，狗吠，鸡鸣，猪拱圈，还有很多两口子莫名其妙打架。反常的嘈杂，此起彼伏。

即使没有才介的警告，白雄也有了大祸临头的预感。部落该怎么办？厄里该怎么办？自己和家人该怎么办？他想得很多，思路一个接一个，越想越清醒。他无法入睡，身边的拉姆也辗转难眠。

其实，近期谣言四起，让拉姆也一直活在紧张之中。刚才老白该讲的那些，她听了个明白，更让她惊恐不安。问枕边的白雄，他也只有拿些话来宽慰。越是宽慰，拉姆越是害怕，剪不断，理还乱。

通宵不眠，终于动了胎气。黎明时分，拉姆临产了。还好，分娩顺利，母子平安。

产房里，白雄从班英子手上接过这个不足月的男孩，给他起名"苏巴"。

抱着苏巴，他想的却是拉雅分娩那个可怕夜晚。

2. 大军压境

立夏过后，天气越来越暖和，房前的芍药、山上的杜鹃正在盛开，满山遍野郁郁葱葱。早上，卡氏寨头人莫日休的儿子高高，赶着他家的四头牛出了寨子，来到桑纳日珠山的最高处。他在那头公牛的屁股上猛拍了一巴掌，看着牛们欢蹦乱跳着进入那一片起伏的绿色草甸。

太阳刚刚冒出山顶。峡谷对面的山腰，托洛加寨高高低低的土楼密密匝匝地拥挤在大山的阴影里。蓝白色的炊烟从屋顶升起，在寨子上空慢慢消散，化作淡淡的雾岚。有狗咬，还有母鸡生蛋后夸张的尖叫，高高都听得清清楚楚。寨子最北端，那棵毛白杨树下就是大姐的家。在那里，一群羊出门了，朝寨子后面的山上爬去。

东张西望中，他突然发现，有一支军队出现在峡谷底部。

一看就晓得，他们是从杜鹃山下来的，沿着峡谷快速地朝下走。队伍里有骑马的，但绝大多数走路，走得匆忙。太阳越升越高，他们头上的钢盔和肩上的枪，在阳光下闪闪发光。队伍拉得很长，最前面的快走到托洛加寨子了，而上面几里远，视力可及的饶杰达乌，带着钢盔的士兵就像另外一条羊洞河，还在源源不断地从那个关口流淌出来。

这条路上，曾经有灰色、黑色和土黄的军队经过。而眼前这支黄绿军装的队伍，十四岁的高高从来没有见过。早就听大人说霉老二已经占了龙安，中央军也要打过来。那么，现在过路的，是霉老二，还是中央军？

在白马人的经验里，汉人的军队都是祸害。所以，高高和所有的白马人一样，在基因里就植入了对军队的警惕和恐惧。现在，他第一次看见这么多全副武装的军人，心立刻提了起来，本能地躲在一棵大树后面，不眨眼地盯着那支队伍一路下行。

军队像一条长蛇在慢慢游走。突然，他发现"蛇头"处分出了一支小队伍。他们从河边上行，沿着那段小路走上了悬崖，拐进了寨子。很快，他听见了寨子里疯狂的狗咬，然后是几声枪响。

"我的阿妈呀！"高高大叫了一声，慌慌张张地朝山下跑去，仿佛是一头被狗追赶的猎物。

一个穿黑色短褂的汉子走在队伍的最前面。虽然也戴了顶黄军帽，扎着武装带，但是在清一色黄军装的队伍里，是一个明显的异类。

他就是这支队伍的向导龙文彪。

现在的龙文彪有衣锦还乡的得意。半个多月前，他在红军、苏维埃和杨鹏举的多重打击之下，仓皇逃出水晶堡，是名副其实的丧家之犬；而现在，他时来运转，正以胜利者的姿态重返龙安。他一切的底气都来自身后这支浩浩荡荡的队伍。这可不是邓锡侯或者田颂尧的川军，也不是杨鹏举的保安团，更不是杂牌土匪乌合之众，而是堂堂中央军第一师胡宗南麾下的部队，几千国军精锐。他们从陇南文县出发，翻杜鹃山，出羊洞河，沿夺补河南下，将打通铁龙堡、羊肠关，直扑龙安城。这是一条捷径。龙文彪觉得，有他带路，中央军将完成一次名垂青史的突袭，就像当年邓艾走阴平道、翻越摩天岭、突袭江油关降服马邈然后占领成都一样。

这真是翻云覆雨，恍然若梦啊。

一个中校军官赶了上来。

"龙大哥，"军官气喘吁吁地说，"我第一师丁德隆旅长的部队很快也将逼近龙安，和我们一起对共匪进行南北夹击。但是，龙安本是贫瘠之地，加上共匪徐向前部的搜刮，我军大部队的给养马上面临严重困难。因此，杨长官令我带队在作战的边缘地区清剿零星共匪，同时征粮。任务艰巨，老兄，有什么好主意吗？"

此人姓汤名羽，是国民革命军第一师的特务队长。

那是龙文彪到文县的第二天晚上，当地豪绅李子厚设宴为他接风，桌上除了几个当地头面人物，还有几位一师的军官，其中包括汤羽。汤羽席位挨着龙文彪，两人酒一喝，觉得气味相投，接下来那些天他们就经常在一起，就差还没来得及拜把子了。于是，一师部队打龙安需要向导，汤羽就举荐了龙文彪。

和中央军搭上关系，龙文彪觉得翻身的机会来了。因此，他把汤羽视为自己的贵人。听汤羽一说，伸手一指："就从眼前这个白马开始吧，这是蛮子的地方，肥实得很哪！"

"是真的吗？"

"我还骗你？"龙文彪一脸神秘，"龙安县境，都搜刮一空，只有白马部落是土司辖地，还没有任何人动过。这里牛羊成群，盛产青稞、燕麦和大烟。"龙文彪停顿了一下，诡秘地一笑，"老弟艳福不浅啊，那里的女娃子一个比一个漂亮！"

汤羽大笑，拱手和龙文彪告别。

卡氏头人莫日休的紧急口信送到时，雅日块家家户户都在做午饭。玛格立刻派人将信息带给白雄，同时吹响了牛角号。

兵祸，匪祸，白马人经历多了。但这次，看来格外凶险和可怕。番官白雄多次召集各寨头人商议对策，男人们在家里擦枪，磨刀，准备弓弩和箭毒，悄悄往山上洞穴转移粮食和值钱的东西。

现在，敌人终于来了。无须预案，只要听到牛角号，乡亲们第一时间就会冲出家门，上山，钻进老林。

也有例外。孤寡老人，卧病在床的人，哺育婴儿的母亲，他们行动迟缓，需要帮助。于是，玛格带着妹妹奥姆挨家挨户查看，催促。确信寨子里的人都转移了，他们才往山上跑。

就在这时，穿黄军装的军队也进了寨子，并且发现了玛格兄妹。他们一边朝天鸣枪，一边追赶上来。

兄妹俩一路狂奔，跑进林子，准备爬上那棵百年老杨树躲起来。

密林里参天大树隐天蔽日。十几个追兵没有看见已经攀上树顶的玛格，却看见了还在树下攀爬的奥姆。今天的奥姆早晨才换了衣裳，绚丽的长裙摇曳着，很撩人。他们正要上去抓她，带队的军官手枪一挥，厉声吼道："继续搜索前进！"

当兵的被支走了，当官的把手枪插进枪套，嘿嘿一笑，扑上去抓奥姆。他抓到了奥姆的一只脚，没有把奥姆拽下来，却一眼瞥见了裙子里面的秘密——因为白马女子是不穿内裤的。并且，奥姆慌乱，下意识回头，漂亮的脸蛋因为羞红，更加楚楚动人。

军官淫心顿起，色眯眯地喊一声"宝贝儿"，再一使劲，就把奥姆拖了下来。他顺势将她抱住，按倒在地，掀开裙子就压了上去。

玛格就在树上，一切都看在眼里。因为当兵的就在附近，他不敢开枪。但是两个鸡蛋大的石头早已在手心攥得紧紧的。当军官扒奥姆裙子的时候，他纵身从树上跳了下来。

玛格如神兵天降。那军官还没有来得及反应，玛格的石头已经猛烈地砸在他脑袋上。那军官竟不经打，没有几下就断了气。

看看惊魂未定的奥姆，玛格扔了石头，迅速把尸体拖进灌木丛，卸了他的手枪，拉着妹妹钻进了林子。

山顶，终于找到了乡亲们。看全寨一百三十一人，男女老少都在，玛格松了一口气。

但山下情况不明。接下来还会发生什么，玛格更没有数。尤其是刚才打死了一个军官，他们不可能善罢甘休，一场厮杀在所难免。

他爬上悬崖边的一棵大树，朝下张望。阵阵风来，他听见了从山下传来的怒骂、吼叫和急促的哨子声。随后，寨子里升起了好多处浓烟。

"狗日的烧我们房子了！"玛格跳下树来，咬牙切齿，"必须给他点厉害看看。"

男人们多数都带了武器出门。玛格清点了一下，共有十一支快枪和三十七支火枪。他带上三支火枪和全部快枪下山，其余枪支保护全寨老小朝更高更安全的地方转移。

太阳白煞煞地挂在空中。风吹过来，挟着越来越浓的烟雾，散发着木头烧焦的气味。越往下，玛格越感到眼睛刺痛，呛得他捂住嘴才忍住没有咳出声来。利用密林的掩护，他们悄悄来到寨子后面的崖坎，居高临下一看，天啊，寨子里好几处都在燃烧，烈焰冲天，噼噼啪啪的爆裂声如同激烈的枪战。有些地方大火已经熄灭，只有缕缕青烟在焦黑的断壁残垣里缭绕。整个寨子看不见一个人影，只有几只不知从哪里钻出来的狗，在路边朝着寨子里狂吠。

玛格让大家藏在这里，自己领了两个人，故意只带了火枪，悄悄摸进寨子。

还剩下三家房子完好，都在神山一侧，包括玛格家。房顶冒着炊烟，飘出炖鸡和腊肉的味道。

一个哨兵端着枪，在那棵神树附近走来走去。玛格悄悄接近，接连抛出两个卵石。两个石头先后击中哨兵脑袋，打在钢盔上。随着砰砰两声，哨兵啊了一声，在倒地的瞬间扣动了枪机。

玛格三人转身朝山上跑去。

一伙大兵从屋里一窝蜂冲出来。他们一看就是训练有素的正规军，他们以地形地物为掩护，不断迂回，但是追赶的速度非常快。玛格他们躲闪着，用火枪还击。显然，追赶的军人们并不把他们当回事儿，因为射程太远。事实也是，铁砂子在他们前面很远的地方就向下坠落了，就像是天上落下的零星雨点。

火枪停止了射击。也许是来不及装药，也许是他们根本就害怕了。士兵们的勇气倍增，直起身子，以更快的速度追赶。

雅日块的枪手们看着穿黄军装的士兵越来越近。等他们到了崖坎下，玛格喊一声"打"，快枪一起开火，冲在前面的士兵纷纷倒下，没被打中的都趴在地上一动不动。这时，一挺机枪从玛格家小窗口伸出了枪管，朝崖坎上疯狂射击。密集的子弹像长了眼睛一样，只一瞬间，把伸出头的白马人挨个打倒。趴下的士兵们立刻从地上爬起来，不要命地冲向崖坎，每一支枪都在嗒嗒地机枪一般吐着火舌。又有人被击倒了，士兵们还是前赴后继，并不停下攻击的脚步。

白马人没有见识过机枪的威力，更没有见过这样拼命的兵。特别是看见同伴里有多个死伤以后，斗志立刻瓦解，马上兔子一样朝密林深处逃窜，根本不听玛格招呼。

当天深夜，在厄里寨后山，玛格见到了白雄和另外几个寨子的头人。

全部落十八个寨子，除夺补河上游的五个寨子还没有去过兵以外，其余的寨子都受到了攻击。冲突中，十个寨子有房屋被烧毁，十几个人被打死，负伤的更多。还有几十个人被抓，大部分是老人和妇女，包括在山上放羊的老白该才介。

白雄判断，这支穿黄军装的队伍来自北方，装备精良，他们除了机枪，还人手一支"虼蚤笼"（当时四川人给MP8冲锋枪起的绰号），很能打仗。并且，他们也不是青面獠牙，长相跟普通汉人甚至白马人一模一样。十有八九，他们是中央军。

不管三七二十一，跑到白马来杀人放火，这就是不共戴天的敌人。

白雄一跺脚："这些狗杂种，老子要让他们见识一下白马人的厉害！"

3. 交手

午夜。白雄亲自带队，才子休、玛格和查拜几个勇士参加，突然袭击了中央军的大本营厄里。

天黑得伸手不见五指。白雄的队伍一律赤脚，清一色的快枪，佩胡鲁刀，穿冬天才穿的那种黑袍，把自己融于浓浓夜色。事先已经探明，厄里寨的中央军大约三十人，就住在番官家里。轻车熟路，白雄带着人顺利地摸到了他家门外。二楼客厅亮着灯，微光投射到院坝里，几顶帐篷隐约可见。一个哨兵站在帐篷边的暗影里，钢盔的反光让他的位置暴露无遗。围墙只半人多高，玛格顺墙爬到距离哨兵最近的地方，飞刀"嗖"地出手，哨兵直挺挺地倒下，钢盔"咣当"一声在地上滚出老远，惊得大家在黑暗中趴着不敢动弹。很久，见并无异常动静，才子休才翻墙进去，悄悄将门打开，白雄回头，轻轻学一声猫叫。二三十个人无声地过来，一拥而入。

按照事先的计划，才子休、查拜带二十个人对付帐篷里的敌人，自己亲自带着十个人摸上二楼，等楼上枪响就一齐开火。白雄蹑手蹑脚来到客厅，门虚掩着，轻轻推开，里面空无一人。进去，火塘还没有熄灭，甚至壶里开水还冒着热气。几个房间一一搜索，也空无一人。联想到刚才直挺挺倒下的哨兵和滚落在地的钢盔，白雄立刻毛根乍立，冷汗一下子上来，叫一声："糟了！"人还没有来得及闪进屋内，外面突然枪声大作，密集的子弹像无数火蛇在夜色里飞舞，交织，直扑过来。走廊上有人扑通倒地，下面院坝里也有人中弹死伤，楼上楼下都有喊爹喊妈的惨叫。白雄迅速用刀撬开一块楼板，让大家跳进下面的羊圈，和院坝里的人会合之后，边打边向柴屋退去。又有人陆续中弹倒地，白雄感觉到有热稀饭一样黏稠的东西，带着血的腥味，接连飞溅到他脸上。外面有人用汉话大喊大叫，白雄听出来是要他们投降。喊声越来越近，有手电筒的光柱扫过来，在明灭的瞬间，指引着射击。他们不得不全部匍匐在地。爬行中，白雄摸到了钢盔，再一摸摸到了一小捆衣服裹着的麦草。他恶狠狠地朝它蹬了一脚，骂了声："狗日的东西，就这样日弄老子！"

最危险的时刻，才子休一枪打灭了一个电筒，同时后山传来了密集的枪声，吸引了大部分的火力。白雄知道，这是他的人带着机枪在支援他们，于是趁机钻进柴屋，赶快扒开麦草堆，从下面的暗道逃出死亡之地。

此后，白雄改变了战术。每天晚上，他都派三五个人去骚扰，打几枪就跑。有时是傍晚，有时是深夜，有时是凌晨。他要让敌人防不胜防，疲于奔命。

半个月以后，深夜。白雄集中了白马的所有快枪，带上机枪，精锐尽出，要对中央军进行最后一搏。

但是，中央军好像早就知道他要来，刚摸进寨子就遭到迎头痛击。这次，他更加见识了正规军的厉害。他们穿插，包抄，交替掩护，声东击西，简直是快如闪电。即使是一支由一流猎手组成的队伍，也完全没有正面对抗的能力。

这一次，白雄又损失了七八个人，还丢了一挺机枪，元气大伤。

自从藏匿山林，格若才里是第一个下山的人。

谁都知道下山危险，但格若才里固执，连女婿白雄都劝不住他。因为他蜂场里的蜜蜂要分巢了，他想去看看。更重要的是，快十天啦，许多人挤在密林深处的洞穴里，饥饿，风寒，让他周身疼痛，两眼昏花，也憋得慌。他太想出去透透气，活动一下筋骨。

"我悄悄摸下去，"格若才里说，"顺便也看看下面的动静。"

白雄想想，老丈人是一流的打鹿匠，胆大心细，下去看看也好。

临走，五岁的外孙女艾玛却赖在他怀里，双手搂着他的脖子。艾玛头发散乱，满脸污迹，但她胖乎乎的圆脸好似苹果，一对大眼睛星星一样晶亮，天使般可爱。

"艾玛听话，"格若才里用双手将她举起来，"阿尼是去给你采蜂蜜呀，你就等着吃蜂蜜吧。"

艾玛还是不放手，将外公搂得更紧了。波兰早过来，一把将孙女抱过来，说："阿尼一会儿就回来啦，有蜂蜜吃哦。"

傻子塔塔却接过话头："他不会回来，吃不成蜂蜜！"

波兰早很生气："没你的事！小心我撕你的嘴巴！"

塔塔不吭声，低着头，用猎刀将一根木棍削尖——他准备做一把长矛。

晚上下过一场雨。现在虽然放晴了，但湿气很重，白雾如纱幔挂在山脊，在清风里轻轻缭绕。格若才里腰里挎着胡鲁刀，挂着弓弩，悄悄来到寨子后面的山坳里。在这里，有他六十几个蜂槽，一排一排的安放在崖下的木架上。

群山已绿，处处花开。站在蓝天白云之下，入耳的尽是蜜蜂的嘤嘤嗡嗡。格若才里将蜂巢一一查看，多时不来，这里就像是一个高度自治的蜜蜂王国，蜜蜂们似乎依然生活得井然有序。

不过，细看，格若才里还是看出了一些异样。空中飞翔的蜜蜂多得不同寻常。好几个蜂巢门前，都有大量蜜蜂在聚集。噢，抬头一看，那个老树桩，已经有一个蜂团挂在上面。他急忙取下毡帽，安放在蜂团上方，随手从旁边折一枝嫩叶，一边哼着《招蜂歌》，一边用树叶轻轻地把它们往毡帽里赶。成千上万只出槽的蜜蜂就像听话的孩子，顺从地在毡帽里重新聚集，迅速裹成新的蜂团。毡帽小了些，蜂团只能吊坠在毡帽上。格若才里把它像灯笼一样提着，慢慢踱步，把它们转移进空蜂槽，用事先准备好的挡板封口。没有新鲜的牛粪，他就在溪边挖一坨黏泥，将蜂槽缝隙密封。

刚刚忙完，直起腰，他又看见一个蜂群在低空飞翔。他没有多想就跟着蜂群跑，直到它们在附近的树干上停下来，开始聚集。不过，蜂团停留的地方很高，格若才里踮起脚也远远够不着。格若才里左右看看，突然，他凭着猎人的警觉，感到附近有人。他刚刚闪进树林，就听见有人将枪栓一拉，用汉语厉声喝道："站住！"格若才里知道遇到搜山的中央军了，他不理睬，继续往密林深处钻。

身后传来了枪声。子弹尖啸着追过来，打得树叶扑簌簌朝下掉。

他突然意识到，这里距离大伙藏身的地方并不远。他慌不择路，本能地选择了要朝他们那里跑。

这怎么行？这不是给敌人引路吗？

他急忙改变方向，向叶西纳玛神山方向跑去。不过，他毕竟年过六十，并且长时间的风餐露宿让他变得虚弱；而中央军第一师的部队，好长一段时间都驻扎在陇南，受过山地作战的严格训练，当然也很快适应了这里的地形。格若才里发现敌人跑得飞快，自己已经无法甩掉他们。到了一条溪沟边，他已经没有力气像过去那样一跃而过了，索性停下来，躲在土坎后面。

一个端枪的士兵在不远处出现了，他稚气未脱，年纪应该还不到二十岁吧。格若才里心里软了一下。但他马上想到了寨子里死伤的那些人，想到了稿史瑙、帕西加、雅日块、珠戈、托洛加……那些被放火烧掉的寨子，心立刻硬了起来。那支箭带着箭毒飞了出去。他听见了箭镞扎进肉里的沉闷声响，以及一个年轻的声音随后发出的惨叫声。

还没来得及射出第二支箭，几颗子弹接连打中了他。他挣扎着站起来，拼命号叫——他是用他最后的力量，为他的亲人和乡亲报警。

几个士兵赶上来。其中一个大胡子抡起马刀，恶狠狠地朝老猎人挥刀砍去。寒光一闪，血柱冲天而出，格若才里的头颅旋转着飞了起来，落地后骨碌碌地滚过溪边的鹅卵石，滚进水里，瞬间不见踪影。没有了脑袋的格若才里，身子像一个才砍断的树桩，顽强地挺立了一下才直挺挺栽倒在河边。鲜血咕噜咕噜地还在脖子断处喷涌，染红了溪水。

格若才里那一声惨叫传到山上，声音虽已经是强弩之末，却像一声惊雷在乡亲们中间炸开。白雄知道中央军又在搜山了，急忙组织起二十多支长短枪到崖顶埋伏，以防万一。他特别叮嘱拉姆："告诉那些带孩子的婆娘，千万不要让孩子们哭叫，引来灾祸。"

没多久，搜山的士兵真的来到了他们附近。偶尔，可见钢盔在阳光下倏忽一闪。

敌人似乎越来越近。拉姆紧张地抱着苏巴。孩子早就饿了，偏偏拉姆缺奶，两个乳头也堵不住他的哭声。拉姆只好抓过褓褓，将他死死捂住。

士兵们从下面不远处搜索而过，最终没有发现他们。

当危险暂时解除，人们终于松了一口气的时候，拉姆才发现，褓褓里的苏巴脸色灰白，已经没有了呼吸。

4. 特务队长

那天，特务队长汤羽赶到雅日块寨时，赵振贤的尸体已经在一张门板上躺了很久了。

"赵队副是被钝器所伤，"军医冉华安面无表情地说，"应该是石头多次击打的结果。头盖骨破裂，颅内出血，可以肯定，当场就断气了。"

汤羽瞟了一眼尸体，他的队副头部肿大，一道乌黑的血迹从头发里流出，虽然已经凝固，挂在脸上却像一条还在蠕动的肥大蚯蚓。

汤羽的脑袋嗡的一下大了。刚把队伍带出来就折损一员大将，并且，赵振贤何许人也？他是杨长官的亲戚啊，这该怎么向他交代？

"有谁见过凶手吗？"汤羽问冉军医。

"现场没有目击者，"冉军医肯定地说，"只知道他当时抓了一个爬树的年轻女子，身边没有士兵，后来的细节就无从知晓了。"

汤羽明白了。赵振贤来自军纪败坏的二团，本是好色之徒，偏偏让他在这里遇到年轻漂亮的女人！但是，为了杨长官，也为了自己的特务队，他不能让其他人也这样想。

"来人哪，"他大声叫来勤务兵，"太猖獗了！胆敢杀我国军军官！传我命令，把这个寨子给我烧了，为英勇捐躯的赵队副报仇雪恨！"

勤务兵立正，敬礼，转身要走。汤羽把他喊回来："转告几个分队，凡持武器者，格杀勿论！"

一场大雨连续下了两天，到傍晚才渐渐小了。白马部落十八个寨子当中唯一完好无损的厄里，虽然人去楼空，淅淅沥沥的雨声竟给它营造了几分宁静祥和的假象。

白雄家二楼，火塘烧得很热，硕大的铜锅里炖着羊肉，带着肉香的蒸汽弥漫了屋子。摇曳的火光里，汤羽、冉军医以及机要参谋杜文仲，三个人撕扯着羊肉，喝着从番官家硕大的酒坛里舀的咂酒。

两个蓬头垢面的部落女子临时抓来充当侍者。斟酒的瞬间，看似低眉顺眼，但她们眼神里闪烁着明显的敌意。

近日，每天的这个时刻，汤羽都是这样度过的。陪伴他的，也总是冉华安和杜文仲两人。几次冲突，互有攻防。虽然部队死伤了十几个人，但番民的伤亡是他们的数倍。看来，番民武装都是乌合之众，几番交手，把他们也打怕了，已经连续五六天未见其踪影。在战争环境里，这是难得的安宁日子。今朝有酒今朝醉。反正这个部落头领家里，有的是酒。

冉华安毕业于北平军医大学，心高气傲，但心眼少了些。把他从师野战医院调来特务队，这当然不是重用。此人不足为惧，汤羽和他至少表面上好得称兄道弟。杜文仲就不一样了——他是一师党部书记长许良玉的人。谁都知道，许良玉是胡宗南最信任的心腹，曾经和戴笠同为副官，整个一师的电台都是许良玉从戴笠那里要来的，可见他们的关系非同一般。所以，想到自己的一举一动都可能被许良玉甚至胡宗南所掌握，汤羽不寒而栗。

"有什么新消息吗？"汤羽端着酒碗，和杜文仲对碰了一下。

"其他的没有，还是催促加紧征粮，筹集给养，火速送往松潘前线。"

"我说老汤啊，对这些番民，我们是不是太狠了些？"冉军医说话了，"人杀了，寨子也烧了，他们都躲进了深山老林，接下来的事情就更难办了。"

"杀人放火，我永远不会后悔。"汤羽咕噜噜喝干了碗里的酒，将碗重重地在桌上一墩，说，"老兄，现在是战时，对付共产党，征服武装反抗的番人，就得用血与火的手段。此前在赣南和大别山清剿共匪，你我参加的杀人放火难道还少吗？"

"你说的也没错。不过在蛮夷之地，语言不通，风俗迥异，我们两眼一抹黑，怎么完成任务？就算你逼他们交出了一些粮食，拦下了一些牛羊，但是怎么弄出去？就靠你抓的那些老弱病残？哦，对了，我还要告诉你，我的药品很快也要用完了，那么多伤兵怎么办？"

汤羽焦头烂额。想想，说："这样吧，你明天带两个人去一趟龙安，顺便让龙文彪过来一趟。他是地头蛇，和这里的部落首领也说得上话。"

杜文仲接过话头："还可以派人去一趟杜鹃山，把那个罗瘸子叫来。"

汤羽点点头，说："好，这事你去安排吧。"

夜里，汤羽睡在番官的床上，怎么也睡不着。

又在下雨了。雨滴打在窗外的树叶上，声音单调而沉闷。在江西玉山，那个叫汤家坞的古村落，现在怕是也在下雨吧。汤家坞与浙江江山县著名的胡家祠堂只隔了一条小河，所以他经常有意无意说起自己和戴笠是同乡。但是，自从他去报考武汉军校，就再也没有回过那里——因为父母强加给他的那个小脚女人，他是以决绝的姿态离开那个穷山沟的。

老家的原配让他厌恶，更加剧了他对女人的渴望。在这个充满危险的异族山寨，寂寞难眠的深夜，把他的渴望进一步放大。他突然想起了于若兰——武汉军校那个校花。只听过她的一次演讲，他就被迷得神魂颠倒。其实，他对她的演讲一个字也没有听进去，他只记住了她漂亮的脸蛋、窈窕的身材和演讲的风采。但是，美女高傲，他使尽手腕都没有能够接近。一天，他鬼使神差一般，从女生队驻地两湖中学一直尾随她到黄鹤楼照相馆。不料，从照相馆里冲出六七个灰军装短头发的泼悍女生，抓住他就是一顿痛殴。事情传到学校，他虽然最终免于开除，但额头上那个由伞尖留下的红色伤疤，成为他抠不掉的耻辱标记。不久，他听说于若兰去了贺龙部队。他自己都觉得奇怪，一个女共党分子，怎么至今无法释怀？

就在被于若兰她们暴打后不久，他再到蛇山。岳飞亭下，一个老道士在摆摊算命。他给了老道士一个大洋，请他预卜婚姻，指点未来。道士问了他生辰八字，再看看他面相，说你萍踪浪迹，有姻无缘，恐难善终。

汤羽一惊，要他细说究竟。道士说，你欲望过于炽盛，不但关乎婚姻，还关乎命运。

汤羽说，我本军人，是不是将死于战场？

道士说，不一定，我只知道未来堪忧。

汤羽问，有没有破解之道？

道士说，有。静心寡欲，你将光宗耀祖。就怕你做不到。

道士的话，他将信将疑——要我静心寡欲，难道要我出家不成？

汤羽当然不可能出家。他生来就是个花花公子，喜欢女人。从军以来，他的钱都花到女人身上了。没有女人，人生还有什么意思？军人，就是为征服敌人和女人而生的。

他想起了成吉思汗——他最崇拜的征服者，每征服一个地方都会将掳掠的绝色美女纳为汗妃，这才是真正的英雄啊。

汤羽在黑暗中笑了：现在，我不也是一个征服者吗？龙文彪不是说这里美女多得很吗？

第二天早上，汤羽把他抓获的那些妇女逐一拉来审讯。语言不通不要紧，他其实只需要看她们的长相。他让人擦去她们脸上故意抹上去的灰土甚至锅烟，好几个年轻女人因此而重现美貌，与先前判若两人。他把她们都关进了柴屋，严加看管。从此，他每晚都从中挑选一个押到他房间，由他提着手枪单独审讯。

5. 老巫师的绝技表演

罗瘸子被直接带到汤羽那里。

两个士兵还在几步远的地方就啪地立正，大喊一声"报告"。隔了好一阵，汤羽才懒洋洋地应了一声"进来"。

士兵推门，把罗瘸子让进去。屋里很暗。一根箭竹已经燃烧了一半，忽闪的火苗，照耀着斜靠在矮榻上的汤羽。汤羽披着军装外套，军帽扔在一边，额头上的伤疤在微光里闪耀。

一个头发凌乱的姑娘正在烧水做饭，扭头看见罗瘸子，一愣，叫了一声"阿勾采（白马语，大哥）"，哇的一声哭出声来。

罗瘸子一看，是他老婆达姆的亲表妹索珠早，很惊讶："你怎么在这里？"

没等索珠早说话，汤羽干咳一声，说："兄弟，这里是军队驻地，不该说的就不要说吧！"

"那你叫我来干做啥？"罗瘸子问。

"当翻译，配合军事行动，为国军效力。"

"我虽说是汉人，但老婆娃儿都在寨子里，我不能做对不起他们的事。"

"我知道。我们的任务是清查共匪，征集军需物资支援前线。我们是国军，当然是保护老百姓的，包括这里的番民。"

"我晓得你们抓了很多人，但他们都是善良百姓，希望你把他们都放了。尤其是其中的老巫师才介，他在部落里的地位不亚于番官，更要慎重对待。"

"我抓他们，是因为军事上的考虑。如果没必要了，我将全部释放他们，包括你说的那个巫师。"

才介被带上来的时候，罗瘸子刚刚讲完了关于他的故事。

作为最负盛名的巫师，才介出生于巫师世家。从他阿爸上溯，格他才里、鲁纳、龙波、格绕、杜波、雷加、里才、玛多、瓦斯、尼莫休……一代一代，脉络清晰，各有各的传奇。

才介在川甘两边的白马人里，更是一个神一样的存在。许多人都晓得，他做法事时可以把烧红的铁铧木屐一样穿在脚上，咣当咣当地在地上走来走去；他在羊圈外面用草灰撒一个圈，再猖獗的狼也不敢靠近；他甚至可以在夺补河上自由往返，如履平地。与他相关的有影响的事件，是前些年他去文县的铁楼——那里是白马人的另一处聚居地，路上他遭遇了一群恶狗，追着他狂咬。"狗瘟！"他诅咒了那些狗。果然，那些狗第二天就口吐白沫而死。然而死狗殃及了无辜，方圆几十里的狗都因为染上同样的瘟症而死，甚至连那一带的狼和豺狗都因此而绝迹。为此，才介非常自责，发动本部落各家各户将新生的小狗全部送给铁楼的亲戚朋友，并且发誓对铁楼的同族有求必应，无论看病还是做法事，从此拒绝任何报酬。

才介是唱着歌过来的。他声音嘶哑，但旋律婉转，有些苍凉。因为嘴巴漏风，歌词含混不清。

"他唱的是什么歌？"汤羽问。

"好像是驱鬼的歌。"罗瘸子回答。

汤羽脸上有些挂不住："他是把我比作鬼吗？"

"是为你驱鬼吧。寨子里鬼多，很多人家里都不清静。"

"你说这老头在河里如履平地，是真的？"

"我老丈人都说他亲眼见过，应该是真的。"

"我也想亲眼看看他怎么过河。"汤羽来了兴致，"如果他答应给我表演，我马上就把抓的人放掉一半；如果他真有那本事，我把全部的人都放了。"

一队士兵推搡着把才介带到夺补河边。

雨后新晴，湿漉漉的远山显得更加苍翠。雾气蒸腾，一团一团，浓浓淡淡地在山间缭绕，美如仙境。河边胡乱长着一些水柳，绿茸茸的水草中点缀着紫红的碎米荠，从树下一直延伸到水边。

才介推开了士兵，嘴里叽里呱啦地念叨着什么，攀着一棵柳树下到河滩，走过一小丛灌木、草甸，径直向水里走去。他步幅均匀，走得不紧不慢。只是走到水上时，他脚步加快，张开双手，轻柔地挥舞，就像老鹰在扇动翅膀，努力地维持着身体的平衡。脚尖就像蜻蜓点水，走得飞快，轻盈得如同一个舞者在冰面上舞蹈。

很快，他已经走到了河中央。

汤羽惊呆了。突然，他坏笑了一下，拔出手枪，朝才介头顶啪啪就是两枪。老巫师对枪声不理不睬，但对岸老杨树上一群乌鸦被枪声惊吓，乱纷纷飞起。不可思议的是，其中一只乌鸦居然从老巫师头顶一掠而过，拉下了一泡又腥又臭的屎，胡豆大小的两粒，不偏不倚，正好飞落在他上眼皮上。才介眼前热乎乎地一黑，终于稳不住了，扑通一下栽倒在水中。这时，他不再像一个传奇的巫师，而是一个风烛残年的普通老人，在河水里胡乱地扑腾——因为他不会游泳。他在急流中沉浮不定，眨眼之间就漂流到了十几丈之外。还好，挣扎之中，他终于抓到了岸旁的一枝垂柳，然后被几个士兵拽到了岸上。

老巫师喘息着，水淋淋地瘫坐在地。

汤羽笑嘻嘻地走到他跟前，用手枪指点着他说："老东西，你那套把戏，骗得了别人，怎么骗得过我？哈哈，你还有什么牛皮可以吹？"

才介艰难地从地上爬起来，抬头，眼光却锥子般锐利，死死地盯着汤羽，盯得他心里发毛。

"半个月前我就算过了，"老巫师突然说起了汉话，"我的死期就在今天。不过，你也别想活着走出白马啦！我已经看到了你死的样子，很惨，想留下全尸都不得行！"说着，他嘴巴奇怪地动了两下，突然"呸"的一下，嘴里仅存的两颗牙齿像弹弓弹出的石子一样弹射出去，直击汤羽脑门，给他留下了两个鸡蛋大的血包。

汤羽痛得龇牙咧嘴，大骂一声"狗日的老东西"，冲过去，将手枪抵在老巫师胸口，把弹夹里的子弹啪啪啪全部打了出去。巫师的血迸溅到了汤羽身上，甚至脸上。他更加厌恶，将扑倒在地的才介狠狠踹了两脚还不解恨，便将尸体翻转过来，用穿着军靴的脚，疯狂地在头上跺了几下，然后命令士兵们将尸体扔进夺补河。

三天以后，被释放回家的铁匠克高来到夺补河边，准备洗去自己那一身污垢和恶臭。还在路上，他就发现了河边的异常——本来布满白色鹅卵石的河滩，不知怎么铺上了一层黑色！走近了，才看清河滩上的黑色其实是密密麻麻的青蛙。它们一动不动地趴在那里，只是"呱呱"地叫。成千上万的蛙鸣，像是悲怆的大合唱，风一样在峡谷里回荡。

看克高走近，青蛙们并不逃跑，只是跳到一边，为他让出一条通道，直至河边隆起的那个人形石头。待"石头"上的青蛙全部跳开，克高惊呆了：这哪里是什么石头，而是一具尸体，是被汤羽打死的才介！

尸体旁边，还横七竖八躺着一群死狗。诡异的是，老巫师的袍子已经被狗撕碎，但裸露的尸身除了弹洞，只有一些犬齿的咬痕。看来，他的皮肉过于坚韧，饥饿的野狗们怎么也撕扯不下来，但又无法抗拒人肉的诱惑，就一直撕扯下去，直至累死。

6.魔鬼交易

龙文彪找到白雄的时候，中央军进驻白马已经满一个月了。他是由罗瘸子带到山上来的。和他一起上山的，还有军医冉华安。

白雄最后的营地位于摩天岭主峰南麓的密林里，和厄里的直线距离不过十几里，但龙文彪一行中午出发，黄昏时分才接近目的地。当闻到空气中飘散着的柴烟味时，他们知道，目的地已经不远了。

太阳沉入西山，世界渐渐暗了下来。在越来越浓稠的夜色里，他们跌跌撞撞，艰难地寻找路径。偶尔有受惊的禽鸟从树上扑腾而起，巨大的翅膀在空气中搅起经久不息的震颤。突然，不远处有人把枪栓一拉，低吼了一声："苏勒（白马语，哪个）？"

"阿哥！"罗瘸子赶快用白马语回答。话音刚落，大树背后闪出两个小伙子。暗夜里，他们费劲地认出了罗瘸子。但陌生的龙文彪，尤其是穿军装的冉军医，立刻让他们警觉，端枪在手，坚决不放他们过去。

罗瘸子忙说："快去报告番官，就说水晶堡的龙大爷来了。"

一个小伙子钻进林子。没多久，他回来了，示意他们赶快过去。

白雄栖身的地方，是万丈悬崖下的一个溶洞。洞口开阔，里面曲折幽深，直通山背面的出口。因为有暗河，里面很潮，若干箭竹火光照耀，湿漉漉的洞壁泛着冷森森的蓝光。夜色降临，不再有暴露目标的担心，加上挨了一天，人们早饿坏了，所以洞口到处都在支锅做饭。柴湿烟浓，人们被熏得纷纷咳嗽，包括白雄。

上山没多久，白雄和厄里寨的大部分人就住到这里来了。山高林密，流水潺潺。烧柴是有的，饮水也是有的。大家要么住溶洞，要么在崖脚搭窝棚，暂时栖身也是可以的。但是时间一长，问题就大了。藏在山上的粮食、腊肉，几乎已经吃光。夏季植被茂盛，野兽藏身其间如同鱼游大海，很难找到它们。没有食物补充，天天吃野菜，吃得白雄口吐酸水。更严重的是，不断有作战受伤的人死去。还有人生病，好几个人已经奄奄一息。所以，困境中的白雄看到龙文彪，既大感意外，又没来由地有几分盼到救星的惊喜。

龙文彪一把抓住白雄肩膀说："兄弟，你们受苦了！"

白雄瞥了一眼冉军医，说："简直想不到，这样大的灾难会落到我白马部落！更没有想到，对我们下手的还是中央军！"

"完全是一场误会。"龙文彪连忙拍了拍冉军医的肩膀，介绍说，"这是冉华安军医，他全权代表中央军第一师特务队汤羽队长，他就是专门为消除误会而来。"

冉华安抽了抽鼻子——出于医生的敏感，刚才还在洞外他就闻到一股难闻的味道。现在他发现，这味道，就来自他眼前的这些人的身体，包括番官。但是，他还是跨前一步，立正，敬礼："尊敬的番官，鄙人虽是军人，但首先是医生，一般并不参与打仗。看到你们现在生活的环境如此恶劣，不少人因为伤病可能失去生命，我深感痛心。"

"杀我们的人，烧我们的寨子，"白雄大声喊了起来，"冉军医，你们到白马来，难道就是为这个吗？"

有陌生人到来，尤其是听到白雄愤怒的声音，许多人围了上来。他们情绪激动，七嘴八舌地加入了对中央军的声讨。看架势，他们随时准备动手，把冉华安撕成碎片。

龙文彪在白雄耳边嘀咕几句。白雄赶紧板着脸吼了一声："都退下去！不要影响我们说要紧事！"

众人散去，罗瘸子也知趣地和木珠走了。白雄请冉军医和龙文彪围着一张大石板坐下。

"这是一场误会，误会！"冉军医继续向白雄解释，"语言不通，无法沟通，互不了解，误会越来越深，所以引发了冲突。这是我们所不愿意看到的。"

"他们是中央军，"龙文彪也赶快打圆场，"就像过去，是皇帝的军队，朝廷的军队，他们是专门过来帮我们打霉老二的。"

"对呀，我们的任务就是消灭霉老二，"冉军医进一步解释，"我们的具体任务，只是征粮，征集军需物资，保证前线作战。并且，粮食也好，其他物资也好，我们都是要付钱的。"

"白马是苦寒之地，我们自己都吃不饱，哪里还顾得了军队？"说着，白雄拿起身边的半碗野菜说，"你们看看，我们吃的是啥子？"

"兄弟，"龙文彪拉住白雄的手说，"据我所知，军队所到之处，都要靠地方筹集军需。白马也是中国的地方，支援前线，有力出力，有钱出钱。不然的话，让霉老二得了天下，他们是要吃我们的心子，喝我们的血呀！"

"龙大哥，你不晓得，我们遭了多大的难啊！"尽管白雄有可以把死人说活的口才，汉话也顺溜。但是，他长期风餐露宿，尤其是大烟也没得抽，人显得十分憔悴，似乎精气神都漏光了。

龙文彪把白雄的手握紧了："兄弟，我是看明白了，大家只有合作，回到寨子，才有出路。"

见白雄有些心动了，冉军医从背包里拿出两支锃亮的驳壳枪，双手递到白雄面前："这是汤队长的一份心意！"

白雄迟疑着，最终还是把枪接了过去。

冉军医马上站起来，双脚一碰，立正，敬礼："我正式代表国军第一师特务队汤羽队长，请番官尽快下山，共商大事！"

第二天中午，在厄里后山的林间空地上，白雄和汤羽见面了。

传说中的传奇番官，让汤羽颇为失望。他个子不高，面黄肌瘦，穿一身脏兮兮的袍子。作为卫队的五个小伙子，虽然说得上高大壮实，挎着长枪，插着短枪，但都是蓬头垢面，一身破衣烂衫。

而汤羽，军装笔挺，身后也是五个士兵，全副武装，手持清一色的"蚝蚤笼"。

汤羽和白雄，龙文彪和冉军医，两两相对，席地而坐。

简单的介绍过后，汤羽直奔主题："当前，剿灭共军压倒一切。战争时期，无论党政军民、不同民族，一切服从于战争。番官治下的部落，也概莫能外。具体地说，我们需要在这里至少征集十万斤粮食，两千只羊，并且出动足够的民夫，将其运往松潘前线。当然啦，军方会相应地付给报酬。希望番官和我们都捐弃前嫌，服从大局，共同为这场伟大的战争作出必要的牺牲！"

也许是因为抽过大烟的缘故，面对牛皮哄哄的汤羽，白雄不卑不亢，目光炯炯，把部落的历史地理、人口民俗，以及刚刚遭遇的巨大灾难和惨重损失，讲得有理有据，滴水不漏。他反复强调："白马部落死伤惨重，父老乡亲无家可归，现在最需要的是重建家园，恢复元气。"

"部队也有死伤，这都是误会所致。现在，正值非常时期，你我各自损失，就不再说了吧。"汤羽把他的话打断，"不过据调查，起因还在于你们的人先动手，打死了我的副队长。这样一来，冲突，死人，在所难免。你要知道，杀死国军军官，挑起战端，这都是死罪。如果认真追查起来，番官也脱不了干系！"

龙文彪靠近白雄，耳语一阵。

龙文彪抬头，对汤羽说："番官深明大义，愿意配合你们缉拿凶手。希望汤队长体谅部落百姓的困苦，征粮之类的任务，不要过于为难他们。"

"好！"汤羽双手一拍，"对部落的伤病员，冉军医将尽其所能给予必要的救治。至于军需的征集方面，希望我们精诚合作，最终结果下来，番官可以向百姓交代，我也可以向上峰交差。"

白雄没有点头，也没有摇头。他只是抬头看着天空，长长地叹了一口气。

番官和中央军的汤队长妥协了，警报解除，玛格和乡亲们又陆续回到了雅日块。

两天后的中午，刚端上饭碗的玛格接到白雄的口信，要他马上去厄里，和各寨头人一起议事。

的确，摆在玛格面前的事情太多了，每一件事都很大，很难。很多寨子情况跟雅日块也差不多，他太想和其他头人摆摆龙门阵，找到渡过难关的高招。他几口喝完碗里的燕麦糊糊，对老婆茜茜微笑了一下，再给儿子多纳扮了一个鬼脸，匆匆出门走了。

阿爸这个鬼脸，从那一刻起，在多纳的眼里定了格。

后来，多纳听大人们说，估计他和阿妈茜茜饭还没有吃完，阿爸玛格就被打死了。他死在白雄的院坝里，是中央军的特务队长汤羽亲自开的枪。三发子弹，直穿胸膛。当时，白雄和汤羽正坐在门前喝茶。拎着铜壶续水的拉姆目睹了这一幕，她顿时眼前一黑，昏厥倒地，腿脚被壶里的开水严重烫伤。

7. 时间嘀嗒

下山的头几天，部落里的人和汤羽的特务队相安无事。

各寨子的伤病员都被集中到厄里，由冉军医处置。白雄找来几个姑娘，临时充当护士。

经过反复谈判，征集的粮食由十万斤终于减到六万斤，羊减到六百只，但必须由部落组织民夫运送。因为前方后勤吃紧，坐镇龙安的第一师特别党部书记长许良玉天天发电严令汤羽：七天之内，这些军需物资至少要全部运至小河营，否则军法处置。

第一批民夫上路的那个晚上，白雄和汤羽及其属下的几个军官聚在一起吃饭。因为物资基本落实，运输已经开始，他们顿时轻松了许多，遂开怀畅饮。后来，大家都明显喝高了。尤其是汤羽，和白雄两个人勾肩搭背，都说对方是自己的患难与共的生死兄弟。

汤羽从怀里掏出一个亮闪闪的东西，塞到白雄手里。

"兄弟，我要送你一个东西。"汤羽僵着舌头说，"这是一只白金壳怀表，是我在赣南剿匪时搞到手的，你必须收下。"

"怀表？有啥用？"白雄问。

"看时间呀。"汤羽说着，给白雄讲解表盘和指针。

白雄不以为然："时间很重要吗？"

"当然重要。"汤羽涨红着脸，开始侃侃而谈，"什么是时间？对所有的人来讲，时间就是他的人生。这块表，他以前的主人被我们打死了，他的时间也就结束了。但是，表到了我的手上，我的时间还在继续。它嘀嘀嗒嗒地跳动，就像我的心脏。当然，从军人角度看，战场上的情况瞬息万变，时间就是战机，决定了作战的胜败和一些人的生死。一定程度上讲，军事艺术就是时间的艺术。"

白雄笑了，把怀表贴到耳边，听了一阵嘀嗒嘀嗒的声音，然后拿在手里左看右看，说："老兄，在我们部落里，不需要由这个铁疙瘩来告诉我们时间。我们有自己的时间，它就是太阳，月亮，鸟儿叫，鸡打鸣。"

他把怀表还给了汤羽。

汤羽接过去，困惑地看着白雄。

"希望这个宝贝能够陪你到老。"白雄一本正经地说。

十天以后，早晨。山雀子尖锐的叫声把白雄唤醒。他头痛欲裂，周身都感到不舒服。这时他才想起，昨天晚上，他和汤羽又喝酒了。意识进一步苏醒。于是，在清晨的嘈杂声中，他隐隐听到下面有嘤嘤的哭声传来。

现在，他对哭声格外敏感，一听就头皮发麻。毫无疑问，这又是来诉苦的。

昨天上午，就在他和汤羽吃饭之前，很多百姓来到他家，跪在他楼下，哭声震天。部落的老百姓苦啊，很多房子被烧了，粮食被强行收走了，牛羊被牵走了，家里的青壮年男人又被拉夫了……夏去秋来，接下来的严冬，这日子该怎么过呀？面对他们，他也拿不出什么有用的办法。他只能劝慰，有时候，他还陪着他们一起流泪。

白雄来到楼下才晓得，哭的是本寨的其美和她儿子蒙自。见到番官，两娘母哭得更伤心了。尤其是其美，哭得呼天抢地：

"布吉啊，你走的时候还好好的啊，怎么就丢下孤儿寡母走了呀，山神叶西纳玛啊，我们的命怎么这样苦啊！"

其美的哭诉，每一个字都像一粒子弹，直击白雄的胸膛，让他感到恐怖，有真切的痛感。

白雄把他们拉起来，请到门前坐下，让蒙自慢慢地讲。

白马经黄羊去松潘，总共三百七十里。松龙道上，每一段路都又窄又险。路上民夫们多数来自江油，少数来自龙安本县。他们背着一两百斤重的东西，过栈道，攀悬崖，爬坡上坎。布吉父子背着青稞，和白马的民夫一起，每天天不亮就要出发，天黑的时候才能歇下来。这之前他们躲在密林里，吃野菜，喝凉水，本来就虚弱不堪。现在，他们每天的口粮只有一小把炒青稞。就是其他身强力壮的民夫都吃不消。每天都有人累死在路边，或者因为体力不支掉进河里。河里每天都可以看见死尸，有的漂浮在水里，有的冲堵在乱石丛中，河谷里到处都可以闻到腐尸的恶臭。布吉是死在雪宝顶上的。那天他们父子实在走不动了，就歇在雪山下，父子俩紧紧抱在一起睡过去了。半夜，蒙自被冻醒了，才发现阿爸已经死了，身体已经梆硬。

"番官呀，"其美脱下蒙自的鞋，让白雄看他的脚，"蒙自也废啦，你看吧，他两个脚趾头都被冻掉了呀！"

白雄只好苦着脸，好言相劝，并让拉姆给他们拿来一小袋炒面，好不容易才让他们走了。

下午，白雄打了一个盹儿，醒来依然头昏脑涨，便信步走出家门，在寨子里随便溜达。路上，他碰到了才介的二儿子戈波塔。

见戈波塔心事重重，匆匆赶路，白雄就问他："去哪里？"

"临时医院啊。"戈波塔恨恨地说，"听说那个汤队长过去了，冉军医又下了寨子，英子在那里我不放心。听英子说，那个狗日的坏得很，糟蹋了好多女人！"

白雄心里一紧。他已经听到了一些风声，只是没有来得及去了解清楚。他问："你是怎么晓得的？"

"我怎么不晓得？"戈波塔恨得牙痒痒，"好几个女人得了脏病，她们悄悄告诉英子，英子再带他们去找冉军医。"

白雄想，所谓脏病，一定是梅毒。在汉区混了几年，他晓得这种在男人和女人之间传播的性病，最常见，也很难医好，如果一旦传染开，部落就完了。他来不及多想，就和戈波塔一起去了临时医院。

"医院"建在龙波家。龙波是白该，还是狩猎高手。他家人少，女儿尼苏才两岁，房子很宽。经白雄一说，他就把二楼全部腾出来，让那些伤病很重的人住在那里，冉军医每天都过来给他们检查。

冤家路窄。白雄和戈波塔到龙波家时，英子在院里晾晒那些裹伤的布片和布带，汤羽正在那里纠缠不休。

汤羽一只手插在裤兜里，一只手搭在晾晒布片的绳子上，背对着他们，正喋喋不休地说着什么。

英子冷若冰霜，无视他的存在，只管干自己的活。

汤羽的话英子不懂，戈波塔不懂，但白雄懂。

汤羽说："美人儿，你长得好迷人啊，回头来找我，我送你一件好东西。"

这是明目张胆的勾引。

要是在平时，白雄可能装聋作哑。但是这个时候，中央军造成的灾难和让他无法面对的问题，加上汤羽带给部落的脏病，让他心烦意乱。看见此刻流里流气的汤羽，白雄长期被压抑着的情绪一下子变得难以遏制。他血往上涌，脸一下子就拉下来了，话也说得很冲："汤队长，她公公才被你打死了，你还去招惹她，不怕报应吗？"

汤羽回头，愣了一下，但紧张和尴尬转瞬即逝。他端起了架子："报应？你什么意思？"

"你应该晓得我说的是啥。"白雄面无表情，"别忘了，你们汉人爱说的一句话，'人在做，天在看'。"

"威胁我？我倒要提醒你，跟我说话，不能不考虑后果！"汤羽说完，狠狠地看了看白雄，又打量了一下戈波塔，转身走了。

第二天早晨。睡了一宿，白雄暂时忘记了昨天的事。还在床上迷迷瞪瞪的，查拜和才子休一起找上门来。

他开了门，来到火塘边，还来不及坐下，他们就给他报告：实在过不下去啦，各个寨子的人都在串联，准备举家带口逃往勿角和铁楼。

白雄一听，感觉事态严重。部落和中央军的矛盾，不但不能调和，而且愈演愈烈，稍有不慎，还要出大事。他当即决定，各寨头人回去尽量安抚，稳住乡亲们，他自己马上去黄羊关土司衙门，找王老爷商量应对的办法。

找到王老爷已经是第四天下午了。土司没有在黄羊关，而是在龙安的土司衙门。当时，他正在和县参议长赵旭初坐在客厅里，一人端一盏盖碗茶，说叨当前时事。白雄熟悉的龙州雪牙的清香，在客厅里隐隐飘荡。

赵旭初是县里的地方实力派。白雄不晓得他曾经留学日本，参加过同盟会，和戴季陶都有过交集，但他晓得王老爷和赵旭初关系很铁。所以，他也就毫不避讳地将中央军来白马部落发生的大小事件，做了详细地报告。

听了白雄的报告，王秋园还沉吟不语，赵旭初已经气得花白胡子直抖，将茶碗朝茶几上一蹾，霍地一下站起来："狗日的些！作恶多端，欺人太甚！走，我们找许良玉去！"

许良玉住在县政府大院的一个厢房里。赵旭初和许良玉见过几次，连站岗的勤务兵都认识他，直接就让他们进去了。但是没想到，汤羽也在那里——他站得笔直，正在接受许良玉的训示。

见赵旭初进来，许良玉马上从太师椅上站起来，疾步迎上前去。

"旭初兄，" 许良玉握住赵旭初的手，"您是革命前辈，德高望重，我早该到府上拜访，可惜近期军务紧急，还没顾得上，真是抱歉！"

"书记长，您处理的都是党国大事，哪敢随便打搅啊。" 赵旭初边说，边扫了汤羽一眼。

许良玉让勤务兵给客人安座，上茶，一边继续对汤羽说："汤队长，我该说的都说了。你此前在白马番地，虽说也很辛苦，但是，效果不尽人意，并且还有深刻教训！胡先生（胡宗南让部下都这样称呼他）对民族地区高度重视，我军进松潘之前，他亲自派人带着礼物去那里，联络上层人物，目的就是维护番汉

282.

团结，以利当前战事。所以，你务必要严格遵循胡先生训示，恪尽职守，完成任务的同时，也要注意安抚番民！"

汤羽接受了许良玉训话，立正，敬礼，转身出门时，才看到跟在赵旭初和王秋园身后的白雄。他用锐利的眼锋看了看白雄，挑衅地扬了扬下巴，大步走了出去。

许良玉双手抱拳："刚才是我部的特务队长，有急事处理，怠慢各位了！"

赵旭初说："我们今天前来，要给书记长报告的，正与贵部的特务队长有关。"

"哦，与汤羽有关？"许良玉很惊诧。

"这是白马土司王秋园先生，"赵旭初逐一介绍，"这是白马部落番官白雄先生。我今天和他们一起来，就是来反映一下与汤队长有关的事情。"

于是，白雄将中央军进白马以来发生的事情大略地讲了一遍。之后，王秋园又做了些补充。

许良玉大感意外，正色道："这些，都是真的吗？"

"千真万确，"王秋园说，"书记长，自我中华民国建立以来，这样的事，真是闻所未闻！"

"此前已有耳闻，今天听白雄番官一说，才知道事情比传闻严重多了。火烧寨子，滥杀无辜，奸淫妇女，土匪一样的行径！这不是给咱中央军抹黑吗？"赵旭初说得义愤填膺。

许良玉皱紧了眉头，耐心地听三个人的陈述。这个汤羽，虽说是中央军校六期的毕业生，但是在校时险些被开除；后来到了张发奎部，因为强奸民女被革职。本来按胡宗南的用人惯例，不管什么原因，失业的黄埔生他概不收留。但是因为康泽的面子，不得不把他收下。没想到，他这样不争气。尤其是，这个赵旭初不能随便得罪。听说昨天晚上他还在宴请那个《大公报》的记者范长江，这更让他警惕。于是，他将桌子一拍："这样的国军败类！坚决查处！"

第一师特别党部，一个叫温世成的中校干事，直接受许良玉之命前往白马。

五天以后，当他带着几个士兵，历尽千辛万苦抵达白马部落时，汤羽已经在杜鹃山顶的幺店子了。

昔日的特务队长，坐在那张粗陋的小桌上首，愉快地看着罗瘸子将一大钵碗热气腾腾的清炖羊肉摆在他面前。他的老丈人木珠，脸上堆满讨好的微笑，正从土罐里往他碗里倒苞谷烧。

非常意外，消息居然是他一直提防的杜文仲透露给他的。看来，还是他悄悄塞给杜文仲的那一包烟土在关键时刻起了作用。他本非嫡系，并且事情已经捅到胡长官那里。火烧番寨、强奸番女、滥杀无辜。只要许良玉愿意，哪一条都可以把他置于死地。

羊肉很香。他昨天晚上连夜出逃，到现在几乎没有吃东西，吃起来就更香。酒也好喝。罗瘸子和木珠轮番给他敬酒，亡命途中的敬酒，就让他格外舒服。

渐渐地，他感到舌头周身都有些麻木。因为太饿，他没有多想。麻木越来越明显。他突然警觉，想站起来，甚至准备掏枪。但是，他已经动弹不得，身体完全不听大脑指挥。他想喊，嘴巴已经无法张开，更说不出话。他猛然陷入了恐怖，脸色越来越涨红，密密的汗珠渗出额头。

罗瘸子上来，一把将他掀翻在地，木珠拿出早已备好的麻绳，把他捆了起来。

汤羽眼睁睁地看着木珠扒下自己的裤子，然后拔出猎刀，抓住他的阳具一刀割了，血糊糊地塞进了他因惊恐而张大的嘴巴。他的嗓子眼立刻被强烈的咸腥和软绵绵的一坨肉堵着，让他几乎憋气。

罗癞子笑笑，凑近汤羽耳朵说："晓得你这玩意儿搞了好多女人，今天你就自己消受吧。"

说话的同时，罗癞子搜了他的枪和白金壳怀表。

木珠把怀表要过去，贴到耳朵上，也像白雄那样，很享受地听它嘀嗒嘀嗒走动的声音。

绝望中，汤羽想起了武昌那个算命先生，想起了不久前他亲手打死的那个老巫师。那个狗日的老东西，他的诅咒居然这么快就应验了。他懊悔不已。千不该万不该，不该听龙文彪的话去那个可怕的白马。他瞟了一眼木珠手上的怀表，嘀嗒嘀嗒，声音清脆，清晰入耳，每一声都像在催命。这时，他明白了——自从走进白马，他死亡的倒计时就开始了。

那么，自己的命运，究竟是宿命，还是自己犯下致命错误？

他脑袋像是灌满了糨糊，越来越糊涂。还没有想出头绪，他已经被拖到了幺店子的背后。

灌木林里，一个早已挖好的坑，正在等他。

第九章

1. 瘟疫

汤羽失踪的三天以后，由温世成率领，中央军的特务队撤离了白马部落。

那天是六月初八，小暑。风很大，天上飘着小雨，路上铺满湿漉漉的落叶。

中央军给白马部落带来了深重的灾难。但是，冤有头，债有主。随着汤羽的意外出逃，白雄心中的那些仇恨，似乎也消弭了不少。尤其是龙安一见，白雄对许良玉颇有好感，甚至有几分感激，因此，他对许长官派来的这个温世成相当地尊敬。饯行的酒昨天晚上已经喝过了。也许，温世成对汤羽在这里作的恶了解得太多，心里过意不去，请示许长官，给部落留下了少许枪弹以示抚慰，也好给地方一个交代。所以，寨子外面的大路上，告别还算友好。但是，一转身白雄脸上的笑容转瞬即逝。

就在昨天，各寨子的情况终于汇总上来了：房子烧了三分之二；被直接打死或重伤致死六十七人；山上病死十九人；绝大部分人家缺粮，肯定有为数不少的百姓熬不过冬天。

有一个灾难还在继续：派出的民夫天天都在死亡线上挣扎，每天都可能有人死在路上。四百三十八个人，都是部落里的青壮年，他完全无法预料有多少人可以活着回来。

他万万想不到，更大的灾难马上就要降临了。

从山上回到寨子不久，波兰早就觉得周身都很不舒服。半个多月的山林生活，阴暗，潮湿，喝脏水，天天半饥半饱还担惊受怕。快五十的人了，身体扛不住，落下什么病也很自然。那天早上，她更加觉得周身酸痛，鼻塞，咳嗽不止。躺在熊皮褥子上，盖了棉被还冷得发抖。中央军的队伍开拔，当官的喊着口令，从门前经过的士兵脚步走得咔嚓咔嚓，她都懒得起来瞟一眼。

估计是感冒了。中午，她从床上起来，从菜园里掐来两根粗大的葱叶，掐去两头，插在鼻孔里。葱味辛辣，她立刻响亮地打了两个喷嚏，感觉似乎好了些。就着一碗酸菜汤，吃了一块馍。她找出一个铜钱，倒一杯苞谷烧，让拉姆蘸着酒给她刮后背和胳肢窝。在娘家纳卓，凡是感冒，一般都这样处置。晚上，她在格庄当年给她打制的大浴桶里美美地泡了一个澡之后早早地上床睡了。

第二天早晨，波兰早是被疼痛唤醒的。头痛，喉咙痛，骨节痛，连皮肤摸一下都疼痛难忍。拉姆给婆婆煮了蛋羹汤，还加了蜂蜜，木碗盛着由白雄亲自端到床前。艾玛知道奶奶病了，也抱着一只雪白的羊羔来到床边，看奶奶喝蛋羹汤。刚喝了一口，就像有什么机关被触碰，波兰早还来不及放下木碗，一股黑乎乎的液体就带着蛋花喷射而出。吐完了，随着一阵剧烈的咳嗽，再吐。如是反复几次，最后吐的已经是黑红的血了。这时，白雄细看阿妈，她喘着粗气，脸色乌紫。一丝带血的黏液，蛛丝一样挂在嘴边。

白雄心里一惊。还没待他说出口，波兰早把手一挥，像是自言自语："朝勒……朝勒……"

"朝勒"，就是汉人说的"寒老二"。白雄知道，这是一种非常致命的传染病。

必须隔离。白雄马上让拉姆在柴屋用燕麦草铺了一个临时病榻，自己亲自把阿妈背了过去。但是，他把阿妈轻轻地放在燕麦草上的时候，他发现她已经陷入了昏迷。

瓦美带着法器匆匆赶来。在院坝里，法事才做了一顿饭的工夫，波兰早已经断了气。一场驱鬼救人的法事，马上切换到超度亡灵。瓦美的大锣和牛皮鼓敲得很慢，但力道很够，显得惊心动魄。他的诵经有明显的抑扬顿挫，声音低回，调子悲怆，无比忧伤。波兰早生前不但泼辣，能干，而且心肠好，慷慨大方，所以人缘极好。加上她是番官的母亲，噩耗传出，部落所有的寨子，家家户户，只要走得出门的人，纷纷赶过来给她送行。

白雄让人堵在大门口，不让他们进来。说这是瘟病，传染上了是要死人的。年轻人都比较听话。但老人们不管不顾。他们哭哭啼啼地说，既然是朝勒，我们也会得的，反正现在活人难，死活都无所谓了，我们还是先送送波兰早吧。

这时，白雄才晓得，好几个寨子已经在死人了，并且症状和波兰早一模一样。死的都是老人，他们得病或者死亡的时间，有的比波兰早还要早。

非常可怕的是，死去的老人，他们生前彼此并无来往。

也就是说，"朝勒"，已经在部落各寨同时爆发了。

大量的老人死亡。接下来，死的是孩子。

现在，年轻力壮的男女，也有人死了。

面对瘟疫，白雄召集白该瓦美和大小头人几番商议，即使见多识广的他，也只能安排大家弄些羌活、独活和蒲公英，大锅熬水，每天给大家喝。

已经生病的，不约而同，各寨子采取的都是最古老的办法：让他们立刻住进岩洞，越远越好，自生自灭。

家家户户门前都堆放了荆棘，拒绝邻居串门。

灾难面前，最大的指望是山神叶西纳玛。部落里所有的巫师奔走于各个寨子，法事一个接着一个，超度越来越多的亡灵。敬献牺牲依然是必须的。但是，羊越来越少，牛更少。于是，家家户户就杀鸡。鸡杀完了，就敬鸡蛋。瓦美三天三夜没有合眼，接连做了二十多场法事。山神叶西纳玛是白马人精神上的定海神针，巫师则是他在人间的仆人，代表着超自然的力量。但现在，连他们自己也无法保命了，三天之内，巫师也接连死了五个。

死人实在太多，巫师们实在顾不过来，后来干脆把所有的法事都免了。

不分男女、老幼、贫富和高低贵贱，部落所有的人，似乎都听到了死神可怕的敲门声。

逃生之路主要在大山另一边——文县铁楼和南坪的勿角，也就是厄补和达嘎两个白马人部落。那边没有打过仗，在那里，几乎每家人都能找到可以投靠的亲友。

白雄前妻索曼早带着儿子帕格，准备去铁楼求助于杰瓦生前好友班达来大头人。秋雨连绵，出寨子的路遍地泥泞。母子俩穿着羊皮雨披，脚上套着草绳脚码子，拄着棍子一步一滑，走了两天半才走到迭部寨。实在走不动了，决定在这里休息一下。他们去敲本寨头人班加宁的门，开门的正是班加宁的婆娘——厄里嫁过来的小姆早。门才半开，小姆早见是索曼早，啊了一声，脸上的惊喜转瞬即逝。因为她突然意识到了危险。她说了声"等等"，就将门关上了。等了一阵，索曼早几乎已经绝望，正准备离开时，门重新开了一道缝。

"你们先回去吧，"小姆早递出一个口袋，一看就知道，里面装的是炒面和蒸馍，她红着脸，小声地说，"过些时候再请你们过来做客吧。"

不仅仅是索曼早。去达嘎和厄补的都被亲戚们客气地拒之门外。他们带回来的，几乎都只是几句安慰同情的话和少许的食物。

波兰早葬礼后的第五天，白雄组织了就任番官以来最盛大的一场法事。太阳刚刚升起，叶西纳玛神山下的坝子里已经站满了人。今天，全部落的白该，以及凡是能够出门的男女老幼，都集中到了这里。

白雄从自己仅剩的七头牛中挑出两头最壮硕的犏牛，由塔塔牵来，拴在坝子边的那棵云杉上。塔塔已经长得牛高马大，除了脸上随时挂着的傻笑，活脱脱像是年轻版的格庄。他虽是傻子，但因为从小跟着才介，几乎没有缺席过一场法事，人们差不多将他视为老巫师的徒弟了。今天的法事由瓦美主持，塔塔杀牛。才介在世的最后两年，他主持的法事，杀牲的事大多都由塔塔包揽了。

塔塔杀牛并不需要四蹄相串，甚至不需要绳子。他把牛牵到祭坪，一边抚摸它的脖子，一边轻轻地给它唱歌。唱着唱着，牛的眼泪就出来了。它先是跪下前腿，然后是后腿，再接下来，它就侧卧在地上了。人和牛，配合默契，就像在进行什么仪式。

塔塔的歌声大了起来，速度也加快了。他将牛的前后腿各自重叠，摆放整齐了，更快更重地摩挲它的脖子。就在人们专注地听塔塔歌唱的时候，他突然从后腰里抽出短刀，将牛脖子往后略一扳，刀光一闪，牛血已经喷射而出。而牛，只是腿轻轻动弹了几下就断了气。

此前，瓦美已经念完了经，用怀里掏出的一个木碗接了满满一碗牛血。现在，他双手把木碗举过头顶，对着神山唱道：

> 我们的生命像麦粒一样卑微
> 灾难像磨盘一样沉重
> 至高无上的山神叶西纳玛啊
> 救救白马部落吧
> 我们的生命就像草灰
> 马上就要被风吹散

唱完，瓦美将牛血朝神山方向轻轻泼洒过去。

旁边照例挖了灶，两口毛边锅里，水已开始沸腾。这几百斤牛肉都将在这两口锅里煮熟。不但在场的乡亲们可以饱餐一顿，剩下的牛肉还将被他们用树枝叉起带回家。包括白雄在内，所有的白马人都坚信，这些牛肉已经注入了山神的法力，将保佑他们渡过劫难。

然而，死神过于强大，山神叶西纳玛也无可奈何。

叶西纳玛眼皮底下的雅日块寨，灾难反而更加深重。现在的头人才里休，本来就没有玛格那样的能力和魄力，在瘟疫面前，他更束手无策，似乎唯一的选择就是等死。

大家不敢再串门。寨子里天天都在死人。找不到人帮忙，尸体都留在了家里。哪怕是几世同堂的大家庭，亲人一个接一个死去，直到死绝，外面都没有人晓得。

玛格死后，阿爸和阿妈身体每况愈下，他们成为寨子里第一批死于瘟疫的老人。不久，茜茜自己也有了症状。她自知在劫难逃，赶快把七岁的多纳推出门去，说："阿妈管不了你啦，你看哪家房顶在冒烟你就去敲门吧，你一定要活下去。"

多数家庭都死绝了。雅日块全寨一百零二人只剩下了二十四人。

那是一个持续了三个月的漫长雨季。日复一日，狂风暴雨也压不住此起彼伏的哭声和尸体腐烂的恶臭。

没有人气养着，房子就特别脆弱。开始是房顶漏了，然后是墙体开始倾斜，接下来，梁、柱、椽、檩开始腐朽，捆扎它们的藤蔓也开始松动和断裂。终于有一天，墙体坍塌，房顶落下，将主人全家掩埋。

一栋栋房子，就在原地，迅速完成了从住宅到坟墓的功能转换。

2. 塔塔

法事后的第二天，傻子塔塔也害瘟病了。

塔塔过去经常住在才介家。后来，老巫师死后，他就回家住了。和波兰早一样，他起初也是头疼，发烧，周身酸痛。到第二天，也是呼吸困难，脸色乌紫。更厉害的是，随着一阵剧烈的咳嗽，鲜血从鼻子耳朵同时迸射出来，就像孩子们用竹筒水枪射出的水柱。白雄依然让他去了柴屋，睡在他阿妈睡过的那堆燕麦草上。

塔塔昏睡在柴屋里。拉姆用竹篮装了四个馍，给铜壶灌了半壶水，叫艾玛给他送去。艾玛将竹篮挂在柴屋门上，将水灌进门口的瓦罐，这就完成了当天的送饭任务。那时她刚刚打了耳洞。耳洞是瓦美打的，打的时候，白该先用湿花椒面揉搓耳垂，再用荆棘刺穿，然后插进一根一寸长的小木棍。因为刺耳垂时白该念了经，所以一点不疼，只是有些痒。艾玛坐在台阶上小心地捏自己的耳垂，止痒，一边观察柴屋里的动静，看塔塔啥时候出来取馍。接连几天她都这样，但直到耳洞结痂，已经挂上了自己用细藤和红色羊奶子做的"耳环"，她还是没有看见他露面。

白雄两口子天天喝药水。他让艾玛也喝。但是，她端着药碗，装着边走边喝的样子，但只要阿爸背过身去，就将药水泼到那棵苹果树下。

塔塔也从来没有喝过药。害了朝勒的人，体弱的一般扛不过三天；身强体健的人，最多也拖不过七天。塔塔能够扛多少天呢？

塔塔无论是在家里还是寨子里，常常是一个被忽略不计的人。关进柴屋以后，白雄差不多把他给忘了。有一天，他突然问艾玛："还在给塔塔送馍？"

"送呀。"艾玛觉得阿爸问得有些奇怪。

"送了多少天？"

"七天。"艾玛记得很清楚，因为她每天都会用木炭在门上画一道杠。

"柴屋有啥响动吗？"

"没有呀。"

中午，白雄决定亲自去看个究竟。

竹篮依然挂在柴屋门上，里面的馍已取走。摇了摇水罐，也是空的。白雄将头贴在门上，从门缝里窥视里面。但是，里面黑咕隆咚，啥也看不清楚，也听不见任何声响。他抽抽鼻子，没有闻到尸臭，倒是有屎尿的骚臭从里面透出，一股一股直往他鼻孔里钻。

"塔塔！"他重重地拍了拍门，大喊，"你说话！"

"明天给我加两个馍！"屋里传来了塔塔惯常的那种懒洋洋的腔调。

艾玛依然天天给塔塔送馍送水。

第十天，上午。当艾玛提着馍和水来到柴屋的时候，门突然打开，塔塔从屋里走了出来。他满脸污垢，头发和胡子长到了半尺多长，像一团乱麻在风中飘拂。他从艾玛手里抓过篮子，将六个馍往怀里一塞，傻笑一下，扔下篮子径直走了。

出番官大院，塔塔一边掰着馍，一边沿着寨子里曲折的巷道向夺补河边走去。路上遇见瓦美，喊他。他回头笑笑，依然走自己的路。

瓦美好奇，就尾随。从独木桥上过河，沿着正大沟上山。用了半天时间，他们到了孔雀山悬崖下的双海子。这是一道小溪汇成的连池叠水。上面的池小，圆形，只比一口毛边锅稍大；下面的池子至少比小池大七八倍，半月状。两个水池皆澄澈见底，碧如翡翠。但是因为太过偏远，除了偶尔有打鹿匠和挖药人经过，寨子里的人绝大多数人只是听说，并没有来过。

塔塔来到水边，把自己脱了个精光，跳进水里。他从小池子开始，把自己身子浸在水里，慢慢搓澡。大约一顿饭工夫，他换到大池里，继续搓澡。瓦美把时辰记得很清楚：今天是七月初九，立秋的前一天。但在白马，秋已经很深了，寨子里的老人已经穿上了冬装，天天都围在火塘边。白马四周都是雪山，大小溪流都是融雪而成。但是，塔塔一点儿都没有冷的样子。天气阴沉，但两个海子都蒸腾着乳白的薄雾，就像锅里的水即将烧开一样。瓦美把手伸进水里，才发现水其实很热。

塔塔招手，示意他也下水。

从双海子回来的塔塔，像是脱胎换骨，变成了另外一个塔塔。他胡子已由瓦美用猎刀剃去，长发用细藤束于脑后，红光满面地回到了寨子里。

番官家院内，许多人站在夕阳里，正七嘴八舌地说个不休。他们都是刚从松潘回来的民夫，都没有拿到工钱。虽然他们侥幸捡回了一条命，但所有人都是一身伤病——有的闪了腰，有的冻坏了手脚，有的挨了打，身上伤痕累累，还有的疑似得了瘟病。本寨的小伙子纳珠，因为饿得受不了，偷吃了一把自己背的青稞，被当兵的猛踹了两脚，断了两根肋骨。他们都哭哭啼啼，围着白雄诉苦。

塔塔一屁股坐在门前的石阶上，目光在人丛里扫来扫去，充满迷茫。突然，他眼睛亮了一下，停在纳珠身上。

"你过来，"他对纳珠喊道，"把你的伤给我看看。"

纳珠不晓得他要干啥，但还是过来，顺从地脱了袍子。祖露的腰背一片瘀青，折断的一根肋骨将皮肉帐篷一样顶得老高。塔塔用手指头在伤处点了一下，纳珠立刻龇牙咧嘴，痛得大叫。塔塔傻笑着，用手掌在伤处抚摸，过了片刻，塔塔用手指头在伤处重重地戳了两下，纳珠居然完全没有了痛感。听纳珠一说，大家凑过来一看，发现他断了的肋骨已经平复如初。

人们惊奇，一起把塔塔围住，请他也摸他们的痛处。神奇的是，塔塔一共摸了十个人，摸到哪里，哪里的疼痛立马消失。

第十一个人是珠戈寨的里加，他伤了腰。但塔塔反复摸了一阵，始终没有任何效果。

塔塔很困惑。他抓着自己的头发，朝天上翻着白眼。

突然，他又傻笑了。"每天十个，"他拍打着双手说，"你明天来吧。"

塔塔是死而复生。白雄有些高兴，晚上，就让拉姆煮肉，烤馍，把瓦美两口子也喊了过来，有为塔塔庆祝的意思。

灭顶之灾一个接着一个。部落满目疮痍，人口死亡大半。作为番官无力回天，天天借酒浇愁。现在，中央军走了，瘟疫好像也到了强弩之末，白雄感到轻松了些。拉姆平时对塔塔总是不闻不问。但今天她靠在门边，亲眼目睹了他在众人面前近乎神迹的表现，心里莫名地生出几分畏惧，所以对今天的晚餐颇为上心。烧了牛肉，炖了坨坨肉，擀了荞根子，还蒸了馍。

大家吃肉，喝酒，渐渐忘了置身其中的苦难。时隔两个多月，他们还第一次唱起了酒歌。

塔塔从来沉默寡言。今天，他依然如故，一直闷头吃肉喝酒。

突然，他抬起头，没头没脑地对哥哥说："你不该杀玛格。"

白雄一愣，继而恼怒："胡说八道！明明是汤羽杀了他！"

"杀了他，你会少活二十年，"塔塔就像没有听到哥哥的话，"他要找你麻烦，一直找。"

"是汤羽杀了他！"白雄的筷子头朝桌面使劲一戳，几乎喊了起来，"你再胡说八道，看我怎样收拾你！"

"你是怕他，"塔塔眯着眼睛，还是只顾往下说自己的，"还恨他，他跟拉姆，班班扎……"

这时，刚好拉姆端了一盘蒸馍进来，一听这话，立刻红了脸。她将木盘朝桌上猛地一踮，转身就走。两个蒸馍滚落在地，她也不管不顾。

白雄忍无可忍，拔出手枪，往桌子上一拍，咬牙切齿："傻子，我毙了你！"

"你是我哥，"塔塔傻笑，"你不会杀我，不然，你会死得很惨。"

"你真是个傻子，"瓦美摇晃着塔塔的肩膀，"净说傻话！来来来，我们说点其他的吧。"

"哦，哦，"塔塔翻着白眼，想了一阵才说，"汤队长死在杜鹃山。"

"哪个杀了他？是马纪良，还是罗瘸子？"白雄恶狠狠地追问。

"是才介，才介诅咒了他！"塔塔眯着眼，似乎看到了什么，"若！若！割了！活埋了！"

塔塔依然住在柴屋里。每天天不亮就有人等在门口——他们都是来找他看病的。现在的塔塔，在人们心目中已经近乎神灵。部落灾难深重，人们有太多的病痛，所以他的柴屋门前天天都排着长队，乡亲们都希望挤进那当天那十个名额，神奇地恢复健康。

另外一种病人也找上门来了。他们有男有女，得了共同的一种病，那就是汤羽和他的特务队带进来的脏病，几乎是和瘟疫同步爆发。

当人们凑近他耳朵，忸怩着告诉他得了脏病时，塔塔总是傻傻一笑，手指前方，说一声"小池子"。病人不解，问他。他还是傻傻一笑，再说一声"小池子"。此后，他翻着白眼，不再说话。人们困惑，无奈，不得不带着"小池子"三个字回了家。

最后一批害瘟的也满怀希望地找上门来。塔塔依然傻傻一笑，说一声"大池子"，就不再说话，人们依然带着解不开的困惑离开。

这天，瓦美陪着他婆娘琪琪，也来找塔塔看脏病。

琪琪和公公才介一起放羊时被中央军抓住。后来瓦美得了脏病才晓得，就在塔塔这间柴屋里，汤羽把脏病传染给了琪琪，然后又传染给了他。但是，他的脏病前几天莫名其妙地好了。这时他才如梦初醒——他的脏病是在双海子洗好的呀。小池子。大池子。瓦美默念着，突然一拍大腿，大叫一声："一个洗脏病，一个洗瘟疫，没错！"

双海子的水不但可以治疗脏病和瘟疫，还可以提高妇女的生殖能力。

按照塔塔的提示，部落的育龄妇女都去了双海子。她们把大池子、小池子的水各舀一碗喝下，不久都怀孕了。九个月以后，全部落二百一十六个中青年女人，差不多在同一时段生下了三百零一个孩子——因为其中部分女人生了双胞胎。

一年以后，这些女人中的大部分又再次怀孕，再为部落增添了近两百个孩子。

次年夏天，王老爷坐着滑竿来到白马。因为中央军和瘟疫，他隔了一年才恢复巡视。

和土司一起来的，还有冉军医。冉华安现在已经离开了军队，在龙安开了全城第一家西医诊所。他知道了白马部落去年的瘟疫流行，也听到了关于塔塔的神奇传说，他要考察和求证。

很不幸，塔塔已于三天前死去。当时，他拿着个铁疙瘩砸核桃，但塔塔不晓得手中的铁疙瘩竟是可怕的手榴弹。核桃还没有吃进嘴里，手榴弹却爆炸了，他当场身亡，眼珠子都飞到了白雄的脸上。

白雄给塔塔举行了一场隆重的葬礼。随后，塔塔被安葬在他阿妈波兰早墓地的旁边。

王秋园来到白马的当晚，一场大暴雨袭击了白马部落。三天以后，天晴了，由白雄亲自陪同，冉华安考察了双海子。王秋园也兴致勃勃地主动参加。但是，他们还是失望了——暴雨带来的泥石流已经将海子填埋。

虽然有一个"双海子"的地名留存至今，但曾经的海子，似乎从来没有真正存在过。

3. 在大山的背面

谁也没有想到，狗会吃人。

那天上午，戈波塔背着背篓，提着火枪，准备上山打猎，顺便也挖些"乌度"。乌度是藤本草质植物，块根类似山药，也有山药那样的口感，无论蒸、煮都好吃，尤其是阳山挖的，个大，特别甜糯。每当面临饥荒，食物极度匮乏之时，家家户户都上山挖乌度充饥。白马人都说，每逢大灾之年，乌度是山神叶西纳玛赐给我们的救命礼物。

三天前，白马迎来了入冬的第一场大雪。现在，随着太阳升起，水汽开始在树叶落尽的林间蒸腾，原野显得更加萧瑟和苍茫。戈波塔气喘吁吁，走得很慢，甚至走走停停。雪地上那个缓缓移动的影子，似乎已经成为他拖拽不动的负担。自己才三十出头，怎么就这样窝囊了？他不服气，咬着牙坚持走了一阵。到半山腰，累得不行了，不得不再次停下来，靠在树上歇息。腿非常酸软。解开绑腿，他发现小腿明显浮肿，手指头一按一个窝，很深，久久不能平复。

远处，林子里钻出了一条狗。

　　狗很脏，应该是条流浪狗。主人长时间在山上躲兵祸，许多狗无家可归；瘟疫造成很多绝户，无主的狗便到处流浪；家家户户面临饥荒，人都在生死线上挣扎，哪里还顾得上狗？于是饿狗们到处乱窜，也加入流浪狗的行列，它们在野外像狼和豺狗一样生存。不过，这也是它们最自由幸福的一段时光——绝户越来越多，山上就有了流散无主的牲畜可供猎食；中央军的屠杀和瘟疫流行造成大量死人，尸体让它们成为不劳而获的肉食动物，一条条吃得膘肥体壮，毛色油亮。并且，一旦脱离主人，回到野外，吃了太多的人肉以后，唤醒了基因里的野性，它们也就少了对人的敬畏。就说眼前这条狗吧。这是一条大黄狗，戈波塔感觉有些面熟，但他记不起它曾经属于哪家。也许它死人见得多了，以为靠在树干上的戈波塔也是死人，就毫不犹豫地朝他小跑过来。它跑得越来越快，凶光毕露的狗眼让他紧张起来。他直起身子，慌忙开了一枪，居然没有打中。那狗显然是猎狗出身，并不怕枪声。它趔趄一下，没有逃跑，还朝戈波塔狂叫示威。更恐怖的是，没多久，树丛里同时钻出了七八条狗，咆哮着向他围了上来。当他费力地抡起枪管，准备击退狗群的时候，那条大黄狗闪电般跳起，将他右臂咬住。其余的狗趁机扑到他身上，开始撕咬。

　　白雄闻讯赶来，已经是太阳当顶的时候。

　　戈波塔死得非常恐怖：脸部被吃掉了大半，肚腹被掏空，躯干已经消失，几条肋骨直接暴露在空气中。地上到处是血迹和衣服的碎片。尸体引来了大群的秃鹫。它们有的在不远处的树上虎视眈眈，有的还在低空盘旋，掀起的气流不时从人们脸上掠过。

人从中，英子的哭声已经嘶哑，虚弱得像在喘息："他……他饭都没有……吃一口，就……就走了啊……"

"我也才晓得，"瓦美红着眼睛告诉白雄，"戈波塔家里已经断粮了，两口子面子重，有难处也瞒着。英子又怀孕了，戈波塔疼自己的婆娘，只有克扣自己。"

英子扑通一声跪下。

紧接着，铁匠克高和木珠等几个老人也跪倒在地。他们哭着说："多嘎啊，你得想想法子，救救大家啊，弄不好，我们要灭族灭种啊！"

有老人们带头，在场的所有人跟着齐扑扑跪下来。顿时，人人呼天抢地，群体的号啕大哭像山洪一样爆发出来，发泄着叫天天不应叫地地不灵的绝望。

白雄哪见过这样的阵势！他再也忍不住了，终于哇的一声，和大伙一样哭出声来。他匍匐在地，面朝叶西纳玛神山方向磕头，磕头，再磕头。良久，他终于控制住自己的情绪，站起来。他额头通红，沾着灰土，显然是在地上碰得破了皮。他拉起英子，再一一拉起各位老人，哽咽着说："我当着山神叶西纳玛起誓，只要我白雄还有口饭吃，就不能让部落饿死一个人！"

当晚，白雄把各寨头人召集到家里。他作出了几项决定，第一，自己带头出钱，到汉区买粮，然后以成本价卖给或者借给缺粮的人家；二，各寨都把打鹿匠组织起来，打猎充饥；第三，实在没有办法的人家，就到外面几个部落去投亲靠友。

次日凌晨，月亮高悬半空，明晃晃地照耀群山。白雄带着才子休、查拜等八个人，急急地上路，赶往勿角，准备向尼瓦大头人求援。

白雄没有想到，还在半路，他的表哥马纪良也出发了，目的地也是尼瓦家。

现在的马纪良已经脱离了龙文彪，在尼瓦的地盘上的火烧林种鸦片，当起了烟老板。但是，马纪良对鸦片种植本是外行，对雇佣而来的烟农又刻薄，罂粟长势不佳，再加上今年夏季暴雨成灾，眼看血本无归，于是一不做，二不休，打起了尼瓦本人的主意。

下午，马纪良带了十几个人，一律短枪短刀。其中五个人背着沉甸甸的背包，像是背着烟土去给尼瓦送大礼的。

太阳偏西时分，当马纪良亲自叩动尼瓦家门环那一刻，他知道，他已经稳操胜券了。因为他早已得到了尼瓦的信任，而且尼瓦身边还有他的眼线，晓得尼瓦的儿子然塔今天在外收烟款，大部分家丁都被带走，一时半会儿回不来。

不出所料，门楼上的人从枪眼里已经知道，来人是马纪良。因为是常客，是尼瓦的小兄弟，又是来送礼的，所以不但家丁为他打开了大门，管家哈东还专门下楼迎接。马纪良带着人一拥而入，和七八个看家护院的家丁假装寒暄亲热，两人对付一个，迅雷不及掩耳，用利刃割断了所有人的喉咙，包括哈东。

马纪良带着人闯进内室的时候，尼瓦刚在床上躺下，开始抽大烟。服侍他的是一个年轻女人，丰满而妖娆，外号水蜜桃。她本是龙安桂香楼的妓女，马纪良的相好。年初，为了拿下火烧林的土地，搞定尼瓦，就高价把她买来献给尼瓦。

那是元宵节前一天，马纪良把水蜜桃带过来，对尼瓦说："美女配英雄，我这漂亮妹子，就该来服侍我大哥。"

尼瓦从来没见过如此妖媚的女人。他看看水蜜桃那张粉脸，心里扑通扑通一阵乱跳，目光变得迷离。他语无伦次地说："这这，怕不不行吧，我们民族有规矩，一个男人只能有一个婆娘。"

马纪良笑了："这样吧，外人面前就说她是我的婆娘，在这边没有合适住处，暂时借住在你家。"

于是，马纪良的一个诱饵，一个眼线，被尼瓦心花怒放地接纳了。

现在，见马纪良持枪进来，水蜜桃在床上不慌不忙地坐起来，轻轻地说了声，马哥来了。

尼瓦对外面发生的事还浑然不觉。水蜜桃刚刚给他打了一个大大的烟泡，他迫不及待地将烟枪凑到烟灯上，狠狠地吸了一口，再缓缓吐出。他看也不看马纪良，只淡淡的说了声："你来啦。"

"大哥，"马纪良向前跨出一大步，微笑着，用枪指着尼瓦说，"今天就对不住你了，我是来取烟的。"

"你也想来一口？"尼瓦没有听明白，大大咧咧地说，"我吃够了，你接着吃就是了。"

"大哥，我是要吃烟，"马纪良依然微笑，"你家里的烟，我全部都要吃！"

尼瓦一惊，睁开眼睛，回头看了看马纪良，说："都是自家兄弟，你要多少？好说，好说。"说罢，朝外面大喊："哈东，你进来！"

马纪良还是微笑着："别喊啦，哈东，还有你那外面那些人，现在，都是刀下之鬼了！"

尼瓦一愣，随即镇静下来，将烟枪一推："马纪良，你想干啥子？天地良心！我哪点对不起你？我给你说，要烟没有，要命有一条！"

这时，旁边正准备下床的水蜜桃娇声接话："马哥，我晓得烟藏在哪里。"

她话还没说完，尼瓦突然出手，他那柄短剑，闪电般直刺她心脏。

水蜜桃倒下的瞬间，马纪良的枪响了，尼瓦仰面倒在床上。

尼瓦并没有死。子弹只是射中肩胛。几个马仔冲进来，用早就准备好的绳子将尼瓦捆了起来。

突然，外面枪声大作。马纪良抢出门去，看见尼瓦老婆波姆手持双枪从楼上跑下来，边跑边射击，顺势踹翻了院里晒的一簸箕豌豆。说到豌豆，其实是这一带大户人家的防御必备。这些豌豆都早就晒干，浸饱了油，粒粒饱满、坚硬又滑溜。波姆闪电般出了院子，几个人追上去，跳过地上的那些尸体，却踩在豌豆上，纷纷倒地。等他们爬起来，再追出门去，她已经消失在林子里了。

"一个女人都收拾不了，都是些没用的东西！"马纪良气得直跺脚，"赶快！挨个房间给我搜！找到烟赶紧走人！"

转过一个山嘴，尼瓦家的大院已经在望。太阳西斜，房前屋后那些黄栌、枫香和鸡爪枫，在夕阳里红得像熊熊大火。枪声，就是在这个时候响起的。

枪声来自尼瓦家。情况不明，白雄让大家放慢脚步，拿起武器，一边走，一边观察前边动静。大院前二三十丈远的路边，有一块凸起的地方，前是崖坎，后是比较平缓的小台地，上面灌丛和杂草茂密。他们迅速攀上去，在崖坎边沿趴下——这样，既可以居高临下监视来路，还可以观察尼瓦院子那边的动静。

过了一顿饭的工夫，一支小小的队伍出了大院，朝他们这个方向走来。那些人都背着大包袱，还用杠子抬着什么，走得并不快。队伍越来越近，这时才看清他们抬的是一个人。那人双脚、双手被分别捆住，一根木杆子从中穿过去，肥猪一样抬着。那肥硕的身躯过于沉重，他们不得不停下来换人。于是，他们清楚地看见，抬的正是尼瓦。显然，他被绑架了。

虽然绑匪人多，但白雄占据了有利地形，队伍里有两支中央军送的蚍蚤笼，每人腰间还挂着一颗手榴弹。他一点不虚。

白雄取下一颗手榴弹，将拉环套在指头，悄悄吩咐大家："我甩一颗手榴弹，你们再用蚍蚤笼打两梭子，把他们吓跑了，再追着打，千万别误伤了尼瓦！"

战斗很快结束，甚至可以说，这根本算不上是一场战斗。马纪良的人都是为发财临时凑到一块儿的乡村混混，他们没有见过手榴弹，更没有见过"蚍蚤笼"。所以，一听巨大的爆炸声和机关枪一样嗒嗒嗒的射击声，他们不知道遇到了什么对手，丢下尼瓦，撒腿就跑，转眼就无影无踪。

掏出堵在嘴里的烂麻布，尼瓦还勉强可以说话，白雄才晓得是马纪良在他家里制造了惊天血案。尼瓦伤势很重，刚才被捆和吊坠在杠子上，让他不断失血并肘关节脱臼。他根本无法站起来，白雄只好叫人去尼瓦家卸了一扇门板把他抬了回去。

虽然已经从尼瓦嘴里晓得了个大概，但白雄踏进大院的一刹那还是被惊呆了：院子里，七八具尸体横七竖八躺在血泊之中。满地的血和刺鼻的血腥气，让人想起在晒坝里集中杀年猪时血水横流的场景。

这还不是暴行的全部。半夜，波姆和儿子然塔带着人回来，搜索楼上楼下的每个房间，才发现几个女眷全部被强奸后杀害，连厨子、用人也没有放过。

初步清点，发现马纪良一伙已将家里值钱的东西洗劫一空。没有想到的是，烟土居然没有损失——这也是当时马纪良没有将尼瓦马上处死的原因。

波姆和然塔回来时，尼瓦还活着。才子休略通医道，已经对伤口进行了简单的处理和包扎。当着大家的面，尼瓦对白雄说："兄弟，前些年，你在我这里拿走了机枪，我还恨过你。都是我不对呀。我们几个部落的白马人，必须抱团才不受人欺负啊。"

尼瓦死于第二天下午。

七天以后，安葬了尼瓦，波姆和然塔约上白雄，一起去了铁楼。在班达来家，三方正式结盟。他们会商的第一件大事，就是帮助白马部落走出当前困境。

过了一年，收烟的季节又到了。这一年风调雨顺，各地鸦片毫无悬念地迎来丰收。由于从汉区补充了大量的劳动力，白马部落的元气也在恢复。那些天，通往南坪和龙安的要道上，又出现了络绎不绝的商贩和烟帮。

短暂的蛰伏之后，马纪良又活跃起来。他带了一伙人盘踞在雕翎崖，专门抢劫烟帮。他手下有一个叫陈怀安的，身手不凡，是他最得力的帮手。

七月半那天，他们完美地完成了一次抢劫。那是一个小小的商队，不但带有可观的烟土，还有酒有肉。马纪良高兴，采纳了陈怀安的建议，把那些商贩全都绑在树上，弟兄几个高高兴兴地在林子里喝酒吃肉，一醉方休。马纪良就是在烂醉如泥的时候被陈怀安拿下的。原来，陈怀安是然塔安插进来的内线，那些喽啰大半都被收买。而那些商贩，也是由然塔的人假扮。

马纪良当晚就被然塔处死。

当然，他死得比尼瓦惨多了——他被剥得精光，然后绑在树上，活活由狗咬死。

树是一棵刺楸树。刺楸树笔直，直径近尺，浑身布满硬刺，等于是一根巨型狼牙棒。狗是两条猎狗，精瘦，但攻击性极强。

然塔很有耐心。他让一条狗扑上去，咬几口又把它拉回来，让另一条接着咬。经过特殊训练的两条狗，有强烈的攻击欲望，却永远得不到满足，一旦有了机会，就表现得特别疯狂。而且，它们只撕扯肉，每次只扯下一小块，还不伤及骨头，保证了行刑的可持续和制造出足够的痛苦。将马纪良往树上绑的时候，还有意留下了些许缝隙，狗扑过去的时候，马纪良本能地扭动，徒劳地闪躲，刺楸树等于是他另一个敌人等在那里，用它周身的刺对他进行第二次攻击。

狗与树，组合成了比零刀碎剐还要残忍的酷刑，马纪良被折腾了一个通宵才死去。那时，除了内脏，他差不多只剩下一副骨架。

马纪良之死成为龙安最轰动的事件。一时间，龙安城乡，茶馆里的评书艺人都在说唱这个故事，让萧条的茶馆生意也重新火爆了起来。

4. 玛格归来

和塔塔喝酒那个夜晚，白雄和拉姆吵了一架。先是因为塔塔，后来是因为玛格。

争吵，生气，让他辗转难眠。后半夜，他迷迷糊糊睡去，做了一个奇怪的梦。他梦见上山打猎，在林子里遇见玛格。他害怕，转身逃跑。跑着跑着，他发现自己变成了一只鹿，跳跃着狂奔。而打鹿匠玛格穷追不舍。没跑多远，双腿一阵酸痛，他再怎么使劲也迈不开步了。丝丝缕缕的雾岚也像一张大网，羁绊着他。他很绝望，大声喊山神叶西纳玛。山神在雾岚里现身出来，告诉他筋被抽掉了，因为玛格最喜欢吃的就是鹿筋。话似乎还没有说完，山神径直走了。他正奇怪叶西纳玛怎么不搭救他，突然玛格一扬手，飞出一个石头，咣当打在他的鹿角上。他猛然惊醒，扑通扑通，内心狂跳不已，身下早已是一片冷汗。

从此，他每晚都辗转难眠，都是后半夜才迷迷糊糊入梦，在梦中都是被玛格追赶，都是因为小腿抽筋把他惊醒。

连续三个月的失眠让白雄痛苦不堪。他非常纠结，怕失眠，更怕睡着后做梦。于是，他白天黑夜都处于迷迷瞪瞪的状态。

又一个失眠之夜。睡不着，他索性把眼睛睁开，一眼就看见玛格从屋角的黑暗中慢慢浮现出来。他个子似乎比生前小了一些，弯着腰，捂着胸口，试图走到他面前。他走得很慢，有些飘忽。但是，玛格虽然一步一步在走，却不见他接近，最终还是在原来的距离上。他面目有些模糊，只有眼睛很亮，红红的，在黑暗中像两粒火炭。

白雄与玛格在黑暗中互相对视。他并不十分害怕，只是有些心虚。正犹豫着要不要叫醒拉姆，这时一声鸡啼，远处几声鸟鸣，微白的天光从小窗外投射进来。再看屋角，玛格已经无影无踪。

白天，白雄实在忍不住了，就问拉姆，你晚上听见啥动静没有？她摇头。

家里常年住着七八个枪手。他们吃早饭的时候，他装着无所事事，过去和他们闲聊，转弯抹角问他们晚上听到什么动静没有。他们也纷纷摇头。

中午，一场滂沱大雨不期而至。天地阴沉，门外不见雨滴雨丝，只听见稀里哗啦的水的倾泻。下午，大雨依然下得不依不饶，天色愈加晦暗，仿佛夜幕降临。白雄坐在门口打盹。突然一阵风来，他感觉寒冷彻骨，一身鸡皮疙瘩。睁开眼睛，他一眼就看见了雨中的玛格。他依然弯着腰，捂着胸口。雨水哗哗流过他的胸膛，带出的血水顺着他的腰腿流淌下来，染红院坝里的积水，汹涌着出了门，向夺补河方向流去。

"拉姆！"他大喊一声。

拉姆正在屋里洗腊肉，听到白雄异样的叫声，用围裙擦着手快步出来。

"拉姆，你看看院里。"

"院里有啥呀？"拉姆朝院里望了一眼，她啥也没有看见。

"玛格，"白雄手指雨中的玛格，"那不是他吗？"

"没有啊，"拉姆看看院里，再看看白雄，"你眼睛看花了吧？"

白雄看看拉姆的表情，确信她是真的啥也没有看见，就说："把瓦美给我喊来。"

一会儿，瓦美披着羊皮雨披，水淋淋地来了。雨披还没有脱下，白雄就迫不及待地要他看雨中的玛格。但他和拉姆一样，也是啥也没有看到。

"他只找你。你欠他的，要债来了。"瓦美说。

"那怎么办？"

"先做一场法事吧。"

第二天，雨停了，天还阴着。白雄让瓦美做一场盛大的法事，祭奠玛格，以及死去的众多乡亲。

那天，除了风烛残年的老人和即将临盆的妇女，白马部落四百多成年人，全部来到了叶西纳玛神山下。依然是白雄捐的牛。全部落幸存的九个白该全部聚齐，在瓦美的率领下集体诵经。

诵经结束，由瓦美领头，现场的人一齐唱起了《安魂歌》：

> 魂啊
> 你不要到处张望
> 也不要到处游荡
> 美丽的天国大门开着呢
> 你高高兴兴地走吧

> 魂啊
> 东方不是你逗留的地方

南方不是你逗留的地方

西方不是你逗留的地方

北方不是你逗留的地方

魂啊

神山顶上起雾了

天上就要下雨了

很快也要下雪了

雨要淋坏你

雪要冻死你

你快些走吧

魂啊

林子里的老虎和豹子要吃你

草坡上的恶狼和豺狗要吃你

你快些走吧

魂啊

山上的伐木声你不要听

会吓着你，你快走吧

崖边的鲜花你不要去采

会摔着你，你快走吧

魂啊

这里的苦难太多

你赶快走吧

天堂是极乐世界

你赶快去吧

山神啊

你不要留住魂

请放他走吧

　　秋风萧瑟，落叶带着露水，纷纷扬扬从天而降，像是大神扑簌簌的眼泪。那一刻，神山下人头低垂，黑压压一片。人们从生命深处释放出来的歌声，苍凉，悲伤，又无比地雄浑。它和大风互相裹挟，激扬，在峡谷里经久不息地回荡。

　　唱歌的白雄一直都想着玛格，有意把"魂啊"唱成"玛格啊"。唱着唱着，他抬头仰望，看见神山顶上已经亮开，阳光裂云而出，一小块明亮的蓝，在云层里不断拓展。

　　离开叶西纳玛神山，白雄带了几个人，骑马去了雅日块。

　　偌大的寨子，现在远远望去，尽是烧得黑乎乎的残垣断壁。仅存的几栋房子兀立在废墟中，夕阳照耀，它们显得更加孤独，凄凉，触目惊心，有浓重的阴气。阵阵风来，他似乎还能闻到隐隐的腐尸味和焦烟味。

　　离神山最近的就是玛格家。门半开半掩，几乎被蒿草掩没。白雄刚走到门口，嗡的一下，一团黑云般的苍蝇从屋里飞出来，好多只撞到他脸上。他不得不捂着鼻子，双腿一夹，让马快步走过。他立刻有些眩晕，眼前一黑，险些栽下马背。昏昏沉沉中，他又看见了玛格。他站在路边半人高的蒿草丛中，还是弯着腰，捂着胸口。他睁开眼睛定睛看去，玛格的形象又变得虚幻，飘忽，像透明的纸人。最后，他消失在灰蒙蒙的虚空中。

白雄定了定神，跳下马，将缰绳扔给随从，跟在雅日块头人尼塔才里后面，踏着泥泞往寨子里面走。

看来，塔塔是对的，他不应该杀了玛格。他应该更耐心，更宽宏大量，多释放一些善意。假如这样，玛格说不定会被感化，成为他的帮手，得力干将，甚至是生死兄弟。

他招手，把瓦美叫到身边。

"重新安葬玛格一家，钱由我来出。"他悄悄对瓦美说，"你给头人们都说一下，遗弃在野外的尸骨，也要全部尽快收殓安埋。你负责监督，假如他们钱不够，我来想办法。"

寨子里只有两处炊烟。白雄已经晓得，全寨幸存的二十四个人，多数投亲靠友去了白熊、纳卓、勿角和铁楼，只剩下九个人，集中住到了幸存的两栋房子里。大家把能吃的都集中起来，集体开伙，就像苦难中的一家人。

尼塔才里家住了五个人。五个人都在屋里。两个女人，一个在切酸菜，一个抱着个婴儿坐在火塘边。旁边一个小男孩，满脸污迹，吸溜着鼻涕，一双黑亮的大眼睛好奇地看着白雄进来。

"这就是玛格的儿子，"尼塔才里拉过小男孩，对白雄说，"他叫多纳（白马语，野牛），七岁了。"

白雄坐下来，对孩子笑了笑，从怀里掏出装炒面的皮囊，解开。闻到炒面的香味，孩子的眼睛立刻亮了，露出了野兽般贪婪的光。白雄招手让他过来，往自己手心里抖了些糌粑，伸到他面前。他看了看白雄，迟疑了一下，突然伸手，抓一把就往嘴

314.

里送。

"好吃吗？"白雄看着孩子。

孩子不说话，只轻轻地点了一下头，用舌头舔着黏在鼻涕上的炒面。

"那好，"白雄一把抱起了孩子，"给我当干儿子吧，我天天给你吃这个！"

白雄把多纳抱在胸前，骑着马一趟跑回了家。

太阳落山，晚霞映红了院墙。门口，艾玛也是满脸污迹，抱一只满身污泥的白羊羔，玩偶一样逗着。

白雄下马，从马背上把多纳抱下来。他快步走到门口，用另一只手抱起艾玛。他看了看两个孩子，说："今后，你们就一块玩吧。"

当晚，白雄不再失眠。

从此，玛格再也没有出现。

5. 稿史瑙情人

那天活该出事。

早晨，白雄还在床上，就听到拉姆在楼下大喊大叫。

他嘀咕着从床上起来，趿鞋出门，趴在栏杆上张望。拉姆手里捏一把葱，站在院子门口指指点点。两个小伙子拿着扫把正扫着什么。

"啥事啊？惊风火扯的！"他朝下面吼了一声。

"癞蛤蟆，"拉姆惊魂未定，朝他嚷嚷，"吓死人啦！"

门口出现癞蛤蟆，很不吉利。所以早饭以后，还去不去打鹿，白雄很是纠结。但是，昨天下午有人借粮，拉姆只给人家打发了两个馍。白雄很快晓得，和她大吵了一架，现在气还没有消，看着她心烦，所以还是带着四个跟班上山了。

五个人，五条狗，在山上转了大半天还一无所获，连野鸡都没打着一只。半下午，在杜鹃山下终于发现了一群野猪，大大小小七八头。狗追人撵，猪群跑进了一片灌木和箭竹混杂的林子。林子不算大，但长得密密匝匝，人进不去，就放狗追踪，分头包抄。绕到林子尽头，灌丛枝叶剧烈地乱动，狗群也朝那个方向狂吠。显然，那是一头很大的野猪。白雄果断开枪。紧接着，旁边也响起了枪声。大家跟在猎犬后面跑过去，天哪！哪有啥野猪，倒在地上的，是他的跟班达嘎！

他蜷缩在铺满枯叶的地上，还在地上挣扎打滚，周身是血。白雄将他扶起。达嘎口吐血沫，含混地嘟囔着："给，多蒙早，说……"

白雄将耳朵贴近他嘴巴，但他头一歪，再没有吐出一个字。

几个人把达嘎抬回稿史瑙家里时已经是深夜。尸体放在院里的门板上，他婆娘多蒙早蹒跚着走过来，猛扑上去，抱着老公冰冷的脑壳哭得声嘶力竭。头人段加是达嘎亲叔叔，因为事先得了口信，带了一帮男女正在帮忙料理后事，安抚悲痛欲绝的年轻寡妇。

面对段加和多蒙早，白雄只能一遍遍重复一个谎言："谁也想不到，盘羊那么凶！怪只怪我们迟了一步。没救下达嘎，还让盘羊跑了！"

316.

"这是命啊，"段加流着泪说，"八岁时才介就给他算过，二十四岁是他的一个坎呀。他阿爸阿妈死得早，都怪我，怎么没有想起请才介消灾呢？"

白雄泪流满面，扶起多蒙早说："放心，达嘎走了，只要我在，就亏不了你们两娘母！"

再一次和拉姆吵架是半个月以后，起因是珠戈寨的楚热。

那天中午，白雄还在吃午饭。见老汉进来，忙递给他一个馍。楚热也不客气，一口就咬了大半。他是部落里最有名望的木匠，白雄家的新居，他就是主要的掌脉师傅。他唯一的儿子死在去松潘的路上，去年老伴死于瘟疫以后，他也大病不断，听说还欠了不少债。看他迟疑的样子，像是有话憋着，就问："一定有事吧？"

"我我，实在开不了这个口。"老汉红了脸，嗫嚅着说，"唉，断粮了。"

旁边的拉姆，看见楚热腰里的口袋就明白了。她黑着脸，不断给白雄使眼色。

白雄无视，对老汉说："我晓得，你从不开口求人。"他转头招呼拉姆："给他撮点麦子。"

拉姆磨磨蹭蹭，上楼好一阵才回来，提在手里的口袋轻飘飘的，一看就晓得她在敷衍。

"就这点儿？"白雄拉下脸，"再装点儿！装满！让人家也可以对付几天嘛！"

拉姆不得不再上楼，给楚热的口袋里添了些麦子。

楚热揣着白雄给的一小坨鸦片，提着半口袋麦子千恩万谢地走了。他身子刚刚消失在大门外，拉姆就开始发飙了。

"只晓得到处做好人，"她一把鼻涕一把泪地说，"我们就不活人啦？"

"放屁！"白雄一拍桌子，"粮柜里的麦子，还有朋友送的米，明年的今天，你吃得完不？"

接下来，白雄把心中积压已久的怒火，通通发泄了出来，包括她对他所有的帮扶许诺都大打折扣甚至拒绝，将买回来的救济粮加价出售，以及放贷，利率高得离谱，等等。

"自己是吃不了多少，"拉姆很不服气，"救穷救急重要，但招呼应酬要钱，买枪买子弹更要钱，我还不是为你着想！你不是天天给我说，有实力，说话才算数吗？"

"蠢婆娘！自以为算盘打得精，到处给我得罪人！实力，实力！你晓得不，人心，也是实力，最重要的实力！"

白雄越想越气，呼的一下站起来，撇下拉姆下楼去了。他到马厩里牵出雪花马，骑上去双腿一夹，一溜烟跑出了寨子。

听见孩子的哭叫，抬头一望，他才发现自己不知不觉间已经到了稿史瑙，多蒙早的家门口。

这是个男孩，大约五岁。身子瘦弱，脑袋就显得特别大。白雄将马拴在门前的核桃树下，走过去，那孩子哭得更厉害了。

"为啥哭呀？"他摸摸孩子的头。

孩子没有说话，眼睛看着院墙根一只母鸡。

白雄看看母鸡，再仔细观察孩子，才发现他双腿生疮，是很难医的那种黄水疮，黄水流到哪里，皮肉就烂到那里。孩子左边小腿黄水已经流到了脚背，右小腿不但流着黄水，还流着鲜血。

318.

他从怀里掏出干粮袋，拈了一撮炒面放在孩子手心。孩子止住了哭，看看白雄，低头舔食炒面，却不断歪头看鸡。白雄忽然明白孩子刚才为什么哭了。小时候，他自己也害过黄水疮，黄水在腿杆上流，渐渐流干，不断结晶，堆积，疙里疙瘩地黏在腿上。那东西因为有气味，被鸡发现，以为是什么荤腥美食，伸嘴就啄。那个钻心的疼啊，白雄只要想起，心里就会一阵痉挛。显然，孩子刚才也是被鸡啄过。现在，那母鸡还站在墙根下，伸直了脖子，敏锐的眼睛似乎还在觊觎着什么。白雄愤怒了，在墙边抓起个柴块就扔了过去。

在母鸡扑腾和惊叫声里，多蒙早背着刚割的荞子回来了。

多蒙早背架子上的荞子像小山一样，高过了头顶。到了院子里，白雄上去接了一把，背脚子出身的他，一下子就掂量出将近两百斤的分量。这个并不壮实的女人，背这么重的东西，让白雄感到了震撼。他心想，她要是老公还在，这么重的活，哪里轮得到她呀。

想到达嘎，白雄越发揪心和尴尬，只好拿孩子说话。他的疮是阿妈治好的。不但他，后来几乎全寨子的孩子，凡是害黄水疮，都是按波兰早的办法治好的。他想了想，解开马缰，骑马出门，朝山上走。他需要虫楼，需要野棉花根须。野棉花花期刚过，路上到处都是。虫楼也正是采挖的季节，经常打鹿，他晓得在哪里可以挖到。只比一顿饭的工夫稍长，白雄在厄里与稿史瑙之间的半坡上，用猎刀就挖了一大包虫楼和野棉花根须，用袍子兜着跑了回来。

他让多蒙早将野棉花的根熬水，用布蘸着清洗疮口和黄水流经的地方，然后亲自把虫楼根捣蓉，给孩子敷在疮口上。

头人段加也背着荞子从这里经过，看见院里番官的雪花马，就进来了。

"哎呀，番官来了，怎么不给我打声招呼呀？"段加很惊讶。

"我随便转转，"白雄擦了擦手说，"路过这里，看见孩子生疮，还被鸡啄，很可怜，就给他弄了一下。"

"都没有几个人跟着？"

"不用啦，现在大家都忙。收荞子，拔萝卜，砍莲花白，砍柴，耕冬地，都需要小伙子们。再说，来一堆人，一顿饭就够你忙。今后啊，没有大事，我一般都不带人出来了。"

"多蒙早孤儿寡母，本来该我们照顾，这些小事，怎么能让你操心呢？"

"不，别的无所谓，达嘎家的事情，我得多管管。达嘎，是我没有照顾好他呀。"白雄说着，眼里就噙满了泪水。

半个多月后，白雄将半边羊肉驮在马背上来到多蒙早家。在此之前，他多次捎带东西过去，还专门找了段加，要他安排人帮她砍柴，耕地。

"孩子呢？"白雄把羊肉放在矮桌上。

"出门玩儿去了。" 正在洗头的多蒙早从木盆里抬起湿漉漉的脑壳，屋里弥漫着一股草木灰水特有的气味。

"这么说，疮好了？"他有几分惊喜。

"就是，干疤好久了。多亏了番官。"多蒙早声音里充满了感激。

等到适应了屋里的光线，多蒙早慢慢从昏蒙中浮现出来。他这才发现，她还真是个美人儿啊。他首先注意到的是她那一双桃花眼，像夜空的星星一样忽闪着。脸是红扑扑的，有热气蒸腾，显得更加圆润和光泽。尤其是那一对乳房，在薄薄的内衣里鼓凸出来，并随她浇水的动作颤动着，看起来像注满水的牛尿泡水囊一样饱满又柔软。白雄身子一下子燥热起来，下面也随之鼓胀，不可遏止地硬挺。和拉姆吵吵闹闹，已经一个多月没有和她亲近了，这让他对女人特别敏感，也特别渴望。

多蒙早迅速用麻布擦干头发，从火塘边的壶里倒了一碗水，双手递给白雄。

白雄左手接碗，右手却情不自禁地伸过去，把她的手抓住。他看见她的表情有些惊愕，感觉她的手在微微颤抖。她想把手抽回去，却没有怎么用力，终究是任由他握着。他的胆子大了起来，索性放了碗，一把将她揽了过去。

她呢喃着，轻轻地喘息着，瘫软的身子让他感到她的抗拒似有若无。

"别……别……嗯嗯……别……"在他看来，这声音特别好听，让人爱怜，似乎还带来几分情欲。她眼神迷离，让他更觉得楚楚动人，把他的欲望撩拨得更加炽烈。所以，他把她抱得更紧，抱到了内室那张简易的床上。

从此，他经常过去看望多蒙早。很多时候都是，他们亲热够了，他才去段加家里议事。或者，干脆把他喊过来，三个人一起喝茶，顺便把事说了。

"我们这样子，别人会说闲话的。"一次，他们完事之后，多蒙早蜷在他怀里说。

"说就说吧，"白雄淡定地说，"像我们这样的，哪个寨子没有一对两对？"

"万一……嗯，有了，怎么办？"多蒙早忧心忡忡。

"那就太好啦。"白雄抚摸着她光滑的肚子说，"拉姆是一只不下蛋的鸡，我做梦都在想，你哪天可以给我生个小番官？"

6. 兄弟伙

白马部落完全恢复生机，那已经是瘟疫过后的第四年了。

更多的林地被开垦出来种上罂粟，更多的烟老板和花儿匠为了发财和谋生拥到白马。白雄粗略估计，白马的外来暂住人口应该超过五千人。因为种烟赚了钱，一栋栋新房子在废墟上雨后蘑菇般冒出来。不少人家还买了枪，很显摆地挂在墙上。婴儿潮还在继续，白雄无论走进哪个寨子，随时都可以听见新生儿响亮的啼哭。

五月初五，端阳节。这节不是白马人的，但白雄热衷汉俗，原计划在这天宴请十八寨头人。但昨天他临时通知取消，天不亮就带着队伍赶往黄羊关。

王老爷带来口信，要他带三十个枪手过去，还特别强调：务必要扛上机枪。

"王老爷调这么多人去黄羊关，要打仗？"夺补河边，各寨的人会合之后，查拜迫不及待地问番官。

"对呀，王老爷离开白马才十几天啊，"尼塔才里附和，"他那时都没有说什么呀。"

"送信的人是杨福金的兄弟，"白雄平静地说，"他只说王老爷要我们今天赶到黄羊关，至于为啥，他也说不清楚。"

"我倒希望是打仗，"才子休按捺不住兴奋，"如果真的是打仗，我们绝不含糊！上次给王老爷往城里背东西回来路上被抓壮丁的那三个小伙子，多亏了王老爷出面打点才放出来。今天，我把他们都带上了，他们正想出口气呢。"

"莫想多了，"瓦美望着天上说，"我算过了，这回不是打仗，应该是好事。放心吧，我们会平安回家。"

白雄的队伍到达黄羊关时，天已经完全黑下来了。衙门里外张灯结彩，崭新的红灯笼把大门二门的所有角落都照得红彤彤的，不但没有打仗的迹象，反而像过大节。

王秋园早已等在门外，寒暄两句，拉着白雄就走。他们没有去饭厅，也没有去客厅，更没有去白雄往常住的那间客房，而是进了土司书房里面的一间小茶室。白雄后来才晓得，这是王秋园的秘密谈话室，只有最亲信的人，说最机密重大的事，才可以进这个房间。

一个丫鬟进来，将托盘里的盖碗茶分别摆放在他们面前，马上躬身出去，带严了门。

"这次我叫你来，"王秋园捧起茶杯，直奔主题，"就是要你和我一起嗨袍哥。这些年你经常在汉区跑，去过不少地方，嗨袍哥，我不说你也晓得是咋回事。"

"王老爷放心，您说干啥就干啥，您说咋整就咋整！您这次要我至少带三十杆枪过来，我就喊了五十个人，清一色的汉阳造，机枪还不算在内！"

"好！"王秋园呷了一口茶，亲切地说，"白雄啊，我明天开香堂，就是要让你，还有你手下的才子休、查拜这帮兄弟，都加入我的'兴义社'！这样一来，你就是这个堂口仅次于我的大爷了，我们都是兄弟伙啦。"

"王老爷，"白雄握紧拳头往茶几上不轻不重地一砸，"您尽管发话，我跟着您白刀子进红刀子出！"

"我再说一遍，我们都是兄弟伙！"王秋园微笑着说，"你以后就叫我大哥吧，我本来就比你大。"

"好吧，大哥！"白雄很感动。

"实话实说吧，兄弟，"王秋园脸色凝重起来，"而今的龙安县长刘尚新，狗日的心黑手辣，贪得无厌。已经把白熊部落的姆比、纳卓改成了日新乡，接下来还想废了我的土司衙门。这样一来，白马就直接归县政府管了，跟汉区一样征粮征税，抽壮丁。现在抗战前方吃紧，今后，假如我保护不了你们，白马的小伙子都要拉到前线去！我们开香堂，嗨袍哥，就是要把整个土司衙门辖地的人都团结得像一家人，让你们不受外人欺负！"

第二天上午，开香堂的仪式在土司衙门举行。大门口加了双岗，枪手荷枪实弹，任何闲杂人等严禁入内。

大堂正中挂着关公画像，案桌上燃着三炷香，弥漫的香烟让现场平添了许多神秘。两百多个汉子黑压压地肃立，静听司仪杨福金发号施令。

按袍哥规矩，杨福金斜出左脚，身子前倾作骑马桩，行"拐子礼"，也就是老百姓说的"作歪沟子揖"。虽是作揖，他两根大拇指却是竖立的，意为袍哥人家无论在什么情况下绝不倒下旗帜。礼毕，杨福金高声喊道："诸位兄弟肃静！执事者各执其事，务必庄重恭谨！小弟才疏学浅，江湖礼数不周，汉留仪轨不熟，倘有上嘱不清，申登不明，称指有错，安位不恭，万望各位拜兄海涵，并且不吝赐教！"

接下来，杨福金从龙头大爷王秋园开始，依次唱名，让一众袍哥兄弟各就各位。

由本码头龙头大爷王秋园指定，白雄一步登天当上了袍哥大爷，被司仪请到上席，紧挨着王秋园坐下。他虽然熟悉汉区，但袍哥繁复的规矩他还是头一次见识。他发现，开香堂仪式就像唱戏，所有需要说话的角色都有固定的台词。从王秋园开始，黄羊关的人对这一套几乎人人熟稔，被点名，出列，他们都戏子念戏文一样应答自如。白雄就像看戏一样，看着兄弟伙们一丝不苟地走过场。正看得有趣，突然外管事谢玉堂闯了进来。他疾步穿过人丛，飞快来到王秋园跟前。他正要说话，王秋园侧脸，把手威严地一挥，谢玉堂只好噤声，肃立一侧。少顷，他终究忍不住，再次凑近。王秋园依然挥手，但这次谢玉堂不管不顾，王秋园只好耐着性子，听他低声禀报。谢玉堂叽叽咕咕一阵，话未说完，王秋园呼地站起，扫视全场，拱手喊道："各位兄弟伙！因为有紧急大事要优先处理，开香堂仪式暂停！大家暂且下去，随时听候通知！"

在全场的窃窃私语和惊诧的目光里，王秋园目不斜视，带着白雄和内外两个管事，径直去了那间密室。

临近中午，龙安县长刘尚新带着保安队从水晶堡赶到了黄羊关。

衙门外，岗哨不是汉人，却是四个端着"蛇蚤笼"冲锋枪的白马汉子。他们虎背熊腰，面色黝黑，站在那里就像佛殿里护法的四大金刚。见了气势汹汹的县长和他的保安队，他们把枪一横，白马语叽里呱啦说着，死活不让进去。保安队长马传贤是刘尚新小舅子，手枪一举，厉声喊道："县长到了，你们胆敢阻拦？"

听到喧嚷，王秋园连忙从里面出来，整衣迎接。

"我的县长大人，"王秋园双手抱拳，打着哈哈，"您光临黄羊关，怎么不提前谕示？让在下好失礼啊。"

"秋园兄，"刘尚新尴尬地拱拱手，"我因为急事到了水晶堡，临时才想起该来府上拜望。冒昧了，请兄海涵。"

午饭时间快到了。因为开香堂，王秋园早就备下了盛大的酒宴。于是热情地邀请刘尚新入席。谁知刘尚新脸色一变："实不相瞒，政府接到多起举报，说土司辖区大种鸦片，上峰严令查实。因此我们自带了干粮，即刻进山。事情查清楚了，我才好给上面交差，也还你老兄一个清白。"

"既然是这样，我大力支持县政府执行公务，"王秋园不卑不亢地说，"这样吧，请马队长带人进山随便抽检，我带几个人陪县长随后视察，也保护您的安全。"

刘尚新大腹便便，而王秋园又特意选陡峭难行的路走，才到桤木口，十几里无比崎岖陡峭的山路已经把他折腾得满头大汗，气喘吁吁，衣裳还被荆棘划出了不止一个口子。王秋园还要继续前行，他却死活不愿再走了。于是，王秋园顺势陪他返回黄羊关。

却说马传贤带队一路快步行进，过寨子也不歇一口气。他来自大巴山，人又年轻，带的四十几个人也是他从保安队百十号人里挑选出来的，所以并不怕走山路。当然，他出来是有强烈企图的。明里是铲烟，他其实想的是发财。找不到土司种烟的证据，他凭啥发财？何况，黄羊坝有大面积的大烟，他有可靠的情报，所以他要直奔黄羊坝。

马传贤到岩窝里就天黑了。这里只有三户人家，谢玉堂就把保安队分散安排。老乡都很穷，据说猪、鸡都害瘟死光了，青黄不接，只檐下吊了些苞谷棒子。老乡只有全部取下，临时剥了用手磨推，直到半夜大家才喝上一小碗苞谷糊糊。

第二天中午，马传贤的队伍到了黄羊坝下面的背河沟，这里是连通白马的隘口之一，也是棒老二出没之地。谢玉堂一个关于棒老二的龙门阵正把马传贤听得毛骨悚然，突然上面几个石头从他们头顶飞过，在下面树林的枝叶间砸出令人惊肉跳的巨响。紧接着，有白马语叫喊起来。谢玉堂忙说，最近有白马那边的人过来砍火地种洋芋，可能就是他们在喊。马传贤胆子大了起来，从乱石间站起，举着手枪喊道："老子是县里的马队长，哪个捣乱我打死哪个！"他话没说完，上面砰的一声枪响，不偏不倚，正中他驳壳枪弹夹井位置，手枪直接飞了出去。他还来不及缩头，紧接着又是一声枪响，他的大盖帽帽檐被蹭了一下，差点被撞飞。

"我日你个妈！"马传贤恶狠狠地骂了声，转身就往回跑。

龙池子。白雄接到了又饿又累的马传贤时，已经夜黑。

马传贤正要发怒，白雄把他拉到一边，一边耳语，一边往他怀里塞了一包烟土。

"兄弟，不怕你笑，"白雄笑着说，"黄羊坝都是我的人，他们都是你们说的生番，怕见汉人，更怕棒老二。他们一见来历不明的人就可能打起来，你们就不要去犯险啦。"

"白番官，你给我说实话，你们到底种了好多烟？"

"我袍哥人家，绝不说假话！我们的人都是躲瘟疫才跑到黄羊坝的，不过是砍了几块火地，种了些洋芋。"

马传贤也是嗨袍哥的，一听"袍哥"二字，再摸摸怀里的东西，语气马上软了下来："既然是兄弟伙，你决不能哄我哈。不过你这话啊，最终要让县长相信才算数。"

第二天上午，队伍回到黄羊关。看来刘县长昨夜在黄羊关休息得好，一副神清气爽的样子。

"查得怎么样啊？"他和气地问他舅子。

"我把黄羊坝看了个遍，只有几块荒地，种尿了些洋芋。"马传贤作古正经地说。

县长公务繁忙，急于要回龙安。他因为日夜为龙安百姓操劳，落下了好几种毛病，所以土司给他准备了一大包草药。只有他和土司才晓得，里面究竟包了好多烟土。王秋园还知道刘尚新是个粑耳朵，特别给他婆娘送了件红色狐皮大衣，外加一对翡翠镯子。这些东西都装在一个背篼里，由贴身卫兵背着。

王秋园执意要送县长一程。于是，以白雄的五十个白马枪手打头，黄羊关一百个枪手在后，浩浩荡荡地跟在保安队后面。保安队几十个人疲惫不堪，扛着老套筒走得松松垮垮。而土司队伍，装备明显比保安队精良，一路走得威武雄壮。从衙门出发，他们一直送到与水晶堡交界的沙坝子。

"秋园兄，兄弟告辞了。"刘尚新拱拱手。

"县长大人，让我给您放几炮吧，祝您步步高升！"土司谦卑地说完，一挥手，四挺机枪立刻以两挺一组形式轮番朝天射击，枪声如同鞭炮齐鸣，经久不息。

待刘尚新的队伍走远，王秋园大吼一声："兄弟伙些，瘟神送走了，我们马上回去，开香堂，嗨袍哥！晚上，请大家喝酒，看戏！"

第十章

1. 夺补河天使

十岁那年，罂粟花开得漫山遍野的一天，艾玛第一次走进了夺补河。

七八个孩子，最大的是瓦美的小儿子托珠塔，十二岁；最小的是铁匠克高的孙女尼苏，八岁。

那是夺补河两岸最美丽的季节。水柳舒朗，灌丛浓密，水草苍翠葳蕤。河水清澈，水里的卵石浑圆、光洁、五色斑斓。孩子们在岸上采花，摘野草莓和羊奶子。玩够了，野果子也吃饱了，才感到太阳的热辣。这时，清澈的河水就是不可抵挡的诱惑。从托珠塔开始，他们都把自己脱得溜光，将袍子挂在树杈上，迫不及待地要将自己扔进水里。

夺补河毕竟是融雪而成，艾玛还在水边，就隐隐感到有一股股冷气袭来。但她还是不管不顾，扑通一声扑到水里。她尖叫了一声，觉得自己身体一下子收紧了，就像克高打铁时把烧得通红的铁件扔进了水桶一样。孩子们接二连三地扑到水里，在水里尖叫，扑腾，互相泼水，像一条条滑溜溜的沙摩鱼。疯够了，也冷得受不了了，他们才打着冷战爬起来，到热乎乎的沙滩上滚一身沙子。等身子暖和过来，再扑进水里。

孩子们喜欢捉沙摩鱼，好玩，还因为沙摩鱼可以晒干做药，拿回家大人也高兴。

但是，艾玛不喜欢黑乎乎滑腻腻的沙摩鱼，更喜欢青蛙。

她早就听得懂才介唱的《阿尼格萨》。她晓得那个青蛙变的阿尼格萨不但神通广大，而且非常地帅，所以她对青蛙就特别感兴趣。河边的水草里青蛙多得不可思议，人一走近，到处都是蹦跳的青蛙。所以，抓到一只青蛙并不是好难的事。她端详每一只捉到的青蛙，但哪一只都没有即将变成一个英雄帅哥的迹象。

有一天，她没有将捉到的青蛙放掉，而是将它的皮剥了——就像阿尼格萨脱下那件花绿的紧身衣。这时，它一身雪白，肚皮薄如蝉翼，隐隐可见心脏的跳动。将它放到水里，它还可以蹬动双腿。不过，它蹬了没两下，到了水急流深的地方就不再动弹了，像一片树叶那样随波逐流——她很失望，它始终没有变身为英俊的阿尼格萨。

不甘心，她再捉青蛙的时候，让托珠塔拿来猎刀，将青蛙一刀两断——她要从内部研究阿尼格萨。只剩两条前腿的青蛙，开始眼珠还在转动，既没有喊疼，也没有表情。不过，还来不及回答她那些关于阿尼格萨的疑问，它已经死掉了。

一年又一年，艾玛的夏天，总是在夺补河边嬉戏。

她依然采花，摘野果，偶尔也捉青蛙。她依然把自己脱得溜光，把袍子挂在树杈上，和其他男孩子女孩子在冰冷的河水里一起扑腾。在河水里冷得受不了了，依然到热乎乎的沙地上滚。甚至，她还和大大小小的孩子一起，跑到路中间，朝过路的陌生人——主要是过路的汉人小贩和花儿匠，对他们扮鬼脸，扭屁股，大喊大叫。但她没有意识到，自己已经过了十二岁了，身体就像河边的水草，鲜嫩，蓬勃，疯长的速度几乎肉眼可见。她身材日渐高挑苗条，胸脯开始凸起，屁股越来越浑圆。她黑亮的杏眼和挺直的鼻梁来自拉雅，但长在她的瓜子脸上，又组合成了比拉雅更加漂亮的一副面孔。

作为番官的女儿，艾玛是全部落唯一吃米长大的姑娘，或许这个原因，她的皮肤不似一般女孩的黝黑而是偏于白皙。不管拉姆喜欢不喜欢，白雄对艾玛一直是娇生惯养的——直到两年前，他还经常抱着女儿到处串门儿。这让她远离了猪粪、羊粪、牛粪和几乎所有白马人都有的汗臭和虱子。他们家以前用皂角，后来还用起了洋碱或者香皂——这些洋玩意儿，总是不断有汉人送到番官家。所以，她身上随时散发着与众不同的味道，它是远方、城市、洋气和高贵的味道，更让她像是来自另一个世界。这种可望而不可即的距离感，似乎更让她具有了真正的天使的属性。

有一天，因为热，也因为贪玩，夕阳西下的时候，几个孩子还赤身裸体地在水边嬉戏。她带着满身的鸡皮疙瘩从冷水里站起来时，她家的牧羊人多纳和迪布恰好赶着羊群从河边经过。他们都情不自禁地停了下来，热辣的目光死死地盯在她的胸前和两腿之间。

"他们怎么老在看我呀？"她悄悄问来背水的英子，"他们的眼神好怪！"

英子把她上下看看，突然"啊"了一声，压低声音说："你来那个了！"

艾玛低头一看，才发现一股鲜红的血，从自己撒尿的那个地方流了出来，顺着大腿内侧一直往下流，把脚下的河水都染红了一片。

她立刻想起前些天在晒坝里看见的一幕。

正是收青稞的季节，青稞背回来，架上晾架，大家都在晒坝里忙着。她和几个小伙伴在晒坝里玩，间或也给大人帮帮忙。当迪布的姐姐波拉早也背着青稞过来时，人还没有进晒坝，就听见有人拍手怪笑。波拉早并不知道在笑她，只管背着青稞走自己的路。越近，男人们的哄笑越肆无忌惮。艾玛莫名其妙。即使看见有人在指指点点，她还是没有明白过来。在更加疯狂的哄笑和怪叫声里，表哥松车走上前去，突然撩起波拉早的裙子，艾玛才看清她顺腿而下流淌的血。波拉早羞得扔下背架子，捂着脸跑了。

想起波拉早那羞死人的表情，艾玛赶快背过身子，扭头，怒目圆睁："看什么看！还不快滚！"

"傻姑娘，"看多纳他们走远了，英子笑她，"你长大了，你的身体不能再随便让男人看了。"

从此，艾玛那神秘的血，每月都如期而来。只需拉姆指点几句，她就晓得预先找来燕麦草，捣蓉，用干净的麻布缝成小包，一旦那血来了，就绑贴在胯间。有一天，她突然有了灵感，用草灰代替燕麦草，洋布代替麻布。这样别出心裁的小包，既缩小了体积，似乎还更加舒适管用，从此成为番官小姐独一份的私密物品。

就在这期间，白雄让拉姆教艾玛梳妆打扮。

于是，人们看到，艾玛总是穿着开襟的连衣百褶裙，领、袖、衣襟和下摆都镶有华丽的边饰。腰里裹着七彩羊毛宽腰带，缠绕着好几匹铜钱串。当然，祖传的银手镯、耳环、鱼骨牌也是艾玛的标配。她已经垂到腰部的长发，先被编成了二三十股辫子，再在颈后合股为一根粗大的独辫。这样的辫子，其长度似乎还不能够与番官小姐应有的美丽相匹配，于是又用黑色的毛线接续了一段，直至可以下垂至小腿。超长的辫子，上面还抹上了鸡油、猪油，有时候也抹熊油，更显得漆黑油亮。最后，再缀以波兰早和拉雅用过的那些祖传砗磲、贝壳和绿松石。这样，部落里最长最美的一根辫子就摇荡在最美丽的姑娘艾玛腰腿间，让她更加显得风姿绰约，婀娜多姿。

不过，一根十七八斤重的辫子，从此也成为艾玛额外的负担。很多时候，人们都看见她是提着辫子在走。

2.锅烟墨

渐渐长大的艾玛，生理和心理的微妙变化，连她自己也觉察到了。隔些天，她就会在水缸里舀起一瓢水，看着荡漾在铜瓢里的那个自己发呆。有时半夜醒来，她会呼吸急促，一身潮热，感到莫名的烦躁。

夏天，达嘎才里和罗姆在寨子里举行婚礼。达嘎才里很帅，还是神枪手；罗姆身材娇小，长相妩媚。他们跪着接受长辈的祝福时，她看见达嘎才里情不自禁地瞟了一眼罗姆，那含情脉脉的一瞥，火苗一样延烧到了艾玛。扑通扑通，她的心禁不住一阵乱跳。她在心里问，山神叶西纳玛啊，请告诉我，我将来也会得到这样的幸福吗？

晚上照例是坝坝宴，一直有酒歌伴随。晚餐接近尾声，当二十几首酒歌都被人们搜罗干净的时候，艾玛被小姐妹们推了出来，大家一齐起哄，要她独唱。当时的艾玛已经有了些醉意，没有推辞，脱口而出就是一首古老的情歌《莱乌耶舍》。她是第一次在这样的大庭广众唱歌。所有的人，包括她自己，都没有想到她竟然可以唱得如此之好。她的歌声清亮而圆润，一首人人熟悉的情歌，被她唱得格外地婉转和深情。这歌可以独唱，也可以对唱。没有想到，她刚唱完第一段，第二段就被多纳接了过去。多纳比艾玛大两岁，差不多已经是个真正的男子汉了，长得越来越像他阿爸玛格。并且，他也有一手好枪法，是白雄非常器重的枪手。他唱歌也像他阿爸，声音高亢，粗犷，略微沙哑的嗓子反而让他的歌声充满男人味，有穿透心灵的力量。

许多根油松和箭竹点亮了院坝。偶尔的对视，在多纳的眼神里，艾玛感觉到了达嘎才里看罗姆时才有的那种含情脉脉。

夜里，盛大的歌舞也是一场婚礼的必然内容。篝火熊熊，火焰缭绕一人多高。人们环绕着篝火，手拉手围成内外两个圆圈，载歌载舞。内圈左转，外圈右转，上百人的合唱形成的声浪，排山倒海，一浪高过一浪。艾玛旋转在内圈里，右手被多纳紧紧抓住，两个人的手心都渗出了汗水。

夜深，月亮钻进了厚厚的云层。柴烧完了，篝火只剩下一小堆暗红的火炭，被夜风吹得乍明乍暗。上了年纪的人们早已离场，晒坝里只剩下了一二十个意犹未尽的年轻人还在歌舞。不知啥时候，艾玛发现有几个小伙子，包括多纳，突然不辞而别。歌舞的激情就像这一堆篝火，渐渐没有了热度。她正犹豫着是不是也要离场的时候，几个抹了满脸锅烟墨的小伙子突然出现。场面大乱，女孩们尖叫四起。猝不及防，好些姑娘的脸上都被抹上了锅烟墨，包括艾玛。还没有看清给她抹锅烟墨的那个人是谁，他们已经怪叫着跑出晒坝，只留给她几个模糊的背影。

回家路上是伸手不见五指的黑。艾玛感觉自己头脑昏沉，身子发飘，有明显的醉态。走得深一脚浅一脚，不知怎么竟落在了最后面。头顶有成百上千的萤火虫在飞翔。她跳起来，双手在空中胡乱挥舞，想抓住几只。她很想像小时候那样，把萤火虫的屁股掐下来涂到脸上。哎呀，带着一张荧光闪闪的脸回家，多好玩啊。

掐萤火虫的屁股涂到脸上，这是多纳教她的。多纳跑到哪儿去了？她东张西望，没有看见多纳的影子，却隐约看见有一对男女鬼鬼祟祟地消失在前面的路边。他们是谁？把最后离开晒场的小伙伴在心里一个一个地审查了一遍，她感觉谁都像，却谁都不像。猜不出结果，她不甘心，就借着酒意，肆无忌惮地唱起了那首很搞怪的《萤火虫》：

萤火虫啊
请送来打火石
给那个叫尼木休的野男人点烟
好让他歇一歇

回家，匆匆洗了脸，艾玛困得连袍子也没有脱，倒床便睡。

月亮重新从云层里钻了出来，银色的月光透过墙上的小窗，投射到艾玛身上，让她感到自己有仙女般的美丽。月光里，屋顶慢慢融化了，璀璨的星星变成了萤火虫，以罕见的密集在夜空里飞翔。现在，艾玛已经不是睡在床上，而是匍匐在绿色的草甸。草甸被正在花期的杜鹃林环绕，地上的浅草长如针尖，也像针尖一样纤细，地毯一样密实和柔软。当然有鲜花。黄的白的红的蓝的都有，星星点点地遍布原野。她叫不出花名，但晓得它们都是天上那些萤火虫变的。起风了，这是带着浓郁花香的微风。风来处，一声马嘶，一个穿白袍的年轻骑手纵马而来，在艾玛身边勒住马头，翻身下马。他扔掉马鞭，摘下佩剑和弓弩，向她伸出了双手。艾玛仰面看去，她看见的是一张涂满锅烟墨的脸。虽然面目难以辨认，但从五官轮廓一望即知，这是一个年轻英俊的男子。并且，他的眼睛很亮，像夜空里最亮的那颗星星，正深情地望着她。艾玛没有羞涩，也不觉得他陌生，情不自禁地向他伸出了双臂。他挨着她躺下来，温柔地抱住她。不知不觉，他们两个人衣裳都不晓得到哪儿去了。她感觉到了他裸体的结实与温暖，也感觉到了彼此剧烈的心跳。他越抱越紧，她越来越快乐。随着身体一阵阵的酥麻，她的快感达到了顶点，情不自禁地手舞足蹈，大喊大叫。

她是被自己的叫声惊醒的。她发现自己依然睡在自家床上，穿的依然是白天的袍子，只是腿间一片潮湿，空气中弥漫着一股说不出来的气味。

这时，从小窗里投射进来的，不是月光，而是金晃晃的阳光。

但是，艾玛并不想起床——她舍不得离开那个梦境，舍不得那个抹了锅烟墨的英俊小伙。

抹锅烟墨，其实也是白马人的习俗，源头也来自阿尼格萨的故事。

阿尼格萨的父母是一对勤劳的白马夫妻，到老都没有生育，想孩子想得都快疯了。一天，丈夫阿扎依贩药材出了远门，晚上，独自在家的妻子茨曼拉姆早早关门睡了。夜半醒来，她突然发现身边睡了个陌生男人。她大吃一惊，刚想喊，那人就不见了。一连七天，天天如此。阿扎依回家，忠贞的茨曼拉姆就将这些天夜里发生的怪事向丈夫和盘托出。阿扎依想想说："你今晚上还是一个人睡，但要摸一把锅烟墨在手上。那人再来，你就往他脸上抹锅烟墨。"夜里，阿扎依到邻家借宿。茨曼拉姆依然独居。夜半，那陌生男人果然又来了。茨曼拉姆冷不防在他脸上摸了一把。那人显得很惊慌，马上消失得无影无踪。早上，丈夫回家，茨曼拉姆依然将昨晚的经过如实讲了。阿扎依很愤怒，发誓要抓住这非礼的男人。但是，两口子走遍整个部落，家家户户地访问，都没有发现那个脸上有锅烟墨的男人。当他们路过叶西纳玛神山时，突然发现神山的石壁上，清晰地现着五根巨大的黑色指印。他们恍然大悟，又惊又喜：晚上到他们家的居然是山神，是它给他们送孩子来了！果然，没多久茨曼拉姆就怀孕了，孕育的就是伟大的英雄阿尼格萨。

艾玛在床上想，自己梦见的是阿尼格萨吗？不过，阿尼格萨刚生下来的时候却是一只青蛙。她想起自己小时候杀青蛙的往事，心情马上复杂起来——这个梦，是好梦，还是坏梦？

"咚咚！""咚咚！"

一阵巨大的震动从堂屋传来，让艾玛彻底清醒了。

她穿上鞋，出门，发现阿爸和拉姆阿妈坐在矮榻上喝茶。多纳拿了把尖嘴锄，又挖又砸，正在拆除灶塘。

"灶台好好的，拆它干啥呀？"

听见艾玛说话，多纳回头，她看见他满脸都是锅烟墨。当然，那不是有意抹上去的。他干活，需要搬动撬下的那些熏黑的石头土块，锅烟墨弄得两手都是，再用手擦汗，不小心就抹了满脸。

阿爸告诉他，拉姆阿妈早晨起来，准备生火的时候，灶膛里居然飞出了一只红尾小鸟。这很不吉利，所以必须把它拆掉重修。等会儿，还要请瓦美过来念经。

她这才注意到桌子上的小鸟。这小鸟翠鸟般大小，暗红色，在河边很常见。它们总是站在临水的树桩或者石包上，尾巴一夯一夯的，一见人就顺着河道飞得无影无踪。现在，小鸟被麻线拴在舀饭的木勺上，不停地尖叫，扑腾。让人纳闷的是，它怎么会从灶膛里飞出来呢？

艾玛猜不透灶膛里的小鸟之谜，却注意到了多纳脸上的锅烟墨。她心里怦然一动，马上认定出现在她梦境里的，不是阿尼格萨，而是多纳！这只美丽的小鸟出现在家里，恐怕不是不吉利，说不定还是个好兆头。这个兆头，一定与多纳有关！

她立刻解开了小鸟脚上的麻绳，小心翼翼地捧着它去了河边，让它重新飞进林子。

艾玛突然爱上了放羊。每天傍晚，闲下来的人们总会看见，牧羊女艾玛挥着羊鞭在羊群里跑前跑后。她家有三百多只羊，瓦美或者其他邻居家的羊也常常加入进来，巨大的羊群山洪一样从山上汹涌而来，堵满了进寨的巷道。

当然，作为番官的独生女儿，她放羊不是为了挣一口饭吃，而是为了好玩。

更重要的是，多纳很多时候也在放羊。

艾玛卸下了脑后接续的辫子，摘下那些珍贵的珠贝，将长发盘在头顶，再打好裹腿，穿上牛皮靴子，她就变成了一个普通的白马女孩。腰里别上胡鲁刀，把装着火烧馍和牛尿泡水囊的小背篼背在背上，手里羊鞭一挥，她就是一个真正的牧羊女了。

也是，放羊让她觉得好玩。路上，不但可以看风景，采花，还可能遇到寨子里看不见的野物。野鸡、鸳鸯和蓝马鸡最常见，见到野兔、猴子、野羊也不难。运气好的话，说不定还可以看见野猪、白熊和老熊。这多刺激呀。

只要在山上，她唱歌的欲望就变得不可遏止。牧歌、酒歌、猎歌和情歌，只要是歌，她都唱。她唱得任性，撒野，肆无忌惮。

她唱得最多的是那首《咪咪（花儿）》

　　美丽的花儿在微风中摇曳
　　就像阿哥在向我挥动手臂

　　微风送来花的香气
　　就像阿哥向我传递情意

美丽的花儿在我心中开放

让我忍不住要为阿哥歌唱

　　这首歌当然不能随便唱。只有多纳也在放羊的时候她才唱。
并且，她只对着多纳唱。放羊一般是三个人。艾玛的位置并不固
定——她属于编外，游走于那固定的三人之间。不过，她也不
好意思与多纳靠得太近。隔着不太近的距离，而且山上风大，
多纳听不清楚歌词，但他知道艾玛唱的是什么，为谁而唱。于
是，也会朝着艾玛的方向放声歌唱。他经常唱的，是那首《波波
（姑娘）》：

美丽的姑娘路上走

身材就像风吹柳

头上戴着白毡帽

上飘三根白羽毛

帽子边缘十二楞

大珠小珠亮铮铮

五彩长袍百褶裙

短褂上的花朵藤牵藤

珍珠玛瑙颈上戴

胸前挂一块鱼骨牌

腰系羊毛花腰带
三匝铜钱串缠在外

毛毡裹腿牛皮靴
轻盈的脚步像蝴蝶

美丽的姑娘像仙女
好想和你牵手走到底

3. 猞猁

夜里，瓦美家的羊圈钻进了不知名的猛兽，咬死了两只羊，还叼走了一只羊羔。

是狼干的吗？

狼钻进羊圈，咬死羊或者叼走羊，在山高林密的白马部落，不是什么稀罕事。不过，这种事情发生在瓦美家，那是不可能的。因为才介在世时，最著名的一个本事，就是羊圈防狼。白马人都知道，才介只需要在羊圈周围撒一圈草灰，不管多厉害的狼，就不可能再进羊圈。就像孙悟空用金箍棒为唐僧画的那个圈儿，那是金钟罩，是绝对的安全区。当然，法事是要做的，咒语是要念的。不但他家，不但白马，就是纳卓、勿角和铁楼等部落，凡是请才介做过法事的人家，都可以高枕无忧。才介虽然死了，但儿子瓦美在他生前就已经成名，狼怎么可能进他家的羊圈呢？

作为白马社会最负盛名的巫师之家，居然被野兽偷袭，这是挑衅，也是羞辱。

所有白马人家的羊圈，都在一楼。贴地是土墙，上面用杉木板钉得严严实实，只在最上面留了一个小孔，用于采光和透气。

那时，天刚麻麻亮。托珠塔就听见阿爸的惊呼和怒吼。举着箭竹火把来到羊圈时，看见圈里几十只羊紧紧挤在墙角，瑟瑟发抖。被咬死的两只大羊躺在圈门口，伤口都在脖子上，血还没有完全凝固。羊圈门上有猛兽利爪划拉的痕迹。显然，那野兽咬断了羊的脖子，想拔开羊圈门，将羊拖出去。但是，它办不到，就叼起一只羊羔，从上面那个小孔里溜走了。天哪，那小孔那么高，它是怎么上去的？

天越来越亮。瓦美抵近那些抓痕，更加仔细地观察。

"猞猁！"他突然大叫了一声。

那个晚上，瓦美一直在讲猞猁。

猞猁样子像猫，个头像云豹，却长了个兔子样的尾巴。算不得大猫，但它绝对是猎物中的珍奇：肉可以治疯病；肠子和肚子可以治拉痢；它的毛烧成灰用童尿冲服可以治头痛。当然，谁都知道它的皮毛漂亮，非常保暖，是普通人享受不到的珍贵毛皮。

不过，猞猁被人称作猫妖，神秘，狡猾，非常厉害。白马人都说，它一切的秘密都藏在它的胡子和耳毛上。它只要拔下一根胡子，插在地上，就变成了一团浓雾；插在树上，就变成了一根根獠牙一样的硬刺。这些本事，可以让它躲避打鹿匠的追捕。它还可以将胡子变成利箭，轻易地射杀地上的野兔、天上的飞鸟和水里的水獭，甚至野猪。它的耳毛让它的耳朵成为顺风耳，可以听懂人话。所以，最高明的打鹿匠也很难打到猞猁，甚至很多人一辈子打鹿都没有见过猞猁。如果谁有幸打到一只猞猁，他就可以骄傲得在部落里横着走，一辈子都可以拿这事儿来显摆。

"可恶的猞猁，"瓦美愤愤地说，"我们防得住狼，就没有想到防它。"

阿爸在说猞猁，具体地说是瓦美在说猞猁的皮毛如何如何的金贵时，托珠塔立刻想到了艾玛，继而做出了上山猎杀猞猁的决定。

美人坯子艾玛，她的漂亮打小就毫无悬念。但是，人们没有想到，长大成人后的艾玛有这样的漂亮。黑头发，柳叶眉，双眼皮，杏仁眼，瓜子脸，这些还不足为奇。甚至，她肤色的白皙、身材的高挑和窈窕，也不足为奇。她作为番官小姐，那一份雍容，身上那一股与众不同的气息，这些才让她和普通白马美女拉开了距离。

是的，她是白马部落的绝代美女，百年不遇，就像她阿爸白雄的聪明和口才在部落里百年不遇一样。

作为番官的女儿，男人们不敢公开打她的主意，但谁也无法阻止他们的想入非非。夜晚，总有许多人在熊皮、牛皮甚至麦草堆上的燥热中辗转反侧，为她受尽折磨。其中，就包括了托珠塔。每晚，他都默默念叨着艾玛的名字，在黑暗中想着艾玛美丽的脸蛋和迷人的腰肢，久久不能入睡。

这种与爱有关的折磨，已经有两年了。那是两年前的七月半，阿爸带他到番官家做客。那天的客人，除了他们父子，还有番官最倚重的两个头人：才子休和查拜。他们去的时候，拉姆正领着人在厨房里忙碌。大人们喝茶，说事，山里山外地闲扯。托珠塔插不上话，有几分尴尬和无聊。就在这时，一个脆生生的女声在喊他。一看，正是艾玛。她披散着一头湿漉漉的长发，招手让他过去。

原来，艾玛刚洗了头，需要重新编大小辫子，并且缀上她那些砗磲、贝壳之类的宝贝。她坐在闺房的门口，用干帕子擦干头发，然后用木梳梳头。头发太长，她不得不用手托着，要分几次才能从发根梳到发梢。现在，镜子已经取代了水缸里舀起的那一瓢水，她可以照着镜子梳妆打扮。但是，她的梳妆打扮实在太复杂，难度实在太大，最好是有人帮忙。于是顺手牵羊，托珠塔被她临时拉去当差。不过，托珠塔不是那块料，滥竽充数也不行。他不但不会编辫子，就是帮忙托一下头发，递一下东西，也显得手忙脚乱，常常帮倒忙。

艾玛对这个临时征召的助手很失望。而托珠塔却傻乎乎地迷失在那一头长发的香氛里。艾玛洗头，他并不知道用的是香皂还是皂角，但他闻到了浓郁的香气。那是一种于他很陌生、无法定义的香，让他产生几分眩晕的香。偶尔，艾玛会回过头来看他一眼。几乎是零距离，细长的柳眉下，黑亮的杏眼倏忽一闪，让他心中剧烈地一颤，有瞬间被闪电击中的感觉。

"你真笨，"艾玛轻轻地说，"小心找不到婆娘。"

托珠塔听得真切，但听不出是娇嗔，还是烦他、真的对他失望。

他有些紧张不安。正不知所措，艾玛却不管不顾，快乐地哼起歌来：

咂酒煨热了

腊肉煮熟了

阿哥要来了

我的心在跳了

听托珠塔说要去打猞猁，瓦美只当他是要为那些被咬死的羊报仇。不管打不打得到，让他独自上山去转一转，也不是什么坏事，所以并不阻拦。他只说了句："猞猁可不是谁都可以打到的，小心点儿，只要平安回来就好！"

托珠塔却无所畏惧。他已经长得和阿爸一样高了，上山打猎是经常的事。虽然枪法比多纳稍逊，但他熟读经书，经常跟阿爸到处做法事，部落里的人都说，他将来肯定是一个了不得的巫师。所以，他相信自己的武艺，更相信山神叶西纳玛会帮助他。

在这个多雨的秋天，他的准备几乎是万无一失的。他手提一支汉阳造，挎一把胡鲁刀，背篼里背着足够十天的干粮。甚至，御寒的毛毡，羊皮的雨披，铁打的脚码子，狩猎需要的一切，他都应有尽有。

当然，没有猎狗是走不远的。所以，家里的四条猎狗都被他带出来了。头狗黑虎，还被他多次带去羊圈，反复熟悉猞猁的气息。

秋越来越深，雪线正在下降。罂粟地里，割完烟浆，采了种子，枯干的罂粟秆被一把火烧掉。从河谷到山腰，一眼望去，尽是黑乎乎的焦土。大片大片的山林都被烧荒种了鸦片，野兽们藏身的地方变得狭小，猎物减少，也许，这就是猞猁要铤而走险偷袭羊圈的缘由。

前面传来一阵狗吠。他离开大路，赶过去，看见黑虎兴奋得低声咆哮，一边在地上兜转，嗅着什么。

这是一小堆粪便，灰白色，像狼粪。托珠塔仔细辨认，他断定这并非狼粪，而是猞猁留下的粪便。阿爸是部落里少数几个曾经猎获猞猁的打鹿匠之一。他告诉儿子，狼粪断节明显，而猞猁粪则明显不同。比如眼前这一小堆粪便，严格说是三条，大头，细尾，中间没有明显的断节。托珠塔用树枝将其中一节捣烂，里面现出了许多没有完全消化的羽毛和骨渣。旁边，还有几簇羊毛。细看，地上还有血迹。看来，猞猁将羊羔叼到这里，饱餐之后，才心满意足地离开。

留下了粪便，就给了托珠塔追踪的机会。猫科动物也喜欢在路上留下自己的痕迹。尿液，爪痕，身体的磨蹭，就是它们抵达和占领的宣言。经验丰富的打鹿匠，单凭树上或者石头上爪痕的大小、高度，是四道还是五道，就可以大致断定它体型的大小，是熊科还是猫科。

山势越来越陡峭，林中弥漫着潮湿的雾气。山风呼啸，落叶纷飞，飘来松、樟的芳香。猎狗们始终保持着兴奋状态，对留下痕迹和气息的那只野兽穷追不舍。

午后，雾气渐渐散去。阳光下，树叶几乎落尽的林间变得疏朗。就在这时，狗在前面狂吠起来。

这是一面斜坡，遍布乱石，一高一矮两棵老松长在乱石中间。托珠塔一眼就看见，一只棕黄色的大猫卧在一尊大石头上，四条狗将它团团围住。看见托珠塔过来，并没有逃跑的意思，只是用凶狠的眼光盯着他。

看见主人到了，猎狗们更加来劲了，试探着向前，准备攻击。托珠塔端着枪慢慢靠近。猞猁！他看得非常清楚，和阿爸描述的一模一样。靠近，再靠近。就在他举枪准备射击的时候，猞猁突然就地起跳，一跃上了那棵高大的老松。托珠塔心里踏实了——上了树，打它就更容易了。

他闭上左眼，再次瞄准。突然，他没来由地觉得有什么不对劲，对自己的枪法也变得很不自信。从晃动的准心看过去，他大惊：猞猁的短尾巴正在一截一截地往外长！再看它的头部，它身上的花纹——它明明是一只老虎！

他觉得诡异，人变得有些发蒙，有几分眩晕，眼睛也看眼花了。他使劲地眨巴几下。然而再看时，树枝还在摇晃，几片枯叶在空中飘飞，但那只大猫，已经无影无踪。

农历九月下旬，一场大雪下了三天三夜。

这是入冬的第一场大雪——在白马，中秋节一过就是冬天了。大雪覆盖了原野，视野之内尽是白茫茫一片。去河边背水的姑娘们回来说，路上的雪已经尺多厚，路上到处结冰，太难走啦。

就在这时，托珠塔又要出门，目标还是猞猁。

那次失败的狩猎之后，猞猁再也没有出现过，无论是自家羊圈还是各个寨子。那段时间正是狩猎季，打鹿匠们，包括托珠塔自己，都在山上转悠。老熊，盘羊，岩羊，青鹿，都有人打到，就是没有听说谁看见了猞猁。

托珠塔心里装着艾玛，也忘不了猞猁。

一天，他在一场婚礼上见到了艾玛，他悄悄在她耳边说：

"我向叶西纳玛发誓，一定要打到一只猞猁，用它的毛皮给你做一件非常漂亮的背心。"

艾玛没有说话，美丽迷人的眼睛看了看他，笑笑，像是鼓励，更像是怀疑。

现在，树叶落光，地面积雪，野兽的行踪更容易暴露。食物匮乏，诱饵的吸引力变得不可抗拒。陷阱、下套，它们更加容易上当，找到并猎杀一只猞猁，似乎更加容易。何况，托珠塔曾经追到过它，就差了那么一点点运气。不然，它金贵的皮子已经在艾玛身上了。

托珠塔信心满满，瓦美却把他堵在了门口。

"孩子，"巫师对儿子说，"上山打猎，恐怕是为了艾玛吧？"

托珠塔脸红了，没有吭声。

"我算过了，猞猁不是你的，别想打到它。"巫师盯着儿子的眼睛说，"我还要给你说，艾玛也不是你的，也不是任何人的。将来你就晓得了，谁做了她的丈夫都没有好日子过。"

托珠塔愣怔了一阵，低下头，叹一口气，默默地放下背篼，把枪重新挂上墙。

当晚，他和多纳、帕格聚在家里喝酒，通宵达旦。他给自己不知灌了多少碗咂酒。

一场宿醉，一天一夜之后方才醒来。

4. 羊倌或者摔跤手

托珠塔不知道，因为艾玛，备受折磨的并非他一个人。至少，迪布也是其中一个。

迪布小多纳半岁，是寡妇波尔的大儿子，也是番官家的羊倌。

在番官家，多纳的阿爸玛格始终是一个敏感话题，谁都不会轻易触碰。而迪布的父亲普基，在部落里却常常是人们的谈资。最权威的故事版本，是罗瘸子不久前亲口讲的。那天，普基在杜鹃山一带打猎，打到了一只青羊。他一高兴，就去了罗瘸子的幺店子，割一条青羊腿换酒喝。他把换来的半碗苞谷烧喝得差不多了，才发现靠墙放着几桶酒。酒桶半人多高，每桶都在一百斤以上。虽然用蒙了猪尿泡的木塞封了口，还是有阵阵酒香从里面丝丝缕缕地飘散出来。那酒一闻就是好酒，应该是来自龙安城里著名的龙安烧坊，当然比他刚才喝的土酒不知要好多少倍。当时，背酒的背脚子们累了，倒在铺里睡得很死；而罗瘸子，正忙着给他们做饭。普基不露声色，悄悄从板壁上拔下一颗钉子，在酒桶上方钻开一个小窟窿，再找一根麦管，伸进去，悄悄吸了起来。他不晓得吸了多少酒。平时可望不可即的好酒，并且不要钱，不喝白不喝。酒桶靠在墙上，他也靠在墙上。直到昏迷，醉死，他始终保持那种姿势。

迪布记得很清楚，那年秋天，他七岁，父亲像猎获的一头野猪那样被抬回寨子，停放在他家门口。普基眼睛半闭，脸色青紫，身上弥漫着一股难闻的酒气。

阿妈跪倒在尸体跟前，号啕大哭。哭了一阵，又一把将他和姐姐、弟弟拉过去，说："多看几眼你们阿爸吧，以后，就再也看不到了。"

迪布隐约知道，阿爸死了，就要埋到地下了。但是他并不害怕，也不悲伤，甚至多少还有几分幸灾乐祸。因为阿爸生前成天都在喝酒，喝醉了就打人。妈妈、姐姐、弟弟和自己，都经常挨他的打。就在他临死前不久，他还把阿妈打得满地打滚，把棍子都打断了。当时，他躲在墙角瑟瑟发抖，心里却在暗暗发誓，长大了一定照样用棍子暴打这个叫普基的家伙，给阿妈报仇。

普基死了。他没给老婆留下任何遗产，波尔根本没有办法养活三个孩子。于是，迪布没多久就成了番官家的牧童。

他，多纳，后来还有索曼早的小儿子帕格、侄儿玛瓦，以及来自铁楼的阿称和博加兄弟，他们从此成为伙伴，一起放羊，或者种地。渐渐长大，他们学会了使用火枪和快枪，既是番官家的长工，也是看家护院的家丁。

七月半那个深夜，晒坝里，狂欢的人们逐渐散去。后来，小伙子大姑娘们疯够了，闹够了，也纷纷离场。

番官家二楼，与正房相对，第一个房间就是长工或者家丁们的住屋。房间很大，铺了半人多厚的燕麦草，小伙子们回来，往草里一钻，铺的盖的都有了。迪布家虽然就在本寨，但他还是经常和小伙伴住在一起，图热闹。

大家都回来了，就缺多纳。门为多纳留着，白花花的月光越过门槛，明晃晃有些耀眼。迪布使劲闭上眼睛，还是睡不着。右边的帕格和玛瓦，左边的阿称兄弟，似乎都没睡着。辗转反侧，草堆里窸窸窣窣的声响此起彼伏。

"多纳干啥去了？"说话的是阿称，"怕是和艾玛在一起吧？"

"这还用猜吗？"迪布接话，"他们天天眉来眼去，难道你们没看见？”

"你们说，番官会把艾玛嫁给他吗？"玛瓦问。

"哪个晓得？"阿称说话了，"至少可以肯定，她不会嫁汉人，虽然番官那么喜欢汉人。"

"不可能嫁给多纳，"一想到艾玛和多纳在一起，迪布就不舒服，"番官和他阿爸有仇，未必你们不晓得？"

"番官和玛格，不管他们之间发生了啥。"玛瓦小声地说，"在番官家，千万不要随便说。"

迪布闭上了眼睛，多纳和艾玛的影子在眼前晃动。他开始在心里搜索，多纳和艾玛到底在哪里？他们在干什么？嗯嗯，他们一定是躲在赛场边的草垛里，搂抱，亲嘴。说不定，他们正在班班扎！他感觉自己血往上涌，心里像是有什么虫子在蠕动，一下一下地噬咬他的心子。他正想发泄几句，却听见门外楼板响了起来。同时，对面传来了艾玛愉快的哼唱。

多纳越走越近，嘎吱一声，月光被关到了门外，屋子暗了下来。

黑暗中，大家立刻噤声。很快，就有呼噜响了起来。

迪布使劲闭上眼睛，依然翻来覆去睡不着。睡不着，就紧紧捏住自己两腿间的那个东西，使劲地想艾玛。他在想象中抱紧她，亲她，然后和她班班扎，使劲地、疯狂地、反复地，班班扎。

但是，即使在想象中，多纳也总是影子一样跟着艾玛，怎么也赶不走。

艾玛虽然是番官小姐，但她还是很勤快。除了有时参加放牧，迪布还经常看见她在洗衣，扫地，在厨房里忙忙碌碌。

那天，迪布把羊赶进羊圈，走到院子里时，晚霞映照，红彤彤一片。二楼尽头，走廊转角处，艾玛正在收绳子上晾晒的衣裳。入秋以后，风大，尤其是傍晚。秋风里，艾玛彩裙鼓荡，帽子上的三根白羽毛剧烈地飘摇着。收衣裳的艾玛，晚霞映照的艾玛，像真正的仙女一样美丽，让迪布看呆了。绳子上的衣服颜色都很光鲜，有洋布，有毛麻，还有绸缎。有番官的，拉姆的，当然还有艾玛自己的。这些衣裳，好漂亮好高级呀。迪布晓得，这是他一辈子也上不了身的东西，甚至摸一下的机会都没有。

不过，艾玛的衣裳，他多想亲手摸一下呀。

突然，随着一阵大风，一小团花花绿绿的东西随风飞了下来，不偏不倚，正好落在迪布的身边。迪布弯腰从地上把它捡起来，拿在手里理了理，费劲地看看。它一端是大口子，穿着棉线带子，像是一只口袋。但他马上就否定了这个结论，因为"口袋"的另一端，还有两个钵碗大的小口子。并且，这东西是洋花布做的，细碎的红绿小花，很漂亮，鼻子凑上去嗅嗅，像是用皂角或者洋碱洗过，散发着淡淡的香味。迪布调动了自己所有的经验，依然完全猜不透这究竟是什么。但他没来由地相信，这就是艾玛的东西。

迪布心里紧跳了几下。定定神，他捏着那一团花布，噔噔噔上楼，向艾玛走去——他要尽快把东西还给他的女神。

艾玛看着迪布径直向他走来，很诧异。当他到了跟前，把那团花布递给她时，她的脸唰地一下红了。她接过来，烫手似的，马上扔进了那个竹编大筐，也不看迪布，继续收绳子上的衣裳。

迪布始终不明白他捡到的是什么东西。他也不明白，艾玛看见他时，表情为什么突然变得那样又羞又恼。

是得罪她了吗？

这是迪布第一次和艾玛离得那样近。她那娇羞的样子，比任何时候都还要漂亮。这场景，包括所有细节都新鲜刺激，回味无穷，让他睡在麦草堆里的夜晚，都有了具体实在的内容，成为胡思乱想的起点。

农历八月，高山已经有了积雪，冬天正在临近。在下半年，这就是白马部落最忙碌的时候。先是采药，挖洋芋，紧接着是燕麦的收割，背回晒坝，架上晾架。燕麦晾干，接着是打场，颗粒归仓。

忙完燕麦，拔萝卜、砍白菜和莲花白并不怎么费事，距离收苦荞、耕冬地也还有一小段时间。这是两段农忙之间的小憩。家里有粮了，并且打猎季也开始了，狩猎人家的墙上，贴上了新鲜的兽皮，挂上了刚从山上背回来的熏干或者新鲜的猎物。人们心情放松，晒坝里天天晚上都有篝火，男女老少都在这里又唱又跳。

燕麦草还铺在地上没有垛起来。晚霞初绽，天黑之前，晒坝是年轻人摔跤、荡秋千的地方。摔跤尤其让男人们兴致勃勃，甚至疯狂。这时的晒场其实是一个擂台，一茬一茬的年轻人，就是在这里以摔跤证明自己，建立起一个顶天立地的男子汉形象。

今晚的主角儿是多纳。他已经长得高大魁梧，健壮得就像他的名字：多纳——野牛。今天，他把袍子用腰带扎起来。腰带是深红色，很新。只有他本人才晓得，这条羊毛腰带是艾玛亲手给他织的。他本来就力大无穷，扎了这个腰带，像是给了他额外的加持，有战无不胜的自信。一顿饭的工夫，在场的男人们，无论是中年还是青年，都被他一一掀翻在地。

不过，有一个人还没有上场，他就是迪布。他个子瘦小，高度只到多纳的肩膀。他从来没有想过要上场比试摔跤，尤其是和野牛一样的多纳。谁都知道，他完全不是多纳的对手。

迪布在人后畏畏缩缩，然而，还是有人盯上他，起哄，怂恿他上，其中包括艾玛。

他知道自己不能去摔跤，做出一副死猪不怕开水烫的模样，死活不为所动。

但是，艾玛说话了。

"上吧，"她怂恿他，"一个大男人，摔跤有什么好怕的？"

迪布的抵抗瞬间坍塌。情不自禁地看了看艾玛，他看到了艾玛迷人的微笑，以及鼓励的眼神。于是，他鬼使神差般走上前去，鼓起勇气，大起胆子挑战多纳。

在众人的喊叫声中，多纳站在晒坝中央一动不动。见迪布猛扑上来，明白他是要抱自己的腿，企图趁他站立不稳将他扑倒。多纳当然不会给他这样的机会。迪布到了跟前，就在他猛地一低头准备抱大腿那个瞬间，多纳突然出手，拔萝卜一样一把将他拦腰倒提起来，然后，重重地扔到麦草堆上。

那是迪布最无地自容的时刻——多纳把他"拔"起来再扔出去的时候，他的袍子翻卷下来，让他的下半身完全暴露在众目睽睽之下——因为穷，他从来没有穿过裤子。他黝黑的屁股，以及他胯间那个萎缩一团的小玩意儿，连艾玛都看得清清楚楚。

他又羞又恨。那一刻，他恨不得一刀捅了多纳，还有艾玛。

5. 王秋园

民国三十六年（1947），夏天，白马土司王秋园到白马做例行的巡视。

正常年份，他一般是在小暑过后不久出发，七月十五中元节以前返回。但今年，他到白马那天已经立秋了。

白雄带着各寨头人，在猫耳山下接到了土司的队伍。从滑竿上下来的王秋园，虽然看起来依然挂着亲切的微笑，但白雄很快发现，王老爷气色不好，也比往常明显消瘦了些。仅仅是察言观色，白雄就知道他心里搁着事，并且不是好事。他本来已在心里准备了一大堆热情洋溢的话，但话到嘴边，却改主意了，只干巴巴地问候了两句，再不好多说什么。双手握住土司伸过来的手，感觉冰凉。

寒暄已毕，队伍又重新上路。上滑竿的时候，王秋园朝后面扫了一眼，目光越过大太太张琼芳，不经意落到了二姨太夏凤仪身上。这时，夏凤仪也正在看他。目光对碰了一下，她迅速垂下眼睑，把头转向路边一颗古老的连香树。

三年前，立冬那天晚上，王秋园在书房里又开始了泡脚。泡了一阵，张琼芳提着热水壶进来，边往木盆里添热水，一边不咸不淡地说："你讨一个小吧，你应该有个儿子。"

王秋园一愣，随口说："我们的娃儿还少吗？"说完，只顾低头洗脚。

"土司不能没有继承人。"张琼芳提壶朝门口走了两步，又回头补了一句，"这话是老太太临死前给我说的。"

从结婚第二年开始，张琼芳以平均两年一个的速度，一口气给王秋园生了七个孩子，全是女儿，人称七仙女。按辈分，他为大女儿取名静芬，二女儿静芳。接下来分别是静梅、静兰、静竹和静菊。后来有了老七，就取名静芷。芷，用的是"止"的谐音——此时，他已经彻底绝望了。

夏凤仪是赵旭初介绍的。她父亲就是龙安著名的裕昌恒酱园老板夏长德，说起来曾经也是龙安城里数得上的人家。只是，那些年闹霉老二，过中央军，酱园伤了元气。加上城南后来又新开了一家泰盛祥，夏家就开始走下坡路了。夏凤仪本来在绵阳南山中学都已经念到高一，就因为夏长德害痨病死了，不得不辍学回家。赵旭初是王秋园长辈，两家又是世交，和夏家也熟，亲事一说就成。夏母文福兰说，王秋园大了凤仪将近二十岁，她图的不是王家土司的名头，而是看重王秋园的人品和家风。

凤仪眼睛小，下巴尖，说不上特别漂亮。但她身材窈窕，皮肤白嫩，细密的牙齿被牙刷刷得珍珠一样洁白闪亮，加上在外面读过书，也被公认为龙安城里的美女之一。她嫁入王家，王秋园感觉像是有一轮太阳照亮了他灰暗的生活。更让他欣喜的是，凤仪性格温婉，喜欢读书，一本《唐诗三百首》可以背诵大半。从她身上，他看到了女儿们的差距。于是，他给她们请了个家庭教师。他叫董光文，在南坝小学教国文，曾经是凤仪的同学。他们约定，只要放假，他都来王家给女儿们补习，重点是文学和音乐。董光文一表人才，琴棋书画无所不能，女儿们欢呼雀跃，巴不得天天见到董老师。

当董光文被捆绑着推到面前的时候，王秋园正在和两个管事说到白马巡视的事。

"你们在干啥子？"王秋园大惊，扫了两个团丁一眼，然后转头，逼视着一脸幸灾乐祸的张琼芳："你们怎么可以这样对待老师？他犯啥事了？"

"啥事？"张琼芳冷笑，"你问问这两个兄弟吧。"

"老爷，"说话的是杨福金的弟弟杨福康，他报告说，"刚才，看见二太太和董老师单独外出，按照大太太吩咐，我们悄悄跟了上去。转过后面那个山嘴，没多久，就听见二太太尖叫了一声，我们马上撵过去，正看见董老师把二太太抱住，我们就把他拿下了。"

"我注意他们很久了。"张琼芳得意地说，"近些天，有很多风言风语，你都没听见？"

"王老爷，"董光文一脸无辜，"误会了，误会了！我是要给二太太说个事，没有做别的。"

"孤男寡女抱在一起，"张琼芳冷冷地说，"瓜娃子都晓得，你们接下来要干啥子。"

"不要说了！"王秋园大吼一声，对张琼芳说，"放了他！让他马上给我滚！"

后来，王秋园盘问夏凤仪："你跟董光文到底有没有事？"

"绝对没有。"

"没有？那你们偷偷摸摸跑出去干啥？"

"没有啥偷偷摸摸，"夏凤仪哭了，"我们是在路边碰上了，他要给我说个事。"

"啥事？"

"静芬给董光文写了一张纸条，他不晓得该怎么办。"

"啥纸条？"

"情窦初开的女孩子，还能写啥？"

"那你们，抱在一起，又怎么说？"

"我看见蛇了，好大一条乌梢蛇，就在路边，吓死人了。"

夏凤仪和董光文也许是清白的。王秋园希望如此，这也是他这次依然带她到白马的原因。但是，张琼芳不依不饶，经常挑事；夏凤仪满腹哀怨，成天长吁短叹；女儿们懒散懈怠，还一个比一个叛逆。王秋园烦透了，心绪不宁，还胸闷，胃痛，便秘，消化不良，天天失眠。尤其是，他相信夏凤仪，但对她的疑心却怎么也无法消除。即使坐在滑竿上，她和董光文抱在一起的画面还是挥之不去。

王老爷过来的当天晚上，照例是盛大的接风宴会。天气微凉，火塘让大厅始终暖融融的。左右两边和进门，三方都安着长条桌。屋角的酒桶，既有咂酒，还有龙安烧坊的白酒。进门左边是贵客专座，当然属于土司和他的家人，桌上摆着王秋园最喜欢的绵竹大曲。

拉姆、艾玛和几个白马姑娘穿梭一般进出，把大盘的牛肉、羊肉、腊排和野味摆放在客人面前。宴会还没有开始，桌上已经堆满。王秋园心想，这真是肉山酒海呀。

王秋园注意到艾玛，是她领着几个姑娘来给他献歌的时候。

每年都来白马，艾玛在他的视野里一天天长大。印象中，他只知道白雄的女儿很漂亮。但是只有今天，他忍不住把这个艾玛看了又看，才发现她漂亮得无法形容，简直是天生尤物！过去怎么没有注意到呢？过后他想，以前她还小，后来是自己独宠凤仪，其他女人都被遮蔽了。而现在，夏凤仪退居一侧，这个白马姑娘因此才凸显出来，让他眼前一亮。

艾玛的歌声清脆，响亮。她和姑娘们的合唱，不但没有被埋没，姑娘们的歌声反而是绿叶，是烘托，让她的歌声有一种说不出的美，鹤立鸡群般脱颖而出。唱毕，艾玛双膝跪地，把酒杯举过头顶给土司老爷敬酒。王秋园本可以坦然地坐着接受敬酒，但他却站了起来，跨出一步，把艾玛扶起来。当艾玛抬起头，亮闪闪的眼睛定定地望着他时，他的心咚咚两下，眼睛躲闪着，居然不敢去迎接她的目光。

重新落座之后，王秋园举起酒杯，朝对面的白雄说："让艾玛做我的干女儿吧。"

"太好啦，"白雄立刻端起酒杯，拉过艾玛，"还不跪下，给干爹敬酒！"

从那个时候开始，每顿饭王秋园都让艾玛坐在自己身边。

每次王老爷过来，给番官及其家人都会准备礼物。给拉姆和艾玛往往是一段洋花布、丝绸手绢儿和头巾，以及香皂和百雀羚；给白雄的一般是酒，烟具，也送过打火机这类新玩意儿。哦对了，白雄现在用的这支德国盒子炮，也是王秋园去年夏天给的礼物。

本来，王老爷给白雄一家已经送过礼物了，但是他认了干女儿，一高兴，当天晚上就给艾玛追加了一件礼物：一支枪，俗称"掌心雷"的勃朗宁袖珍手枪。这枪即使加上皮套，也只比香烟盒稍大。枪身光滑锃亮，让它看起来不像武器，更像是一件精巧的艺术品，或者装饰品，专门供人把玩。尤其是女人，似乎更适合玩这种枪。

连白雄都知道，掌心雷比他的盒子炮还要贵，是城里那些达官贵人才有资格用的防身武器。但他不知道的是，这枪原本是王老爷给二太太买的。还没有来得及给她，就发生了董光文那事儿。到白马，收拾行李，王秋园自己也说不清楚是什么原因，居然把它也带上了。

这礼物太稀罕、太贵重也太令人意外，艾玛兴奋不已。王老爷让艾玛坐在身边，他亲自把枪从套筒、枪管、导杆、弹夹等几大部分拆解为三十三个零件，给她逐一讲解原理。把枪重新装好以后，又手把手教她装弹夹、使用三道保险和射击要领，不厌其烦。

"这可不是玩具哦。"王秋园把枪交到艾玛手上，盯着她美丽的眼睛说，"莫看它小，打死一头牛都得行，千万小心！"

艾玛迫不及待地想去打枪。

早晨，她去找多纳。他和迪布正要去磨面，于是三个人一起朝河边的磨坊走。

枪揣在身上，艾玛感觉它像一只兔子，随时准备蹦跶出来。当她告诉多纳自己有支枪的时候，多纳非常惊讶，也非常羡慕，因为他从来没有摸过手枪。像这种掌心雷，他闻所未闻。而迪布，当他看见艾玛把枪从皮套里取出来，枪身在初升的阳光下亮得晃眼，让他看得像傻子一样。

"我们就在磨坊边上打两枪，"多纳说，"这里水急，声音大，寨子里听不见枪声。"

"那么，共产党和国民党正在打内战，你希望哪一方赢？"

"当然是国民党啊。"夏凤仪不假思索。

"为啥呀？"王秋园不解。

"你不是国民党员、白马土司、袍哥大爷吗？"

夏凤仪的话，像一盆冷水浇到他头上。他打了一个冷噤。是啊，怎么把自己国民党的身份也给忘了？

他立刻想到民国三十四年（1945）夏天，他奉县长于克定之命在木瓜墩伏击红军、打死一个丁姓营长的往事。他长叹一声，眼前一黑，立刻仰倒在床上，再不理夏凤仪。

掌灯时分，杨福金进来，吞吞吐吐地向他报告："县参议长赵旭初走了。"

"你说的是赵旭初？"王秋园一听到噩耗，马上从床上坐了起来。

"是，赵参议长出事了。"杨福金低着头说。

"快说，他怎么啦？"王秋园喘着气说，"他的身体，不是，一直都很好吗？"

"情况还不清楚。"杨福金声音很低沉，"听说，他前天早晨去城边散步，就再也没有回来。找了两天，只找到他那天穿的一只鞋。赵家人估计，很可能被活埋，或者沉河了。"

"谁干的？"

"不晓得。一点线索都没有。"

王秋园挥挥手。杨福金刚转身，他就颓然倒在床上。

第二天，王秋园病势越发沉重，完全起不了床。夏凤仪万分焦急，叫来杨福金，让他火速去龙安请冉华安和李伯钦，西医和中医双管齐下，以保证老爷的康复。

杨福金选了三匹快马，打马进城。

但是，他们都救不了王秋园。翌日中午，王秋园断气的那个时辰，骑马的冉华安才赶到水晶堡，而不会骑马的老中医李伯钦，滑竿还没有走到阔达坝。

王秋园死后，夏凤仪成了王家的公敌——连水晶堡赶场的农民都在绘声绘色地说，正是那个妖精天天缠着王老爷，白天晚上都在床上搞，把他的阳气吸干了，不死才怪！

丧事办完，夏凤仪疯了。一个晚上，人们看着她披头散发，穿一身白色睡衣从家里跑了出去，从此不知所踪。

6. 帕格、英子和歌拉

夜晚，当浑身燥热的小伙子们在麦草堆里热议女人时，帕格很少插话。说到艾玛，他更是不吭一声，甚至早早地打起了呼噜。对此，大家并不在意。因为帕格是老实人，又比大家大了十来岁，是番官名义上的继子。现在，他专门协助拉姆管理家务，差不多就是管家了。他这样的角色，需要更加稳重，言行都必须维护番官。

帕格不和小兄弟谈论男女之事，并不代表他不懂。

中央军到白马和闹瘟疫那年，帕格十七岁。那时他不再放羊，专门在白雄跟前跑腿。

戈波塔下葬没几天，白雄派帕格给英子送一袋青稞过去。出了番官的家，沿着狭窄的巷道弯弯曲曲地朝上走，最东头那棵老核桃树下就是英子的家了。门虚掩着，他推门，里面漆黑一团，只听见那个叫歌拉的小女孩呜呜的哭声。

"英子！"他探头朝黑暗深处叫了一声，"你在家吗？"

"戈波塔，"英子虚弱的声音响起，"是戈波塔回来了吗？"

"我是帕格，番官让我给你送粮来了。"帕格急忙说明。

"是戈波塔送粮来了？"英子声音大了些。

帕格有些害怕。他已经听说，英子老公死后，紧接着又流产了，过度的忧伤让她变得有些疯疯癫癫。他正打算将青稞放在地上离开，英子的声音又响起来："火镰子在火塘边，老地方。"

他把门全开，屋里变得敞亮些。进屋去，在火塘边，果然找到了火镰、火石和捻子。打燃火，点亮一根箭竹插在通往里屋的门口。朦胧的灯影里，英子和那个小女孩都在看他。

"帕格？"英子顶着一头蓬乱的头发从床上坐起来，看着帕格提着的粮食口袋，哇的一声哭了起来。

帕格明白，英子一直忘不了戈波塔。

戈波塔比他哥哥瓦美帅。他没有像瓦美那样成为白该，却传承了才介雕刻曹盖的技艺。曹盖不是普通面具，而是神器。它雕刻的是老虎、黑熊和白熊——这些猛兽都是白马人的图腾，造型夸张，面目狰狞，很吓人。在隆重的祭祀活动中，跳曹盖是必须的内容。曹盖更多的是挂在各家门楣之上，左右各一，左公右母——以有没有獠牙为标志，其意义相当于汉人的门神。雕刻曹盖非常讲究，规矩很多。动手前要念经、洗手；木料和工具禁止女人触碰；在工作的三天前就不能亲近婆娘。戈波塔作为白该之子，自律就格外严格。他雕刻的曹盖不但精美，而且还有灵性。有的人家不讲规矩，把曹盖的公母挂错位了，但只要是戈波塔刻的，别担心，它们一定会自动回到规定的位置上的。

老公作为一个首屈一指的曹盖雕刻匠而受人尊敬，英子也觉得很有面子。更重要的是，他爱她，是寨子里最体贴婆娘的男人。

帕格不晓得什么叫怜香惜玉。但是，看见从大山那一面的铁楼大老远嫁过来的一个美女，接连遭遇不幸，让他心疼得难受。他决定尽可能地帮助她。

从此，帕格隔些天就会去一趟英子家。帮她收拾屋子，劈柴，上房顶补漏。每次，他的怀里都会揣点什么，比如一小袋炒面，一小块腊肉，或者两三个馍。偶尔，在请示白雄或拉姆之后，也会带去一小口袋粮食。

冬日里，一个落雪的晚上，帕格又一次去了英子家。歌拉不知跑哪玩儿去了，英子一个人正在腾腾热气中洗锅碗。大约是室内温度比较高的缘故，她的脸色特别红润，似乎前些年的美丽又回来了。见到帕格，她嫣然一笑，一双依然黑亮的眼睛让帕格心里扑通了一下。

英子洗好碗，用围裙擦干双手，羞涩地看了帕格一眼，垂下眼睑，轻轻地说："这两年，你对我太好了，我该拿啥报答你啊？"

帕格愣住了，不知道说什么好。

英子抬头，直直地看看帕格，突然上前，不由分说地拉起他的手，牵着他往里面的卧室走。

帕格觉得她呼吸急促，手很温热，并且微微地颤抖。他的内心跟着战栗起来，木头人一样，身不由己地跟着她走进了那个黑洞般的里间。

索曼早死于瘟疫以后，人们仿佛已经彻底忘了老番官杰瓦，忘记了帕格是老番官的儿子。不知为什么，索曼早生前居然没有给儿子定下娃娃亲，之后，也没有哪位热心人来为他张罗。像阿妈一样老实巴交的帕格，好像也没有结婚成家的欲望。他无声无息地生活在番官家里，在部落里毫无存在感。即使他和英子好了两年，居然没有人发现他们有什么异样。

在英子床上，帕格体验到了班班扎的快乐。这种快乐，是任何事情都无法替代的。他备感幸福，但他老实巴交的本性又让他无法与人分享。夜晚，小伙伴们在麦草堆里肆无忌惮地讨论性事时，他却在心里回放他和英子最新的班班扎细节，一遍又一遍，直到睡意慢慢上来，潮水一样将他覆盖。

秋天，一个夜晚，帕格和英子又在床上班班扎。现在，他们在床上已经配合得非常默契，表现得像吃饭一样自然。高潮中，英子情不自禁，大叫出声。正在这时，意想不到的情况出现了——在外玩耍的歌拉回来，刚好听见了阿妈的尖叫，感觉像是遭遇了什么可怕的事情。与此同时，隐约还有帕格的喘息声。她没多想，推开门，探头向黑暗深处嚷道："阿妈，你们在打架？"

英子蒙了，在黑暗中支吾着说："阿妈腰疼，请帕格帮我揉揉。"

七岁的歌拉还是容易糊弄。但是，帕格却感到羞耻和不安。以前他来英子家，总喜欢抱一抱歌拉。歌拉在他怀里，一双清澈的黑眼睛看着他。同样，他也盯着歌拉，大眼瞪小眼，看谁先眨眼睛。现在，当他再把歌拉抱起来的时候，有了做贼一般的心虚，她撒娇，要和他再做大眼瞪小眼的游戏时，自己都觉得很不自然。这时，再看英子，他突然发现，自从戈波塔死后，她明显变得懒惰，邋遢。当她再把裙子撩起时，他立刻闻到了一种怪怪的气味，让他难以忍受。

他依然去英子家，去的时候，依然或多或少捎带点东西。但他不再跟英子上床，主要是看歌拉。

在这样的走动中，他看着歌拉一天天长大。而渐渐长大的歌拉，父亲戈波塔的印象逐渐淡去。她看见帕格总在雪中送炭，总是在帮助她家，这让她感觉温暖。在她心目中，这个比她大了十余岁的帕格，角色像父亲，又像大哥，还有些像阿尼格萨那样的英雄。

秋天，番官白雄由帕格、多纳和迪布等几个小伙子陪着上山打猎。他们都是神枪手，运气又特别好，几天工夫就猎获了两头牛羚、一头鹿、一只岩羊和三只青羊。山高林密，一两千斤重的猎物根本没有办法带走，白雄就派帕格下山叫人。到寨子后山时，他看见前面有人背着巨大的柴捆艰难地朝山下走。他追上去，才发现背柴的是歌拉。

帕格立马叫停了歌拉，替她背起了柴捆。歌拉和他一前一后地朝山下走。他发现，走在前面的歌拉完全是大姑娘了。她比艾玛小一岁，小脸，尖下巴，虽然比不上艾玛的漂亮，但也算得上美女。她的身材尤其好，很像她拥有大奶、细腰和翘屁股的阿妈。

柴背回家，英子却不在。歌拉给帕格烧热水，让他洗脸，擦汗湿的身子。帕格洗脸的时候，不经意回头，却与歌拉的目光相遇。她低下头，脸红了。脸红的歌拉，脸蛋显得格外好看。

帕格的心开始扑通扑通地跳，就像要蹦出来。他晓得歌拉是曾经有过娃娃亲的，小伙子是托洛加人，三年前帮邻居盖房时从房架上跌了下去，不幸摔死。于是，帕格大起胆子，上去轻轻握住歌拉的手说："嫁给我吧，怎么样？"

"我愿意，"歌拉眼泪出来了，她看定帕格，"我就想给你当婆娘。"

帕格一把将歌拉抱住，在她耳边轻轻说："我从山上回来，马上就来给你阿妈说。"

7. 吊死岩

晚上。艾玛坐在梳妆台前，手里拿着自己的长辫子，正取下上面那些珠贝，准备重新梳头。听见门口响动，转身，就看见阿爸白雄进屋来了。

"阿爸，"艾玛招呼白雄，"打猎回来了？"

"是呀，这次啊，猎神帮忙，打了好多野物。"白雄一脸微笑，无比亲切，亲切得像在讨好艾玛。

艾玛看出了阿爸表情有些异样。他一般不会进她房间的，今天，也不可能是专门来跟她聊打猎吧。于是就小心地问："阿爸，有啥事啊？"

"好事，好事！"白雄看定了艾玛，说，"关于你的好事。"

"我？有啥好事呀？"艾玛看着阿爸微笑，声音明显带着撒娇。

是的，撒娇。在阿爸面前撒娇，这一直是艾玛的特权。事实上也是，白雄对这个独生女儿从小就娇生惯养，几乎是有求必应。私下里，说到番官对女儿的溺爱，人们议论最多的是，从情窦初开开始，部落里先后让艾玛心动的小伙子多达五个。她只需在父亲面前暗示一下，撒一次娇，那个小伙子就会被召来家里，成为看家护院的枪手，让她天天可以看见。直到那天，她梦见了满脸锅烟墨的多纳之后，番官家才停止了征召帅哥的把戏。

那么今天，阿爸会给艾玛带来什么好消息呢？

艾玛把凳子让给阿爸，自己坐到床边。

"艾玛，"白雄坐下来，搓了搓手说，"你已经十七岁，不小啦，亲事该定下来了。"

提起亲事，艾玛马上想到了多纳。对，阿爸应该晓得女儿喜欢多纳。是不是多纳找过他了？是不是觉得事关重大，涉及的事情太多，阿爸需要跟女儿好好摆谈摆谈？

艾玛的脸开始发烫。她轻声地说："阿爸说吧，我听你的。"

"阿爸没有给你定下娃娃亲，"白雄轻轻地说，"事情拖到现在，主要是没有谁配得上你。不过现在好啦，我终于发现了一个人。"

艾玛看着阿爸，屏息以待。

她万万没有想到，笑眯眯的阿爸，停顿了片刻才说出了一个名字，他，居然是帕格！

"帕格出生在好人家，正宗的番官后代。"白雄依然笑眯眯地看着艾玛，"只有这样的家庭，才和我们家般配。"

"嫁给他？"艾玛的脸色瞬间由微红变得煞白，"这怎么可能？我……我怎么会喜欢他？"

"帕格厚道，可靠，会对你很好。只有他，阿爸才放心。"

"我不干，不干！"艾玛哭了，"嫁给他，我这辈子，就完了！"

"不，阿爸不但自己认真想过，还问过瓦美。他说，你们肯定能够得到山神叶西纳玛保佑，会幸福一辈子的。"

"您不是说，您女儿的漂亮，部落里百年难遇吗？"艾玛抽泣着说，"帕格，他也配？"

"直说了吧，帕格和我们成了一家人，将来，我不在了……番官的位子就是他了。至于那个多纳，祖祖辈辈，番官的一丝气气都沾不上。再说，他是玛格的儿子，王老爷看他不顺眼。你说，他能当番官吗？"

"我不管，不管！"她无法反驳阿爸，只好使起了性子，"反正，我不喜欢的，打死也不嫁！"

"艾玛，听阿爸的。"白雄仍然微笑着，柔声地说，"阿爸走南闯北，啥人没见过？你要相信阿爸的眼力，我看准的人，我定的事，错不了！"

白雄充分使出他超一流的口才，一套一套的道理，再掺入父女之情，苦口婆心，滔滔不绝。但是，艾玛的脑袋像是被挖空了，人一下子变得木木的。接下来，她只看见阿爸脸上始终挂着微笑，嘴皮子在飞快地翕动，但一个字也没有听进去。

骄傲的白马部落第一美女，可以俯瞰所有白马男人的番官女儿，就是余光，也未曾在帕格身上停留过。他年近三十，个子不高，矮胖粗黑，还像他阿妈一样老实巴交。这样一个人，就是跟他同坐一条板凳她都觉得不舒服，更不用说还要嫁给他！

艾玛越想越觉得委屈，越想越觉得伤心，绝望，忍不住号啕大哭。她因此更加任性起来，一挥手，将桌上的镜子拂到地上，声泪俱下："我讨厌他，看不起他，绝不嫁他！"

落到地上的镜子居然没有摔碎。白雄弯腰将它捡起来，脸上还是挂着微笑："记住艾玛，听阿爸的话，肯定错不了。你慢慢想吧，你用不了多久就会明白阿爸的苦心。我这就去和瓦美商量婚期。"

白雄刚走，艾玛就听见有人轻轻敲窗子。一看，正是多纳。

艾玛迅速擦了眼泪，披一件氆氇袍子，迫不及待地溜出门去。

两人一碰面，多纳什么也没说，拉着艾玛就朝后山跑，一口气跑进林子。停下喘气的瞬间，艾玛问："我们去哪里？"

"扎尼澳舍（白马语，吊死岩）！"多纳望了望黑如锅底的天空，恨恨地说。

艾玛任由多纳拉着，跌跌撞撞，一刻不停地爬山。在黑暗中摸索了大半夜，终于攀上了吊死岩。

吊死岩位于杜鹃山南坡的半山腰，是一小片倾斜的开阔地，地面上长满栎类杂树。其中有一棵老青冈树，据说树龄千年，树干粗壮到需三四个人合抱，撑起巨大的树冠，将这片开阔地荫蔽近半。古树西缘就是万丈深渊，一条小溪飞流直下，水不大，但山风呼啸也压不住它哗哗的水声。

《扎尼澳舍》也是白马人一个古老的传说，与《莱西阿瑞》类似。故事说，美女波色早和帅哥龙珠才里倾情相爱，却遭到父母的坚决反对。绝望中，他们来到吊死岩，双双吊死在这棵树上。

波色早和龙珠才里后来成为白马情人眼里的情死始祖，因此，吊死岩成为情死圣地。那些爱得死去活来又绝望到生不如死的情侣，往往会来到这里，流着眼泪，深情地唱着《扎尼澳舍》，要么双双朝悬崖下纵身一跳，要么用绳子把自己挂在这棵树上。他们渴望自己的灵魂追随龙珠才里和波色早而去，在另外一个世界里得到人间没有的自由和幸福。

当下的白马部落，番官白雄就是白马王，他的话在白马部落就是法律。所有的人，哪怕是艾玛，也没有任何反抗的余地。

多纳是在帕格那里得到消息的。帕格绝望，但他认命。而多纳，却不。

不过，他和艾玛来到吊死岩，他们又能够做什么呢？跳崖？还是把自己也挂在树上？或者，继续上山，过杜鹃山，私奔远方？

太仓促太意外的出走，加上太年轻，他们还来不及打定主意。

靠在大树上，喘息未定。多纳一把搂过艾玛，一低头，舌头就强行塞进了艾玛的嘴巴。而艾玛呢，暂时忘记了刚才阿爸执意要她嫁给帕格引发的愤怒和忧伤，情绪完全被一种反抗、叛逆和摆脱羁绊带来的快感所左右。多纳粗鲁的吻，其实正中下怀。她立刻迎上去，以舌头展开反击。你来我往，不依不饶，两条舌头像是互相搅缠的蟒蛇，在一个狭小的空间里进行着一场难解难分的厮杀。突然，艾玛一把推开多纳，几把解了腰带，扔了氆氇，扒了袍子和裤头。山风其实凛冽，脱得溜光的艾玛瞬间冷却下来，就像几年前第一次扑进夺补河。她哆嗦着，大叫一声，夸张地挥舞双臂，将自己投进多纳的怀抱。多纳接过这一团柔软但遍布鸡皮疙瘩的肉体，顺势倒在地上。在呼呼的风声和哗哗的水声里，他覆盖了她，进入了她。他们迅速而猛烈地开始，迅速而猛烈地结束，就像两头正处于发情期的林中野兽。

艾玛明显的战栗提醒了多纳。他将艾玛的衣裳捡起来，从里到外，一件一件亲手给她穿好。然后，把自己的羊皮褂子也脱下来，披在她身上。

他开始捡柴。

走得仓促，但经常打猎的多纳，还是有些准备。胡鲁刀、干粮、火镰子、火石，甚至自制的点火引信"扎"，他都没有忘记带上。地上铺满枯叶，就地一拢就是一大堆。枯树枯枝也有的是，费不了多大工夫，就有了足够烧一个通宵的干柴。

古树下，一堆巨大的篝火燃起来了。在火光照耀下，巨大的树冠显现出来，遮蔽了夜空，像专门为他们设置的布景。不远处有板栗树，地上落满果子。多纳摸索着捡了几大捧回来，扔到火里。噼噼啪啪的爆裂声响起，多纳扒拉出来，吹一吹，剥了，一粒一粒，热乎乎地往艾玛嘴里喂。艾玛半躺在多纳怀里，温暖，踏实，感觉他真像一个称职的老公。

周身暖和了，两个人又不安分了。多纳的手慢慢从艾玛的腰上挪到了胸前，最后干脆伸了进去，结结实实地将她的乳房抓住，和面一样揉捏。艾玛并不被动。不晓得啥时候，她的手已经在多纳的裤裆里，抓牢了他。

怎么说呢？关于男女之间的那事，或者直接就说班班扎，艾玛早已不陌生。在放羊的山上，晒坝的草垛里，甚至大白天就在自己的房间，她和多纳已经偷偷摸摸地干了好几回。艾玛热情奔放，在这方面体现出极高的悟性和天赋。多纳即使性格狂野不羁，并且年龄还大了两岁，他也不过是艾玛的徒弟。或者反过来说，艾玛实际上是他的启蒙老师。

多纳永远也不晓得，关于班班扎，把艾玛领进门的，却是远在铁楼的一个小伙子。

那是两年以前的春天，她和阿爸去那边参加婚礼。哑酒喝得多了些，憋不住了，去茅房。寨子里，附近两家人的茅房都有人蹲着。一个当地的小伙子看她急得像热锅上的蚂蚁，知道了是怎么回事，立马就带她去了他家。走过猪圈，拉上那块草帘子艾玛才注意到，这是啥茅房啊，一个小棚子里面，不过是插在悬崖上的两块木板，她蹲下去的时候木板还在上下闪悠。拽紧一根绳子，不管不顾地排泄，稀里哗啦，拉出来的东西直接就砸在下面的玉米地里。

艾玛完成了危险的高空作业，出去，小伙子还在门口等着。这时候，她看清楚了，他大约大她两三岁，脸窄，眉长，鼻挺，眼睛迷人。尤其是那一口白牙，咧嘴一笑，一颗一颗都在闪亮。这么个阿哥，刚才为自己及时提供帮助已经心生好感，加上两个人都喝得醉醺醺的，稀里糊涂地就抱在了一起，跌倒在楼板上，让她体验了"班班扎"是怎么回事。

完事后，小伙子惊讶地看看楼板上的血迹，很不好意思地自我介绍，他叫班长吉，阿爸就是这里有名的白该班大平。

这以后又三次去过铁楼，但她都没有再见过班长吉。事实上，艾玛对他的印象很快就淡了，就像在这之后和她也有过"班班扎"的那两个白马小伙子，他们像几片树叶，在夺补河里漂远了。

376.

多纳推开艾玛，起身，又拢了许多枯叶，在紧挨着火堆的地方铺了厚厚一层。艾玛对此心领神会，也跟着帮忙。她感觉，他俩就像一对鸟儿，对，就像《莱依阿瑞》故事里那一对金色的情侣鸟——公的和母的，共筑爱巢。此情此景，让她心里涌起满满当当的幸福。

青冈叶铺就的温床，绵软，干爽，足够深厚，在闪烁的火光里色泽一片金黄。躺下去，头顶树叶稀落，枝柯繁复地交叠。绿萤乱飞，疏星隐约，让艾玛感觉如同置身于梦幻和仙境。给篝火再架几根干柴棒子，扔几把枯叶，顿时烈焰冲天，旗帜般缭绕。他们乐于被情欲驱动，贪婪地、反复地班班扎。两个年轻躯体的疯狂互动，像火镰与火石不停地撞击，滚烫，猛烈，火花四溅。叫喊、喘息和呻吟肆无忌惮，急促，尖锐，撕心裂肺，仿佛身体被烈火一次又一次地灼伤。大地在摇晃，巨树在摇晃，整个夜晚都在剧烈的摇晃中一开一合。夜空开裂了，天上的星星似乎也随着树叶和青冈果扑簌簌地坠落，在火堆里迸发出响亮的爆裂声。

那时，他们忘记了白雄、帕格和相关的那些事情，忘记了这里曾经发生的故事和传说，也忘记了这里遍地殉情而死的魂灵和鬼类。他们耳里只有风声、水声和火的呼啸——一种合成的声音，像闷雷来自遥远的天边，在天地之间来回滚荡，激励着一对情侣大汗淋漓地劳作，周而复始，直至筋疲力尽。

世界终于安静下来。但篝火依然熊熊，他们的内心依然在燃烧。他们像是从地老天荒走来，未来永无尽头。时间无垠，心中就有一条语言的夺补河在汹涌澎湃。他们相互抱紧了，在对方的耳边悄悄说话——正经的，严肃的，傻乎乎的。有时，他们还专门拣那些最脏、最粗鄙、最肉麻、最流氓的话来说。各种情话、蠢话、脏话和废话，加起来，差不多相当于此前小半辈子的话语总量。

　　他们是在梦中被人推醒的。

　　白雄安排的几十个人，兵分几路，一个通宵都在寨子周边寻找。白雄亲自率领包括帕格和迪布在内的十几个枪手，之所以找到吊死岩下，是缕缕青烟暴露了他们的目标。

　　白雄怒不可遏。他让帕格看住艾玛，命人将多纳捆起来，吊在古树的树杈上。

　　番官一个眼色，迪布心领神会，趁机冲上前去，用牛皮鞭子疯狂地抽打，以释放他对多纳积蓄已久的胸中恶气。

　　突然，艾玛推开帕格，飞快地跑到悬崖边缘。她指着阿爸白雄说："赶快把多纳放了，不然，我就从这里跳下去！"

　　白雄慌了，声音颤抖着说："艾玛，你你你千万别动！千万别动！阿爸马上就放了他！"

　　多纳被当场释放。

　　他只身离开吊死岩，再也没在番官家出现。

　　第三天晚上，番官家张灯结彩，以一场盛大的宴会，正式为帕格和艾玛举行订婚仪式。

　　就在同时，多纳成功订婚，带着歌拉不知去向。

第十一章

1. 起义

1949年，白马部落六百里外的成都。十二月十日下午两点，国民政府总统蒋介石从成都凤凰山机场起飞，前往台北。

滞留在这里的国民政府部长、次长、立法委员和国大代表们，没有说走就走的飞机等着，成了热锅上的蚂蚁。他们为了一张飞台湾的机票，天天围着行政院长阎锡山大吵大闹，打得头破血流。甚至，财政部长关吉玉几次通知四川省主席王陵基去领取紧急拨付的四万两黄金，王陵基居然拒绝了——这个时候，没有机票，拿黄金何用？

白雄当然不知道这些。蒋介石的专机在厚重的云层里飞向南方的时候，他和几个头人正在雪地里艰难地行走，去铁楼参加班达来大头人儿子的婚礼——在白马社会，这个季节，婚礼总是很多的。

路太难走了。鹅毛大雪下得昏天黑地，有的地方积雪齐腰。所以，白雄一行到达寨科桥的时候，婚宴已经开始。让白雄觉得很有面子的是，班达来似乎知道他什么时候到，专门派人在路口迎候，并在主桌一侧为他们留下席次。

一个戴眼镜围灰色围巾的年轻人作为陪客，坐在白雄左侧。他自我介绍说，他叫班正华，是班达来的侄子，在国立兰州大学读书，刚从文县回来。小伙子礼貌，大方，青春蓬勃，白雄第一眼就留下了好印象。喝了几杯酒以后，班正华开始侃侃而谈。正是从他嘴里，白雄听到了一个惊人的消息：中国已经改朝换代，解放军也就是以前的霉老二，已经坐了江山！

"蒋介石完了。"班正华端着酒杯说，"兰州，天水，武都，文县，包括你们四川的重庆，都解放了。"

"啥？解放？"白雄不懂。

"简单地说吧，"班正华解释，"解放军占领了某个地方，把现在的国民党的政府推翻了，那里的老百姓自由了，这就叫解放。"

白雄心一下子凉了："那我们，还有班达来，我们这些当番官、头人的怎么办？"

"放心吧。"班正华放下酒杯，从怀里摸出一张叠了又叠的纸，递给白雄说，"中共刚刚发表了共同纲领，强调民族平等，民族团结，区域自治。在这方面，哪里离得开你们啊。"

白雄听得似懂非懂。接过那张纸，摊开，上面的字密密麻麻。他只晓得那是汉字，一个也不认得。

回到白马，王老爷的管事杨福金已经等他整整两天了。

杨福金说："解放军，也就是当年的霉老二，很快就要打过来！王老爷吩咐，请番官把你的队伍全部拉到黄羊关，准备迎接解放。"

现在，杨福金说的王老爷，已经不是王秋园，而是他弟弟王秋圃了。王秋圃和他哥哥比，稍显文弱，加上现在的白马部落已经有两百来支快枪、四挺机枪，还有勿角、铁楼两大部落武装随时可以增援，实力今非昔比。所以，他对现在这个王老爷敷衍多于尊敬。从去年开始，土司例行的巡视，他都推脱身体不舒服，土司的滑竿到了家门口他才出来迎客。不过现在，杨福金说到"迎接解放"，他就想到了班正华，以及密密麻麻印满了汉字的那张报纸。

"我晓得解放！你赶快回去报告王老爷，"白雄双手抱拳，"请他放心，我明天一早就带队伍上路！"

三天以后，白雄跟着王秋圃，从黄羊关出发，将队伍拉到龙安里，在土司衙门住下来。

几年没有进城，龙安显得更加萧条。许多商家都关门闭户，东街，西街，营盘街都冷冷清清，少有行人。这个有五千居民的古老小城，似乎正紧张不安地等待——覆灭，或者新生。

这时，连城里挑水卖的赵胡子都晓得，城里有两大势力正在较劲，战斗一触即发。

一是城东的赵公馆，即赵旭初家，现在是中央军胡宗南部方业超团的团部。那里戒备森严，门口安排了荷枪实弹的四个士兵站岗，街面可以看得见阁楼上伸出的重机枪枪管。满额的三个营一千多号人，都驻扎在东门附近。

二是城西的土司衙门，现在是川北山防总队的大本营，包括白雄和王秋圃的人马在内，千余民间武装枕戈待旦，悄悄地部署在附近。衙门的铁皮大门紧闭，多挺机枪架在几个制高点上，随时准备向大门外倾泻子弹。

二门内，昔日私塾的教室似乎成了艺术工作室。龙安中学的国文老师吴德佩正在红绿纸上奋笔疾书，地上铺满了"打倒蒋介石，解放全中国""热烈欢迎解放军进军龙安"之类的标语。美术老师廖安忠手拿一张从书上剪下的木刻作品，用方格放大的方法复制巨幅的毛泽东像。屋子一角，同样是来自龙安中学的音乐老师张玉茹，正领着几个学生在剪五角星。裁缝丁长明埋头踩着缝纫机赶制红旗，嗒嗒嗒的机器声像机枪在远处响着，给这里的气氛更增加了几分激动、紧张和不安。

黄昏时分，土司衙门议事房。白雄进去时，里面已经坐满了人，大部分他都不认识。居中的圈椅上坐着一个穿藏青色棉袍的中年人。他面貌清癯，戴着眼镜，正在不紧不慢地讲话。白雄后来才知道，他就是龙安大名鼎鼎的张元朗。

张元朗出身于龙安的名门望族，毕业于四川高等师范学校，是四川五四运动的领袖之一。后来，作为四川中共地下党的重要人物，长期坐牢，还差点被杀头。直到"西安事变"爆发，经多方营救方才出狱。1940年成都"抢米事件"以后，上级紧急安排他回龙安，既因为当时形势过于凶险，更是为未来落子布局。这些年，他以龙安师范学校校长和龙安中学校长的双重身份为掩护，潜伏待命。现在，他被激活了。在这个川陕甘的结合部上，需要他在解放军抵达之前组织起一支武装力量，策应解放大军的行动。

在龙安的张元朗真是如鱼得水。作为德高望重的教育家，他的学生遍及龙安城乡，包括县政府、县党部、警察中队和袍哥组织及行业帮会。

他最得力的学生当属赵东海。赵东海是赵旭初的儿子，本是毕业于国立四川大学的文学青年，先在绵阳的南山中学当国文教员，因为父亲被害，家族没有男丁支撑门面，张元朗趁机动员他回到龙安。通过运作，两三年工夫就让他成为地方的实力人物，当国民党当局组建地方反共武装山防总队时，又趁机把他推为总队长。现在，王秋圃和白雄的人马，都是山防总队的重要组成部分。

"现在形势非常危急。"张元朗端起盖碗茶喝了一口，抬起头，扫视大家，"我已经得到情报，方业超团即将对龙安的商铺和钱庄动手，大捞一把以后往松潘方向逃窜。我们必须当机立断，敲山震虎，设法将他们挤出龙安，然后立即宣布起义，迎接解放。虽然解放军远在青川，对龙安暂时鞭长莫及；虽然方团是正规军，战斗力远超我们，但新中国已经成立，全国绝大部分已经解放，他们已经是丧家之犬！我们的行动直接在中共领导之下，背后有龙安父老，还有越来越迫近的解放军，胜利一定属于我们！"

"有张校长领导我们，"赵东海站起来说，"只要部署得当，我们完全可以撵走方团。我建议，马上把队伍拉出去，占领附近的制高点，控制要道咽喉，稍微来一点动作，让他不得不走！"

"好！就按东海的意见办。"张元朗将茶杯重重地放回桌上，说，"这样吧，第一，请几位老师负责，今夜就把迎接解放的标语贴到大街小巷，包括东海家门附近；第二，请东海带队伍马上过涪江，占领马鞍子和水口；第三，请秋圃的队伍即刻上北山，控制龙池坪。"说着，他把头转向白雄："如果我没猜错的话，你一定是白雄番官吧？欢迎你参加起义，迎接解放。对了，我们要对付的正是胡宗南的部队。十几年前，在你们白马部落杀人放火的部队，就是他们！"

"正好，报仇的机会来了！"白雄呼地站起来，说，"要打仗，就让我们打头阵吧！"

果然，张元朗的打草惊蛇收到了立竿见影之效：人心惶惶的方业超团，第二天早上发现了龙安城里的异动，当天夜里就悄悄溜走了。不费一枪一弹，古老的龙安小城悄然变天。

以张元朗为首的共产党员，纷纷从地下冒了出来。从龙安师范和龙安中学开始，《解放区的天》很快响彻龙安的大街小巷。

11月23日，昔日龙安营校场。在张元朗的主持下，召开了宣布起义的群众大会。会场正面幕布上挂着廖安忠画的毛泽东像和丁裁缝制作的五星红旗。正式开会之前，张玉茹举着铁皮喇叭，反复教大家唱《解放区的天》。参加起义的要角们，比如山防总队队长赵东海、副队长王秋圃、国民党县党部书记长高伯礼、警察中队长周新朝都坐在前排，他们和龙安城里的开明士绅、学校师生以及闻讯而来的上千民众，一起用放声歌唱来庆祝和平解放。杂乱而雄浑的歌声风暴一样刮过龙安大地。

现在，白雄已经有了一个新的身份：山防总队第一大队大队长。他所在的位置几乎和张玉茹面对面。白马人本来就擅长歌唱，白雄的汉话说得与汉人无异，加上他唱得很投入，很快就记住了这首歌的旋律和歌词。

　　成都还没有解放，解放军暂时还顾不上岷山深处的龙安。溃逃的国民党部队要么从北川过来，要么从松潘回窜，纷纷入境，骚扰抢掠。堵截或者驱赶这些溃军，就成为山防总队压倒一切的任务。白雄的队伍总是冲在最前面，天天辗转于城西各乡镇之间。溃军都是惊弓之鸟。一路尾追，抄近路占领制高点，架起机枪只须嗒嗒嗒一阵射击，他们就会望风而逃。

　　那段时间，白雄的感觉好极了。他不懂什么摧枯拉朽，势如破竹，但他知道，痛打落水狗，那种胜利的快感，是人生最美妙最高级的享受。

　　按照张元朗的安排，他和王秋圃还联名发了一个针对番民的文告。其内容，主要是告诉藏羌各族番胞，解放军是各族人民自己的军队，请大家互相转告，拥护共产党，支持解放军，高高兴兴地迎接解放。文告由王秋圃口授，吴德佩亲笔抄写。白雄不识字，但是吴德佩抄写的时候他就在旁边，他已经可以辨认"王秋圃"和"白雄"两个名字。他一路追击溃军，看见阔达坝、水晶堡、叶塘和土城驿的街上都贴着有他名字的文告。这更让他感到骄傲，就像当年听王秋园当众宣布他当番官一样令他心花怒放。

　　白雄是在水晶堡街上遇见龙文彪的。
　　起义的时候，张元朗没有搭理龙文彪。国民党的县长跑了，解放军马上就要进城了，龙文彪六神无主，预感到情况不妙，就像当年躲霉老二一样躲回了老家。

"兄弟，你在忙啥呀？"他一把拉住正带着队伍快步前进的白雄。

"打国民党反动派呀，"白雄严肃地说，"他们马上就要完蛋了！"

"你好糊涂呀，"龙文彪表情夸张，"国民政府让你在白马当番官，过得土皇帝一样舒服，你还打他？"

"难道你不晓得？当年的中央军，差点让我们灭种！"

"那是一场误会，坏的主要是汤队长。再说，你晓得共产党是干啥的？"

白雄愣住了，他真的说不清楚。

"告诉你吧，他们要缴你的枪，分你的地，夺你的牛羊，还要共产共妻，也就是说，你家拉姆和艾玛都要分给那些穷光蛋当婆娘！他们的头子是毛泽东和朱德，他们每天都要喝人血，吃人的心子！"

白雄的心慢慢凉了。喝人血吃人心的事他搞不明白，但当年闹苏维埃时，杀老财、分田分地、抄没财产鸦片，他多少晓得一些。而龙文彪本人，要不是家里有暗道让他逃走，脑袋肯定早就没有了。看来，他的话，是不是也要听一些？

看白雄内心起了变化，龙文彪趁热打铁："我跟你说，国军很快就要打回来，天下还是国民党的。我们把队伍拉到松潘去吧，那里有很多国军，保命要紧啊。"

"那那，我还是回我的白马。"白雄转身，吆喝一声，带着队伍向黄羊关、白马方向去了。

2. 宣传队

多纳回来的时候，白雄正要上山打猎。

那时太阳还没有冒出山顶，他坐在门前给自己打绑腿。管家或者说女婿帕格，正忙着招呼几个家丁往背篓里装弹药、食物和酒囊。

大半年时间白雄没有走出部落半步。奇怪的是，这期间连勿角、铁楼和纳卓几大部落，相互之间几乎也都断了来往。王秋圃倒是派人来过，带信让他去龙安，但他都称病推脱。他像一只蜗牛躲在白马。黄土梁、猫耳山和雕翎崖，几座大山环围，是他坚硬的外壳。但他心里还是忐忑，天天竖起耳朵捕捉外面的风吹草动。派人打听，得到的消息是解放军来了，新政府成立了，到处都在开群众大会，枪毙人，被枪毙的，不少人白雄还认识，都是有钱有势的人；很多地方、路口都有人持枪设卡，盘查来往行人。

这让他更加相信龙文彪说过的那些话——龙安是万万不能去的，至少是现在。

天气越来越冷，积雪已经到达半山腰。树叶落光，林子变得疏朗通透。房后经常看见野鸡，带着幼崽的野猪已经频繁出现在寨子附近。种种迹象表明，现在正是打猎的最好季节。

才出大门，一阵急促的马蹄响，雅日块头人尼塔才里鞭打着一匹快马狂奔而来，在番官跟前翻身下马。

"不好了，"尼塔才里满头大汗，喘着气说，"当兵的来了，是多纳领来的。"

"多纳领来的？"白雄努力让自己镇静，"是啥子兵？多少人？"

"算上多纳和歌拉，总共七八个，他们背铺盖卷，挎盒子炮、蛐蛐笼，不晓得是啥子兵。"

"多纳给你说啥了吗？"

"他只说他们是什么宣传队，来打前站的。他还说，要来见您。"

白雄不晓得这队那队，一听说是当兵的，打前站的，他马上联想到汤羽的特务队——他们杀人不眨眼，几乎让白马灭族灭种。尤其是多纳，肯定对自己恨之入骨，傻瓜也晓得他是为复仇而来。他立刻感到凶多吉少。情况万分危急，他大喊一声："霉老二来啦，马上通知大家，赶快上山！"

多纳领着小分队来到厄里时，正是中午。寨子里没有炊烟，看不见人影，甚至没有鸡犬之声。敲了好几户人家的门，直到木珠家才终于见到了人。木珠老眼昏花，几乎失明，腿上长满疖子，流着黄水。

"木珠爸爸，"多纳凑到他耳边，用白马语说，"我是玛格的儿子多纳，您告诉我，乡亲们去哪里了？"

"是多纳吗？我晓得你。我问你，跟你来这些人是好人还是坏人啊？"木珠看着模糊的人影，没有回答多纳的提问，只管自顾自说下去，"听说霉老二又回来了，他们喝人血，吃人的心子，比中央军还坏，你可不要把他们带过来呀！"

"别听信谣言，解放军是咱们老百姓的队伍。我可是你看着长大的，你觉得我会做对不起乡亲们的事吗？"多纳招手，让歌拉过来，"您看，歌拉也回来了。"

"木珠爸爸，我是歌拉。"歌拉拉起木珠的手，问他，"乡亲们都去哪里啦？"

"都上山了，"木珠说，"寨子里只剩了几个老弱病残。不过，你阿妈可能还在家。"

多纳领着队伍来到英子家。敲开门，英子在门缝里探了一下头，只见多纳和一群军人，砰的一声，马上把门关了。很快，从里面传出了呜呜的哭声。

歌拉急了，使劲拍门，大喊："阿妈，我是歌拉，快把门打开！"

隔了一阵，门慢慢打开，英子用围裙捂着脸，大哭不止。

"哭啥呀？"歌拉没好气地说，"我回来了，你女婿也来了，哭啥子哭！"

"快莫说啥女婿！你们让我没脸见人！"英子哭得更厉害了。

"什么有脸没脸！现在解放了，世道变了！"歌拉数落她妈一番，然后用缓和的语气说，"再说，你只有我一个女儿，你要还是不要？"

英子默默擦了眼泪，开了门。她把大家让进屋，安排在火塘边坐下，又忙着去烧水。

歌拉给火塘里添了柴，火旺了，屋里温暖了许多。多纳正要问些情况，突然里屋传来婴儿的啼哭。

"阿妈，谁家的孩子在哭？"歌拉惊讶得张大了嘴巴。

"艾玛，"英子没有回答，却朝里间喊了一声，"出来吧，孩子，是歌拉回来啦。"

听到"艾玛"的名字，多纳和歌拉都愣了。怎么可能？在这里，和已婚并且有了孩子的艾玛见面？

艾玛抱着孩子出来了。她红着脸，对歌拉笑笑，轻轻地说了一声："你回来了？"

歌拉走上去，抱过孩子。襁褓里的孩子长得虎头虎脑，一双好奇的眼睛滴溜溜转动，打量着面前几张陌生的脸。

"孩子多大啦？"歌拉亲切地问。

"三个多月。"艾玛叹了一口气，"这个年月，他真不该生下来。"

多纳看了看艾玛，沉默片刻，才说："过得还好吧？"

艾玛没有接话。转身从歌拉手上抱过孩子，回头给英子低声说了声什么，低头走了。

英子正弯腰给客人掺开水。看着艾玛走出了门外，她提着壶直起腰来，像是自言自语："她本来已经上山了，不晓得为啥又回来了。"

回到家里的歌拉，迅速还原为英子的女儿歌拉。她除了和阿妈一起给小分队的队员们做饭烧水，就是陪阿妈窃窃私语——她似乎要把一年来对阿妈欠下的话，在一个下午全部倾诉出来。

除了多纳和歌拉，小分队一共六个人。指导员白建华，是读过国立四川大学的知识分子，在宣传队里，他既是领队，又是宣传员，还是笛子演奏员。其余五位，都是刚出校门不久的大中学生，吹拉弹唱，至少精通一门。当天下午，就在英子家的火塘边，他们开始了节目的排练。笛子，三弦，金钱板，甚至还有口琴。最简单的乐器，除了白雄这样走南闯北的人见过，普通的白马人哪里见过？在他们眼里，它们都成了最美妙的神器，由它们发出的美妙旋律似乎只能来自天宫，有一种无法形容的魅惑。

陌生而撩人的旋律在寨子里飘荡。留在寨子里的，只要能够走出家门的都被音乐吸引到了英子家。在排练的间隙，多纳就给大家讲他和歌拉在外面的故事。多纳本来就有好口才，出走一年回来，似乎更脱胎换骨了，他把和歌拉在文县给人放羊、后来给解放军带路回到龙安的经历，讲得比一个历险故事还要精彩和传奇。解放军，新中国，这些白马人闻所未闻的新鲜事儿，也被多纳用自己的故事搭载，让大家慢慢地有了一些了解。

音乐声里，人越聚越多。到第二天下午，躲在山上的人已经回来大半。还是在英子家里，白建华和他的战友们从早到晚都在排练或者演奏。除了笛子独奏《鹧鸪飞》《黄莺亮翅膀》，三弦独奏《大浪淘沙》《风雨铁马》，还有《兄妹开荒》《四姐妹夸夫》等小剧目。休息的时候，多纳依然讲自己的故事，解放军的故事。他的口才似乎直追白雄，肚子里的故事永远都讲不完。晚上，宣传队全体人员干脆来到晒场，在笛子演奏的《解放区的天》的节拍里，教年轻人扭起了秧歌。

最后一个回到寨子里的是番官白雄，那是多纳回到厄里的第三天下午。

那个晚上，在番官家里，多纳、白建华和白雄见了面。他似乎早就知道多纳他们要来。洗过的茶盅早已摆在桌上，火塘上的茶壶呼噜呼噜地冒着热气。甚至，矮榻上还摆着烟枪。

不见艾玛，不见帕格，大厅里也不见一个枪手，只有拉姆在向火塘里加柴。

才一年不见，白雄似乎老了一大截。他比以前显得黑瘦，头发花白，脸上多了很多皱纹，才四十出头的人，看起来已经完全是一个老头儿了。听了多纳的介绍，他只是礼貌地握了握白建华伸出的手。

"你这次回来，是来报仇的吧？"白雄双手捧着茶杯，眼睛并不看多纳。他说的是白马语。

"我跟你没有仇。"多纳平静地用白马语说，"我就是给宣传队带带路。"

"宣传队？"白雄满脸的不信任，"他们要干啥？"

多纳用汉语说："让他来告诉你吧，反正，汉话你也懂。"

这时，白雄这才把身子转向白建华。

白建华年纪不过二十五六岁，脸庞白净，眉清目秀，军装让他显得比实际年龄还要年轻。而一副眼镜，又让他变得文雅，随和得不像一个军人。白雄放心了一些。因为他左看右看，面前的这个人不可能吃人心，喝人血。

捧着茶杯，白建华和白雄谈了一个晚上。谈《共同纲领》，谈新成立的龙安县人民政府，谈即将成立的民族自治区。

"尊敬的番官先生，"白建华彬彬有礼地说，"现在全国已经解放了，各级人民政府都建立起来了，各项工作就要走上正轨。全国各族人民齐心协力建设新中国的时候到了。您本来就是龙安和平解放的功臣，希望您不要有顾虑，放下包袱，出来和我们一起工作！"

两天后，由县委书记王铿亲自率领，宣传队的大队人马来到厄里。

几十个宣传队员，一进寨子就深入各家各户，同吃同住，还帮房东背水、砍柴和背粪。随他们一起来的，还有一队政府的马帮，他们带来了盐巴、大米、布匹、洋（煤）油等稀缺商品。自古以来，白马人是不用钱的，他们只相信实物。所以，政府的马帮让老百姓用药材和皮毛以物易物。他们带来的货物又多又便宜。以盐巴为例，过去，在一般商贩那里，一张羊皮只能换一斤，王老爷那里可以换一斤半，而现在，他们可以换五斤。各寨的人闻风而来，把临时搭建的摊子围得水泄不通。

　　就像当年为范有余的戏班子搭台一样，一个用木板搭建的临时舞台半天就完成了。当天晚上，舞台两边，木杆子高高地挑着两盏汽灯。这是白马部落亘古未有的照明，比箭竹、油松和当年戏班子的马灯雪亮百倍，把舞台照耀得如同白昼。大大小小的头人，包括雅日块的尼塔才里、托洛加的查拜、珠戈的纳果、稿史瑙的段加、小曹的王珠才里、色如瑙的才子休、帕西加的章珠他、章腊加的博珠、肖珠瑙的尤珠才里、色纳努的卓卓和刀切加的尼嘎，都缩着身子，坐在观众席的前排。而白雄和县委书记王铿，则坐在第一排的正中。

　　演出的两个半小时，一直在白马人的尖叫和鼓掌中进行。但是，在演出《放下你的鞭子》时，意想不到的事情发生了。当扮演卖艺老人的多纳鞭打扮演女儿的中学生许玉清时，因为失手，许玉清被打哭了。台下的许多老百姓不晓得这是演戏，几个小伙子冲上台去，要揍多纳，为许玉清打抱不平。演出不得不停下，王铿亲自走上台去，给大家解释缘由，多纳也摘了帽子，取下胡子，现出本来面目，给大家说明剧情，才结束混乱，演出得以继续。

坐在王铿身边的白雄，既兴奋，又不安。他兴奋的是宣传队给了他足够的面子；而一出以龙文彪为原型的话剧《西区霸王》却让他看得如坐针毡，冷汗湿透了背心。

"白雄同志，"演出结束以后，王铿握住他的手说，"过几天，川北行署有一个很重要的会议需要你参加，明天就跟我走吧，我们一起去南充。"

"哎呀，真不凑巧，我心口痛的老毛病又犯了。"白雄躲闪着王铿的目光，说话就像是一个病人，"还是让才子休和查拜他们代表我去吧。"

他还是害怕，担心一旦去了就永远回不来了。

演出结束，在临时舞台的背后，多纳拦住了艾玛。

"你唱歌跳舞都那么好，"多纳习惯性地拉着艾玛的手，说，"进我们的宣传队吧，我给白建华说说，他肯定会同意。"

"不，"艾玛使劲抽回了自己的手，说，"我儿子还小，怎么能离开他呀？再说，我阿爸也不会同意。"

"你生活过得咋样啊？"多纳转移了话题。

艾玛脸别在一边，没有回答。沉默了一阵，她抬起袍袖，捂着脸飞快地走了。风过处，留下一阵骚动而浓郁的异香。

看着她走远的背影，多纳抽抽鼻子——他发现，这是麝香发出的味道。

3. 麝香

没错，婚后的艾玛，身上随时带着麝香，在白马部落，这不是什么秘密。她的闺蜜尼苏是唯一见过那对麝香的人——艾玛曾经把它们掏出来让她看。麝香用丝线拴着，是一对毛壳麝香，比鸡蛋还大。平时，艾玛把它吊缀在贴近胸口的地方。

"把麝香挂在身上干啥子？"尼苏很好奇。

"麝香是香料，"艾玛阴着脸说，"我听王老爷说，那些最有钱的汉人婆娘，外国女人，包括皇帝的婆娘，他们身上都要洒香水。晓得不？香水就是麝香做的。"

"老人都说，女人是不能把麝香放在身上的，"尼苏认真地说，"麝香会让人怀不上孩子的。"

"你不懂。"艾玛重新把麝香放在胸前，恨恨地说，"我就是要这样。"

艾玛和帕格的婚期是瓦美定下的。九月初六。那天，从吊死岩回来刚满半月。

番官小姐出嫁，婚礼当然是极其盛大的，盛大得在白马部落史无前例，超乎常人想象。番官大院张灯结彩，寨子里许多地方都插了彩旗。寨门口，两边列队站着盛装的白马姑娘和全副武装的小伙子。每一位远道而来的客人，都有姑娘献歌敬酒，还有小伙子朝天鸣枪。嘹亮的歌声，乒乒乓乓的枪声，持续了整整一个白天。

本部落十八个寨子的乡亲们，凡能走出家门的，都来了。勿角、铁楼、白熊和黄羊部落，只要是白马人家，至少都派了代表参加。最尊贵的土司王老爷，也专程从龙安城里赶来。

白雄兴奋得满脸通红，忙着和来自四面八方的白马人和汉人朋友寒暄，接受他们的祝贺。罗瘸子已经离开了杜鹃山的幺店子，因为识字而成为白雄的专职秘书。今天，他和管事绕西，代表番官和新郎新娘接受礼物。礼物五花八门，从王老爷送的洋布衣裳、呢绒绸缎到白马百姓送的鸡、腊肉和烟土。当然，按白马传统送锄头、砍刀、铜瓢、鼎锅和犁铧，也是有的。

帕格满脸喜气，一直咧嘴笑着。不管认得还是不认得，只要有客人近前，他都殷勤地打招呼。他几乎是脱胎换骨了，一夜之间，似乎由木讷变得伶牙俐齿。他终于想通了，番官的意志不可违抗，而当他的女婿，好处更是显而易见——有钱有势，曾经属于他阿爸的番官宝座，说不定哪天就是他帕格的了。何况，仙女一样的艾玛，所有男人做梦都想拥有的女人，有这样的婆娘，好有面子啊。至于歌拉，他也曾经日思夜想，让他心痛得滴血。他完全不明白，多纳用了什么法术和诡计，竟让她跟他私奔。他恨过，痛过，嫉妒过。但是现在，他觉得多纳带走歌拉，其实是帮了他一个大忙，让他卸去了心中的包袱，可以坦然地当艾玛的新郎。

但是，艾玛的表现，却是与现场的喜气洋洋格格不入的一道风景。她始终带着死人一样的表情，木偶一样走着婚礼那些烦琐的过场。甚至，女伴们泪流满面地唱起《哭嫁歌》时，她都没有掉一滴眼泪。宴席开始，无论是敬酒还是接受祝贺，她还是一言不发，只发狠地喝酒。直到快要控制不住自己的时候，她推开帕格，推开要搀扶她的女伴，踉踉跄跄地回到自己的卧室。她把门反锁了，重重地扑倒在床上，这才痛哭失声，撕心裂肺地释放自己的悲伤。

整整半个月，艾玛都披散着头发，把王秋园送她的那支手枪揣在怀里，不让帕格碰一下自己。

拉姆觉得心里有愧。因为把艾玛嫁给帕格，她是有私心的。其瓦，才里波，现在的白雄，她都没有能够为他们留下一男半女。忠厚老实的帕格成为自己名义上的继子，再成为女婿，就轻易地解决了将来养老送终的后顾之忧。就是哪天白雄不在了，帕格当了番官，她也可以影响他，甚至控制他。但是，当她看着艾玛痛不欲生的样子，也感到有几分于心不忍。她拉着艾玛的手，流着眼泪说："孩子，在我们白马，儿女的婚事不都是阿爸阿妈定的吗？帕格是杰瓦番官的亲儿子，人又忠厚可靠，阿爸的选择错不了。听话，你们好好过日子吧。"

几个闺蜜天天守着艾玛，陪她说话，也陪她流泪。

"帕格是没有多纳标致，"尼苏搂着艾玛的肩膀说，"但成亲以后，在寨子里过日子，长相就没那么重要了。关键是人要靠得住，晓得心疼自己的婆娘。我们看得出来，他会疼你，顾你，啥都顺着你。"

但是，不管是谁，不管怎么说，艾玛还是不说话，只默默流泪。

"别伤心了，你伤心，我心里痛得发慌。"帕格像犯错的孩子，在她面前低着头说，"今后，在家里我啥都听你的，要得不？"

一天早晨，帕格穿好衣裳，刚刚走出卧室不远，艾玛叫住了他。

"我想要个东西，"艾玛靠在门边，眼睛望着天上说，"就看你办得到不。"

"你说，尽管说。"帕格声音颤抖，眼泪都快要出来了，

"你要啥？哪怕挖我心，割我肝，我都愿意！"

"就一对麝香。"艾玛还是没有看帕格一眼。

入冬以后的白马，似乎只有两种天气：要么晴天，要么下雪。但是，无论晴天还是下雪，风都大。然而帕格上山这天，天气格外地好，天晴，并且几乎没有风。

他专门选阳山走。阳山温暖，并且雪后天晴，积雪已经融化大半，爬山变得相对容易。他挎了杆中正式步枪，背着背篓，里面装着可以吃半个月的炒面和肉干、足够的弹药、毛皮衣裤，一只牛尿泡水囊灌满了烧酒。

平时行动笨拙的帕格，在大家眼里多少有些窝囊。但一旦上山打猎，身份变成"打鹿匠"之后，就令人刮目相看了。

他是神枪手，无论是火枪、快枪还是手枪，他都玩得得心应手，指哪打哪。他还有狩猎的天赋，不但视觉、听觉敏锐，还有惊人的直觉。所以，他总能出其不意地发现猎物的踪迹。它们一旦进入他的视线，就逃不脱他的子弹。

集体打猎，白马自古以来的规矩都是见者有份，猎物均分。而帕格是超一流的打鹿匠，人又老实，所以人们都愿意跟他上山。打猎时的帕格，只要白雄不在场，他比番官还要摆谱。他总是两手空空，游山玩水一般。食物、饮水、御寒衣物，甚至枪，都有人给他背着。他走在最前面，边看，边听。一旦发现猎物，才以手势叫停，接过枪，自己慢慢接近目标，举枪射击。猎物应声而倒，还在地上抽搐，他已经把枪扔给背枪的人，转身离开，开始寻找下一个目标了。

现在，帕格第一次独自上山打猎了。这次，他只打獐子，而且是雄性——目的是取它的麝香。獐子是非常警觉的动物，人多碍事；更重要的是，这次狩猎是艾玛的要求，能否赢得艾玛的芳心，成败在此一举，所以他必须单干。

节令已近小雪，人们的狩猎、打柴和采药等活动已基本结束。苍茫的群山之间，只有他一个人带着两条狗在缓缓移动。太阳当顶的时候，他攀登的海拔高度大约已经到了两千八百米。叶落草枯，即使阳山，山野也是一片枯灰。不过，獐子食量并不大，地衣、苔藓、野果，雪下还有植物的嫩芽，它们只需在黎明和黄昏进食，就可以满足一天的需要。现在，它们应该都在背风的凹地和灌丛里歇着。当然，交配期还没有过去，有的雄兽还可能在山上游荡，继续寻找配偶。帕格从獐子活动的极限海拔开始，将他广袤的猎场在心里大致划分为若干区块，一块不漏地朝下搜索。他脚步很轻，每一步都不能走在落叶层上，还必须绝对避免踩断枯枝。他所有的感觉器官都充分打开了，捕捉一切疑似獐子的蛛丝马迹。两天时间里，他放过了两只青鹿和一只岩羊，就是没有看见獐子的踪迹。

第三天下午，在杜鹃山南坡一片针阔混交林里，他听到了动物行走的声音。细听，声音来自上风处，嚓嚓嚓！嚓嚓嚓！这是典型的獐子的小跑。他举枪向声音响起的地方搜索。一只成年獐子慢慢露头，它似乎预感到了危险，转身就跑。但高度警觉的习性让它对前面也充满怀疑。没跑几步，它又停下来，竖耳探听。此时，帕格果断地开了枪，獐子倒在一棵红桦树下。他上去用脚勾了一下，露出肚皮，他大失所望——这是一只母獐子。

有母的獐子，那么附近一定有雄的。至少，这一带不久前曾经有雄獐子活动过。他在这一带转了一天，没有任何发现。他没有泄气，继续在附近寻找，慢慢扩展搜索范围。第二天中午，他走进一处凹地。阳光照进山槐树组成的疏林间，一堆金黄落叶上散落的一小堆黑色羊粪状粪便进入他的视线。他捡起一粒，掰开一闻，一股淡淡的麝香气息立刻让他欣喜若狂——这正是一只雄獐子留下的！他召来猎狗，让它们反复闻粪便，引导它们在树干、树桩和凸出的石头上更加仔细地寻找——它为吸引异性用麝腺留下的那些标记，也成为帕格追踪的路标。

黄昏时分，他终于找到那只雄麝了。那是一处峭壁，上面有矮小板栗组成的灌丛，它正埋头在石缝间寻找可吃的果实。夕阳温暖，坚果香甜，这是它一天中最惬意的时光。它似乎也察觉到什么，抬头，竖起耳朵，在风中凝神聆听，恰好把一个脑壳暴露出来。躲在林中的帕格立刻开枪。硝烟还没消散，狂奔出去的两条猎狗已经攀上峭壁，将受伤的獐子拖了下来。

这是一只十岁左右的成年獐子，獠牙已经长到五"漏"。漏，这是白马人关于雄獐子的一个特殊度量衡。一"漏"即一根男人的手指头，五漏就是一巴掌，三四寸长。也就是说，它已经长到极限了。獠牙是成年獐子年龄的标识。年龄越大獠牙越长，麝香也就越大。因此，他得到了一个极其罕见的超大麝香。

第二个麝香是在第九天得到的。当时，帕格连续五天没有见到獐子。他当时已经不抱任何希望了，慢慢往回厄里的方向走。但是，他还是不死心，还是走在阳山上，沿着夺补河谷慢慢朝下游走。对面是阴山，白雪皑皑，雪地上哪怕是一只兔子都逃不过他的眼睛。走到下午，他终于有所发现。首先引起他注意的是一对黄褐色的耳朵，还在扇动，大约是在驱赶苍蝇。正是扇动的那一对耳朵出卖了那只獐子。它似乎也发现了帕格。但百米以外的对岸，它感觉这是安全距离，警觉让位于晒太阳的舒适和慵懒，它依然卧在那里，懒得动弹。于是，帕格用他的中正式步枪瞄准它的耳根开火，轻松地将它打死，割下了一个不大不小的麝香。

两个麝香在手，这不能不说是一个奇迹。虽然在出门的时候已经敬了山神和猎神，但他还是在第二个獐子倒下的地方燃起篝火，用獐子的血和头再次敬了山神和猎神。

"山神叶西纳玛老爷啊，猎神萨迈老爷啊，感谢你们给了我两个麝香，也给了我天底下最漂亮的婆娘。"他长跪不起，号啕大哭。

挂着麝香的艾玛，并不能阻止一个生命在身体内的孕育。她起初失望，愤怒。但是，随着孩子的出生，乳房里奶水的充盈，她身体深处的母性渐渐苏醒了。他像是她身体的一部分，喜怒哀乐都与她同步。她给他喂奶，洗身子，穿衣裳，也给他唱歌，抱着他睡觉。儿子占有了她全部的时间、精力和感情，让她辛苦，也让她快乐。

孙子的出生，也让白雄的心情随之大变，好运气似乎也随他而来。

进入1951年，他开始走出白马，去龙安开会。

春天，县人民政府在水晶堡召开片区群众大会，处决了九个罪大恶极的恶霸和土匪头子。那次，白雄是真的生病了：感冒，发烧。除了才子休、查拜，罗瘸子和绕西也作为他的代表参加了大会。

大会结束，县委书记王铿留下所有的少数民族代表，招待他们吃饭。

戏楼坝的万年台下，几个大木桶盛着热气腾腾的白米干饭和青菜汤，洋铁皮桶里装着满满的回锅肉。从白马过去的群众代表，绝大多数人是第一次亲口尝到白米饭的滋味。

大家吃着肉，嚼着白米饭，一边听王铿讲话："现在，我们推翻了帝国主义、封建主义和官僚资本主义三座大山，少数民族同胞翻身解放了！你们现在的任务，就是努力发展生产，建设幸福美好的新生活！"

大家面面相觑。因为大家都不懂汉话。王铿是北方人，大家更不知所云。

"当官的说的啥呀？"绕西对罗瘸子说，"你给大家讲讲。"

"他说的意思是，"罗瘸子诡秘地笑笑，"要我们大胆地种这个。"他把筷子往米饭里一插，举起右手，伸出拇指和小指，放到嘴边做了一个吃烟的动作。

哦，烟，种大烟！听了罗瘸子的话，大家像是满满地打了鸡血。

这个春天里，白马人都豁出去了，人人都在为大烟而辛苦劳作。从山腰到房后，所有的土地都种上了罂粟。

这一年的白马如有神助，风调雨顺，鸦片获得了大丰收。周边所有的地方鸦片都被禁了，唯有白马部落，放手大干了一场。烟土价格猛涨，很快从既往的渠道销往各地。

丰收了，大家买粮，买洋布，更要买枪。秋后，绝大多数人家墙上都挂上了至少一支快枪。甚至有些小孩，放羊时肩膀上都挂了一支短短的马枪。年底，各个寨子的晒场上，几乎天天晚上都篝火熊熊，人们不知疲倦地唱歌跳舞。年轻人唱跳古老的歌舞，也扭秧歌，唱《解放区的天》。那是白马部落全民狂欢的一个年份。

当然，穷人还是有的。十来户没有种鸦片的穷光蛋们，包括穷愁潦倒的才里波。他们买不起枪，很没面子。不知是谁从中串联了一下，就一起找到白雄。

"我们没有枪，在部落里抬不起头，我们都没脸出门了，番官您可怜可怜我们，借支枪给我们装装门面吧。"他们一起跪在番官面前。

"别急别急，"白雄连忙把年龄最大的嘎才里扶起来，大度地说，"我给你们每家都发一只快枪！"

年关将近，王老爷的管事杨福金冒着大雪来到白马。

在番官家热烘烘的火塘边，杨福金刚一坐下来，白雄端给他一碗滚烫的咂酒，然后问他："冒这么大的雪来白马，啥急事啊？"

"好事好事，"杨福金喝了酒，红脸膛在火塘火光的照耀下，显得更红了："您还记得古老三吗？"

"这还用问吗？他在哪里？你看见他了？"

"人家现在叫古英勇了。"杨福金说，"人家原来是解放军的团长，现在是龙安县长，我只在群众大会上远远地看见他。"

"古老三是我好兄弟，他回来，当然是好消息！"白雄高兴地说。

"不过，"杨福金话锋一转，"我大老远地跑来，还有更重要的事。"

"古老三回来了，"白雄有些紧张了，"难道还有比这更大的事？"

"就是，古县长让王老爷传话给你。要你马上去龙安，然后和他一起去南充开会。"杨福金认真地说，"古老三还说了，你去南充开会，是川北行署主任亲自安排的。川北行署的主任，晓得不？这是和省主席一样大的官啊。"

"唉，这些，我完全没想到。"

"哦，对了，那个大官还说了，你烟没有戒掉，也可以带一点在路上。"

这时，白雄才彻底相信，过去说的霉老二，而今的共产党，解放军，他们都是跟古老三一样的人。古老三，那么好的人，怎么可能喝人血，吃人的心子？

白雄终于放胆去了南充。他第一次出了那么远的门，坐了几天滑竿，还坐了汽车，的确洋盘得很。

他真的是带着鸦片上路的，就像县上那些年轻干部带着牙膏牙刷出差一样。这次举行的是川北区各界人士代表大会，几百人黑压压地坐满了大礼堂。他终于见到了那个"省长一样大的官"了。他个子不高，但嗓门很大，声音很亮，白雄坐在会场中间，把他说的每一个字都听得清清楚楚。

小组讨论的时候，那个被称为"主任"的大官，亲自来到他所在的小组，听他发言。最让他想不到的是，几百人参加的宴会上，"主任"竟亲自拎着酒瓶来到他跟前，给他斟酒，和他碰杯，请他给大家说几句话。人太多，怕人们听不清楚，就让他站到椅子上讲。

"感谢共产党。"面对大厅里所有的人,他站在椅子上声音哽咽地喊,"共产党,把骑在人民头上的白雄,变成了,为人民办事的白雄!"

显然,"主任"对他的讲话非常满意。从凳子上下来,他再次给他斟酒,和他干了杯,拍了拍他的肩膀,才回到自己的座位上去。

1952年9月下旬,已经是龙安县民族自治区副区长的白雄,将出更远的门,到更大的城市,接受更大的荣誉——他作为少数民族代表,将去北京参加国庆观礼。

到北京,见毛主席,那不跟过去土司老爷觐见皇上一样吗?接到通知,他既兴奋,又紧张。

进京,朝贡,我该带些什么呢?

当他拿着那个装着请柬的大信封回到部落,一顿饭吃完,酒喝了不少,白该瓦美,才子休和查拜,以及女婿帕格,没有谁可以给他提供靠谱的主意。毛皮,马匹,这些拿不出手,也没法带。烟土倒是值钱又好带,那更不可能,因为国家已经严禁了。

他正焦头烂额,旁边的瓦美像是喃喃自语:"麝香……艾玛……"

白雄茅塞顿开。他早就晓得艾玛身上带着麝香。他也晓得她为啥要带麝香。但是,任性的独生女儿,把她嫁给帕格已经太委屈她了,所以他那时暂时容忍,装着不晓得,没有较真。后来,孙子出生了,他也就更加不以为意了。现在,是时候让她把麝香取下来了。

他把艾玛和帕格叫过来,就像古县长给他做思想工作那样给他们讲起了大道理。

"毛主席是中国人民的大救星，也是我们白马人的大救星。"他面带微笑，侃侃而谈，"你们还记得中央军吗？记得汤羽吗？记得朱天棒吗？记得那场死了很多人的瘟疫吗？不过现在解放了，毛主席来了，我们什么都不用怕了。我们拿两个麝香去感谢毛主席，你们说，应该不应该？"

艾玛没有说话，默默取下那对麝香，递给阿爸。

白雄拿着麝香，意犹未尽："艾玛，帕格，你们的好日子才刚开始呢。哦，对了，我的孙子，你们准备给他取个啥名字啊？"

"我们一直没有想到好的名字，"帕格看了看艾玛，恭恭敬敬地对白雄说，"还是您来给他取吧。"

"哦，就叫他解放吧。"白雄脸上绽开了祖父才有的慈祥笑容。

4. 最后的帽子戏法

从北京回来，白雄感觉自己的每一个日子都被北京的太阳照亮。

进入1953年，他长住龙安城里，因为他已是龙安县民族自治区的区长，并且有了自己的衙门，哦不，是区公所。那地方很气派，原是杨鹏举的公馆，里面有的是雕梁画栋，亭台楼阁，奇花异卉。比起他在白马的房子，简直天上地下。他的办公室就是当年杨鹏举会客的地方。现在他每天都在那里会客、说事，也在那里睡觉。他感觉有职有权，比王老爷还要风光和体面。他今年虚岁四十五了，这是他有生以来最舒心如意的日子，去茅房的路上他都在哼唱"解放区的天"。

夏天到来，龙安城里热得难以忍受。白雄向古县长请了假，回了一趟白马。回白马，是他晓得了部落里有些人越来越不安分。跳得最高的是几个穷人，其中有个里波的哥哥才定珠和自己曾经的家丁迪布。他们公开反对王老爷，还找人给县里写了好几封检举信，告王老爷欺压白马百姓。说不定，还有告他白雄的。

真是反了他们！回寨子，他就是要全部落的人都晓得，不管啥时候，我白雄都是强者，我现在当的官，比土司王老爷还大！

那天太阳很毒，但他坐在自家院里，梨树的浓荫给了他清凉的体感和愉快的心情。才定珠和迪布这两个刺儿头，像过去一样跪在太阳下，满头油汗。他劈头盖脸一顿臭骂，再敲山震虎，让他们坦白告密王老爷的细节。然后，他罚了才定珠两只羊。而迪布是一个纯粹的穷光蛋，他就罚跪，让他至少跪了一顿饭的工夫。

"你要懂事。"他让迪布起来的时候，威严地说，"我以龙安县民族自治区区长的身份跟你说，王老爷现在是龙安县人民政府的科长，为人民服务，你不要跟着那些人胡闹！"

"再不敢了。"迪布害怕了，抹着鼻涕眼泪赌咒发誓，"迪布永远听番官的，如再犯，就让我被雷打死，石头砸死，蛇毒死，老熊咬死，反正是——不得好死！"

除了镇压叛逆，白雄回寨子还有更加重要和私密的大事——造人。拉姆三番五次带信，让他回家，目的也是这个。自从中央军进白马那年苏巴死在自己怀里以后，她再也没有怀上孩子。

越来越盼望有自己的孩子，越盼越不来。现在，眼看自己已经三十好几，她的危机感越来越重。拉姆急，白雄自己何尝不急？他多想有自己的儿子啊。拉姆生不出来，连多蒙早也生不出来。难道就让老实巴交的帕格来接自己的番官？如果真那样，他既不放心，也不甘心。为此，白雄一狠心，特意在家里多住了几天。按照瓦美的建议，他专门杀了一公一母两头牛敬山神叶西纳玛，祈求他赐给自己儿子。牛肉大部分都让寨子里的乡亲们分享了。他留下了牛鞭和牛羞（母牛的外阴），混合炖了，自己和拉姆分三次在睡前吃下。那三个夜晚，两口子在床上比新婚之夜还要起劲，连左邻右舍都一次次被拉姆野兽般的叫喊惊醒。

当然，他并不敢指望拉姆一定给他生儿子。相反，他对年轻得多的多蒙早，倒是一直满怀期望。回白马的第二天他就去了多蒙早家，后来算准日子，他又连续去了两次。他想，两只母鸡，总有一个要下蛋吧？

十天以后。白雄回城，大老远就看见西门外河坝里聚集了很多人，热闹得胜过赶场。走过去，挤进人群，他才发现所有的目光，都盯在那棵高大的皂角树上。确切地说，是树杈上吊着的人头。

那是一颗中年人的头，面色灰黑，一根小指头粗细的麻绳从嘴巴里穿进去，再从喉管里拉出来，倒吊在一丈四五的高度上。因为倒吊，半尺长的乱发飘拂在下面，相貌怪异难辨。只有浓眉上面的那对眼睛，颠倒不颠倒，看起来都差不多。它们半睁，似乎睨视一切，带了几分狂妄和桀骜不驯。一只红头苍蝇飞来落在眼角，舐食着什么。这时，白雄才注意到最上面脖子断处聚集着密密麻麻的苍蝇，还有一些大约是无处落脚，在头顶嗡嗡乱飞。

人们在树下挤来挤去，指指点点，小声地议论。即使偶尔有人咒骂，也绝不高声。显然这是个极其凶恶霸气之人，即使他脑壳已经脱离了躯体，很快就会发臭，腐烂，大家依然心存畏惧。

刹那间，白雄突然有了一个怎么也赶不走的联想——假如自己的脑袋也吊在那里，它该是一副什么表情？

他感到恐怖，恶心。刚转身往外挤，肩膀被人重重地拍了一下。回头，原来是冉华安。

"那树上挂的是啥人的脑壳啊？"白雄迫不及待地问他。

"还没有看出来？"冉华安笑了，"那是我们的老朋友龙文彪啊。"

白雄"啊"了一声，惊呆了。他急急地问："龙文彪？有两三年不晓得他消息了，他是怎么死的？"

"他还能有什么死法？枪毙的呗。三颗子弹穿胸而过，倒是死得利索。"

从冉华安嘴里，白雄才晓得，三年来，龙文彪一直藏匿在松潘。他已经学会了藏语，穿着藏袍，像牧民一样混迹于牧场。一个偶然的机会，他被过路的一个龙安背脚子认出，回来就报告了人民政府。于是，龙安和松潘两边的公安局联手把他抓住，几天前用铁丝捆在滑竿上抬回了龙安。今天上午，龙文彪是在开过群众大会以后，拉到这里枪毙的。

白雄一阵眩晕，脱口说道："看着真恶心！"

"你说你恶心，"冉华安说，"我是医生，也差点儿吐了。"

原来，龙文彪被枪毙后，广大群众还不解恨，大家都说，要看看这个恶霸土匪肚皮头到底长的是啥子狼心狗肺。于是，冉华安对尸体进行了解剖。当肚皮划开，他的肺因为长期吃鸦片，已经熏黑。大约是他生性残忍，喜欢生吃猴脑和生肉，还喝了太多野物的血，胸腔里满是米粒大小的寄生虫。冉华安赶紧把它连同心、肝几刀割了，扔给野狗吃了。

龙文彪倒吊在皂角树上的脑壳，像是一个炸弹在白雄脑中轰然炸开。他脑壳嗡嗡作响，脑髓好像也被抽空了，怎么和冉华安告别也浑然不觉。

他首先想到的是，龙文彪逃亡的第一站就是白马。他依然老朋友一样接待他，把他藏在自己认为最可靠的人家。风声越来越紧时，也是他亲自安排，派人护送他去了松潘。住在龙安，经常开会，他已经知道窝藏、掩护龙文彪这样的人，这也是犯罪啊。

死鬼龙文彪，还让白雄勾起了对另一个人的怀想，他就是赵东海。

作为山防总队的队长，龙安和平解放的功臣赵东海，1950年又立下大功。那是夏天，县东南十余个乡镇的旧势力和少量国民党残军纠合在一起举行暴动，抢劫乡政府，杀死新政权的军政人员。赵东海临危受命，背着一摞草鞋，柱一根棍子就进山了。他以当今龙安县副县长和昔日龙安江湖老大的双重身份，晓之以理，动之以情，成功说服昔日的兄弟伙下山接受政府的处理。事后，川北行署的领导表扬他说，一个赵东海至少抵得上解放军一个团。但是，在"三反""五反"运动中，赵东海受到了冲击。批斗之后，他觉得无脸见人。今年春天的一个深夜，他借口上茅房，从县政府悄悄溜出来，跑到城隍庙上吊自杀了。第二天早晨，知道消息的白雄和王秋圃临时到棺材铺给他买了一副棺材。

谁知，棺材并非为赵东海准备，容不下他那样的大高个。来验尸的冉华安竟然在赵东海腿上狠狠踩了一脚，咔嚓一声双腿折断，遗体才勉强入殓。

在龙安呼风唤雨的两个人，白雄与他们都非常熟悉，关系都很深。从那时起，每当夜深人静，他都会在床上辗转难眠，眼前总是浮现着他们的影子。

　　会场里，白雄坐在第一排，呵欠不断。别人以为他犯困，其实，他是烟瘾犯了。烟土是现成的，就藏在他毡帽里，只需要上一次茅房，他就可以过足瘾。但今天是"新三反"运动总结会，同时又是"三秋"生产工作会，主持会议的县委书记王铿，时不时朝他瞄上一眼，他只好硬撑着。唉，烟瘾犯了的滋味多难受啊。当年那个土匪头子朱天棒，不就是因为烟瘾犯了，没有了斗志而被自己拿下处死的吗？看来，这一辈子再也离不开大烟了，就像离不开水和空气一样。本来，从南充开会回来，公开烧鸦片，他既不好意思，也不敢了。尤其是从去年夏天开始，打击制、贩、运、窝以及种植鸦片的运动，声势一点不亚于"三反""五反"和镇压反革命的运动，让他胆战心惊。但是，他自从去年秋天去北京见了毛主席回来，觉得毛主席对他都那么和气，立刻气粗起来。外面风声再紧，但门一关，外面的一切都是隔靴搔痒。白天公务时间，开会，外出办事，他将一坨烟土藏在毡帽里，瘾来了就假借上茅房，悄悄抠下那么一点吃进嘴里，姑且救急。晚上回到自己的卧室，关紧了门，那自然是要美美地吞云吐雾。他不但自己抽，部落的心腹过来，也会让他们躲在他那里吃上一口，一起过瘾。

来叫他的，是掺开水的那个小姑娘。她圆脸，短发，穿着列宁装，看起来很精神。她是县政府的工作人员。第一次见她，那双漂亮的大眼睛立刻让他想起拉雅，所以他对她感觉很特别。当她拎着水壶走过来的时候，他以为不过是例行的掺水。当她说出外面有人找的时候，他如释重负，在心里欢叫了一声："啊，终于可以进茅房啦！"

完全没有想到，来找他的是寨子里的托珠塔！更没有想到，他带来的是一个晴天霹雳般的消息！

烟土，枪。这两样伴随了他大半辈子的东西，他哪一样都无法割舍。和交出去的比，他藏起来的长短四支枪、一篓子烟土简直算不了啥。老实说，自己确实也没有别的意图。但是，毕竟是私藏枪支，一经发现，这是严重犯法啊。公安局把家都抄了，明摆着这是耗子拉瓢——大的肯定还在后头！

离开会场，在回区公所的路上，白雄捋了一下自己的问题，大大小小超过十项。所有的问题，还被他多疑的性格一一放大，累积起来，直到把自己压垮。

白雄手里是一支德国造驳壳枪。这是四年前新任土司王秋圃送他的。现在，他把枪管抵紧了自己的太阳穴。迟疑了很久，手的食指轻轻动了好几下，他最终还是没有扣动枪机。因为他又想起了挂在皂角树上的龙文彪那颗脑壳。

很可能，自己的脑壳也会割下来挂在皂角树上。那么，用枪打自己的脑壳，钻老大的一个窟窿，血肉模糊，挂在西门外的皂角树上也太难看了。打其他部位，能保证一枪毙命吗？

他想了一阵，摇摇头，依然把枪放回原处，关上抽屉。他取下头上的毡帽，把那根白羽毛拔下来扔在地上，再把帽子翻过来，取出里面的一个油纸小包。这是鸦片，狗屎样的一坨，可能有一两多吧。这次他毫不犹豫，把它整个丢进嘴里，慢慢咀嚼。正要吞下时，他在墙角瞥见了一个酒罐。酒罐是黄色粗陶，木塞。这是他不晓得啥时候剩下的"龙安烧坊"，拎起来一看还有小半瓶。

　　吞下鸦片，他仰头把酒一口气喝干。手松开，罐子咣当一声落地，一骨碌滚到了墙角。

第十二章

归途

濒临死亡的感觉，白雄此前从未听人说起，更无从亲历。现在，就一顿饭的工夫，那一坨烟土就让他体验到了。同样是吃鸦片，完全没有躺在矮榻上将烟泡凑近烟灯猛咂两口之后那种轻盈欲飞欲死欲仙的快感，相反，他很难受。就像蝉脱壳，蛇蜕皮，有一种无法言说异常深沉的痛楚。与此同时，他的躯体就像一段漂木在水面上沉浮不定。有相反的两股力量：一股力量向下，要把他按下去；一股力量向上，要把他托起来。

不知道经过了多长时间的挣扎，他突然解脱了，了无羁绊，就像蜗牛卸掉了沉重的外壳。世界豁然开朗，他看到的是一个浩瀚无垠的湛蓝空间，纯净无瑕，晶莹亮丽，遍布璀璨的星星。没多久，那些星星都虚化了，像蓝天的一些小朵白云，更像水底冒出的巨大气泡，此起彼伏地从晶蓝的背景上冒出来。他的目光停留在那里，那个模糊虚幻的"气泡"立刻渐渐清晰，放大，浮现为熟悉的场景和画面，将他四十四年零九个月的生命历程，在眼前一一回放。

于是，他看见了许多早已忘记甚至全然不知的往事——

昏暗的室内，洋女人布莱恩微笑着往他嘴里丢了两粒白色微苦的药片，然后又给他喂了一勺蜂蜜水。

火塘边，母亲在木桶里给他洗澡，略显粗糙的麻布在他身上摩擦。

神山脚下，尼玛塔抱着脑壳躲闪着石头的击打，恐惧的眼神一闪而过。

夺补河谷，他和小土司王秋园掏出裤裆里的家伙比赛尿尿，绚丽的罂粟花被热腾腾的尿液淋得东倒西歪。

被他蹬了的索曼早坐在自家门槛上痛哭流涕，嘶哑的嗓子喊着他的名字诅咒。

查拜家，他和班达来举着酒碗说着恢复白马人昔日辉煌的豪言壮语，隔壁传来朱天棒的高声叫骂。

水晶堡"得意酒楼"，餐桌中间留出的圆孔里，一只金丝猴头盖骨已经被揭开，堂倌给猴脑浇上一大勺热油，油烟吱啦啦蹿起。在桌下猴子叽叽的惨叫中，龙文彪给白雄碗里挖一勺猴脑，亲热地说："兄弟，大补啊，趁热，赶快吃！"

杜鹃山密林里，王秋园的机枪手朱怀奇在前面用砍刀开辟道路，王秋园丢一个眼色，他立刻拔枪朝朱怀奇后背连开两枪。土司走到尸体跟前，恨恨地说："对杨兴安的同伙，我们决不留情……"

最后，所有的往事都化作云烟消散，凸显出灯火辉煌的北京。他穿着簇新的袍子，排队等候与毛主席握手。终于轮到他了。整整高出他一个头的毛主席微笑着向他伸出手来。他赶快弓下身子，以想象中朝贡的姿态，伸出右手将毛主席温软的大手握住。他紧张得冒汗，但他还是记得自己带来的"贡品"。他左手急忙伸进怀里掏时，毛主席背后闪出一个高大英俊的年轻人，迅雷不及掩耳，一只手铁钳一样将他那只有掏枪嫌疑的左手抓住。他慌忙将那只被抓住的手摊开，掌中现出的，是一对鸡蛋大小的麝香……

白雄的办公室挤满了人，其中包括县委书记王铿、县长古英勇，以及王秋圃等官员。

穿着白大褂的冉华安医生报告："我检查了白区长的口腔，明显地闻到鸦片和酒的混合味道。大致可以断定，他是生吞鸦片死的。鸦片里的吗啡作用于人的中枢神经和呼吸系统，导致昏迷和呼吸抑制；酒精又放大了毒效，所以他死得很迅速。这些，可以从散发着鸦片气息的毡帽，以及桌子上这个龙安烧坊的空酒瓶得到验证。"

"唉，他升副县长的批复刚刚下来，"古英勇叹了一口气说，"可惜他看不到了。"

"是啊，"王铿点点头，"私藏枪支，以及鸦片，这的确是问题。但作为少数民族的上层人士，这些伴随了他大半辈子的东西，舍不得，没有全部上缴，并不奇怪。本来嘛，发现了问题，教育一番，该保还得保，该用还得用，主要还是认识问题。没想到他居然走了极端。看来啊，我们的工作还是粗糙了些。"

"完全同意你的意见。"古英勇说，"从多方面考虑，是不是这样：统一口径，公布他是因病去世，按他们的民族习惯给予厚葬？"

"好！政府给一笔专款，按白马风俗隆重下葬。你熟悉白马，这事就辛苦你了，代表政府亲自去走一趟吧。"

白雄离开了他寄居的肉身，但魂魄依然在他的办公室附近徘徊。王铿和古英勇的对话以及同事故旧表达的惋惜之情，他都听得清清楚楚。

他立刻对人间充满了留恋，后悔选择了死。他一次次试图回到自己的肉身，但他固执的努力都失败了——他的肉体变得岩石一样坚硬，哪怕一丝缝隙也没有留给他。

"山神叶西纳玛啊，"他喊了起来，"我该怎么办啊？"

一个穿白色长袍飘着白色须髯的胖老头儿出现了。他知道，这就是山神了。

"山神叶西纳玛啊，我不想死。"他朝山神喊道。

"我管不了。"山神平静地说。

"你不是我们至高无上的神吗？"他困惑地问。

"没错。不过我只管大地上的事情。"山神面无表情地说，"我管不了天上。生死是天上的神在管。再说，人死了怎么可以复生？还有啊，四十五岁的人生大限，你们家的男人谁都逃不了。"

他的尸身被放在滑竿上，套着红色丝绸寿衣，上面覆盖了两层白色被单。四个壮汉两人一组，轮流抬着出了龙安。一只红公鸡吊在滑竿前端，时不时扑腾一阵，惊叫两声。古英勇带着王秋圃等大小六七个干部，各自都穿了麻耳子草鞋，紧跟在滑竿后面爬坡上坎。

白雄还认得这是回白马部落之路。漂泊的灵魂，追逐自己的肉身，既是本能地牵挂他的家人，也是因为无处可去，只能一路跟着滑竿，像一个无家可归的流浪汉。

四天以后，一行人终于到达神山脚下。

秋天的白马好美啊。群山苍茫，苍翠里开始现出赭红和金黄。夺补河清澈见底，巨大的鹅卵石雪白，像浩浩汤汤的羊群被山神之鞭驱赶着跑向白马。路边到处都是野花，醉鱼草、野棉花、鼠尾草和龙胆，大量醉人的紫色里夹杂了些许野菊花灿烂的黄和白。河谷里大片的荞子也在花期，热烈的艳红像烈火在延烧。快到厄里了，河对岸燕麦刚刚收割，一些人在捆扎，搬运，堆码在路边。两头牛并排着以"二牛抬杠"方式耕地，牵牛和扶犁的男人快乐地唱着《耕地歌》。这是熟悉的旋律，熟悉的人声。夕阳西下，暮霭初起，新翻的土地似乎也冒着热气。乌鸦和喜鹊聒噪着，上下翻飞，在犁沟里争抢蚯蚓或者其他什么虫子。

一个年轻人背着背篼提着锄头从山上下来，站在路边看过路的滑竿。白雄当然认得他是托珠塔。晚风骤起，将滑竿上覆盖尸身的被单掀起一角，露出了尸体惨白的脸，托珠塔"啊"地叫出声来。古英勇上前，亲自牵起被单，还掖了掖，重新将遗体盖严。

看见托珠塔，白雄记起了他送信的事，更不想死了。他又试图回到自己身上。但是，他还是失败了—— 一次又一次，他像是

418.

在往石头上撞。

他急了，再次呼唤山神。

山神出现在半空中。看见白雄，他有些不耐烦："你怎么又叫我？"

"山神啊，求求你让我回到我自己身上吧，我真的不想死啊！"

"活人的魂魄是随血液在身体里游走的，"山神努力解释，"人死了，心脏停止了跳动，血就流不动了，你当然回不去了。你的身子没有了魂魄，就像废墟一样没有任何用处。现在，从肚皮里面开始，你的身子已经开始腐烂，臭气已经从你嘴巴、鼻子和屁眼儿在往外冒。告诉你，死生自有定数，没有哪个能够救你！"

听了山神的话，白雄才注意到有臭鸡蛋一样的气味，正一股一股地从滑竿上飘来。

他心有不甘，还想继续哀求，但山神已经随风而逝。

突然，一阵更大的旋风刮过来，他被卷到了高空。大片的阴影里，一个黑乎乎的人影气旋一样把他裹挟。

"你是哪个？"他战战兢兢地问。

"我是阎王！"影子的声音冰冷。

"你要干啥？"

"带你去地府！"

他强装镇静："你是汉人的神，管不了我！我们只服从山神叶西纳玛！"

"哈哈，"阎王笑了，"管你是什么人，也是中国人吧？只要是在大地上，都归我管，当然包括你！"

"那那，"白雄彻底绝望了，"我一定要下地狱，永世不得翻身吗？"

"不一定，"阎王冷冷地说，"我会审判你，统计你做的好事和坏事，你既可能打入十八层地狱，也可能升入天堂。"

"神啊，开开恩，让我再看一眼婆娘娃儿得行不？"

"去吧，"阎王迟疑了一下才说，"只一眼。"

就这一眼，白雄在落日的余晖里，看到他家门前的苹果树落叶纷飞，艾玛坐在门口织花腰带，外孙解放在她脚边爬来爬去。

炊烟在房顶缭绕，空气中飘拂着蒸馍的气息。他知道，这是拉姆在厨房里忙活。

他希望看到拉姆出来。

但是，没容得他徘徊和等待。旋风再起，乌云滚滚，他像一片树叶在浓稠的黑暗中翻滚。他双手乱抓，很久很久，他终于抓住了什么。于是，翻滚停止了，开始稳稳地向上，向上，向上。终于，他冲出了乌黑的云层，来到了高天之上。日清月朗，群星璀璨，他看清自己紧紧抱住并带着他飞翔的，原来是一根白羽毛。

他认定，这就是他从自己帽子上拔下来扔掉的那根。

2020年12月19日初稿于海口新埠岛
2022年2月22日二稿于绵阳半山蓝湾
2022年10月19日定稿于平武黄羊关

后记

　　继《白马叙事》和《白马部落》之后，这是第三本书。本来没有写小说的计划，但出了两本书以后，才发现此前的非虚构，不过是一部长篇小说的铺垫和过渡。

　　然而，小说却姗姗来迟。来迟，是因为六年前，《白马部落》出版以后就开始了酝酿和构思。并且，2016年10月就按照《白马部落》责任编辑脚印老师的建议，定下了《风吹白羽毛》这个书名。但这以后，小说的进程一次次被打断，一次次被延误。

　　2018年春天，我自以为完成了基本构思，拟出了一个粗略的提纲，正准备正式开工的时候，在西班牙工作的女儿突患重病，我不得不临时飞过去照顾，直到她痊愈。当年6月23日中午，我从马德里直飞成都。宽大的机舱里，我坐在靠走道的座位上，邻座一直空着。飞在天上，又是相对宽敞的空间，似乎很适合天马行空的想象。十二个小时的飞行，我毫无倦意，大部分时间都在笔记本电脑上进行小说架构的设计，构思开头。总的想法是，开头奇崛；采用一个自然流畅、便于叙述的结构；以有个性且有利于产生阅读快感的语言，讲述一个颇为陌生化、传奇性的故事；借一个人的一生为线索，来展开一个民族的性格和命运，承载一个民族的历史。

回到绵阳，《风吹白羽毛》正式开工，全力以赴，唯此为大。我制定了严格的计划，在墙上贴着小说提纲和作息时间表。但是，真正写作却非常折磨人。断断续续，写了五个开头都废了。直到年底，从第六个开头开始，终于有了感觉，渐入佳境，从开头到第四章，势如破竹。就在此时，事情又来了——2019年2月底，我接到了中国作协写作其美多吉报告文学的邀请。其美多吉不但事迹非常感人，身上还汇聚了康巴藏族几乎全部的传统美德和文化元素——这是不可抗拒的诱惑，也让我产生没来由的自信。只考虑了半小时，我就决定将小说暂且放下，上了去甘孜采访的邮车。待《雀儿山高度》完稿，出版，各种活动还没有完全结束，又有一个关于两弹英雄的长篇写作找上门来。"两弹"题材同样令人着迷，同样也唤醒了我的英雄情结。但这次，因为种种原因，项目半途而废，让我白白耗去了几个月时间。这以后，我终于可以安静下来，把冷落许久的小说继续写下去。2020年底，终于在海口完成了初稿。

初稿完成，我有意慢下来。在从头到尾梳理一遍的基础上，为了小说人物更加丰满，元素更加丰富，我补充了《番官气派》《稿史瑙情人》《兄弟伙》等内容，于2022年2月22日，形成基本改定的第二稿。书稿放了半年多时间，等完全冷却下来，我再进行最后的定稿润色。

我得说一说黄羊关。这里地处岷山南麓，是平武县下辖的一个藏族乡，与白马部落仅隔了一座猫耳山，昔日称黄羊部落，白马土司在这里有一个衙门。这个"藏"，其实都是从白马那边迁来的，与白马有千丝万缕的联系。前年，因为白马乡连续遭遇百年不遇的洪灾，灾后重建艰巨并且尚需时日，所以，在县里支持下，我把工作室建在了黄羊关。在这里，我白天写作，偶尔也去猫耳山下的岩窝沟、桤木口和博尼沟等地考察，想像当年白马人在这条路上来来往往，以及他们与土司和汉地交往的往事，从另外的角度上审视白马和白马人。晚上，我常常去拜访工作室附近的老乡。那些中华人民共和国成立前出生的老人，对当年的土司衙门还留有记忆。小说中的某些原型人物，不少人还见过。一天晚上，一位八旬老人主动叩门，找我聊天。让我大感意外的是，他的父亲竟是民国时期平武呼风唤雨的一代枭雄，与白马土司、番官关系很深，很复杂，也是我小说里一个重要角色的原型。我的工作室所在的建筑是一幢二层小楼。一楼是"白马民族文化传习所"，挂着许多图片、面具，立着一些穿了民族服装的模特。深夜回"家"，我会从这些模特身边经过，黑暗中可见它们模糊的影子。它们像是久候的家人，也像是些身份不明的可疑人物，甚至像幽灵。亦真亦幻，边界模糊，小说里的人物似乎都在虚构和现实之间自由出入。在这样的氛围里，我感觉非常顺手，许多东西都可以信手拈来，放在小说里成为有机的血肉。

黄羊关，像白马一样，也是生活对我的一份馈赠。

写作虽然艰难，却始终有强大的力量在推动我，帮助我。

它来自我的亲人，我的朋友；更来自白马部落和黄羊关的父老乡亲。

我希望，这本书多少能够报答大家。